Maggie Jay

Zwei Leben

Maggie Jay

Zwei Leben

Thriller

Bibliografische Information der Deutschen Nationalbibliothek

Die Deutsche Nationalbibliothek verzeichnet diese Publikation in der Deutschen Nationalbibliografie; detaillierte bibliografische Daten sind im Internet über dnb.dnb.de abrufbar.

TWENTYSIX- Der Self-Publisher-Verlag
Eine Kooperation zwischen der Verlagsgruppe Random House und BoD - Books on Demand

Cover: Dream Design - Cover and Art

Herstellung und Verlag:
BoD – Books on Demand, Norderstedt

ISBN: 9783740781651

Für meinen Bruder

Vielleicht schreibe ich irgendwann mal was,
was du auch lesen kannst :-P

Prolog

Der Tag, der das Leben von Hendrik Kamp und seiner Familie für immer verändern sollte, begann so gewöhnlich, wie jeder andere Tag auch. Doch genau dies sollte ihm zum Verhängnis werden. Hätte er nicht, wie er es sonst jeden Morgen tat, nachdem er joggen war, die Zeitung gelesen und dabei die Nachrichten im Fernsehen verfolgt, dann hätte er nie erfahren was nur wenige Kilometer entfernt geschehen war und dann wäre es vermutlich nie so gekommen, wie es kommen musste.

Aber gehörte dies nicht ebenfalls in unsere beliebte *hätte, würde, könnte* Kategorie, wie so viele andere schreckliche Dinge? War dies nicht stets nur ein Versuch von unserem überlasteten Verstand, der manchmal einfach nicht begreifen kann, oder will, was auf dieser Welt schreckliches passiert, eine Reißleine zu ziehen? Alles zu relativieren? Ein Streichholz nach dem man greifen kann, um sich nicht eingestehen zu müssen, wie grausam es dort draußen zu gehen kann und wie viel schlimmer in uns selbst? Womöglich ist es dies. Womöglich bewahrt uns *hätte, würde, könnte* davor ganz den Verstand zu verlieren, indem wir uns eine Welt erschaffen, in der es nicht zu diesem Moment gekommen wäre, der unseren Geist und unsere Seele zu zerreißen droht. Jedoch in manchen Momenten, und sie, liebe Leser, wissen es vermutlich genauso wie ich, können wir uns selbst nicht vor dem bewahren was dort draußen auf uns wartet und noch weniger vor dem, was in uns lauert.

Aber lassen Sie uns am Anfang von Hendriks Geschichte beginnen. An einem lauen Apriltag, im Jahre 2013 im Westen von Paderborn, einer Kleinstadt im Herzen Deutschlands.

Lassen Sie uns das allzu bekannte *hätte, würde, könnte* beiseiteschieben, denn es wird uns nicht helfen, und in den Tag eintauchen, der Hendriks Leben aus den Bahnen werfen sollte.

1. Kapitel

Das monotone Piepen des Weckers holte Hendrik aus seinem Schlaf. Es dauerte einen Moment bis er realisierte, woher dieses Geräusch kam. Doch als es ihm klar wurde, schlug er die Augen auf und betätigte auf seinem Smartphone die Stopptaste des Weckers, damit seine Frau nicht wach wurde. In der Woche klingelte sein Wecker immer um 5:30 Uhr. Doch seine Frau gehörte eher zu der Fraktion Morgenmuffel, weswegen er bereits nach dem ersten Klingeln seines Weckers aufstand, damit Laura noch ein wenig weiterschlafen konnte.
Hendrik streckte sich genüsslich, um die Müdigkeit aus seinen Knochen zu vertreiben und gähnte lang und ausgiebig. Noch einen Moment lang blieb er liegen, atmete die frische klare Luft ein, die durch das offene Fenster in das Zimmer drang und drehte sich dann zu seiner Frau um. Laura lag dick eingerollt in ihre Decke neben ihm. Nur ihr blonder Haarschopf, der oben hervorlugte, ließ erahnen, dass sie in dem Inneren dieser Deckenrolle steckte. Hendrik musste lächeln. Seine Frau war es, die darauf bestand, dass sie mit offenem Fenster schliefen, egal bei welchen Temperaturen. Doch morgens fand er sie immer so dick vermummt und eingekuschelt in ihrem Bettzeug vor, als wenn über Nacht der Winter in ihrem Schlafzimmer ausgebrochen wäre. Vorsichtig schob er die Umhüllung seiner Frau ein Stück nach unten, um ihrs sanft einen Kuss auf die Wange zu geben. Laura lächelte, wie sie es jeden Morgen tat, wenn Hendrik sie küsste, und zog dann schlaftrunken die Decke wieder bis zur Nasenspitze hoch. Hendrik schlüpfte aus dem Bett und griff nach seinen Sportsachen, die auf dem Stuhl neben seinem Bett auf ihren Einsatz

warteten. Etwa vier Jahre war es her, dass er abends vor dem Spiegel im Badezimmer stand und etwas resigniert hatte feststellen müssen, dass aus seinem sonst eigentlich immer recht flachen Bauch, eine kleine Kugel geworden war. In den ersten Jahren seiner Ehe hatte er schon das eine oder andere Kilo zugenommen. Dies lag unzweifelhaft daran, dass er in seinem Job als Consultance bei einer Unternehmensberatungsagentur lange Tage am Schreibtisch verbringen musste und dadurch wenig Bewegung bekam.
Als er damals gemerkt hatte, dass sein sonst so athletischer Körper außer Form kam, hatte er sich im Fitnessstudio angemeldet und es auch noch regelmäßig dahin geschafft. Dies hatte geholfen, um die Extrakilo schnell wieder loszuwerden. Aber als dann das erste Kind kam, war es vorbei gewesen mit Sport oder Freizeit oder auch Schlaf und Entspannung. Und in all den Jahren seit dem ersten Kind hatten sich dann doch wieder das ein oder andere Kilo angeschlichen, wie er hatte feststellen müssen.
Allerdings waren seine beiden Töchter vor vier Jahren aus dem Gröbsten heraus. Und er hatte wieder Zeit gehabt, um etwas gegen die kleine Kugel zu unternehmen, die sich in seiner Körpermitte gebildet hatte. Somit war er losgezogen und hatte sich Laufschuhe gekauft und seit dem lief er jeden Morgen seine Runden. Letztes Jahr hatte er sogar an dem jährlich stattfindenden Osterlauf hier in Paderborn teilgenommen und bei dem Halbmarathon den 72. Platz belegt.
Das war keine schlechte Leistung wie er fand, wenn man bedenkt, dass Tausende von Läufern an diesem Event Teilnahmen. Inzwischen hatte er aber die Kilos, und ein paar weitere,

wieder runter und fand, wenn er im Badezimmer vor dem Spiegel stand, dass er für seine 41 Jahre noch recht gut aussah. Zwar hatten sich vereinzelte graue Strähnen in seine sonst braunen Haare geschlichen, aber damit hatte er immer gut leben können. *Männer reifen mit den Jahren, wie ein guter Wein*, dieser Spruch hatte auf einer Geburtstagskarte gestanden, die Hendrik zu seinem 40. Ehrentag bekommen hatte. Seitdem war ihm dieser Spruch nicht mehr aus dem Kopf gegangen. Zwar empfand er ihn als ein wenig zu übertrieben und vermutlich nur darauf abzielend das Ego von Männern, die mit dem Altern nicht ganz so gut zurechtkommen, zu stärken, aber er kam nicht umher zuzugeben, dass er wirklich etwas tröstendes an sich hat. Denn natürlich war die große Vier an ihm auch nicht spurlos vorbeigegangen. Die 41 war nicht so schlimm gewesen, aber der Sprung von der Drei zur Vier hatte ihn getroffen, auch wenn er dies nicht gerne zugab.

Nachdem er sich in seinen Trainingsanzug geworfen hatte, tänzelte er leichten Schrittes die Treppe in den Hausflur hinunter. Schnell schlüpfte er in seine Laufschuhe und verließ das Haus pünktlich wie jeden Morgen. *Der frühe Vogel fängt den Wurm*, war eine weitere Weisheit seiner Mutter und auch da hatte sie recht. Früher war Hendrik auch kein Frühaufsteher gewesen, aber seit er Vater geworden war, hatte sich das geändert. Wer selbst Kinder hat, kennt das Spielchen und wenn man Kinder hat, die alle vom Alter her sehr nah beieinander lagen, dann potenzierte sich die Intensität des Spielchens auf ein Vielfachen.

Die Nächte waren stets kurz gewesen, denn eine seiner Töchter schlief stets schlecht, bekam mitten in der Nacht Hunger

oder sonst etwas war was sie veranlasste, lautstark nach Mama, Papa oder am besten nach beiden zu rufen. Und nicht selten weckte man damit auch noch seine Schwestern auf, denn Spiele machen doch nur Spaß, wenn alle daran beteiligt sind.
Die Zeiten, in denen er und Laura von den Mädchen geweckt wurden, waren schon lange vorbei, aber er hatte sich daran gewöhnt so früh aufzustehen und er merkte, dass ihm seine Joggingrunde morgens immer einen perfekten Start in den Tag ermöglichte.
Hendrik zog die Haustür hinter sich zu und atmete die klare Morgenluft ein. Um diese Uhrzeit schliefen noch alle, was das sonst eher lebhafte Wohnviertel ungewohnt ruhig wirken ließ. Kein Nachbar mähte seinen Rasen, schnitt seine Hecke oder machte sonst irgendeine Gartenarbeit. Niemand war dabei seinen Wagen zu waschen oder seinem Kind zu zeigen wie man Fahrrad fährt. Keine Kinder spielten fangen oder fuhren Inlineskates. Die ganze Straße lag in einer friedlichen Ruhe da und so liebte es Hendrik. Natürlich liebte er auch das Treiben in der Straße. Doch durch die Ruhe hatte er morgens immer das Gefühl seine Welt für sich neu ordnen zu können, um Kraft zu tanken.
Leichten Schrittes folgte Hendrik der Straße, die zu dem kleinen schmalen Pfad in den Wald führte, den er jeden Morgen lief. Er brauchte nur wenige Minuten bis er den Teer der Straße hinter sich gelassen hatte und den weichen Waldboden unter seinen Füßen spürte. Der leichte Duft von Kiefern und anderen Bäumen strömte bei jedem Atemzug in seine Lunge und erfrischte ihn.

Er hatte solch ein Glück in einem so schönen Teil von Deutschland leben zu dürfen. Hier, im kleinen Städtchen Paderborn schien die Welt noch in Ordnung zu sein.
Nach zwei Kilometern erreichte Hendrik seinen Lieblingsplatz auf Erden. Eingebettet zwischen hohen Bäumen befand sich ein kleiner See. Hendrik hielt an und ließ seinen Blick über das Wasser gleiten. Die Sonne schob sich gerade über die Baumwipfel und ließ die Wasseroberfläche geheimnisvoll glitzern. So früh am Morgen war auch hier noch niemand unterwegs und so hatte er das kleine Paradies für sich. Sonst tummelten sich hier in den wärmeren Stunden des Tages viele Familien mit Kindern zum Baden oder Grillen oder auch das eine oder andere Grüppchen von Studierenden. Natürlich stets mit Bier bewaffnet. So hatten es Hendrik und seine Freunde an langen Sommerabenden nach den Vorlesungen ebenfalls gemacht. Einfach ein bisschen die Seele baumeln lassen und den nervigen Unistress vergessen.
Auch Hendrik war mit seiner Familie im Sommer oft hier an dem kleinen See. Seine Töchter tobten dann im Wasser und er lag mit seiner Frau auf einer Decke auf der Wiese und sah seinem Nachwuchs, mit einem Lachen im Gesicht, beim Spielen zu.
Noch einmal sog Hendrik die klare Morgenluft ein, bevor er um den See joggte und dann zurück nach Hause lief.
Als er in seine Straße zurückkam, sah er Frau Müller von schräg gegenüber, die mit ihrem Hund spazieren ging. Aus Erfahrung wusste er, dass sie morgens eher einem Drachen mit Lockenwicklern glich und sie nicht besonders viel Wert auf morgendliche Konversation legte. Deswegen grüßte er sie

nur mit einem Nicken, als er an ihr und ihrem Hund Roger vorbeilief. Eigentlich war Hendrik ein Tierfreund und besonders Hunde mochte er, aber dieses Exemplar konnte er einfach nicht leiden. Roger war eine Mischung aus Dobermann und Pudel. Das zumindest hatte Frau Müller ihm einmal bei einem Straßenfest erzählt. Interessiert hatte es Hendrik zwar nicht, aber beim Auslosen für die alljährlich stattfindenden Straßenspiele, welche dazu dienten, die Nachbarschaft zusammenzubringen und bei dem es galt ein paar alberne, aber amüsante Geschicklichkeitsspiele zu gewinnen, hatte er Frau Müller gezogen und schnell war klar, dass die beiden nicht viel miteinander gemeinsam hatten. So hatte er sich freundlich nach ihrem Hund erkundigt, um das unangenehme Schweigen zu brechen und sie erzählte mit Freuden die ganze Zeit von ihrem Liebling und langweilte Hendrik damit fast zu Tode.
Roger schaute Hendrik mit seinen kleinen, dunklen Augen an und ein tiefes Knurren kam aus einer Kehle. Seit Hendrik ihn einmal mit dem Gartenschlauch von seinem Rasen verscheucht hatte, war der Hund nicht mehr sonderlich gut auf ihn zu sprechen. Wenn in ihm allerdings etwas Dobermann steckte, dann konnte man das nur an seinem Knurren erahnen, denn vom Aussehen her erinnerte er eher an ein zu groß geratenes Wollknäuel. Dieser Eindruck wurde dadurch verstärkt, dass er durch seine kurzen Beine so aussah, als ob er über den Boden rollen würde. Manchmal, wenn Frau Müller es eilig hatte nach Hause zu kommen und dementsprechend schnellen Schrittes lief, wirkte es, als würde sie Roger hinter sich her schleifen, weil der Kleine mit seinen kurzen Beinchen nicht

so schnell folgen konnte. In diesen Momenten musste Hendrik immer aufpassen nicht laut loszulachen. Bestimmt hätte Frau Müller es als Angriff gesehen, wenn Hendrik sich über sie und ihren geliebten Hund lustig gemacht hätte und mit dieser kleinen ruppigen Frau wollte er das nicht unbedingt ausdiskutieren.
Zuhause angekommen, stellte Hendrik als erstes die Kaffeemaschine an, bevor er nach oben ins Bad ging. Das Wasser unter der Dusche war so kalt und erfrischend wie jeden Morgen und als er in seinem maßgeschneiderten Anzug vor dem Spiegel stand, durchströmte ihn ein wohliges Gefühl. Immer wenn er sich so betrachtete, fühlte er sich unglaublich wohl und selbstsicher. Nun fehlte nur noch ein bisschen Parfum und der Tag konnte kommen. Hendrik schaute auf seine Uhr. 6:30 Uhr. Er lag gut in der Zeit.
Als er die Treppe hinunter in die Küche ging kam ihm bereits der wunderbare Geruch des frisch gebrühten Kaffees in kleinen Wölkchen entgegen geschwebt. Jetzt konnte er noch eine halbe Stunde lang in der Küche am Tresen sitzen, in Ruhe seinen Kaffee trinken und sich in der Zeitung über die Geschehnisse in der Welt informieren, bevor seine Frau und die Kinder wach wurden und das Haus vom Lärmpegel einem Freizeitpark glich. Laura hatte sich bestimmt gerade nochmal von einer Seite auf die andere gedreht nachdem der Wecker das erste Mal geklingelt hatte. Durch ihre Arbeit als Professorin für Literatur an der Universität in Paderborn, war sie recht flexibel in der Einteilung ihrer Arbeitszeit. Abgesehen von den Vorlesungen, die sie dreimal in der Woche hielt, konnte sie ihre Arbeit erledigen, wann sie es am besten schaffte. Und

so ließ sie sich den Luxus nicht nehmen, morgens etwas länger zu schlafen und sich erst um die Kinder zu kümmern, bevor sie aus dem Haus ging. Ihre Töchter, Hannah, Lia und Clara, lagen natürlich auch noch im Bett und waren am Schlafen.

Hannah und Lia, seine Ältesten, waren genau solche Morgenmuffel wie ihre Mutter und Clara, die Kleinste von Hendriks und Lauras Töchtern war zum Glück auch noch ein kleiner Langschläfer, so das morgens im Hause Kamp noch ein wenig länger Stille herrschte und Hendrik in aller Ruhe seine Zeitung studieren konnte.

Er liebte es, wenn der Tag so routiniert begann, das gab ihm immer das Gefühl, dass er mit allem fertig werden konnte, was der Tag für ihn so bereit hielt. Hendrik nahm seine „Super Papa"-Tasse aus dem Schrank, die Hannah ihm vor Jahren einmal geschenkt hatte, als sie noch in den Kindergarten ging. Sie hatte diese Tasse selbst mit Fingerfarben angemalt. Darauf war Hendrik in einem Superhelden Kostüm als Strichmännchen abgebildet und das Wort Super war mit doppelt P geschrieben, aber aus dieser Tasse schmeckte ihm sein Kaffee immer noch am besten. Er musste dann immer daran denken wie ihm seine Tochter die Tasse strahlend, mit einer riesigen Zahnlücke in ihrem Lachen und kleinen Zöpfen in den Haaren, überreicht hatte.

Hendrik goss sich den Kaffee ein, jetzt noch ein Stück Zucker. Süß, aber nicht zu süß, so mochte er ihn am liebsten. Wunderbar. *Ein wunderbarer Tag beginnt mit einem wunderbaren Morgen*, hatte seine Mutter ihm immer gesagt. Und auch da hatte sie stets recht behalten.

Er schaltete den kleinen Fernseher ein, der neben dem Kühlschrank auf der Anrichte stand und setze sich an den Tresen in der Mitte der Küche. Der Tresen diente nicht nur als Arbeitsplatte, sondern auch als Frühstückstisch oder gelegentlich als der Ort für Weinverkostungen mit Freunden. Der größte Teil des Familienlebens der Kamps spielte sich an diesem massiven Tisch aus schwerer Eiche und Marmor ab.
Hendrik fing an in der Zeitung zu blättern, die heute Morgen auf der Veranda gelegen hatte, als er vom Joggen zurückgekehrt war.
Der Präsidenten der Vereinigten Staaten hatte seinen ersten Staatsbesuch in Deutschland angekündigt. Hendrik fand, dass endlich mal der Richtige an der Spitze der freien Welt gewählt worden war. Zwar würde er nie vergessen welche Aufstände es gegeben hatte, als zum ersten Mal in der Geschichte der USA ein Schwarzer zum Präsidenten gewählt worden war, aber er fand, dass es längst überfällig war. Er hätte zwar vermutet, dass zuerst eine Frau dieses Amt übernehmen würde bevor ein „Sklave", wie viele Rednecks Barack Obama in den Medien nannten, ihr Oberhaupt werden würde, aber da hatte Hendrik sich wohl geirrt. Scheinbar war das Land fortschrittlicher als er es ihm zugetraut hätte. Von dem Wahnsinnigen, der viele Jahre später die Macht in dem Land ergreifen sollte, ahnte zu dem Zeitpunkt noch niemand.
Ein weiterer Artikel von einem Bürgerkrieg in einem Land, von dem Hendrik noch nie gehört hatte, war nur eine Randnotiz in der Zeitung. Er googelte den Namen des Landes mit seinem Handy und es stellte sich raus, dass es im mittleren Osten zu finden war.

Dann ein Artikel von einer Hausfrau aus Detmold, die mit ihrem Mut oder viel mehr Glück, so wie es aus dem Text ersichtlich wurde, einen Überfall in einer Tankstelle verhindern konnte. Beim Betreten des Gebäudes telefonierte sie mit ihrem Bruder, der zufällig bei der Polizei arbeitet. Die Diebe, die gerade eine Schrottflinte auf den Kassierer richteten, flüchteten, als die Hausfrau ihrem Bruder sagte, er sollte doch mal eben vorbeischauen.
Hendrik war gerade schon beim Wetterbericht angekommen, sonnig aber nicht sonderlich warm, als die Frühstücksmorgenserie im Fernsehen von einer Sondermeldung unterbrochen wurde.
„Gestern Nacht ereignete sich in der Justizvollzugsanstalt in Bielefeld-Brackwede ein Drama, als eine Frau einen Ausbruch versuchte.“ Hendrik sah von seiner Zeitung auf und machte den Fernseher lauter.
Eine blonde, hochgewachsene junge Frau berichtete live vor den Toren des Frauengefängnisses in der Nachbarstadt Bielefeld, knapp 45 Kilometer entfernt. Ihre Stimme klang sanft und sollte beruhigend wirken, aber in ihren Augen konnte Hendrik Besorgnis sehen. Ob diese nun dazu diente den Bericht authentischer wirken zu lassen oder ob sie es wirklich war, vermochte er nicht zu sagen.
„Die Insassin griff einen der Vollzugsbeamten mit einem Messer an und gelang so an die Schlüssel für ihre Zelle. Der Beamte erlag bereits wenige Minuten nach dem Angriff seinen Verletzungen, wie uns ein Sprecher des Gefängnisses mitteilte. Bei ihrem Fluchtversuch attackierte die Frau noch weitere Menschen mit dem Messer und wurde daraufhin vom

Wachpersonal erschossen. Zurzeit wird noch geprüft woher die Frau das Messer hatte, mit dem sie den Wachmann tötete."
Auf dem Fernsehbildschirm erschien ein Foto der Insassin des Gefängnisses. Hendrik sah sich das Foto an. Es war eins dieser typischen Verbrecherbilder, die den Personen darauf keinesfalls schmeichelten. Maria Navarro, so hieß die Erschossene, der Bildunterschrift zur Folge. Irgendwie kam ihm der Name bekannt vor. Kannte er sie oder hatte er nur ihren Namen schon einmal gehört? Er sah sich das Foto der Toten genauer an. Wahrscheinlich war sie südländischer Herkunft, dem Namen nach zu urteilen spanischer. Sie hatte braune verfilzte Haare, dunkelbraune Augen und ihre Haut war ein wenig dunkler. Abgeschlagen blickte sie in die Kamera und hielt ein Schild mit ihrer Aktennummer noch. Sie war 58 Jahre alt, wie der eingeblendete Balken unter ihrem Bild verriet, sah aber deutlich älter aus.
Hendrik überlegte, aber ihm fiel nicht ein, woher er die Frauen kennen könnte. Vielleicht wurde in den Nachrichten mal über sie berichtet und darum kam sie ihm bekannt vor.
Er betrachtete das Bild noch eine Weile und schob dann den Gedanken beiseite. Vielleicht würde er noch darauf kommen, vielleicht aber auch nicht. Aber am Ende spielte es wohl keine Rolle. Einen Moment überlegte er noch, ob es datenschutzrechtlich wohl in Ordnung war das Bild mit dem Namen und dem Alter im Fernsehen auszustrahlen, aber schob den Gedanken dann ebenfalls beiseite. Hendrik wollte sich seinen Tag, der so schön begonnen hat, nicht durch Nebensächlichkeiten verderben lassen, die nichts mit ihm zu tun hatten. Er machte den Fernseher leiser und wandte sich wieder seinem

Kaffee und seiner Zeitung zu, um noch einen Moment die Stille zu genießen, bevor das Haus langsam erwachte.

2. Kapitel

Damian Navarro hatte, seit er wach geworden ist, hämmernde Kopfschmerzen. In seinem Innersten hörte es sich an, als wenn eine Rockband ihr lautestes Lied spielt. Genau dort wo sein Gehirn sein müsste hatten sie ihre Bühne aufgebaut und ihre Bassverstärker voll aufgedreht. Und es war keine von diesen Garagen-Popbands, die über Liebe singt, sondern eine von denen, wo der Gesang nur aus Schreien bestand und die auf ihren Konzerten echtes Schweineblut auf ihr schreiendes Publikum spritzen, was dieses nur noch lauter jubeln lässt. Ein pochender lähmender Schmerz breitete sich von den wütenden Fratzen aus, die in seinem Kopf tobten, der sich in seinem ganzen Körper zog.

Es war mitten in der Nacht, näher am Sonnenaufgang des neuen Tages als am Sonnenuntergang des alten und Damian saß in einer kleinen schäbigen Bar, die nach Rauch, Bier und Pisse stank und starrte in sein Glas, während er sich die Schläfen massierte. Er hatte gehofft, dass seine Kopfschmerzen nach einem Glas doppeltem Whisky verschwinden, wie sonst immer, aber selbst nach dem dritten Glas wollten sie nicht verschwinden. Die Rockband spielte immer wieder eine Zugabe und jedes Mal gab sie sich mehr Mühe noch lauter zu sein, anstatt endlich die Instrumente weg zu stellen und sich zu betrinken, wie er es gerade tat.

Damian starrte in sein Glas und beobachtete die Eiswürfel, die langsam in seinem Glas Whisky ertranken. Die leicht bräunliche Flüssigkeit spiegelte das Bild des winzigen Röhrenfernsehers wieder, der über der Bar an der Wand hing und immer mehr Staub ansammelte. Der Ton war aus und das Bild leicht

vergilbt, außerdem waren dem Fernseher im Laufe der Jahre einige Pixel verstorben, sodass Damian aus den bunten Farben im Bild einige tote Augen anzustarren schienen. Er wusste nicht, wann er zuletzt einen Röhrenfernseher gesehen hatte und eigentlich gedacht, dass die letzten ihrer Art bereits vor Jahren auf den Schrottplatz gewandert waren. Aber wenn man sich in dem dreckigen kleinen Raum umsah, dann wunderte einen gar nichts mehr. Hier schien die Zeit still gestanden zu sein, und zwar zu Zeiten, die man nicht unbedingt als gute Jahre bezeichnen konnte.
Er musste gar nicht hinauf sehen, um zu wissen was im Fernseher lief. Doch er tat es trotzdem, wollte ihr Gesicht nochmal sehen, sie nochmal verfluchen. Es liefen die Nachrichten. Wäre er nicht bereits so betrunken gewesen, dann hätte er sich vielleicht darüber gewundert, dass in einer solchen Absteige mitten in der Nacht die Nachrichten liefen, aber in dem Zustand war ihm das alles egal. Eine hochgewachsene, blonde Frau mit einem bedrückten Gesichtsausdruck sprach in ihr Mikrofon.
Damian wusste genau, dass dieses kleine Miststück sich kein bisschen für das interessierte, was sie dort erzählte. Ihr ging es doch nur um die Einschaltquoten und darum ihre Konkurrenz zu übertrumpfen. Das blonde Stück war wahrscheinlich mit ihren Gedanken bei ihrem perfekten kleinen Leben. Damian hasste sie, ohne sie zu kennen, und wünschte ihr den Tod. Er wünschte ihnen allen hier den Tod in dieser schäbigen Bar. Wenn es sein müsste, würde er es selber tun. Er ließ seinen hasserfüllten Blick durch den Raum schweifen, bevor er ihn wieder dem flackernden Bildschirm zuwandte.

Die Nachrichten waren die Aufzeichnungen von heute Morgen, als noch live vor den riesigen Toren des Gefängnisses gesendet wurde.
Schon den ganzen Tag drehten sich alle Nachrichten nur um diese Geschichte. In der letzten Nacht versuchten eine Frau auszubrechen. Doch bei dieser Aktion wurde sie von den Beamten erschossen, nachdem sie einen ihrer Kollegen mit einem Messer tödlich verletzt hatte.
Damian nahm einen Schluck von seinem Whisky, seine Kopfschmerzen ließen immer noch nicht nach, sie schienen sich noch zu verstärken. Das Lied, das jetzt in seinem Kopf gespielt wurde, hieß „DIE“, Stirb, wie passend. Und es dröhnte noch mehr als sein Vorgänger.
Er starrte auf das Bild der Frau die von dem Sicherheitspersonal erschossen wurden und ballt seine Faust vor Wut. Das Knirschen seiner Zähne, die er angespannt aufeinanderpresste, hallte in seinem Kopf wieder.
Maria Navarro, so hieß das Miststück. Braune Haare, braune Augen und die Hautfarbe wie sie nun mal nur Mittelmeerschlampen haben konnten. Dieses dreckige Braun. Sie war die Einzige, von der er nicht gewollt hatte, dass sie stirbt. Nicht bevor er ihr erneut begegnen konnte. Dann hätte er es selbst beenden können, was sie begonnen hatte. Damians Griff um das Glas wurde so fest, dass er nicht bemerkte, wie das Whiskyglas in seiner Hand unter seinem Druck nachgab und zersprang. In seinem Kopf hörte er nun auch das Rauschen seines kochenden Blutes und Wut glitzerte in seinen Augen als er noch immer das Bild im Fernseher fixierte. Wenn sie doch nur entkommen wäre, dann hätte er sie gesucht und ihr...

„Alles in Ordnung?“ Erst als jemand seinen Arm berührte, wendete Damian seinen Blick ab.
Das junge Mädchen hinter dem Tresen beäugte ihn vorsichtig und betrachtete besorgt seine Hand. An ihr tropfte Blut herab und vermischte sich auf dem Tresen mit der Lache aus Whisky und geschmolzenen Eiswürfeln. In den Glassplittern glitzerte der Schein des Fernsehers.
Damian sah dem Schauspiel einen Atemzug lang zu, als müsste er erst in den Tiefen seines Gehirns nach der Bedeutung der roten Flüssigkeit suchen, die über seine Finger lief. Er sah der Kellnerin ins Gesicht.
„Was?“, es klang schroffer als beabsichtigt und die junge Frau zuckte zusammen. Erst jetzt sah er sie richtig an. Er war so in seinem Hass versunken, dass es ihm egal war, wer ihm den Whisky hinstellte.
Sie war jung, vielleicht gerade mal 22. Noch ein halbes Kind. Und das sie kaum ein Meter sechzig und ganz schön zierlich war, ließ sie noch jünger aussehen.
Aus ihrem kleinen, runden Gesicht schauten ihn kleine braune Rehaugen an. Der Zopf, den sie sich geflochten hatte, ließ sie noch mehr wie ein Schulmädchen aussehen, das hier absolut fehl am Platz war. Sie war nicht gerade das, was man als Schönheit bezeichnen konnte, aber auch nichts, was man von der Bettkante schubste, wenn man morgens aufwachte und sie neben sich entdeckte. Vielleicht hätte sie sich mal ihre Zähne richten lassen sollen, denn einer ihrer Schneidezähne überlappte den anderen fast zur Hälfte, was man aber nur sah, wenn man genauer hinschaute, denn sie öffnete den Mund kaum beim Reden. Auch hätte es ihr nicht geschadet, wenn

sie im Supermarkt mal nicht an den Antipickel Produkten vorbeigegangen wäre, aber wer war schon perfekt? Mit einer dicken Schicht Make-up versuchte sie wenigstens die Pickel zu verstecken. Ein Versuch der eher das Gegenteil bewirkte, aber was solls. Alles andere an ihr passte.
Damian sah den Schrecken in ihren Augen, etwas was er schon lange nicht mehr bei einer Frau gesehen hatte. Es erregte ihn.
„Entschuldigung", er musste sich räuspern, es fühlte sich in seiner Kehle an, als hätte er seit Jahrzehnten nicht mehr gesprochen. „Ich hatte einen schlimmen Tag."
Versöhnlich lächelte sie ihn an und reichte ihm einen Stapel gelblicher Servierten, die schon eine Weile hinter der Theke zu liegen schienen.
„Hier." Sie lächelte ihn an.
Er nahm die Servierten und wischte sich das Blut von den Fingern. Die Schnitte waren nicht tief, nur oberflächlich, morgen würde man schon nichts mehr von ihnen sehen, trotzdem sickerte sein Blut fleißig aus ihnen hinaus.
Ihm kam das Bild von der tobenden Meute Zuschauer die ihm seine Kopfschmerzen einbrachten wieder in den Sinn. Durchgeschwitzte schreienden Leute, durchgeschwitzt und blutüberströmt. Eigentlich doch ein recht schöner Anblick.
„Danke." Damian nickte ihr zu und versuchte ein Lächeln aufzusetzen. Es war schief, aber man hätte es ihm durchaus als echt abkaufen können.
Das kleine Ding lächelte schüchtern zurück und fing an die Glasscherben aufzusammeln und den Whisky aufzuwischen.
„Soll ich Ihnen einen Neuen machen?"

Damian nickte und sah sie aufmerksam an. Sie erinnerte ihn an jemanden und er wusste genau an wen. Er verfolgte ihre Bewegungen. Ein wenig unbeholfen angelte sie sich die Flasche Whisky aus dem Regal hinter der Theke, machte genau zwei Eiswürfel in ein Glas und füllte den Whisky bis zur dünn gezeichneten Linie, nicht zu viel und nicht zu wenig. Damian musste schmunzeln, ihre Einarbeitung war wohl noch nicht allzu lange her, so genau befolgte sonst niemand die Regeln. Besonders nicht in solch einer schäbigen Bar. Damian begann sich zu fragen, was sie wohl hier machte.

„So“, sie stellte das neue Glas vor ihn hin, „kann ich Ihnen sonst noch etwas bringen?“ Noch immer starrte er ihr in die Augen, irgendetwas in ihnen fesselte ihn und trieb ihm ein seltsam bekanntes Gefühl zurück in den Körper, das er schon lange nicht mehr gespürt hatte.

„Ich bin Damian, Damian Navarro. Wie heißt du?“, ignorierte er ihre Frage und reichte ihr seine linke Hand, da die rechte in eine blutige Servierte eingewickelt war.

Umständlich nahm das junge Ding seine Hand und lächelte ihn an. Ihre Augen funkelten und sie wurde rot. Einen schwachen Händedruck hatte sie, es fühlte sich an, als wenn sie seine Hand bloß streicheln würde. Das zeugt von wenig Selbstbewusstsein, hatte Damian irgendwo mal gehört, und das gefiel ihm. Ein verlegenes Lächeln huschte über ihr Gesicht. Wenn man nicht wusste, dass sie ihre Zähne mit dem schiefen Lächeln verstecken wollte, hätte man es für charmant halten können.

„Lisa Meier.“ Verlegen schaute sie weg und wischte mit dem Lappen erneut über die Theke, obwohl sie bereits alles von

Damians Blut-Whisky-Gemisch weggewischt hatte. Sie hatte eine sanfte und zurückhaltende Stimme und sprach kaum lauter als ein Flüstern.
„Lisa“, wiederholte er und es klang so, als würde er sich ihren Namen auf der Zunge zergehen lassen. Doch eigentlich dachte er nur daran, wie lächerlich er ihn fand. Aber heutzutage hatten die jungen Dinger alle so lächerliche Namen.
„Freut mich dich kennen zu lernen.“ Damian lächelte sie süffisant an. Er wusste ganz genau an wen sie ihn erinnerte.
„Was macht ein so junges Ding in so einer miesen Absteige?“ Er nickte in Richtung der anderen wenigen Gäste die an der Bar saßen. Traurige Gestalten, die für sich alleine saßen und in ihre Gläser blickten. Einer von ihnen hatte den Kopf bereits auf dem Tresen liegen und schnarchte leise vor sich hin. Die anderen drei nahmen nichts um sich herum wahr und waren in ihrer eigenen traurigen Welt gefangen. Eigentlich wollte Damian genau wie sie heute Abend seinen Kummer im Alkohol ertränken, aber Lisa könnte ihm eine nette Abwechslung bieten. Es war zwar schon ewig her, dass er es getan hatte, aber warum nicht? Schließlich war es wie Fahrradfahren, das verlernt man ja immerhin auch nicht so schnell.
Lisa zuckte mit den Schultern. „Geld. Die Kneipe gehört meinem Onkel. Und wenn ich die Schicht übernehme, die so gut wie tot ist…“ Sie nickte zu dem schlafenden Gast. Damian konnte sehen, wie ein langer Speichelfaden aus seinem Mund floss und unter seinem Gesicht auf der Theke zu einer kleinen Pfütze wurde. „…dann bezahlt er mich recht gut. Ich brauche das Geld, weil ich studieren will.“ Stolz glänzte in ihren Augen und ihr Lächeln strahlte über ihr ganzes Gesicht.

„Studieren.“ Er ließ das Wort über seine Lippen rollen, als wenn er es gerade zum ersten Mal aussprechen würde.
„Das habe ich auch mal gemacht.“ Damian nahm einen großen Schluck aus seinem Glas. Kalt rannte der Whisky seine Kehle hinunter und hinterließ ein angenehmes Brennen. Die Band in seinem Kopf spielte nun eine andere Version ihres Liedes. Noch immer laut, aber nicht mehr so, dass man auf den Boden zusammenbrechen und sich die Haare aus dem Schädel reißen wollte.
„Was haben Sie studiert?“
„Nenn mich Damian, Schätzchen.“ Er ließ seinen Blick durch den Raum schweifen und blieb an dem Fernseher hängen. Jetzt lief das Wetter. *Klar, warum sollte der Fernsehsender nicht einfach wieder von schrecklichen Nachrichten zum Alltag umschalten?,* dachte sich Damian. *Immerhin ist nur meine eigene Welt heute zerbrochen und wen kümmerte das schon?*
„Wirtschaft!“ raunzte er ihr entgegen. Auf seinen Lippen fühlte sich das Wort dreckig an, ja irgendwie schäbig.
Mit einem weiteren Schluck versuchte er das Gefühl hinunter zu spülen. Doch ein bitterer Beigeschmack blieb an ihnen haften. Wie ein leichter Geschmack nach Zwiebeln, der auch noch nach dem Zähneputzen zu schmecken ist.
„Aber weißt du, das lag mir nicht. Ich bin ein ehrlicher Mensch. Ich kann den Menschen nicht ihr Geld aus der Tasche ziehen.“
Die Augen des kleinen Dings weiteten sich und sie schaute ihn interessiert an.
„Was machen Sie, äh, was machst du dann jetzt?“
Damians rechtes Auge zuckte einen kurzen Moment.

Das Mädchen hielt es wohl für ein Zwinkern, denn sie wurde erneut rot.
„Ich arbeite mit meinen Händen." Aufmerksam beobachtete er ihre Reaktion. So eine schwammige Aussage konnte immerhin vieles bedeuten. Von Maler über andere Handwerkertätigkeiten bis hin zum Chirurgen. Doch egal was Lisa auch denken mochte was er machte, dass was es wirklich war, darauf würde sie nie kommen.
Mit einem großen Schluck leerte er sein Glas, ohne sie aus den Augen zu lassen. „Sei so gut und mach mir noch einen."
Sie nahm ihm das Glas aus der Hand und machte sich daran es erneut zu füllen. Ihre Bewegungen fesselten ihn.
Damian erkannte den Typ Menschen, der Lisa war, wenn er ihn sah.
Aufgewachsen in einer miesen Gegend, schlechte oder keine Ausbildung, miese Jobs, keine Aussicht auf eine bessere Zukunft. Aber all diese Menschen hatten eins gemeinsam: Sie hatten einen Traum. Irgendeinen Plan oder Wunsch oder sonst irgendwas Lächerliches an das sie sich in kalten Nächten, in der die Heizung nicht funktioniert, weil man nicht wusste, wovon man die Rechnungen bezahlen sollte, klammern konnten. Etwas in das sie ihre Hoffnung stecken konnten, um irgendwann dem traurigen Schicksal ihres Lebens zu entkommen. Dieser Traum hielt diese Sorte von Menschen am Leben, lässt sie morgens aufstehen und sich das Elend, was vor ihren Augen liegt, ertragen und schöner reden.
Diesen Typ Mensch kannte Damian, weil er selbst einer von ihnen war. Doch es gab einen Unterschied, etwas, was ihn aus der grauen Masse menschlichen Drecks herausstechen ließ.

Er hatte seinen Traum schon lange aufgegeben, weil er genau wusste, wie sinnlos es gewesen wäre einem falschen Ideal hinterher zu jagen. Er hatte schon lange akzeptiert wie es war, es genommen wie es kam und gekämpft bis zum Umfallen.
In ein paar Jahren würde auch Lisa auf dem harten Boden der Realität aufschlagen und dabei würde ihr Traum zerbrechen. Sie würde in dem schmutzigen Haufen aus Scherben liegen, der ihr das Fleisch und ihre Seele zerschneiden würde und aufhören zu träumen, zu glauben, zu hoffen, zu sein.
Früher oder später würde sie ihren Körper doch noch verkaufen, um ihre Drogensucht zu stillen oder eins der Bastardkinder zu unterhalten, das sie sich von irgendeinem Niemand hatte unterschieben lassen. Dieser Niemand würde natürlich schon längst über alle Berge sein und seinen Schwanz in eine andere gutgläubige Schlampe stecken, der er die Sterne vom Himmel gelogen hatte. Und dann sitzt sie da, mit nichts mehr und wenn selbst ihre Hoffnung gestorben ist, beendet sie ihr Elend mit einem goldenen Schuss.
Aber Damian könnte ihr helfen. Er könnte Lisa einen Ausweg aus ihrem Dilemma zeigen. Anfangs würde dieser Weg ihr bestimmt nicht gefallen, aber mit der Zeit würde sie schon einsehen, dass es so am besten für alle wäre. Damian sah es als seine Pflicht an die zukünftigen armen Kinder dieses naiven Mädchens zu retten.
Mit einem Lächeln stellte sie ein neues Glas vor ihn hin und auch eine Schüssel mit Erdnüssen. Wahrscheinlich meinte sie es nur nett oder sie wollte, dass er durch den vielen Whisky nicht zu betrunken wurde, um sich nicht mehr unterhalten zu können. Ihm war es recht. Er packte in die Schüssel und

steckte sich ein paar Nüsse in den Mund. „Danke!“ dieses Mal war sein Zwinkern bewusst gewollt. Sie grinste wieder dieses verschmitzte Grinsen und lehnte sich auf den Tresen.
„Wow, deine Augen sind ja fast schwarz“, sagte sie bewundernd. Damian sah sie über den Rand seines Glases an, sah in ihre braunen Augen und irgendwie brannte ihr Blick. Wut kochte leise in ihm auf. Er ignorierte ihre Bemerkung.
„Und deine Eltern? Was halten die davon, dass du studieren willst?“ Eigentlich interessierte sich Damian kein bisschen für die Lebensgeschichte der Kellnerin, aber irgendwie musste er ja ihr Vertrauen gewinnen, damit sie später mit ihm ging. Lisas Augen leuchteten und sie plapperte los.
„Meine Mutter ist begeistert von der Idee. Sie meint, dann kann ich irgendwann hier wegziehen und sie mitnehmen.“ Bei einem normalen Menschen hätte es Mitleid ausgelöst, bei dem Gedanken daran, wie traurig der Sinn hinter dieser Aussage war, aber Damian war keineswegs normal.
„Sie arbeitet sehr viel und mein Vater...“, wieder zuckte sie mit den Schultern und schaute verlegen weg. „Ich kenne ihn nicht wirklich. Er starb als ich sehr klein war.“
Die Musik in Damians Kopf war zu einem erträglichen Niveau abgesunken, sodass er die Stimme, die schon so lange still war, jubeln hörte. *Ein junges Mädchen ohne Vater*, dachte sich Damian, da werde ich bestimmt als Vaterfigur gute Chancen haben.
Er wusste, dass er zudem nicht unansehnlich war. Er war groß, hatte ein markantes attraktives Gesicht und ein gewinnendes Lächeln, zudem hatte er, anders als man es von jemanden der in der Gosse groß geworden war erwarten konnte,

ganz manierliche Umgangsformen. Zwar müsste er sich mal rasieren oder die Haare richten, aber diesen Undone-look fanden viele anziehend an ihm. Auch hätte er ein wenig Schlaf vertragen können, damit die Augenringe verschwanden, aber wie sollte man an Schlaf denken, wenn das Halbe Woodstock Revival in seinem Kopf zu Besuch war?
Damian schnalzte mit der Zunge und setzte ein mitleidiges Gesicht auf. Er musste sich anstrengen, um sein verschmitztes Grinsen zu unterdrücken, das aus ihm heraus zu platzen drohte.
„Traurig. Aber so spielt das Leben nun mal. Ich kenne das nur gut genug.“ Jetzt war es soweit den ersten Schachzug zu machen. Er tätschelte sanft ihre Hand, die auf dem Tresen vor ihm lag. Überrascht zuckte Lisa zusammen. Damian spürte es genau, aber sie wehrte sich nicht und zog die Hand auch nicht zurück. Ihr Lächeln war ein wenig perplex, aber die Röte in ihrem Gesicht sagte ihm, dass es ihr gefiel. Eindringlich schaute er ihr in die Augen. Der erste Schritt war getan und sie war allem Anschein nach nicht abgeneigt, dann müsste er sie später nicht zu irgendetwas zwingen. Jetzt müsste er noch ein bisschen Vertrauen herstellen.
„Und was hast du vor zu studieren?“, fragte er sie in einem interessiert klingenden Ton, der überraschend ehrlich klang. *Ich hätte auch Schauspieler werden können*, schoss es ihm durch den Kopf. Ein Grinsen huschte über sein Gesicht, das Lisa scheinbar noch mehr zu animieren schien. Sie fing an zu strahlen, als hätte sie auf diese Frage gewartet und ihre vorherige Traurigkeit über den Verlust ihres Vaters war wie weggeblasen. Sie plapperte los und erzählte Damian irgendeine

Geschichte über Kindererziehung. Oder ging es dabei um Tiere? Er hörte nicht wirklich zu, sondern malte sich jetzt schon aus, was er später mit ihr machen könnte. Es erregte ihn auf eine gute Art und Weise. Genüsslich nahm er einen Schluck von seinem Whisky und ließ ihn langsam die Kehle runter laufen. Seine Kopfschmerzen verblassten immer mehr, während er sich ausmalte, wozu ihr Körper in der Lage sein würde.

Die junge Frau erzählte von ihrer Kindheit und warum sie ausgerechnet dies studieren wollte. Sie kam aus dem einem Stadtteil im Süden von Paderborn, welcher als miese Gegend bekannt war. Dort riet man Frauen, nachts nicht alleine auf die Straße zu gehen. Damian hatte also recht, mit seiner Vermutung über ihre Herkunft. Er selbst kannte die Gegend gut, er war dort auch aufgewachsen. Er konnte sich gut vorstellen, als was Lisas Mutter arbeitete.

Mühsam versuchte er, seinen interessiert aussehenden Gesichtsausdruck aufrecht zu erhalten, während Lisa zum vierten Mal etwas von irgendeinem Psychologen erzählte, der irgendeine Theorie aufgestellt hatte um irgendwas Blödes zu beweisen. Ab und zu sage er „Ach, ja?“ oder „Wirklich? Das wusste ich nicht“, um den Anschein zu erwecken, dass er tatsächlich zuhörte. Es funktionierte, denn sie redete immer weiter.

Fast bereute er es ein wenig, dass er sie danach gefragt hatte was ihr Traum war, aber um seine Ziele zu erreichen muss man nun mal Opfer eingehen. Er seufzte.

„Kan isch noch wat haben?“ Der große, haarige Mann mit der Baseballkappe, die er tief ins Gesicht gezogen hatte und der

drei Barhocker weiter saß und seit Stunden in sein Glas starrend, schien aus seiner Trance erwacht zu sein.
„Entschuldige bitte, die Arbeit ruft." Lisa lächelte ihn an und entzog ihre Hand vorsichtig seiner Berührung. Sie wandte sich dem anderen Gast zu. Damian beobachtete wie das Mädchen dem Gast sagte, dass er genug getrunken hatte. Sie schien ihn zu kennen, denn er ließ sich von ihr dazu überreden nach Hause zu gehen. Schwerfällig rutschte der Mann von seinem Hocker, zog seine Hose hoch, die ihm halb über den Arsch gerutscht war, und wankte durch die Tür in die kühle Nacht hinaus.
Damian war froh über die Unterbrechung, so konnte er sich überlegen, wie er weiter vorgehen wollte. Außerdem konnte er sich nicht noch eine witzige Geschichte aus ihrer Kindheit anhören, die alles andere als witzig war, sondern einen gesunden Menschen dazu veranlasst hätte, mal ernsthaft über sein Leben nachzudenken.
Er verdrehte die Augen und nahm den letzten Schluck aus seinem Glas, bevor er sich noch ein paar Erdnüsse in den Mund schob.
Das Mädchen wirkte zwar nicht dumm, aber vielleicht war sie dumm genug sich später von ihm nach Hause bringen zu lassen. Und wenn nicht, dann würde er sich von ihr verabschieden und sie anschließend verfolgen. Beides hatte auf seine Weise eine besondere Anziehung auf ihn. Dass sie ihn freiwillig mitnimmt und damit ihr Schicksal besiegelte oder das er ihr hinterherläuft und sie in einem nichts ahnenden Moment überraschte, grade wenn sie in ihre Straße einbiegt oder wenn sie durch den Park nach Hause geht. Kopfhörer im Ohr, um

sich durch laute Musik von ihrem Leben abzulenken. Sie würde es nicht einmal merken, dass ihr jemand folgt.
Sie hielt sich bestimmt für eine taffe Frau. Eine, der nichts passieren konnte. Immerhin war sie in einer miesen Gegend mit miesen Freunden und einem miesen Umfeld aufgewachsen. Sie hatte schon alles gehört und alles gesehen was menschlicher Abschaum einem anderen Menschen antun konnte. Ihr war nie etwas passiert, aber sie war ja auch anders als die anderen. Vorsichtiger und cleverer. Den Gedanken würde Damian ihr schon austreiben. Wieder presste er seine Zähne aufeinander und das wütende Knirschen durchzog seinen Kopf erneut. Wäre ihm nicht aufgefallen, dass er sein Glas wieder fester hielt, hätte er es bestimmt auch zerdrückt. Aber er war so gefesselt von dem Anblick der jungen Frau, die den anderen Gast, der schon seit einer Weile geschlafen hatte, weckte, dass er es nicht bemerkt hatte, wie stark sein Griff geworden war.
Damian schaute hinauf zum Fernseher, die Nachrichten im Fernseher waren längst zu Ende und es wurde die Wiederholung von irgendeinem Boxkampf gezeigt, was auch besser war. Wenn er noch einmal das Bild seiner Mutter im Fernseher gesehen hätte, dann hätte es das Glas danach geworfen.
Damian schaute auf seine Uhr, es war schon drei Uhr nachts, eigentlich nicht sonderlich spät, aber dafür, dass einige der Gäste bestimmt schon seit Mittag hier saßen, doch schon. Er nahm die Serviette von der Schnittwunde an seiner Hand. Eine Kruste getrockneten Blutes ließ die Wunde noch erahnen, aber sonst war nichts mehr zu sehen. Er schmiss den blutgetränkten Lappen auf die Theke.

Nachdem Lisa den schlafenden Gast überredet hatte zu bezahlen und sein Schläfchen zuhause fort zu setzten, kam sie wieder zu Damian an den Tresen. Diesmal brachte sie ihm gleich einen neuen Whisky mit, ohne ihn vorher zu fragen, ob er überhaupt noch wollte.
„Nettes Publikum hast du hier." Damian nickte zu dem vorher schlafenden Mann, der sich nun an der Wand entlang hangeln musste, um die Bar zu verlassen.
Lisa seufzte. „Eigentlich sind die Leute echt in Ordnung. Ich kenne sie schon lange. Als ich kleiner war und meine Mutter arbeiten gewesen ist, hat sie mich bei meinem Onkel gelassen. Ich habe quasi meine halbe Kindheit in dieser Bar verbracht." Sie lächelte, als wenn es etwas wäre, auf das man stolz sein könnte.
Damian nahm einen Schluck, um den sarkastischen Kommentar herunter zu spülen, der ihm auf der Zunge lag.
„Wo war ich stehen geblieben?", fragte Lisa sich selbst mehr als ihn. „Ach so, natürlich. Auf jeden Fall hatte..." Damian seufzte unbemerkt auf. Am liebsten würde er ihr jetzt das Whiskyglas auf dem Kopf zertrümmern, damit sie endlich aufhörte zu reden, aber dass sie von sich aus ihre Hand wieder auf seine legte, beruhigte die Wut in seinem Bauch.
Nach gefühlten 30 Minuten, in denen er noch weitere zwei Whisky runtergekippt hatte, unterbrach er endlich ihren Redeschwall.
Er konnte sich nicht noch eine Geschichte über Erziehung anhören, ganz gleich zu welcher Spezies, oder über eine Theorie, die ein schlauer Mann zu dem Thema in die Welt gesetzt hatte.

„Sag mal, was hast du nach der Arbeit noch vor?"
„Ich, äh." Die Frage hatte sie aus der Fassung gebracht. Verlegen schaute sie an sich hinab. „Ich wollte meine Mutter von der Arbeit abholen und dann nach Hause gehen."
„Wie wäre es, wenn ich dich nach Hause bringe? So ein junges Ding wie du muss doch nicht alleine nach Hause laufen. Besonders nicht in so einer gefährlichen Gegend. Es laufen gefährliche Leute herum." Zwinkernd sah er sie an.
Lisa war völlig irritiert und wurde rot.
„Ähm, ja, gerne. Es wäre schön, wenn du mich ein Stückchen begleitest." Wieder ihr verunsichertes Lächeln. Sie war es wohl nicht gewohnt auf so eine direkte Art angemacht zu werden, was Damian mit einem Blick auf die wenigen Gäste, die noch an der Theke saßen nicht wunderte. Die meisten waren nicht mal mehr in der Lage ihre eigenen Namen auszusprechen. Eigentlich war Damian heute mit demselben Ziel in die Kneipe gegangen, aber dann kam Lisa und der Abend schien noch eine interessante Wendung zu nehmen. Verlegen drehte das Mädchen sich um und wandte sich den anderen Gästen zu, um diese so langsam zum Gehen zu bewegen.
Die anderen Gäste krochen mit einem Gefühl der Selbstabscheu nacheinander aus der Bar und machten sich auf den Weg zurück in ein liebloses Leben, das zu Hause auf sie wartete. Damian wusste es genau. Er hatte auch schon in seinen jüngeren Jahren so manches Mal an einer Theke gesessen und versucht mit Alkohol den Frust über sein verkorkstes Leben zu ertränken.
Nach und nach leerte sich die Bar bis Damian der letzte Gast war, der der Kellnerin dabei zusah, wie sie die Gläser spülte

und über den Tresen wischte, während sie ihm noch immer irgendwelche Geschichten erzählte. Sie wollte wohl doch etwas mit Kindern studieren, denn sie erzählte irgendwas von ihrer Arbeit in einem Jugendzentrum. Das machte sie ihm noch ein bisschen sympathischer, denn er konnte sich noch genau an die Betreuer erinnern, die in dem Jugendzentrum gearbeitet hatten, in das er immer gegangen war als er sieben Jahre alt war. Er hatte sich dort sehr wohl gefühlt und hatte nie nach Hause gehen wollen. Wenn es gegangen wäre, dann hätte er sogar in der Einrichtung geschlafen, nur um nicht wieder zu seiner Mutter zu müssen. Doch eines nachts zündete irgendwer das Jugendzentrum an und das baufällige Gebäude brannte bis auf seine Grundmauern ab. Zum Glück wurde niemand verletzt, aber das war für Damian damals ein schwacher Trost gewesen, weil er keinen Platz mehr hatte wo er hingehen konnte, wenn es zu Hause wieder schlimm wurde.
Die Sympathie die Lisa in ihm auslöste, würde ihr auch nichts bringen, dachte er sich und goss den letzten Schluck Whisky herunter. In seinem Kopf begannen die Gedanken bereits in der bräunlichen Flüssigkeit zu schwimmen. Noch einen hätte er nicht vertragen können, ohne die Gewalt über sein Handeln zu verlieren.
Nachdem sie alles aufgeräumt hatte, streifte sie sich ihren roten Mantel über und griff nach ihrer Handtasche. Sie schaltete den Fernseher und das Licht aus und folgte Damian hinaus auf die Straße. Der Mond stand im vollem Kreis am Himmel und tauchte alles in ein schummriges Licht. Seine Kopfschmerzen waren im Laufe des Abends immerhin erträglich geworden. Wahrscheinlich würden sie ganz aufhören und die

Band endlich aufhören zu lärmen, wenn er mit Lisa fertig war. Sie schloss die Tür ab und rüttelte noch einmal am Türgriff, um sich zu vergewissern, dass sie wirklich verschlossen war, bevor sie den Schlüssel in die Tasche gleiten ließ.
Hätte Damian nicht noch drei weitere Whiskys getrunken, die er alle nicht bezahlen musste, dann hätte er bestimmt schon die Geduld verloren und wäre einfach nach Hause gegangen. Aber umso länger er das junge Ding beobachtet hatte umso mehr wollte er sie. Seine Hand auf ihren zarten Körper legen, ihre weiche Haut spüren und solange zustoßen bis ihr die Luft wegblieb. Ein kalter Schauer lief ihm vor Erregung den Rücken herunter bei dem Gedanken.
„Wir müssen da lang." Lisa lächelte ihm schüchtern zu und deutete in Richtung des kleinen parkähnlichen Waldstücks. *Das wird ja immer perfekter*, dachte sich Damian. Was sie wohl dachte, was er von ihr wollte? Damian nickte und folgte ihr.
Die Luft war ungewöhnlich mild für die Jahreszeit und es roch schon irgendwie nach Sommer. Es erinnerte ihn an diese eine Nacht, damals vor 21 Jahren, als er seine Letzte hatte. Es war genauso ein Tag wie heute und er war auch so erregt wie jetzt, als er sie damals auf dem Campus traf. Wer hätte damals schon ahnen können, dass diese junge Frau heute genau dasselbe Schicksal ereilen würde wie die Frauen damals?
Der Kies auf dem Weg durch den kleinen Parkabschnitt östlich von der Universität knirschte unter ihren Schritten. Lisa hatte sich bei Damian unter gehackt und lehnte sich leicht an ihn beim Gehen. Er sah sich in dem Parkabschnitt um. Die wenigen Laternen erhellten ihn leicht und er konnte einige

Parkbänke sehen. Vielleicht hingen hier nachts ein paar Teenies herum und betranken sich oder ein paar Obdachlose trieben sich herum und schliefen auf einer der Bänke. Aber Damian konnte niemanden sehen und auch nichts hören. Außer ihrer Schritte und dem Zirpen von Grillen war es totenstill. Doch selbst wenn ihn jemand sehen würde, wie zuverlässig würde die Aussage eines betrunkenen Penners oder von ein paar zu gedröhnten Kids schon sein, wenn sie im Halbdunkeln einen Mann weglaufen sahen? Genauso wie die Aussage der besoffenen Gäste der Bar. Niemand hatte sich für ihn interessiert oder ihn auch nur eines Blickes gewürdigt, niemand würde ihn beschreiben können. Dieses Glück hatte er schon immer gehabt.

„Du hast mir noch gar nichts von dir erzählt." Lisa wirkte auf einmal ein wenig verunsichert, irgendwie nervös. Seit sie die Bar verlassen hatten, hatte niemand ein Wort gesagt und ihr schien erst jetzt klar zu werden, dass sie mit einem wildfremden Mann nachts um 4 Uhr durch einen dunklen Park lief. Bei dem Gedanken daran stellten sich Damian die Haare im Nacken auf.

Er blieb stehen und blickte das junge Mädchen an. Was sollte er ihr denn schon großartig erzählen? Sein Leben war verkorkst. Er trank zu viel, arbeitete nicht und hatte ein Hobby, für das er eigentlich genauso wie seine Mutter hinter Gitter gehörte. Wenn nicht sogar auf den Stuhl. Nur zu gut, dass es die Todesstrafe hier nicht gab. Und das Einzige was er jemals in seinem Leben fertig gebracht hatte war, seinen kleinen Bruder zu beschützen. Aber das ging diese Schlampe ja wohl nichts an.

Plötzlich merkte er, wie die Wut in seinem Bauch wieder aufkochte bei dem Gedanken an seinen Bruder, denn es erinnerte ihn automatisch an seine Mutter. Er biss die Zähne zusammen und sein Auge begann wieder zu zucken. Die Wut kochte ihm wie Sodbrennen den Hals hinauf. Auf einmal hatte er das Bild seiner Mutter vor Augen. Es war nicht mehr Lisa, die ihn aus braunen Augen ansah, sondern seine Mutter. „Sieh dich nur an. Was ist nur aus dir geworden? Du bist es nicht wert!“, schienen diese Augen zu sagen. Damian ballte seine Fäuste zusammen. So fest, dass seine Haut sich weiß über seine Fingerknöchel spannte.

„Was hast du gesagt?“, knurrte er wütend.

Lisa schien seine Anspannung zu spüren. „Ich habe gesagt, dass du mir noch nichts von dir erzählt hast“, erwiderte sie verängstigt über seine Reaktion. Was man ihr auch nicht übelnehmen konnte, denn in Damians Augen spiegelte sich blanker Hass und eines seiner Augenlieder zuckte nervös.

Auf einmal sah er sie wieder vor sich, das Mädchen aus der Bar und nicht mehr seine Mutter. Als er ihr ängstliches Gesicht wahrnahm, entspannten sich seine Gesichtszüge ein wenig.

„Weißt du, es gibt nicht viel zu erzählen von mir.“ Lisa schaute ihm in seine fast schwarzen Augen.

„Ich wüsste viel schönere Sachen, die wir machen könnten.“ Ruckartig griff er nach ihrem Arm und zog das junge Mädchen zu sich.

Völlig perplex versteiften sich ihre Lippen, als Damian ihr seine Zunge in den Mund schob. Es dauerte einen Moment, doch dann entspannte sie sich und erwiderte seinen Kuss. Erst

zaghaft, doch dann packte sie die Lust und der Widerstand hörte auf. Hastig griff sie an seine Brust und ließ ihre Hand hinunter wandern. Ihre Lippen schmeckten nach billigem Lipgloss. Damian zog sie näher an sich heran und schob seine Hand in ihre Hose. Lisa stöhnte, als er die Feuchtigkeit zwischen ihren Beinen entdeckte. Doch Damian fühlte nichts. Nichts bei ihrem Kuss und nichts bei ihrer Berührung. Das Einzige was ihn steif werden ließ, waren die Gedanken in seinem Kopf. Die Gedanken daran, was er gleich mit ihr machen würde. Er ließ sie noch weitermachen, ließ sie seine Hose öffnen und ihn berühren. Ließ ihre kleine zarte Hand über seinen Schwanz gleiten und fummelte selbst in ihr herum. Sie stöhnte sanft unter seinen Berührungen und ihre Küsse wurden fordernder. Damian wurde klar, dass es Zeit für den nächsten Schritt war.
Und plötzlich ging alles ganz schnell.
Er ließ seine Hand ihren Hals hinauf wandern und packte zu, so fest er konnte. Völlig verwirrt starrte sie ihn an als er sie zu Boden drückte. In ihren Augen konnte er sehen, dass sie überlegte, ob das für ihn dazu gehörte, noch immer massierte sie seinen Schwanz. Aber als er die Hand um ihren Hals immer fester zudrückte, begriff sie, dass etwas schieflief. Etwas lief ziemlich schief. Die Lust in ihren Augen wurde zu Panik.
Sie versuchte zu schreien, sich zu wehren, aber sie war zu schwach. Das Spiel konnte sie einfach nicht gewinnen.
Er sah die blanke Angst in ihren Augen. Bestimmt dachte sie, dass er sie vergewaltigen würde. Das wäre wahrscheinlich auch besser für sie gewesen als das, was er wirklich mit ihr vorhatte.

Damian leckte ihr über die Wange. Angstschweiß. Er liebte den Geschmack. Er schmeckte anders als normaler Schweiß. Er schmeckte nicht so süß, aber doch verlockend. Damian konnte die Angst in ihm schmecken und das war es, was ihn so erregte. Doch noch viel mehr liebte er den Geschmack von Blut. Und es würde nicht mehr lange dauern, bis er ihn wieder genießen konnte.

Sein Herz raste, als er sein Messer zog und das Licht des Mondes auf der Klinge tanzen ließ. Fasziniert beobachtete er das Wabern des Lichts auf dem Stahl und ein breites Lächeln breite sich auf seinem Gesicht aus. Tief sog er die kalte Nachtluft ein und eine Woge des Verlangens strömte dabei ebenso in seine Lunge ein. Er blickte auf sie herab und die Panik in ihren Augen wurde mit dem Anblick des Messers und dem wild grinsenden Mannes schier unermesslich. Lisa versuchte sich heftiger zu wehren, aber er saß auf ihr drauf und drückte ihr die Kehle zu. Sein Schwanz hing erregt und steif aus seiner Hose heraus und lag auf ihrem Bauch.

„Du hast schlechte Chancen hierbei meine Liebe!!“ Er ließ das Messer über ihre Brust gleiten und zerschnitt den weichen Stoff ihrer Bluse, die nicht mehr lange weiß sein würde. Ihre winzigen Brüste kamen zum Vorschein. Damian liebte es, wenn sie klein und straff waren und nicht in einen BH gequetscht waren. Er umkreiste mit der Spitze der Klinge ihre Nippel, die sich aufgestellt hatten. Ganz bestimmt nicht durch Lust, dachte Damian und lächelte süffisant. Sein Augenlied begann wieder zu zucken.

Dann, ganz langsam und sanft, schob er die Klinge zwischen ihre Rippen, unterhalb ihrer rechten Brust. Es glitt hinein wie

in Butter, ohne jeglichen Wiederstand und sie erschauerte durch das ungewollte Eindringen.
Das Gefühl war überwältigend. Noch viel besser als Sex. Er spürte ihren Körper, der unter dem Schmerz bebte und erschauderte selbst vor Lust. Das Fleisch ihres Körpers zerriss, als er das Messer noch tiefer in sie einführte. Es war ein berauschendes Gefühl und so befreiend.
Blut quoll aus dem Schnitt heraus, wie Eiter aus einer Wunde. Er zog das Messer hervor und leckte über die Klinge, die jetzt nicht mehr so kalt wie vorher war. Sie war warm und fühlte sich gut auf seiner Zunge an. Der metallische Geschmack von Blut machte sich in seinem Mund breit und durchströmte seinen Körper mit einem Schuss Endorphinen.
Er fühlte sich lebendig, frei, beflügelt. Lisa lag unter ihm und musste mit schmerzverzerrtem Gesicht mit ansehen, wie er das Messer erneut ansetzte und ihr durch die Brust in ihr Herz stach. Sie schnappte nach Luft, was wie ein Japsen klang. Ihr Körper zitterte und bebte vor Qualen unter ihm und die Lust packte ihn erneut. Er spürte wie ihr Herz schneller schlug, bei dem Versuch das Blut, das ihr aus dem Körper floh, wieder in ihre Blutbahnen zu pumpen.
Damian sah das junge Ding unter sich an, ließ eine Hand über ihre Wange gleiten, bevor er das Messer herausriss und erneut ansetzte, um es zu Ende zu bringen.
So hatte sich das Mädchen ihr Leben wohl nicht vorgestellt. Doch so tragisch es für sie war, umso herrlicher war es für ihn. Seit langem fühlte er wieder etwas anderes als Schmerz und Hass, weil er zu Ende bringen konnte, von dem er schon lange phantasierte.

Jetzt konnte er laufen lassen, was all die Jahre in ihm geschlummert hatte. Was er in der dunkelsten Ecke seines Verstandes vergraben hatte und was ihn in den stillsten und dunkelsten Nächten fast verrückt gemacht hatte. Wie wild hackte er nun auf den winzigen Körper unter sich ein. Zerschnitt Kleidung, Haut, Organe und Träume.
Als er vor Erschöpfung innehielt, war es schon lange vorbei Damian war Blut überströmt und schwer am Keuchen. Mühsam und entkräftet stand er auf und betrachtete schwer keuchend sein Werk. Er fühlte sich befriedigt und erfüllt in diesem Moment. Wie ein nasser Sack, zur Unkenntlichkeit zerrissen, lag das blutige Ding unter ihm und ihr Lebenssaft verteilte sich auf dem Kies um sie herum. Damian erhob sich schwer atmend und er nahm den metallischen Geruch des Blutes, der die Luft erfüllte, nun noch deutlicher wahr. Sein Werk war vollendet, aber eine Sache fehlte noch, erst dann wäre seine Arbeit hier getan. Noch einmal kniete er sich neben das tote Ding und setzte das Messer an ihrem Gesicht an. Bis jetzt hatte er es verschont, weil er währenddessen ihren Schmerz sehen wollte. Aber jetzt fehlte noch etwas, damit sein Werk perfekt war. Fast zärtlich streichelte er mit dem Messer über ihre Wange, bevor er einen letzten Schnitt machte. Quer vom Haaransatz oberhalb der Schläfe hinunter bis auf die Wange. Fast zögerlich floss das wenige Blut, das noch in ihren kleinen feinen Äderchen in ihrem Gesicht war aus der Wunde und es sah aus, als würde sie rote Tränen weinen.
Zufrieden lächelte Damian. Jetzt war sein Werk vollkommen. Nun sah sie genauso aus wie er es haben wollte.

Bevor er sich umdrehte und das Mädchen in einer Lache aus Blut im Park liegen ließ, wischte er das restliche Blut an ihrem Mantel ab.
Ihm war jetzt nach einem erfrischenden Bad. Wie praktisch, dass er genau wusste, wo sich ein kleiner See befand, an dem sich um diese Uhrzeit bestimmt niemand befinden würde. Langsamen Schrittes schlenderte er weg und als er das kleine Waldstück verließ, packte die Band gerade ihre Instrumente weg und das blutbeschmierte Publikum verließ seinen Kopf.

3. Kapitel

David Arthur Neumann lag in seinem Bett und starrte an die Decke. Er war bereits seit einer Stunde wach und wartete darauf, dass der Wecker klingelt.
Manche Tage, das spürte er genau, hielten Schlimmes für ihn bereit. Er versuchte das auf seine 33 Dienstjahre als Polizist zu münzen, aber er wusste, dass er sich selbst nur belügen würde, wenn er es glaubte. Es war etwas viel tiefgreifenderes, doch was es genau war, konnte er nicht sagen. Er wusste nur, dass er solche Tage hasste. Morgens wurde er wach, lange bevor der Wecker klingelt, war mit einem Schlag hellwach und wusste einfach, konnte es spüren, dass ihm wieder einer dieser Tage bevorstand.
Das letzte Mal als es so war, war bereits vier Jahre her. Er erinnerte sich aber noch genau an den Tag, als wäre es erst letzte Woche gewesen. David wurde wach und sein Körper war wie elektrisiert. Er hatte eine Gänsehaut und die kleinen feinen Haare auf seinem Arm standen aufrecht und schienen zu flimmern. Den ganzen Tag lang verfolgte ihn das Gefühl und ein Kribbeln, das er am ganzen Körper spürte. Es fühlte sich an, als wenn etwas über und unter seiner Haut krabbeln. So als würden sich Tausende von kleinen Maden unter seiner Haut an seinem Fleisch laben.
Als er zur Arbeit ging, rechnete er schon mit dem Schlimmsten. Ein furchtbarer Autounfall, ein Serienmörder oder sonst irgendetwas Grausames. Aber es wurde ein ruhiger Tag und das aufregendste war gewesen, dass sein Kollege Silas sich seinen brühend heißen Kaffee über die Hose geschüttet hatte, weil sie in ihrer Mittagspause in einem Restaurant saßen und

er einer jungen Frau mit viel zu kurzem Rock hinterher schaute. Für Silas, Single, Mitte Zwanzig und gutaussehend, konnten Röcke nicht kurz genug sein und so merkte er nicht, wie ihm die Tasse aus der Hand rutsche, während er sich nach hinten umdrehte.

David erinnerte sich selbst noch genau daran wie es war in Silas Alter zu sein und einem die Gefühle überkochten. Nur war er mit Mitte zwanzig schon seit fünf Jahre verheiratet und das zweite Kind war unterwegs.

Er hatte herzhaft über seinen Kollegen und sein Kaffeemissgeschick gelacht und ihm dann eine Servierte gereicht. Wenigstens hatte er sich seine Beine nicht umsonst verbrüht, denn für ihn sprang noch ein Date mit der Kellnerin in dem kurzen Rock raus, denn mit seinem Schmerzensschrei hatte er nicht nur die Aufmerksamkeit der anderen Gäste im Lokal auf sich gezogen, sondern auch ihre.

Ansonsten war es ein gewöhnlicher Tag gewesen und das Kribbeln beunruhigte David immer weniger, bis es dann eine halbe Stunde vor Feierabend passierte. Zwei maskierte Männer stürmten eine Bank und richteten zwölf Menschen hin. Darunter zwei Kinder: Ein 6-jähriger Junge und ein dreizehn Monate altes Mädchen.

Viel später, als die Ermittlungen weiter fortgeschritten waren, kamen alle zu dem Schluss, dass es ein Banküberfall gewesen war, der schiefging und bei dem niemand etwas hätte machen können, um die Tragödie abzuwenden. Bei einem der Täter brannte eine Sicherung durch und er hatte die meisten Geiseln schon hingerichtet, bevor sie auch nur ihre Forderungen stellen konnten. Die beiden Männer, übrigens Brüder, starben

dann durch Schüsse der Sondereinheit, die das Gebäude stürmten, damit nicht noch mehr Geiseln ihr Leben lassen mussten.
Die Bilder, die sich David damals boten, als er in das Bankgebäude ging, rauben ihm noch in so manchen Nächten den Schlaf. All das Blut, soviel Blut, das über den Boden geflossen war. Die überlebenden Geiseln waren bereits in die umliegenden Krankenhäuser verteilt worden und diejenigen, die nicht das Glück hatten mit einem Schock davon zu kommen, pflasterten den Boden der Bank und schwammen in Pfützen ihres eigenen Blutes. David würde nie den Blick des kleinen Mädchens vergessen, welches nie die Chance auf ein eigenes Leben bekommen hatte. Diese starren leblosen Augen, die zu ihm hochschauten, als würde sie ihn fragen wollen, was denn hier gerade geschehen war. Sie hatte im Arm ihrer Mutter gelegen, die sie umklammerte und an ihr Herz drückte und dessen eigenes Gehirn über den Fußboden verspritzt worden war, während sie versucht hatte ihr Kind zu beschützen.
David hatte sich nach diesem Tag eine Woche Urlaub genommen und war zu allen Trauerfeiern der zwölf Opfer gegangen. Es war ihm ein persönliches Anliegen gewesen, weil er das Gefühl nicht loswurde, das ihm einredete, er wäre schuld an all dem.
Dass dieser Gedanke irrational war und nur auf einem abergläubischen Gefühl begründet war, war ihm bewusst. Allerdings er hatte in den Minuten bevor die Tat passierte nur daran gedacht, dass er sich heute Abend zur Feier des Tages, weil ihn sein Gefühl getäuscht hatte und nichts Schlimmes geschehen war, ein kühles Bier vor dem Fernseher gönnen würde.

Und das war wirklich eine Belohnung für ihn, denn Alkohol trank er sonst nur am Wochenende. Er war mit den Gedanken bei dem Fußballspiel, das abends im Fernsehen laufen sollte und auf das er sich seit einer Woche freute, als der Funkspruch durchkam, dass alle verfügbaren Einsatzkräfte zur Bank in der Innenstadt fahren sollten. Und wegen dem Gedanken hatte er sich schuldig gefühlt. Es fühlte sich an, als wenn er das Schicksal herausgefordert hatte, als er sein Gefühl für lächerlich erklärte. Dieser Fehler hatte schlussendlich zwölf unschuldigen Menschen das Leben gekostet. Irrationaler Gedanke hin oder her, er wurde das Gefühl einfach nicht los, dass das Blut des kleinen Mädchen und der anderen Menschen an seinen Händen klebte.
Dabei hätte er es doch besser wissen sollen. Das erste Mal als ihn das Gefühl überkam, war er gerade dreizehn Jahre alt geworden. Damals hatte er natürlich noch nicht gewusst was es bedeutete. Dies wurde ihm erst im Nachhinein klar, aber es war über ihn gekommen wie eine Welle und hatte versucht ihn von den Beinen zu reißen, was im Endeffekt auch gelang. Es war der Tag an dem sein Vater Arthur sich morgens beim Frühstück von ihm verabschiedete um zum Dienst zu gehen und nicht wieder nach Hause kam.
Bei einem Raubüberfall in einem kleinen Straßenkiosk wurde er von einem jungen Mann erschossen. Das war der Tag, an dem Davids Kindheit endete und der Tag an dem er entschied, genauso wie sein Vater, Polizist zu werden.
Natürlich gab es in Davids Job viele schlimme Tage, dies brachte die Arbeit als Polizist einfach mit sich, aber manche waren nun mal schlimmer. Dies waren die Tage, die er nicht

im Büro lassen konnte, sondern die ihn mit nach Hause begleiteten, die ihn verfolgten und nicht in Ruhe ließen, die er nicht mit der Abgabe seines Berichts am Abend hinter sich lassen konnte. Und heute würde wieder so ein Tag sein, das spürte er. Nur dieses Mal würde er das Gefühl ernst nehmen.
Er starrte an die Decke und wartete darauf, dass der Wecker endlich klingeln würde, damit er anfangen konnte den Tag hinter sich zu bringen.
Elisabeth, seine Frau, lag neben ihm, in ihrer Decke eingewickelt wie eine Raupe in ihrem Kokon, und spürte nichts von seinem Kummer. Noch nicht, denn sie hatte in den 35 Ehejahren ein besonderes Gefühl dafür entwickelt zu merken, wenn wieder so ein Tag war. David brauchte nichts zu sagen, sie spürte es.
Er sah zu ihr hinüber und betrachtete ihr friedliches Gesicht beim Schlafen. Ihre Augen bewegten sich unter ihren Liedern, sie schien zu träumen. David musste unwillkürlich daran denken, wie er ihr bereits damals, als sie frisch zusammen gekommen waren, gern beim Schlafen zugesehen hatte. Es hatte beruhigend auf ihn gewirkt. Seit 35 Jahren waren sie nun verheiratet und seit 40 Jahren ein Paar und er liebte sie so sehr wie am ersten Tag. Elisabeth war seine erste Freundin in der Schule gewesen und jetzt, nach so vielen Jahren noch immer an seiner Seite.
Als würde sie spüren, dass er sie ansah, schlug sie die Augen auf und blinzelte ihrem Mann entgegen.
„Guten Morgen“, sagte sie gähnend und fügte, nachdem sie sein Gesicht kurz gemustert hatte, hinzu. „Kein guter Tag?“
David seufzte und schüttelte den Kopf.

„Ich mache Tee.“ Elisabeth schlug die Bettdecke beiseite und zog sich ihren Morgenmantel über, bevor sie in die Küche ging. David liebte sie für ihr Gespür und ihr Bemühen zu versuchen, ihm ein besseres Gefühl zu geben. Eigentlich trank er morgens Kaffee, aber an solchen Tagen brauchte er nichts um wach zu werden. Die Ahnung alleine, dass etwas Schlimmes passieren würde, hielt ihn wach. Tee hingegen beruhigte seine Nerven.

Nachdem David sich ins Bad geschleppt hatte, sich geduscht und rasiert hatte, saß er mit seiner Frau am Frühstückstisch in der kleinen Küche in ihrem Reihenhaus am Rande der Innenstadt.

Normalerweise genoss er es sehr mit seiner Frau gemeinsam den Tag zu starten, bevor jeder seiner Arbeit nachging. Elisabeth hatte sich nach ihrem Politikstudium eine Karriere als Schriftstellerin von Liebesromanen erarbeitet. Es hatte eine Weile gedauert, bis das auch ihre Eltern akzeptiert hatten, die Elisabeth zu dem Studium drängten. Doch irgendwann hatten sie sich damit abgefunden, dass ihre Tochter nicht die erste weibliche Bundeskanzlerin sein würde.

In den Jahren als Davids und Elisabeths beiden Kinder noch zuhause waren, hatte sie aufgehört zu schreiben und sich mit ganzem Herzen der Mutterrolle gewidmet. Aber seit die Kinder aus dem Nest waren, hatte sie wieder angefangen und bereits zwei Bestseller herausgebracht.

David beneidete seine Frau für ihren schieren Einfallsreichtum und fragte sich immer wieder, woher sie nur die ganzen Ideen nahm. Elisabeth lachte immer nur, wenn er sie das fragte und zuckte mit den Schultern. Das wüsste sie selber

nicht, war ihre Standartantwort. Die Geschichten fielen ihr einfach zu, wenn sie anfing zu schreiben.
Doch heute Morgen saß Elisabeth nicht wie sonst mit einem Notizblock vor sich, bereit sich jeden noch so kleinen Einfall direkt zu notieren, sondern klammerte sich ebenso wie ihr Mann an ihre Teetasse und lauschte dem Radio.
Die Nachrichten hatten gerade begonnen und David wollte wissen, ob in der Nacht irgendetwas geschehen war, was sein Gefühl erklären könnte. Vielleicht hatte es ja nichts damit zu tun, dass etwas geschehen würde, was ihn selbst betraf. Immerhin war dieses Gefühl auch vor zwölf Jahren aufgekommen. An dem Tag als die Flugzeuge in das World Trade Center in New York eingeschlagen waren und so viel Leid über das Land brachte, von dem es sich noch immer nicht richtig erholt hatte.
Sanft legte Elisabeth eine Hand auf die ihres Mannes. David erwachte aus seiner Starre und erwiderte ihren Blick. Er hatte nicht gemerkt, wie er vor Anspannung erstarrt war.
Der Nachrichtensprecher berichtete über neuste Erkenntnisse zu dem Anschlag auf den Bosten Marathon vor einigen Monaten. Dieses Thema beherrschte die Nachrichten schon seit Monaten und David glaubte nicht daran, dass sein Gefühl durch etwas ausgelöst wurde, was schon so lange in der Vergangenheit lag. Nachdem der Moderator weiter über den im Juni geplanten Besuch von Barack Obama in Berlin berichtet hatte und das Hochwasser, welches in Ost- und Südbayern Schäden in Milliardenhöhe verursachte, kann er schließlich zum Lokalteil. David hörte angespannt der ausdrucksstarken Stimme des Moderators zu.

„Noch immer wissen die Behörden nicht, woher die Insassin der Strafvollzugsanstalt für Frauen in Bielefeld das Messer hatte, mit dem sie bei einem Ausbruchsversuch am vorherigen Morgen einen Beamten getötet hat. Da es sich nicht um ein selbst hergestelltes Messer handelt, wird von Schmuggelware ausgegangen."

Der versuchte Ausbruch aus dem Gefängnis hatte David gestern stark betroffen gemacht. Zwar hatte er den jungen Beamten, der von der Insassin getötet worden ist, nicht gekannt, aber es war einfach schrecklich so etwas zu hören. Er wusste genau wie es war, wenn man jemanden morgens aus dem Haus gehen sah und dieser abends nicht mehr zurück kam. Dieses schreckliche Gefühl, welches einen von innen zu zerreißen drohte, wünschte er niemandem.

Als er gestern erfahren hatte, was in Bielefeld geschehen war, war er jedoch nicht nur wegen des getöteten Beamten hellhörig geworden. Irgendwie war ihm der Name der Frau, um die es ging, bekannt vorgekommen. Nach kurzem Überlegen war er auch darauf gekommen, ohne dass ihn die Medien, wie sie es gestern vermehrt getan hatten, daran erinnert hatten, dass die Frau vor rund 21 Jahren zu dreimal Lebenslang verurteilt wurde. Diese mehr als traurige Geschichte hatte damals meterhohe Wellen geschlagen und dies nicht nur in Paderborn und der Umgebung, sondern im ganzen Land. Was damals geschehen war, klang mehr wie etwas aus einem Roman von einem schlechten Autor, als dass es wirklich passiert sein konnte. Maria Navarro hatte einen ihrer Freier, übrigens ein hohes Tier im Rathaus, im Drogenrausch erstochen. Ihre Bestrafung war damals härter ausgefallen, als es bei einem nicht prominenten Opfer der Fall gewesen wäre. Es sollte ein Statement gegen Drogenmissbrauch und Prostitution setzen. Aber für David war es nur eine Randnotiz gewesen, denn vor 21 Jahren hatte er andere Dinge im Kopf. Doch die Verhaftung der Frau war auch nicht der Grund dafür, dass er ihren Namen kannte. Es war irgendwas Anderes. Etwas, was viel weiter zurücklag, aber es wollte ihm Partout nicht einfallen. War es vielleicht...

„David, hörst du mir zu?“ Elisabeth riss ihn aus seinen Gedanken. Der Moderator der Nachrichten war inzwischen bei der Wettervorhersage angekommen. David entspannte sich ein wenig. Erfreut darüber, dass die Nachrichten nichts Schlimmes für ihn bereithielten.

„Entschuldige Liebes, ich war wohl in Gedanken. Was hast du gesagt?“

„Das habe ich gemerkt. Ich hatte nur erzählt, dass Milena gestern Abend angerufen hat. Obwohl es bei ihr wohl schon wieder Morgen war, oder Nachmittag? Ich weiß es nicht, ich komme immer so durcheinander mit der Zeitverschiebung. Auf jeden Fall hat sie sich gut eingelebt in Vancouver und hat auch schon eine neue Wohnung gefunden. Sie klang sehr enthusiastisch.“ Elisabeth strahlte wie immer, wenn sie von ihren Kindern erzählte.

David musste plötzlich daran denken wie hübsch seine Frau mit ihren fünfzig Jahren doch war. Natürlich hatte die Zeit auch an ihr Spuren hinterlassen, genauso wie an ihm, aber sie war noch immer eine unglaubliche Schönheit. Ihre damals so kraftvoll leuchtend braunen Haare waren nun einer ähnlichen Farbe aus der Tube gewichen. Er konnte bereits den Ansatz

ihrer grauen Haare durchschimmern sehen, aber schließlich war sie nicht mehr zwanzig, sagte sie immer lachend.
Und die kleinen Fältchen um ihre Augen und den Mund waren die besten Spuren, die ihr glückliches und fröhliches Leben an ihr hinterlassen konnten. Genau diese Fältchen zeigten sich jetzt wieder in ihrem Gesicht, während sie von ihrer gemeinsamen Tochter erzählte. Milena war gerade nach Vancouver versetzt worden. Sie arbeitete seit Jahren bei einem großen Automobilhersteller in Europa und hatte schon mehrere Male das Land wechseln müssen. Obwohl es eher wie eine lästige Pflicht klang, wenn man es so erzählte. Doch in Wirklichkeit liebte Milena das Reisen schon immer und genoss es beruflich viel unterwegs zu sein. Anders als Jan, ihr älterer Bruder, der sehr heimatbezogen war und nie weiter weg von seinen Eltern gewohnt hatte als in einem Vorort von Paderborn.
„Das freut mich sehr zu hören. Ich werde sie heute Abend auch einmal anrufen. Ich fahre jetzt mal zur Arbeit und schaue, was der Tag für mich bereithält. Ich melde mich, ob ich zum Abendessen da sein werde, Liebling." David stand auf und küsste seine Frau sanft auf die Haare.
„Pass gut auf dich auf!" Elisabeth tätschelte seine Hand und sah ihm ernst in die Augen.
„Du bitte auch auf dich! Ich rufe dich an." Mit den Worten ließ er seine Frau in der Küche sitzen und verließ das Haus.
Es war ungewöhnlich warm für die Jahreszeit und David zog die Lederjacke wieder aus, die er übergestreift hatte. Eigentlich war es noch viel zu früh, um zur Arbeit zu fahren, aber er hätte auch nicht mehr ruhig zuhause am Küchentisch sitzen

können, um abzuwarten, bis die Zeiger der Uhr um ihre Mitte gewandert waren.
Er war sich sicher, dass mit seinen Kindern alles in Ordnung war, denn wenn irgendwas passiert wäre, was sie betraf, dann läutete eine andere Alarmglocke in ihm. Trotzdem schrieb er beiden eine SMS als er in seinem Wagen saß. Dies dauerte eine Weile, denn immerhin waren Handys nicht ganz seine Generation. Als er den Motor startete und aus der Einfahrt lenkte spürte er, wie das Kribbeln in seinem Bauch plötzlich wieder anfing und er machte sich auf das schlimmste gefasst, als sein Handy klingelte.
Paul Johansson stand auf dem Display und David wusste, dass dies kein gutes Zeichen war.
„Versteh das bitte nicht falsch, alter Freund, aber ich hasse es, wenn du mich vor Dienstbeginn anrufst. Das bedeutet nie etwas Gutes.“ Paul seufzte auf und tat so, als wenn er empört wäre, aber das hielt nicht lange an.
„Tja, da hast du recht. Ich wünschte ich müsste nicht mit dir reden, aber leider ist das mein Job schlechte Nachrichten zu überbringen. Fahr bitte direkt zu der Grünfläche bei der Straße *Am Bahneinschnitt* und *Liesborner Weg.* Da an der Uni wo es beim Bürger King in die Wohnviertel abgeht. Dort wurde heute Morgen von zwei Joggern eine Frauenleiche gefunden. Der Fall dürfte dich interessieren.“
Paul klang erschöpft und müde. Er war seit Jahrzehnten ein guter Freund von David, aber in den letzten Jahren musste er leider feststellen, wie sehr ihn die Arbeit als Polizeihauptkommisar doch belastete und sein sonst so sonniges Gemüt immer mehr trübte.

„Ich ahne nichts Gutes."
„Wenn es etwas Gutes wäre, dann wäre mein Job einfacher. Halt mich auf dem Laufenden." Damit legte Paul auf.
David legte das Handy weg und starrte aus dem Fenster auf die Fahrbahn. Die Luft in seinem Auto war wie elektrisiert und die Härchen auf seinem Arm stellten sich wie auf Kommando auf, bei den Befürchtungen daran, was ihn erwarten könnte.
Als er auf den Rippinger Weg einbog, sah er schon das Aufgebot an Polizeiwagen. Einige hatten noch das Blaulicht an, was David ein noch unwohleres Gefühl bereitete. Wäre hier etwas geschehen, was sich relativ einfach erklären und auflösen lassen würde, dann hätten nicht so viele Wagen ihr Blaulicht an. Parkende Polizeiwagen mit leuchtendem Diskolicht auf dem Dach, bedeuteten selten etwas Gutes. Er parkte in zweiter Reihe und ging in langen Schritten auf den Anfang des kleinen waldähnlichen Abschnitts zu, der mit gelben flatterndem Band abgesperrt war.
Ein junger Polizist in Uniform hielt Wache und sorgte dafür, dass keiner von den Schaulustigen, die sich in einer Traube um die Absperrung aufgestellt hatten, auch nur einen Schritt weitergingen als sie durften. David holte seine Dienstmarke heraus und zeigte sie seinem Kollegen, bevor er unter dem Polizeiband hindurch schlüpfte.
In der kleinen Menschenmasse, die das Treiben der Polizei beobachteten, konnte er auch einige Reporter und Kamerateams ausfindig machen. Er hasste den Trubel der Medien, denn oft genug behinderten sie die Arbeit der Polizei mehr als das sie halfen. *Aasgeier* beschimpfte er sie oft, weil sie genau

das waren. Sie zerrten vom Leid anderer. Natürlich hätte er das nie tatsächlich zu einem von ihnen gesagt. Ab und zu konnte er ihre Hilfe vielleicht noch gebrauchen und es war nicht clever Hilfe von Leuten zu verlangen, wenn man vorher seine Verachtung über sie ausgeschüttet hatte. Außerdem musste er sich ihnen später noch stellen und ihre Fragen waren auch so schon schwer genug zu beantworten, ohne dass sie ihm eins auswischen wollten. Es war unglaublich, was für Verbindungen manche Reporter in ihrem Hirn auf die Beine stellten, weil sie glaubten, sie würden sich gut verkaufen.
Von weitem sah er schon seinen Partner Silas Schmied am vermeidlichen Fundort der Leiche stehen. Ein paar in weiße Ganzkörperschutzanzüge gekleidete Kollegen huschten wie wild durcheinander, machten Fotos und stellten Beweisfundschilder auf. Auch Joe Becker, der Pathologe, war schon an der Arbeit. In großen Schritten ging David über den breiten Weg aus Kieselsteinen.
Die Sonne hatte um diese Jahreszeit noch nicht viel Kraft, aber sie gab sich bereits alle Mühe. Die Luft war angenehm frisch und trotzdem ließ sich erahnen, dass heute ein recht warmer Tag werden würde. Die Sonnenstrahlen fielen durch die Blätter der Bäume, die den Rand des Weges säumten und tanzende Schatten auf ihn warfen. David fand, dass es ein viel zu schöner Tag war, um sich mit so etwas Schrecklichem zu befassen was dort, wenige Meter entfernt, auf ihn wartete. Eigentlich war jeder Tag zu schön für so etwas.
Silas kam David entgegen als er ihn erblickte. Im Gesicht seines eigentlich meistens fröhlichen Kollegen hatten sich tiefe Sorgenfalten gebildet und er war kreidebleich.

„Was haben wir hier?“ David wandte sich zuerst an Silas, bevor er sich selbst ein Bild davon machte.
„Nichts Schönes. Junges Mädchen, höchstens 25 Jahre alt, wahrscheinlich jünger. Noch haben wir keinen Namen, sie hatte keinen Ausweis dabei. Mit mehr als dreißig Messerstichen in den Torso getötet.“
„Vermutlich sogar mehr als vierzig“, meldete sich Joe zu Wort, ohne von der Leiche aufzusehen.
„Sie sieht aus wie Hackfleisch.“ David konnte den Ekel in Silas Gesicht sehen. Er kam einen Schritt näher zu David, damit Joe und die anderen Kollegen ihn nicht hören konnten.
„David, das ist... Es ist nicht mein erster Mord, aber so etwas habe ich noch nie gesehen. Es ist einfach...“ Seine Stimme brach ab. Silas sonst so klare und glänzende Augen wirkten auf einmal matt und müde. Mit seinen kurz geschnittenen dunkelblonden Haaren, die David immer an seine Zeit beim Bund erinnerten, und seinem markanten und makellosen Gesicht, sah er meistens aus wie einer von den Jungs aus den Boy Bands, die ihn früher von den Postern an den Wänden seiner Tochter angestarrt hatten. Aber heute sah er nur noch erschöpft und um Jahre gealtert aus. Er legte die Hand auf Silas Schulter, so wie er es damals immer bei seinem Sohn tat, wenn er ihn beruhigen wollte. Vom Alter her hätte er es auch gut sein können, deswegen passierte es ihm immer öfter, dass er sich ihm wie ein Vater gegenüber verhielt.
Seit vier Jahren war Silas nun sein Kollege, nachdem sein Vorgänger, der knapp dreißig Jahre lang Davids Partner war, in Ruhestand ging. Und das Schlimmste, was Silas in seiner jungen Karriere gesehen hatte, war ein Autounfall bei dem der

Fahrer das Auto um einen Baum gewickelt hatte. Der Oberkörper wurde beim Aufprall durch den Sicherheitsgurt geteilt und lag auf dem Feld einige Meter von dem Wrack des Wagens entfernt, während der Unterkörper noch auf dem Sitz saß, die Füße auf dem Gaspedal.
David konnte gut verstehen, dass Silas aus der Fassung war. Seine erste Leiche war damals auch ein furchtbarer Anblick. Sie wurde erst nach Wochen, die sie auf dem Grund des Heddinghauser Sees verbracht hatte, an Land gespült und das ausgerechnet während Davids Schicht, denn er hätte nur zu gerne auf den Anblick verzichtet. Er erschauderte, als er an die aschgraue aufgequollene Haut der Leiche denken musste, die wie die einer Rosine aussah.
„Ich meine, warum rufen die uns zu so etwas? Das sieht eher aus, als wenn das etwas für eine Spezialeinheit oder was weiß ich wen wäre. Es sieht nämlich nicht nach einem normalen Raubüberfall aus."
David konnte sehen wie Silas noch blasser wurde, wenn das überhaupt möglich war. Seine müden Augen starrten in seine. David versuchte tröstlich zu klingen, aber ihm war bewusst, dass es ihm nicht sonderlich gut gelingen würde und dass es nichts gab, was seinen Partner in so einer Situation beruhigen könnte.
„Mein Junge, die Bilder verblassen mit der Zeit", log er. Denn er wusste genau, dass sie keineswegs verblassten. Nein, sie brannten sich einem auf die Netzhaut ein und versuchten einen immer wieder in ein Loch zu ziehen. Aber David wollte Silas irgendwas sagen, was ihn aufbaute. Da war ihm auch eine Lüge genehm.

„Ich habe eine Vermutung, warum wir zu dem Fall gerufen wurden. Lass mich mal sehen, ob ich recht habe."
Das Wimmeln der vielen Beamten hatte sich gelegt und nur noch Joe war mit seinem Fieberthermometer zugange, das aussah, wie das was Elisabeth an Weihnachten immer verwendete, um zu schauen ob die Gans in der Mitte schon gar war. Damit wollte er ähnlich wie Elisabeth an Weihnachten bei der Gans, die Kerntemperatur der jungen Frau messen, um damit auf den Todeszeitpunkt schließen zu können.
Als David nah genug dran gegangen war, fühlte es sich an, als wenn ein Stromschlag durch seinen Körper schießen würde. Mit einem Mal waren alle sein Sinne aktiviert und sie schrien „Alarm". Ein ohrenbetäubendes Rauschen glitt durch seinen Kopf und einen Moment musste er sich zusammenreißen, um nicht ohnmächtig zu werden.
Wie ein weggeworfener Sack Kartoffeln lag der Körper der Frau auf dem Gehweg aus Kieselsteinen. Ihre Beine waren angewinkelt und ihr Kopf lag schräg auf dem Boden, sodass die starren, kalten Augen David mit leerem Blick ansehen konnten. Dort, wo einmal ihr Bauch und ihre Brust gewesen waren, war nun nur noch ein breiiger Matsch aus rotem Fleisch und Klamottenfetzen. Sie lag in einer geronnenen Lache aus Blut. Beim Blick in ihr Gesicht, auf die Narbe, diese spezielle Narbe, kam David plötzlich ein Gedanke und ihm wurde schlagartig speiübel. Seine Hals wurde trocken und auch seine Lippen schienen keinerlei schützenden Feuchtigkeitsfilm mehr zu besitzen.
„Oh Gott, er ist wieder da!" Diese Worte drängten sich ihm sofort auf. Schrien in seinem Inneren oder hatte er sie laut

ausgesprochen? Er hätte es nicht mit Bestimmtheit sagen können und eigentlich war es auch scheißegal, oder nicht? Das was hier vor ihm lag machte jeden anderen Gedanken mit einem Mal unwichtig. Ein schreckliches Déjà-vu packte David und eine Flut von Bildern durchströmten ihn, als er seinen Blick auf der Narbe im Gesicht der Frau tanzen ließ. Er wusste genau, was diese junge tote Frau zu bedeuten hatte, nämlich, dass eine neue Runde begann.

„So ein Scheiß", rutschte es ihm raus, als er sich neben Joe kniete und die Leiche genauer betrachtete.

„Dann denkst du das Gleiche wie ich", sagte Joe und zog das lange Stabthermometer aus dem Inneren der Frau. David wischte sich durchs Gesicht und rieb sich die Augen, als könnte er damit das Bild, das sich ihm bot, vertreiben.

„Was ist denn los?" Silas war hinter ihn getreten und schaute ihm über die Schulter.

„Dafür sind Sie noch zu jung, um das zu erkennen." Joe wandte sich zu ihm und sah ihm in das blasse Gesicht. Joe war bereits bei der Polizei als Pathologe beschäftigt, als David vor 33 Jahren anfing und abgesehen von den nun schneeweißen Haaren, hatte er sich kein bisschen verändert. Er war es auch, der die damaligen Opfer auf dem Tisch gehabt hatte.

„Schon mal was vom Ripper gehört?", fragte er, während er anfing sein Werkzeug weg zu packen.

David untersuchte die Narbe im Gesicht der jungen Frau genauer, aber er konnte in der Stimme seines Partners hören, wie ihm zu Mute war.

„Das ist wohl ein Scherz? Jeder hat ja wohl von diesem Fall gehört. Aber das ist doch schon, wie lange her? Bestimmt 20

Jahre her. Er kann doch nicht wieder da sein. Das muss ein Irrtum sein."

„Ich fürchte schon", seufzte David, nachdem ihm klar war, dass die Narbe an genau der richtigen Stelle verlief. „Und es sind 21 Jahre."

Plötzlich kam es David vor, als wenn die Luft um ihn herum stickig und schwül geworden wäre. Als wenn sich ein riesiger Sturm in den letzten Minuten über dem kleinen Park aufgebaut hatte und schwarze Wolken die Luft zu Boden pressten. Ihm war natürlich klar, dass er sich das nur einbildete und sich die Wolken nur in seinem Kopf aufbauten, aber er konnte auf einmal schlechter Luft holen, als wenn etwas auf seinen Brustkorb drücken würde. David zog an seinem Hemdkragen, um sich Platz zum Atmen zu verschaffen. Er richtete sich auf und rieb sich erneut die Augen, um nachzudenken, was die nächsten Schritte waren.

„Joe, wie lange ist sie schon tot?"

Der Pathologe schob seine Brille von der Nasenspitze wieder nach oben und musterte die Leiche mit seinen stahlblauen Augen erneut.

„Aufgrund der Temperatur würde ich schätzen, dass sie zwischen drei und vier Uhr morgens umgebracht wurde. Vielleicht ein bisschen früher, das kann ich dir genau sagen, wenn ich sie bei mir auf dem Tisch habe." Mit diesen Worten packte er seinen riesigen schwarzen Koffer zusammen und ging langsam davon. David sah ihm hinterher und wünschte sich aus tiefstem Herzen, dass er auch gehen könnte. Einen kurzen Moment lang herrschte Stille. Nur der Wind, der sich in den Blättern verfing, machte ein raschelndes Geräusch. Silas

schien nach Worten zu suchen oder nach einer Erklärung, was das hier alles zu bedeuten hatte, aber er schaffte es wohl nicht. Mit nachdenklichem Blick schaute er auf die junge Frau hinab, die ihr ganzes Leben noch vor sich gehabt hätte, bevor er sich abwandte. David hingegen, war in Gedanken schon bei der Presse und überlegte krampfhaft, was er ihnen wohl sagen sollte. Am besten wäre es wohl, wenn sie bei dem blieben, was sie mit Sicherheit sagen konnten. Was bis zum jetzigen Zeitpunkt nicht sonderlich viel war.
„Silas, veranlass bitte, dass alle Parks hier in Paderborn und auch der Campus der Universität überwacht wird. Das hier war nicht das letzte Opfer. Ich werde inzwischen mit der Presse reden und danach müssen wir ins Revier und Akten wälzen."
„Kannst du mir bitte mal erklären was hier los ist?" In Silas Stimme schwang Ungeduld mit, aber David meinte auch, dass er eine Spur Angst heraushören konnte.
„Später. Hier ist nicht der richtige Ort dafür. Bevor wir nicht genaueres wissen, sollten wir auf gar keinen Fall Panik schüren." Ihm widerstrebte der Gedanke zwar, weil er sich sicher war, wessen Werk das war und somit viele Frauen in Gefahr waren, aber es war wirklich unklug jetzt Gerüchte im Volk zu verbreiten. Diese würden noch schnell genug in Umlauf geraten, wenn sie es nicht sogar schon waren.
Silas blieb wie angewurzelt stehen und schien nicht zu wissen, was er tun sollte. Er hatte seinen Kollegen noch nie in so einer Verfassung gesehen wie jetzt gerade.
David versuchte ihn zu beruhigen. „Ich erkläre dir später alles, versprochen. Und jetzt mach bitte, was ich dir gesagt

habe.“ Mit den Worten ließ er seinen Kollegen stehen und ging zu dem Absperrband wo bereits die Aasgeier auf ihn warteten.

Die Fahrt zum Revier zog sich unglaublich lang hin. Jede Ampel war rot und jeder Rentner und Fahranfänger der Stadt schien seinen Wagen aus der Garage geholt zu haben, um einen samstäglichen Ausflug zu unternehmen.
David hatte Silas gebeten zu fahren, er selber war zu angespannt. Die ersten paar Minuten verbrachten sie schweigend. Silas traute sich nichts zu sagen und David war mit den Gedanken noch bei den Fragen der Presse.
Wenn er selbst gefahren wäre, dann hätte er seine Fingernägel bestimmt vor Wut ins Lenkrad gebohrt und jeden Autofahrer der vor ihm herum schlich angehubt und lauthals verflucht. Jetzt musste er aber mit seinem Handy vorliebnehmen, das er angespannt in seinen Händen knetete. Eigentlich war er ein sehr ausgeglichener Mensch, aber wenn ihn etwas auf die Palme brachte, dann richtig. Das war auch der Grund, warum sein Handy von der Marke uralt war. Silas zog ihn immer damit auf, dass sein Handy älter war als er selbst, aber das war David egal. Letztes Weihnachten hatte Jan ihm eins von diesen neumodischen iPhones geschenkt. Anfangs hatte er sich wirklich darüber gefreut, aber nachdem das Mistding einfach nicht machte, was er wollte und ständig abstürzte, hatte er es in einem Wutanfall an die Wand geworfen, wobei das Display zersprang war. Seitdem war er zu seinem alten Handy zurückgekehrt, das vielleicht wirklich aus einem anderen Jahrhundert stammte.

Aber immerhin war es stabiler und hielt seine gelegentlichen Wutanfälle aus.
„Glauben Sie der Mord hat etwas mit dem Ausbruch aus dem Gefängnis von Vorgestern zu tun?“, hörte er noch die Stimme dieser kleinen blonden arroganten Ziege mit dem Mikrofon in der Hand, in seinem Kopf widerhallen. Auf diese Frage hin hatte er erneut die Fakten wiederholt, die er schon zwei Mal zuvor der Meute von Pressegeiern erläutert hatte.
„Bis jetzt können wir Ihnen nur sagen, dass es sich um die Leiche einer jungen Frauen handelt, deren Identität noch nicht ermittelt wurde. Wir gehen von einem Mordfall aus, genaueres können wir Ihnen noch nicht mitteilen, weil wir noch nicht mehr wissen. Sobald wir Ihnen mehr sagen können, werden wir dies tun.“ David war stolz auf sich, dass er die Fakten auch bei der dritten Wiederholung noch so politisch korrekt vortragen konnte. Auch wenn er bereits anfing immer gereizter zu werden. Er erinnerte sich noch genau daran, dass Paul ihm nach dem letzten großen Fall anriet sich das Handbuch vor zu nehmen und sich nochmal das Kapitel zu dem Umgang mit Medien durchlesen sollte, nachdem er bei der letzten Pressekonferenz den Reportern mitteilte, dass sie ihn mal kreuzweise könnten.
„Aber Sie müssen doch eine Vermutung haben. Können Sie die uns mitteilen?“, bohrte Blondie weiter. Und noch nie war David so froh darüber gewesen, dass seine Kinder etwas vernünftiges studiert haben, wie in diesem Moment, als das magere Ding ihn zur Weißglut trieb.
„Ich kann und werde Ihnen nicht mehr mitteilen als die Fakten, die ich Ihnen eben genannt habe. Hiermit ist mein Komm-

entar beendet." Abrupt hatte er sich umgedreht bevor Blondie ihn noch weiter löchern konnte. Geradewegs war er zu seinem Wagen gegangen, an dem Silas schon wartete und hatte die Reporterin mit allen möglichen Schimpfwörtern belegt. Zwar wusste er, dass sie nur ihren Job machte, aber bitte. Nur weil Paderborn seit einigen Jahren einen eigenen Fernsehsender mit Lokalnachrichten hatte, hielt sich die blonde Puppe doch direkt für ein gottgegebenes Geschenk mit ihren blöden Fragen, dachte er sich. Und die anderen ebenfalls. Alles was sich „Nachrichten" schimpfte hatte einen Vertreter geschickt. Sogar das Campusradio der Universität. Also lächerlicher ging es ja wohl nicht, fand David.

„Sagst du mir jetzt was los ist?" Silas riss ihn aus seinen Gedanken.

David seufzte. „Was weißt du über den Ripper? Was für ein dämlicher Name für ihn. Fand ich damals schon und finde ich heute auch noch. Als wären wir im London der 1880er."

Sein junger Kollege kramte in dem Wissen in seinem Kopf. Er war erst seit vier Jahren im Dienst, also müsste es bei ihm wohl viel präsenter sein, als es das bei älteren Kollegen wäre.

„Vor 21 Jahren hatte ein Unbekannter auf dem Campusgelände der Universität Paderborn zwei Studentinnen mit zahlreichen Messerstichen getötet. Er wurde nie gefasst, weil das Morden aufhörte, bevor noch mehr Beweise gesammelt werden konnten. Es wurde keine DNS-Spuren oder sonst etwas verwertbares an den beiden Frauenleichen gefunden,. Somit hatte man nichts in der Hand, um weiter zu ermitteln."

Silas klang stolz auf sich, dass er sich den Fall so gut im Gedächtnis behalten hatte.

„Genau, wir hatten damals keine Chance irgendwie weiter zu ermitteln gegen diesen Mistkerl und mussten so die aktiven Untersuchungen einstellen.“ David sah aus dem Fenster und betrachtete die langsam dahingleitende Landschaft aus Bürogebäuden und Geschäften.
„Wir?“, fragte Silas verunsichert.
„Ja“, erneutes Seufzen, „es war mein Fall. Deswegen sind wir heute auch zu diesem Fall gerufen worden, weil ich damals der leitende Ermittler war.“
Sein Kollege stutzte. „Warum hast du das nie erzählt?“
David wandte sich ihm zu. „Warum hätte ich das tun sollen? Ich kann dir ja nicht von allen Fällen erzählen, an denen ich gearbeitet habe!“ Es klang patziger als gewollt.
„Entschuldige, ich frage ja nur, weil es ein so großer Fall hier in der Gegend war und da dachte ich...“
„Was?! Dass ich jedem erzähle wie wir daran gescheitert sind und wie dieser Kerl noch auf freiem Fuß ist? Verdammt er hat zwei junge Frauen abgeschlachtet.“
Ein betretendes Schweigen folgte.
„Wieso bist du so sicher, dass er es ist und es sich nicht um einen Nachahmungstäter handelt?“, hakte Silas merklich eingeschüchtert nach.
„Hast du die Narbe gesehen, die dem Opfer ins Gesicht geritzt wurde? Von der Schläfe hinab zum Mundwinkel?“
Sein junger Kollege nickte.
„Das ist seine Signatur. Wir haben das damals vor den Medien geheim gehalten, damit wir die Trittbrettfahrer und die Verrückten aussortieren können. Was uns ja leider nichts gebracht hat, denn wir hatten niemanden der sich zu den Taten

bekannt hatte. Auf jeden Fall ist dieses Detail nie an die Öffentlichkeit gelangt und wurde auch nicht in den Akten des Falls vermerkt, die für alle Kollegen zugänglich sind. Dies wissen nur die Polizisten, die damals mit mir an dem Fall beteiligt gewesen waren und der Pathologe."

„Oh Scheiße!", rutschte es Silas raus, der inzwischen das Lenkrad umkrampfte und den Blick starr auf die Straße gerichtet hatte. Er war in seine Gedanken vertieft und das war David auch lieb so. Sein eigener Kopf war gerade genug am arbeiten, um die Erinnerungen an den Frühling vor 21 Jahren wieder hoch zu kramen. Denn es war nicht nur der Frühling, in dem diese schrecklichen Morde passierten, sondern auch die Zeit in der seine Frau ihn fast verlassen hätte. Da es in Davids Leben in diesen Wochen und Monaten, die nach den Morden folgten, nichts Anderes gab als diesen Fall. Diesen Fall und zu viel Whisky.

Er war besessen davon ihn zu lösen. Er wollte den Tod der beiden jungen Frauen irgendwie sühnen und den Schuldgen finden, der die Studentinnen wie Schweine auf einer Schlachtbank hingerichtete hatte. Und das er ihn einfach nicht finden konnte war nicht nur ein Schlag ins Gesicht, sondern auch noch ein Tritt für sein Ego. Es hatte eine lange Zeit und viele Flaschen Whisky gedauert bis er wieder auf den Beinen war. Viel Kraft und Mühe hatte es ihn gekostet, alles wieder in den Griff zu bekommen und die Erinnerungen an seine Niederlage in eine Kiste zu packen und in die hinterste Ecke seines Verstandes zu schieben, wo sie seitdem verstaubte.

Sein Gefühl von heute Morgen hatte recht behalten, etwas Schreckliches war passiert. Das Schrecklichste was passieren konnte. Er ballte die Hand so fest um sein Handy, dass bei jedem anderen bereits das Display geplatzt wäre und biss die Zähne aufeinander. Dieses Mal würde er diesen Widerling nicht entkommen lassen. Er würde bekommen was er verdient hatte und für das bezahlen müssen, was er diesen drei jungen Frauen angetan hatte. Dafür würde er sorgen. Das schwor sich David selbst im Stillen, während die Gebäude an ihnen vorbeizogen.

4. Kapitel

In seiner Mittagspause saß Hendrik in einem kleinen Café in der Innenstadt, nicht weit von seinem Büro entfernt und sonnte sich. Heute Morgen, als er das Haus auf dem Weg zur Arbeit verlassen hatte, sah es noch nicht danach aus, dass es ein schöner Tag werden sollte. Aber wie auf Kommando hatte sich die Sonne durch die Wolken geschoben, als Hendriks Mittagspause immer näher rückte.

Er nahm einen großen Schluck Kaffee aus der riesigen weißen Tasse. Er schmeckte herrlich und war jetzt genau das richtige nach dem, bis jetzt, anstrengenden Tag.

Erst klingelte heute Morgen der Wecker zu spät und er hatte es nicht mehr geschafft vor der Arbeit joggen zu gehen. Deswegen war er jetzt irgendwie unentspannt und dann spuckte Clara nach ihrem Frühstück noch auf seinen Anzug, sodass er sich noch einmal umziehen musste. Zwar war er nicht zu spät im Büro gewesen, aber er fühlte sich irgendwie gehetzt und gestresst. Es war nichts für ihn, wenn ein Tag so begann. Kaum im Büro angekommen kam dann ein Meeting nach dem anderen und zahlreiche Gespräche und er hatte kaum Zeit zwischendurch einmal Luft zu schnappen. Sonst machte ihm das nichts aus, denn so verlief ein normaler Tag im Büro nun mal, aber heute war es anders.

Dafür nahm er sich in seiner Mittagspause vor, nicht wie üblich mit seinen Kollegen in ein Restaurant zu gehen, sondern sich eine Auszeit für sich zu nehmen.

Hendrik war das erste Mal in dem kleinen Café in der Stadt, aber dort fühlte er sich gleich wohl. Die Kellnerin brachte ihm freundlich lächelnd die Karte als er sich setzte und begrüßte ihn sehr zuvorkommend. Er spürte gleich, wie sich seine Laune aufheiterte und wie die Anspannung von ihm wich. Nachdem er ein belegtes Baguette bestellt hatte, legte er den Kopf in den Nacken und ließ sich die Sonne auf die Haut scheinen. Er konnte sich nicht daran erinnern, wann er das letzte Mal einfach nur draußen in der Sonne saß, um zu entspannen.

Als er noch am Studieren war und gerade frisch Laura zusammen kam, hatten die beiden sich oft zu einem Picknick im Grünen getroffen. Sie lagen einfach nur im Park und sonnten sich und unterhielten sich über Gott und die Welt. Hendrik konnte sich noch genau an die lauen Sommertage erinnern, an denen die Zeit scheinbar nicht vergehen wollte. Es waren die Tage, in denen er sich in Laura verliebte und in denen ihm klar wurde, dass er sie irgendwann heiraten würde.

„Alles in Ordnung?" Hendrik schreckte auf, beim Klang der sanften Stimme. Er hatte gar nicht gemerkt, dass er eingenickt war. Die junge Frau mit den lockigen braunen Haaren und den zarten Gesichtszügen stand neben ihm und sah ihn mit ihrem freundlichen Lächeln an. Der Teller mit dem Baguette stand bereits vor ihm und wartete auf ihn.

„Äh, ja. Vielen Dank." Freundlich erwiderte er ihr Lächeln und wurde rot, weil es ihm peinlich war, eingeschlafen zu sein.

„Super, dann lasse ich dich mal in Ruhe essen." Sie drehte sich um und lief mit großen federnden Schritten zurück ins Café. Hendrik war sich nicht sicher, aber glaubte einen kurzen Moment, dass sie ihm zugezwinkert hatte, bevor sie ihn alleine ließ. Irritiert schaute er der Frau mit der roten Schürze und dem grünen Shirt hinterher. *Hat sie mich gerade angemacht*?, schoss es ihm durch den Kopf. Er war sich bewusst darüber, dass er mit seinen 41 Jahren noch immer sehr ansehnlich war, aber das ein so eine junge Frau ihn anbaggerte, verwirrte und schmeichelte ihm gleichermaßen. Sollte er ihr sagen, dass er verheiratet ist und kein Interesse hat? Aber sein Ehering an der rechten Hand war ihr doch bestimmt nicht entgangen. Oder bildete er sich das vielleicht nur ein und interpretierte zu viel hinein? Schließlich war es ja auch ihr Job freundlich zu den Leuten zu sein und es wirkte sich positiv auf ihr Trinkgeld aus, wenn sie sich so verhielt. Außerdem war sie so jung, dass er ihr Vater sein könnte. Doch es kam ihm ebenfalls komisch vor, dass sie ihn geduzt hat, immerhin hatte er es ihr nicht angeboten und der Anstand gebot es doch Erwachsene zu siezen, auch wenn man selbst schon erwachsen war. Hendrik zuckte mit den Schultern, eigentlich war es ja egal. Beim Bezahlen würde er einfach ihre freundliche Art erwidern und ihr eben so nett zulächeln. Er musste schmunzeln. Was man sich alles für Gedanken machen konnte bei einem einfachen Zwinkern und einer netten Geste wie ein Lächeln.

Noch immer vor sich hin grinsend, nahm er seine Zeitung aus der Aktentasche, der er sich heute Morgen vor dem Frühstück auch nicht widmen konnte, weil er einen Streit zwischen seinen Ältesten hatte schlichten müssen. Lia war der Meinung gewesen, dass Hannah zu lange im Bad brauchte, um sich *aufzutakeln*, wie sie es nannte. Damit wolle sie doch eh nur den Jungs gefallen, hatte Lia ihr wütend vorgeworfen, weil ihre Schwester sie nicht ins Bad lassen wollte.

Dass Lia vermutlich damit recht hatte, immerhin war Hannah schon in dem Alter, schob Hendrik wissentlich beiseite. Er hätte sich sonst nur zu verrückt gemacht. Schon als Hannah geboren wurde hatte Hendrik angefangen sich zu sorgen wie es einmal sein würde, wenn sein kleines Mädchen ihren ersten Freund mit nach Hause bringt. Aber Laura hatte ihn da beruhigt und ihm versichert, dass sie sich darum kümmern würde, dass ihre Tochter vernünftig aufgeklärt wird. Damals war Hendrik schon ein Stein vom Herzen gefallen, denn er vertraute seiner Frau voll und ganz in der Hinsicht, Und wenn er ehrlich zu sich selbst war, war er erleichtert dem peinlichen Gespräch zu entkommen.

Als dann auch noch Mädchen Nummer Zwei und Drei folgten, wurde er immer nervöser. Er war zwar unglaublich glücklich über seine Töchter und liebte sie über alles, aber der einzige Mann in einem Haushalt von Frauen zu sein war schon manchmal anstrengend und nervenaufreibend. Im Notfall hätte mit ihnen auch die Gespräche führen können, die zum Erwachsenwerden nun einmal dazu gehörten, aber wohl wäre ihm bei Themen wie Sex, Tampons oder anderer Frauensachen nicht gewesen. Umso dankbarer war er, dass seine Frau diese Gespräche mit ihren Töchtern führte.

Hendrik schob den Gedanken beiseite und wandte sich seinem Baguette und seiner Zeitung zu. Die Ermittlungen im Fall des Bosten Marathons schritten voran und von den Aufständen in dem Land, von dem Hendrik noch nie etwas gehört hatte, war auch nichts mehr zu lesen. Das waren doch immerhin mal freudige Ereignisse, wenn man die Zeitung aufschlug und die Schlagzeilen nicht voll von Gewalt und Krieg waren.

Er nahm einen großen Schluck von seinem Kaffee und blätterte weiter zum Lokalteil. Bei dem die erste Überschrift ihm gleich wieder eine Lektion erteilte, nämlich, dass man den Tag nicht vor dem Abend loben sollte.
„Brutaler Mord an einer jungen Frau.“, lautete die Schlagzeile, die ihn erschauern ließ.
„Noch immer nichts Neues im Hinblick an dem Mord an der 22-jährigen Lisa M., der sich in der Nacht vom Freitag auf Samstag in der Paderborner Südstadt ereignet hat.“ Hendrik musste schlucken. Davon hatte er überhaupt nichts mitbekommen. Samstag hatte er lange geschlafen, weil er sich nicht so fit gefühlt hatte und den Tag mit seiner Familie zu Hause verbracht. Und Sonntag hatten sie einen Ausflug nach Willingen gemacht, um den Rothaarsteig entlang zu wandern. Das ganze Wochenende hatte er weder die Zeitung gelesen noch Nachrichten gesehen, was eigentlich untypisch für ihn war. Allerdings, wenn er ehrlich war, hatte er auch überhaupt nicht dran gedacht und es war ihm bis zu diesem Moment gar nicht aufgefallen. Samstag war er so damit beschäftigt gewesen, mit seiner Frau zusammen die Kleiderschränke auszumisten, bei der Gelegenheit er ein paar scheußliche bunte Hemden auszusortieren, dass er es sogar verpasste, in die sechs Uhr Nachrichten hereinzuschalten.
Die Meldung jetzt in der Zeitung stand, schockierte ihn zutiefst und er las aufmerksam den ganzen Artikel, aus dem eigentlich nicht viele Informationen zu entnehmen waren. Über den Namen des leitenden Ermittlers stolperte er allerdings. Irgendwie kam er ihm bekannt vor, aber er konnte bei bestem Willen nicht sagen warum. Auch ein kurzes Grübeln brachte

ihn nicht drauf. Doch irgendwann im Laufe der Woche, wenn er schon nicht mehr daran dachte, würde es ihm schon wieder einfallen. Da war er sich sicher.
Hendrik nahm sich vor, den Fall weiter zu verfolgen. Irgendetwas daran reizte ihn sehr, denn es erinnerte ihn an etwas von früher. Nachdem er den Artikel gelesen hatte, blätterte er weiter. Ein weiterer kurzer Absatz über den Gefängnisausbruch vor einigen Tagen verriet, dass es noch immer keine weiteren Fortschritte bei den Ermittlungen zum Ursprung des Messers gab, Maria Navarro aber am vergangenen Sonntag auf dem Friedhof des Gefängnisses beigesetzt worden war. Verwandte waren nicht gekommen. Hendrik wunderte sich über dieses Detail in dem Artikel, doch war auch nicht sonderlich überrascht. Waren es nicht genau solche Informationen, die die Herzen der Leser anrührten? Doch in Hendrik löste es nur Verwirrung aus und er blätterte schnell weiter.
Das Wetter versprach in den nächsten Tagen so schön zu bleiben, wie es das ganze Wochenende über gewesen war und Hendrik nahm sich vor, seine Eltern die Tage zum Grillen einzuladen. Immerhin würden sie heute aus ihrem Winterquartier in Spanien wiederkommen. In Paderborn war es zwar im Winter nur noch selten unter 0 Grad, jedoch machten das alte Leute im Winter doch so, hatte sein Vater einmal scherzhaft gesagt.
Hendrik wusste, dass das nicht ganz der Wahrheit entsprach. Immerhin hatten sie ihr Ferienhaus in Port de Pollença bereits, seit er denken konnte. Als er noch kleiner war, hatten sie jeden Sommer dort verbracht und auch Hendrik war mit seiner Frau und seinen Töchtern schon einige Male dort gewesen.

„Kannst du dich noch an die Steaks bei Mario's erinnern?", hörte er die Stimme seines Vaters noch immer frohlocken. „Noch nie habe ich so ein gutes Steak gegessen wie dort." Hendrik war sich sicher, dass das Mario's nicht der einzige Grund war, warum seine Eltern das kleine Haus am Strand gekauft hatten. Aber es hatte bestimmt dazu beigetragen.

Er nahm einen weiteren Bissen von seinem Baguette und hielt plötzlich in der Bewegung inne. Auf einmal fühlte er sich beobachtet. Die feinen Härchen an seinem Arm richteten sich auf. Langsam drehte er sich um und schaute in alle Richtungen. Die anderen Gäste waren alle in ihre Gespräche vertieft oder lasen ebenfalls in ihren Zeitungen und Büchern. Niemand achtete auf Hendrik und selbst die Kellnerin war nirgends zu sehen.

Das Einzige was ihn anschaute, war sein Spiegelbild in den großen Fenstern des Cafés. Ein Lächeln rutschte ihm über sein Gesicht. *Jetzt wirst du schon paranoid*, dachte er sich und fing fast an zu lachen.

Hendrik aß das letzte Stück seines Mittagessens und trank seinen Kaffee aus, es war Zeit zurück ins Büro zu gehen. Sorgfältig verstaute er die Zeitung in seiner Aktentasche. *Wenn es im Leben doch nur immer so leicht wäre seine Probleme einfach wie die schlechten Nachrichten in der Zeitung zuzuklappen und weg zu stecken*, dachte er seufzend, bevor er aufstand und zum Bezahlen in das Café ging. Charmant lächelte ihn die junge Kellnerin an, als er ihr ein großzügiges Trinkgeld gab.

„Bis zum nächsten Mal", säuselte sie ihm fröhlich entgegen, als er sich verabschiedete und dieses Mal war er sich sicher, dass sie ihm zuzwinkerte. Beschwingten Schrittes setzte er seinen Weg ins Büro fort und nachdem ihn eine so hübsche, junge Frau angemacht hatte, kam ihm der Tag viel weniger stressig vor.

Nach dem Abendessen mit seiner Familie, setzte sich Hendrik mit einer Flasche Bier in den Garten. Der ganze Tag war irgendwie stressig gewesen und er wollte den Abend ruhig ausklingen lassen. Abgesehen von seiner Mittagspause, die er in der Sonne verbracht hatte, war es nämlich nicht ruhiger geworden. Das erste Meeting nachmittags war mit einem großen Kunden, der allerdings unzufrieden über die letzten Quartalszahlen war und deswegen schlecht gelaunt zum Treffen kam. Als er nach Hause kam musste er feststellen, dass sowohl Lia als auch Clara sich mit einer Grippe angesteckt hatten und auch nicht in der besten Verfassung waren. Lia quengelte die ganze Zeit über und hustete wie ein Weltmeister und Clara verbrachte die meiste Zeit mit Weinen. Lauras Nerven waren dementsprechend angespannt und ihre Laune auch nicht wirklich gut.
Draußen war eine herrliche Luft. Die Sonne war noch nicht untergegangen und erhellte mit ihren letzten Strahlen für diesen Tag den Garten. Das Wasser im Pool schwappte leise vor sich hin, was Hendrik sehr beruhigte. Er liebte es in seinem gepflegten Garten zu sitzen und über das Leben nachzudenken. Weder er noch Laura hatten zwar ein Händchen für Gartenarbeit, aber dafür gab es ja schließlich Personal. Seit sie das Haus gebaut haben, kümmerte sich Wilhelm, ein älterer

Mann, der immer leicht gebückt ging und den Hendrik noch nie ohne Schlapphut und grüner Latzhose gesehen hatte, mit viel Leidenschaft um die Pflanzen und alles was dazu gehörte. Täglich kam und goss, hegte und pflegte er ihren Garten, was dementsprechend eine hohe monatliche Rechnung nach sich zog. Allerdings waren Hendrik seine Dienste jeden Cent wert. *Zu einem schönen Haus gehört ein schöner Garten.* Auch das hatte seine Mutter immer gesagt. Und er fand sie hatte recht.
Hendrik ließ den Tag nochmal Revue passieren, ging noch mal jedes Meeting durch. Nach der Mittagspause war er wieder ins Büro gegangen und musste den aufgebrachten Kunden beruhigen. Anfangs fiel es ihm bei den Anschuldigungen des Klienten, Hendriks Firma habe Fehler bei der letzten Quartalsabrechnung gemacht, nicht schwer die Nerven zu behalten. Jedoch ließ der Kunde sich durch seine Erklärungen nicht beruhigen und so wurde auch Hendrik immer ungeduldiger. Was er zwar nicht am Kunden ausließ, trotz dessen glaubte er, dass seine Gesprächspartner es spürten, wie er immer angespannt wurde. Hendrik war noch nie ein Mensch gewesen, der unhöflich anderen gegenüber war, denn das wäre etwas, was seine Eltern ihm sofort ausgetrieben hätten. Was brachialer klang als es wirklich war, denn seine Eltern waren die liebsten Menschen, die es gab.
Er musste daran denken wie er 10 Jahre alt war und seine Eltern an ihrem freien Tag mit Hendrik 120 Kilometer in eine Tierklinik gefahren sind, weil ein Vogel vor sein Kinderzimmerfenster geflogen war und sich den Flügel gebrochen hatte. Hendrik konnte sich noch genau daran erinnern wie dumpf der Aufschlag gegen die Glasscheibe geklungen hatte. Sofort

war er in den Garten gerannt und hatte dort den kläglich piepsenden Vogel gefunden, der wie betrunken auf der Wiese herum torkelte und den rechten Flügel in einem merkwürdigen Winkel abstehen hatte.
Panisch hatte Hendrik nach seinen Eltern geschrien. Diese kamen sofort angerannt und ohne zu zögern hatte seine Mutter damals ihren Blazer ausgezogen und das Tier vorsichtig darin eingewickelt. Sein Vater telefonierte herum, wohin sie den Vogel bringen konnten und die drei wahren augenblicklich in den Wagen gesprungen und die weite Strecke gefahren. Eigentlich hatten seine Eltern an dem Tag geplant in Bielefeld in eine Ausstellung von einem bekannten Maler zu gehen, aber als der Unfall des kleinen Vogels dazwischenkam, hatten sie nicht mehr über ihre ursprünglichen Pläne nachgedacht.
„Natürlich bezahlen wir die Rechnung!“, hatte seine Mutter der Tierarzthelferin entrüstet geantwortet, als diese danach fragte. In dem Moment war Hendrik unglaublich stolz auf seine Mutter gewesen und auch auf seinen Vater, dass sie sich so für das verletzte Tier eingesetzt hatten.
Er lauschte dem leise beginnenden Zirpen der Grillen, die langsam erwachten. Es würde bestimmt ein herrlicher Abend werden.
Hendrik nahm einen weiteren Schluck von seinem Bier.
Vorhin erst hatte er mit seiner Mutter telefoniert und sie zu einem Abendessen am Donnerstag eingeladen. Fröhlich nahm sie die Einladung an und hatte ihm dann fast eine halbe Stunde lang von dem herrlichen Wetter erzählt, was sie den Winter über in Spanien gehabt hatten. Er hörte geduldig zu und gab zwischendurch immer wieder zustimmende Laute von sich,

aber im Prinzip hatte seine Mutter dieses Gespräch nur mit sich selbst geführt. Normalerweise telefonierte Hendrik gerne mit seinen Eltern, aber heute hatte er das Gefühl, ein bisschen neben sich zu stehen. Er versuchte das auf den stressigen Tag und darauf zu schieben, zwei kranke Kinder und eine gestresste Ehefrau zuhause zu haben, aber er musste zugeben, dass ihn auf eine Art und Weise auch die Nachricht über den Mord in der Stadt beschäftigte. Irgendwie hatte sie etwas in ihm geweckt, eine Erinnerung an etwas, von dem er dachte, dass es für immer nur eine entfernte Erinnerung bleiben würde. Immerhin war schon eine Menge Gras über die Sache gewachsen. Obwohl Hendrik versuchte, diesen Gedanken wieder in eine Ecke in seinem Kopf zu schieben und mit ihr nicht den Teufel an die Wand zu malen, kam sie immer wieder hoch, wie in dem Moment, als seine Mutter ihm von ihrem Silvester am Strand erzählte.

„Hendrik, hörst du überhaupt zu?“, fragte sie mehr besorgt als entrüstet darüber, dass er ihr überhaupt nicht zuhörte.

„Was? Äh, ja, ja. Entschuldige, ich bin irgendwie mit den Gedanken wo anders.“

„Was ist denn los?“, fragte sie nach.

Hendrik seufzte. Er wollte seiner Mutter nichts davon erzählen, um sie nicht zu beunruhigen. Denn obwohl sie keine Zeitung las und auch nicht oft die Nachrichten sah, würde sie noch früh genug von dem Mord erfahren. Hendrik war sich sicher, dass seiner Mutter dann dieselbe Erinnerung heimsuchen würde wie ihn.

„Lia und Clara sind krank und du weißt ja wie das ist. Clara weint viel und Lia ist nur am Husten. Das ist kräftezehrend“,

log er in der Hoffnung, dass Susanne, seine Mutter, es nicht merken würde. Immerhin ist die Krankheit der Kinder nur für Laura anstrengend gewesen, da sie den Tag zuhause verbracht hatte und sich um sie kümmerte.
Kurz dachte Hendrik, seine Mutter würde ihm nicht glauben und merken, dass seine Stimme komisch klang. Aber dann sagte sie: „Du musst ihnen ein Honigbad machen."
Susanne schwor auf die Heilkräfte von Honig. Bereits als Hendrik ein Kind war hatte er jeden Tag einen Löffel Honig in seinen Tee bekommen. Seitdem er aber alt genug war, um sich zu trauen seiner Mutter zu widersprechen, hatte er nie wieder auch nur an Honig gerochen. Denn es gab nichts, was er so hasste wie Honig. Ob das daran lag, dass er früher gezwungen wurde so viel davon zu essen oder ob er es sowieso nicht mochte, konnte er nicht sagen.
„Ich werde es Laura sagen."
„Du weißt, dass es wirkt. Bis Donnerstag sind die beiden wieder putzmunter und können mit ihren Großeltern im Garten herumtollen", lachte Susanne und Hendrik musste grinsen. Die Vorstellung wie sein Vater mit seinen inzwischen 70 Jahren mit seinen Enkeltöchtern im Garten Fangen spielt, hatte etwas Verqueres an sich. Sein Vater war zwar körperlich noch topfit, aber nicht der Mensch der wie ein Kind herumtollte. Hendrik verabschiedete sich von seiner Mutter und sagte er freue sich auf ihren Besuch, dann hatte er aufgelegt. Laura kam auf die Terrasse und ließ sich neben ihren Mann in einen der Gartenstühle fallen. Sie sah erschöpft und müde aus.
„Clara und Lia schlafen jetzt." Laura grinste ihren Mann an. Hendrik reichte ihr sein Bier und sie nahm es dankbar an.

„Ich werde heute Nacht aufstehen, wenn irgendwas mit den Kindern ist. Dann kannst du durchschlafen. Du siehst fertig aus, mein Schatz und morgen musst du ja wieder in die Uni." Er versuchte seiner Frau aufmunternd zuzulächeln.
„Das ist lieb, aber ich habe die Vorlesungen für morgen bereits abgesagt. In dem Zustand in dem die Mädchen sind, kann ich sie schlecht meiner Mutter überlassen. Sie macht ihre Sache wundervoll, aber ich denke, das wird sie überfordern. Außerdem weißt du doch wie unsere Mädchen sind: Wenn sie krank sind, brauchen sie ihre Mami." Laura lächelte und sah dann ebenfalls in den Garten hinaus, so wie Hendrik es noch vor einigen Minuten gemacht hatte. Die Sonne schob sich gerade hinter die Bäume des Nachbargrundstückes, als ein lauter Schrei von Clara aus dem oberen Stockwerk ertönte. Laura seufzte und gab ihrem Mann die Flasche Bier zurück.
„Die Mami wird gerufen." Mit hängenden Schultern machte sie sich auf den Weg ins Haus. Hendrik liebte es, dass seine Frau so viel Ruhe und Kraft für ihre drei Kinder aufbringen konnte. Die Schreie von Clara verstummten und nun konnte Hendrik wieder die Grillen hören, die im Garten ihr Konzert veranstalteten. Er gestattete sich noch einmal daran zu denken, wie er in dem Café saß und die Kellnerin mit ihm flirtete. Gleich würde er es Laura erzählen, wenn sie sich wieder zu ihm setzen würde. Mal sehen wie sie darauf reagierte, denn eigentlich war sie niemand der schnell eifersüchtig wurde. Aber vielleicht, wenn er ihr erzählen würde, wie jung die Frau gewesen war? Geschmeichelt grinste er, nahm noch einen Schluck von seinem Bier und beobachtete das Glitzern des Wassers im Pool.

5. Kapitel

Bereits vor Stunden war die Sonne untergegangen, aber erst jetzt schob sich der Mond langsam über die Wipfel der Bäume, die den Park umrandeten und den Blick auf die mehrstöckigen Bürogebäude dahinter verdeckten. Sterne waren schon länger an dem dunkelblauen Nachthimmel zu sehen und Damian hatte stumm auf der unbequemen hölzernen Parkbank gesessen und in den Himmel geschaut. Als Kind hatte er sich gewünscht, dass er auf einem Stern wohnen könnte. Dann wäre er weit genug von all dem entfernt und könnte von oben auf alle herabsehen. Aber das war nur die Idee eines kleinen dummen Jungen gewesen, der irgendwie versuchte der Realität zu entfliehen.

In diesem Teil des Parks gab es keine Laternen und so war es nur der Mond, der ein wenig Licht spendete und die Szene in ein kaltes, wenig einladendes Licht tauchte. Seine Augen hatten sich schon lange an die Dunkelheit gewöhnt und seinetwegen hätte der Mond nicht aufgehen müssen. Jetzt war er nur ein weiterer Zeuge von dem, was Damian heute Nacht vorhatte. Und genauso wie die Sterne würde auch dieser Zeuge schweigen und sein Geheimnis für immer bewahren. Wie er auch so viele andere grausame Dinge bewahrte, die er jede Nacht überall auf der Welt zu sehen bekam.

Wie lange er schon da gesessen hatte, konnte Damian nicht sagen. Vielleicht war es erst ein paar Minuten oder sogar schon Stunden. Aber es war auch nicht wichtig.

Irgendetwas hatte ihn innehalten lassen als er durch den Park ging. Wahrscheinlich der Gedanke an seine Mutter. Als ob sie nicht schon die ganze Zeit in seinem Kopf herumspukte,

musste sie sich noch in manchem Momenten in den Vordergrund stellen und sein Denken vollkommen vergiften. Seit vier Tagen war sie nun schon tot und er fühlte sich kein bisschen besser. Hatte er früher nicht immer gedacht, er würde sich befreit fühlen, wenn sie endlich tot sein würde?
Der erste Tag, nachdem er mit diesem jungen Ding fertig war und die Kopfschmerzen sich gelegt hatten, fühlte er sich besser. Ja wirklich, das hatte ihm geholfen. Doch es war nun auch schon wieder viel zu lange her und das mächtige Gefühl, das er danach hatte, war nur noch ein Schatten in seinem Kopf. Das Gefühl schwand mit jedem Tag immer mehr. Und auch wenn er die letzten Tage erwacht war, dann waren die Kopfschmerzen, die anfangs nur ein dumpfes Pochen waren, immer weiter angeschwollen. Sie waren zwar noch erträglich im Moment, aber wer wusste schon wie lange noch.
Vielleicht hatte ihn aber auch der Geruch des feuchten Grases einhalten lassen, das ihn hier im Park umgab. Die Situation kam ihm ungemein vertraut vor, denn es war genau wie damals. Bei Melissa, seiner Ersten, vor 21 Jahren.
Er hatte doch eigentlich nur mit ihr reden wollen. Verwirrt war er nachts über das Campusgelände geirrt und wollte mit irgendwem reden. Damian hatte an dem Tag erfahren, dass seine Mutter wegen Drogenhandel, Prostitution und Mord verhaftet worden war, worauf ihr lebenslänglich drohte. Es hatte ihn bis ins Mark erschüttert, auch wenn er gewusst hatte, dass es irgendwann soweit kommen musste. Dass seine Mutter auf Drogen war, war immerhin nichts Neues für ihn und auch nicht, dass sie sich verkaufte. Er war damals erst sechs Jahre alt, aber das hatte er sehr wohl verstanden.

Sie nannte es dann immer „Betten machen“, wenn sie einen wildfremden Mann mit nach Hause brachte. Dann grinste sie immer völlig stoned und dachte, dass sie Damian weiß machen konnte, es wäre wirklich nur Betten machen. Aber sie war damals bereits weit weg von der Realität abgedriftet. Wenn sie dann mit einem Mann zum „Betten machen“ zu ihnen nach Hause kam, musste Damian immer in seinem Zimmer bleiben und leise sein.

Manchmal schloss sie ihn auch ein. Dann saß er in seinem Schrank und presste die Hände so fest auf seine Ohren, dass alles Blut aus ihnen wich. Doch er konnte noch immer ihre Schreie im Nebenzimmer hören. Vor Lust oder Schmerz, konnte Damian bis heute nicht sagen. Manchmal wird er nachts wach, weil die Schreie noch immer in seinem Kopf widerhallten.

Aber am schlimmsten war es, wenn sie die Tür nicht abschloss. Wenn sie sie offenließ und in ihr Schlafzimmer ging um sich zu zudröhnen, während die Männer in sein Zimmer kamen und die Tür hinter sich abschlossen.

Damian ballte die Hände zusammen. All diese schrecklichen Erinnerungen waren wieder hochgekommen, als er hörte, dass seine Mutter verhaftet worden war. All diese Erinnerungen, die er versuchte zu verdrängen. Ihr Bild in der Zeitung hatte ihn völlig aus der Fassung gebracht. Zugedröhnt grinste sie in die Kamera. Es war damals nur wenig Genugtuung für ihn, dass sie jetzt weg gesperrt wurde. Er war damals so durcheinander gewesen und wollte doch nur mit irgendwem reden, die schrecklichen Erinnerungen wieder verbannen. Irgendwie dafür sorgen, dass die schlimmen Gedanken, die in seinem

Kopf wüteten, aufhören und die Stimmen endlich schweigen. Dass es so weit kam wollte er doch gar nicht, zumindest war es nicht geplant. Er wusste doch nur nicht wohin mit sich. Tagsüber hatte es geregnet und die Wiese hatte genauso gerochen wie jetzt das Gras hier im Park.
Und dann hatte er sie getroffen. Sie war alleine unterwegs und weit und breit war niemand zu sehen. Keine anderen Studenten, keine Professoren, nicht einmal die Campussecurity. Warum hätte auch jemand unterwegs sein sollen um diese Uhrzeit? Nur sie war da. Sie trug einen Stapel Bücher im Arm, den sie fester an sich drückte, als er sie ansprach.
Sie hatte sich erschreckt, dies konnte er in ihren kleinen braunen Augen sehen. Damian kannte sie nicht, aber ihre weichen Gesichtszüge entspannten sich zuerst als sie ihn sah. Doch dann irgendwann mischte sich Angst in ihren Blick. Damian sah es in ihren Augen und konnte es in ihren Ausflüchten hören. Er wollte doch nur mit ihr reden, mit irgendwem. Wirklich nur reden. Sein Kopf schmerzte so sehr und er wusste nicht wohin mit allem.
Und dann kam dieser abwertende und abweisende Blick von ihr, als er weiter auf sie einredete. Sie wollte gehen, er reden. Das passte nicht zusammen. Und dann wurde sie auch noch frech, gar unverschämt.
Plötzlich hatte alles in ihm ausgesetzt und im nächsten Moment stach er schon auf sie ein. Warum er überhaupt ein Messer bei sich hatte, konnte er weder in dem Moment noch hinterher sagen. Vielleicht wusste sein Unterbewusstsein ja doch was er in dieser Nacht vorhatte und nahm es deswegen aus der Mensa mit.

Sie schrie nicht als er zustach, dafür war sie viel zu perplex. Sie ließ nur die Bücher los, die mit einem dumpfen Geräusch auf den nassen Boden aufschlugen. Damian bohrte das stumpfe Messer tiefer in ihren Leib und spürte ihren süßen Atmen an seinem Ohr, als sie sich auf ihn stützte, als wenn er ihr helfen sollte. Aber das konnte sie vergessen. Ihre unverschämten Blicke würde er ihr schon austreiben. Damian war wie von Sinnen als er auf sie einstach. Es war befreiend, beflügelnd. Er bekam eine Erektion.
Wie oft er auf sie einstach konnte er nicht sagen. Das nächste, woran er sich erinnerte, war wie er über ihr stand, schwer keuchend vor Anstrengung. Das Messer in der Hand, von dem Blut aufs kühle Gras tropfte. Melissa lag unter ihm. Wie ein Tier das von einem Rudel Wölfe zerfleischt wurde. Er konnte in sie hineinsehen. Nicht auf eine metaphorische oder poetische Art und Weise, er konnte in ihr Inneres sehen.
Ihre Organe oder das, was noch davon übrig war. Er sah ihr Herz. Obwohl es mehr wie ein Nadelkissen wirkte, aus dem rote Suppe lief. Er bückte sich und riss ihr den Rest dessen aus der Brust. Kläglich, wie ein nasser Lappen lag es in seiner Hand. Es war warm. Noch. Blut tropfte aus ihm heraus, ergoss sich über seine Hand und lief seinen Arm entlang. Damian konnte sich noch genau daran erinnern, wie er sich in dem Moment fühlte. Es war das befreienste Gefühl, das er je erlebt hatte. Er fühlte sich erleichtert. Auf eine merkwürdige Art und Weise erleichtert und doch irgendwie noch wütend, als er seine Tat auf dem Boden ausbluten sah. All die Wut und sein Leid waren in den letzten Minuten aus ihm herausgeflossen, aber es hatte die Falsche getroffen. Sein ganzer Hass richtete

sich gegen seine Mutter, aber sie war gerade nicht greifbar. Damian betrachtete das Herz in seiner Hand. Wie ein nasser Schwamm lag es darin und gab ein schmatzendes Geräusch von sich als er es zusammendrückte.
Wie sehr er sich doch wünschte, dass es das seiner Mutter wäre. Er hätte es aus ihr herausgerissen und ihr in den Hals gerammt. Er hätte auf sie gespuckt, wie sie damals auf seine Selbstachtung, seine Kindheit und alles was ihn ausgemacht hatte. Damals.
Er seufzte und warf das Herz auf den Boden wo es in einer Lache aus Blut und Dreck liegen blieb. Er betrachtete noch einmal seine Erste. Leere leblose Augen starrten ihn an. Es tat ihm nicht leid, nicht eine Sekunde. Und er wusste in dem Moment schon genau, dass es nicht die Letzte war.
Sie sah einen Moment lang wie seine Mutter aus. Braunes Haar, braune Augen und die Haut ein bisschen dunkler. Sie sah seiner Mutter zum Verwechseln ähnlich. Natürlich nur dem Bild was er vor Augen hatte als er noch ein Kind war. Mit dem jetzigen drogengeschundenen Gesicht hatte das hier nichts mehr zu tun. Doch irgendwas fehlte und er wusste genau was. Das Einzige, was ihn jemals richtig stolz gemacht hatte in seinem Leben. Als er sich gewehrt hatte, als sie ihn zu Boden drückte und auf ihn einschlug. Er hatte nach dem Ersten gegriffen was seine kleinen Hände finden konnten, um sich zu wehren. Und das war nun Mal die halbleere Flasche Wodka, die seiner Mutter auch die blendende Laune verpasst hatte, die sie jetzt an ihm ausließ. Mit der ganzen Kraft, die ein Siebenjähriger aufwenden konnte, hatte er zugeschlagen, bevor sie ihre Hände noch fester um seinen Hals zudrücken

konnte. Es gab einen dumpfen Aufschlag, ein klirrendes Geräusch und einen unheimlich klingenden Schmerzensschrei, als die Flasche an ihrem Gesicht zerbrach und sich in ihr Fleisch bohrte. Doch wenigstens ließ sie so von ihm ab und er bekam wieder Luft. Panisch saugte er sie ein, während seine Mutter sich das Gesicht hielt, an dem jetzt Blut mit Wodka vermischt herunter tropfte. Sie hatte ihn danach tagelang in seinem Zimmer eingesperrt, aber das war es ihm wert gewesen. Den Rest ihres erbärmlichen Lebens musste sie nun mit der Narbe herumlaufen, die er ihr beim einzigen Mal, als er sich gewehrt hatte, zugefügt hatte. Zwar war sie im Laufe der Jahre immer mehr verblasst und inzwischen nur noch als feine weiße Linie in ihrem Gesicht zu sehen, aber wenn man wusste was man suchte, konnte man sie erkennen. Doch blutig und frisch hatte sie ihm viel besser gefallen.
Damian hatte sich neben die Leiche gekniet und das Messer angesetzt. Es war mehr reißen als schneiden, als es durch die Haut in ihrem Gesicht fuhr. Aber es war schon in Ordnung so. Jetzt sah sie wirklich aus wie seine Mutter. Zufrieden blickte er sein Werk einen Moment lang an, bevor er sich plötzlich umdrehte und sie im Gras liegen ließ. Auf einmal konnte er ihren Anblick nicht mehr ertragen.
Es war lange her, dass er an sie hatte denken müssen. Aber jetzt wo er es tat, war es, als wenn es erst gestern Nacht gewesen wäre. Seine Erste vergisst man wohl nie. Doch auch damals hielt dieses Gefühl der Befriedigung nur einige Tage an. Er spürte wie es wieder in ihm aufkochte, diese Wut.
Die Zweite war genauso leicht zu finden. Man hätte doch meinen können, dass die Frauen vorsichtiger geworden wären.

Aber das Einzige, was seine Zweite bei sich hatte, als sie nachts über den Campus lief, war eine lächerliche Trillerpfeife. Und die konnte er ihr aus der Hand schlagen bevor sie sie auch nur an ihre Lippen ansetzen konnte. So sehr er sich auch bemühte, er konnte sich einfach nicht mehr an ihren Namen erinnern.

Wie lange Damian nun bereits in dem Park war konnte er nicht genau sagen, aber der Mond war nun vollständig zu sehen. Die langsam abnehmende Scheibe erhellte den ganzen Park in seinem typischen kühlen Licht. Damian starrte zu ihm hinauf, als er plötzlich Schritte hörte, das Knirschen von Kies und Atemzüge.

Eine Joggerin und sie war pünktlich. Damian wusste genau wer da kam. Es war diese Jenny, die in dem kleinen Café unten am Ende der Fußgängerzone arbeitete. Erst heute Mittag hatte er wieder bei ihr gesessen und sich einen Kaffee geholt. Er hatte immerhin keinen Job und somit viel freie Zeit, zumindest solange es hell war. Seit er sich diese Lisa geschnappt hatte, fühlte er sich auf einmal wieder so frei und lebendig, wie seit Jahrzehnten nicht mehr. Als hätte sein Dasein endlich wieder einen Sinn. Er schlich nicht mehr ohne Plan durch die Welt, denn jetzt hatte er wieder einen. Und den wollte er nicht mehr aus den Augen verlieren wie damals. Also hatte er eine Weile bei ihr gesessen und die anderen Gäste beobachtet.

Irgendwas hatte ihn an diesem Mittag förmlich in das Café gezogen, wovon er zuerst nicht sagen konnte was es war. Aber als er so dasaß und sich umsah hatte er gemerkt, dass der Grund dafür nicht die Kellnerin war, sondern er. Er hatte mit dem Rücken zu ihm gesessen, aber im Spiegelbild des großen

Fensters der Front des Cafés konnte er ihn genau erkennen. Er war um einiges älter geworden, was klar war, immerhin war ihre letzte Begegnung ebenfalls schon 21 Jahre her, aber er hatte ihn sofort wieder erkannt.
Damian kannte ihn von der Universität, sie hatten zusammen im Kurs für Wirtschaftsrecht gesessen. Außerdem glaubte Damian, dass er ihm einmal im Studentenwohnheim begegnet war, aber diese Erinnerung konnte ihn auch täuschen. Woran sich Damian aber noch genau erinnerte war, dass dieser Typ ein arroganter, eingebildeter Kerl war. Doch irgendwie hatte das Damian auch gefallen. Irgendetwas an ihm hatte ihn an seinen kleinen Bruder erinnert und das tat gut. Immerhin hatte er seit er acht Jahre alt war keinen Kontakt mehr mit ihm gehabt.
Doch irgendwann wollte dieser eingebildete, arrogante Kerl nichts mehr mit Damian zu tun haben. Das hatte ihn furchtbar verletzt, weil er bei ihm das Gefühl hatte, verstanden zu werden. Aber als er den Grund dafür herausfand, war er nur noch wütend. Diese blonde Frau war schuld, sie mit ihrer hochnäsigen Art. Sobald er sie kennen gelernt hatte, hatte er keine Verwendung mehr für seinen neuen Freund und hatte ihn abgeschoben. Dieses Weibsbild hatte ihn ihm einfach weggenommen. Damian hatte das unglaublich aus der Fassung gemacht. Diese Erinnerungen fütterten wieder seine Wut, als er in dem kleinem Café saß und den Typen beobachtete wie er an seinem Kaffee nippte. Wie war nochmal sein Name? Damian war sich nicht sicher.
Lange hatte er dagesessen und überlegt was er machen sollte. Wenn er seinem Leben schon einen neuen Sinn gab, dann

wollte er sich auch dafür rächen, dass dieser Typ und die Schlampe ihm damals so weh getan hatten. Ihm würde bestimmt etwas Schönes einfallen, um sich zu rächen. Die Blonde war zwar nicht sein Typ, aber wenn es um Vergeltung ging, konnte man nicht wählerisch sein. Das Gefühl diesem arroganten Typen seine Frau wegzunehmen reizte Damian. Und so schwer war das bestimmt auch nicht. Sobald es sich in der Stadt herumgesprochen haben würde, dass er wieder da ist und so lange konnte das ja nicht dauern, würden nur die Brünetten besser auf sich aufpassen. Warum auch die anderen? All die mit den schwarzen, roten oder blonden Haaren hatten immerhin vor dem Paderborner Ripper nichts zu befürchten. Damian musste grinsen bei dem Namen. Er selbst hätte ihn sich nicht gegeben, immerhin klang er total lächerlich, aber irgendwie mussten sie ihn ja nennen. Er hätte es ja auch schlimmer treffen können. Außerdem beschrieb der Name doch genau was er tat. Er schlitzte nun mal. Zudem fühlte er sich irgendwie besonders mit Jack the Ripper auf eine Stufe gestellt zu werden. „Das Monster von Paderborn" oder „Der Paderborner Vergewaltiger" hätte ihn irgendwie verletzt, denn es würde ja auch gar nicht stimmen. Weder vergewaltigte er die Frauen noch war er ein Monster. Hätte ihn so jemand genannt, dann hätte er dem Herren oder der Frau von der Presse mal einen Besuch abstatten müssen, um das zu klären. Doch mit Ripper konnte er leben.
Damian hatte einen Schluck Kaffee genommen und den arroganten Typen weiter im spiegelnden Fenster des Cafés beobachtet. Später würde er ihm folgen, wenn er das Café verließ. Es sollte wohl nicht allzu schwer sein herauszufinden wo er

arbeitet und wohnt. Immerhin war er auch nicht sonderlich aufmerksam. Bestimmt beobachtete Damian ihn nun schon seit 10 Minuten, aber er war so mit seiner Zeitung beschäftigt, dass er es nicht merkte. Womöglich hätte er ihm die Aktentasche, die neben ihm am Stuhl lehnte, klauen können, ohne das er es merkte. Aber das hätte Damian nichts gebracht, denn er wollte nicht, dass der Typ jetzt schon auf ihn aufmerksam wird. Das würde er schon noch früh genug werden.
Die Kellnerin Jenny war sehr nett zu ihm, warum auch nicht? Immerhin bekam sie ja Geld von ihm. Solange sie weiterhin so nett zu Damian war und auch weiter mit ihm flirtete, sollte ihm das egal sein, zu wem sie es noch war.
Nach seiner Bestellung hatte er sie in ein Gespräch verwickelt. Da erzählte sie ihm auch, dass sie abends gerne laufen ging, wenn die Hektik des Tages vorbei war. Schon nach dem zweiten Lächeln von ihm hatte sie ihm das Du angeboten und bereitwillig ihren Namen gesagt. *Sie hat es wohl wirklich nötig*, hatte Damian in dem Moment gedacht, aber sie angelächelt und ihr seinen Namen gesagt.
„Der Park hier um die Ecke ist perfekt fürs Joggen. Keine Menschenseele ist abends dort und man kann seinen Gedanken freien Lauf lassen. Vielleicht magst du ja mal mit mir laufen?“, hatte sie noch hinten drangehängt und ihn süß angelächelt.
Damian hatte es erwidert und sich gedacht, wie dumm sie doch war. Sie hatte ihrem Mörder gerade den perfekten Rahmen geschaffen, um sie zu töten. Ein Park, nachts, keine Menschenseele außer die beiden. Besser konnte es nicht sein. Dass sie genau die Richtige war, hatte sich Damian schon gedacht

als er sie das erste Mal gesehen hatte. Sie war nicht sonderlich groß, doch schlank. Aber nicht dürr, sondern durchtrainiert. Lange, lockige braune Haare, die sie zu einem hohen Pferdeschwanz trug. Ihre Augen waren ein bisschen zu hell. Eher goldbraun als richtig braun, aber dafür waren ihm ihre Lippen aufgefallen. Sie waren feminin geschwungen und von Natur aus voll. Sie erinnerten ihn an die Lippen seiner Mutter.
Damian wandte seinen Kopf in Richtung der näher kommenden Geräusche und dann im nächsten Moment sah er sie. Leicht und mit langen anmutigen Schritten lief sie an ihm vorbei und nahm ihn im ersten Moment nicht wahr.
Erst nach einem flüchtigen Blick in seine Richtung verlangsamten sich ihre Schritte. Damian musste grinsen. Er hatte die Hand schon um den Griff seines Messers gelegt. Er stand auf und ging auf sie zu. Im Mondlicht konnte er ihr Gesicht sehen, sie erkannte ihn. Schwer atmend kam sie ihm entgegen und lächelte. Das gleiche süße Lächeln wie diesen Mittag als sie ihn zum Joggen einlud.
„Hallo, was machst du hier?“, fragte sie ehrlich überrascht, aber trotzdem konnte er ihre Freude in den Worten wahrnehmen. Schon im ersten Moment hatte er gemerkt, dass er ihr gefiel.
„Ich wollte dich sehen.“ Damit log er noch nicht mal.
Ihr Lächeln wurde breiter und ihre Augen leuchteten auf. Noch immer atmete sie schwer und Damian konnte sehen wie sich ihre Brüste unter der dünnen Jacke beim Atmen hoben und senkten.
„Zum Joggen bist du aber nicht richtig angezogen.“ Scherzhaft deutete sie auf seine Jacke und seine Lederschuhe.

Damian genoss den Moment. Noch war Jenny überhaupt nicht bewusst, was hier vor sich ging.
„Ich bin auch nicht zum Joggen hier.“ Die Worte kamen verruchter über seine Lippen als er sie hatte sagen wollen. Sie dachte aber wahrscheinlich eh nur daran, dass er sie anmachte, also machte es wohl nichts.
Sie grinste ihn verschmitzt an. „Nicht?“ Sie kam einen Schritt näher und nun konnte Damian ihren süßen Duft wahrnehmen. Eine Mischung aus Schweiß und Seife, es war irgendwie anziehend.
„Warum bist du dann hier?“ Jenny biss sich auf die Lippe und ließ ihre Hand über seine Brust gleiten.
Damian hielt die Luft an. Er liebte diesen Moment einfach. Er machte noch einen weiteren Schritt auf sie zu und Jenny atmete langsam aus. In ihren Augen erkannte er, dass sie wollte, nein hoffte, er würde sie küssten.
„Um dich zu töten“, hauchte er ihr entgegen. Eigentlich wollte er es ihr ins Ohr flüstern, aber dann hätte er nicht ihr Gesicht sehen können. Diesen wundervollen Moment, wenn eine Welt zusammenbricht.
Einen winzigen Moment, wirklich nur in einem Bruchteil einer Sekunde, huschte Sorge über ihr Gesicht. Es war so kurz, dass Damian es verpasst hätte, wenn er geblinzelt hätte.
„Was?“, lachte sie auf. Aber ihre Augen konnten nicht lügen. Langsam mischte sich Ungewissheit in ihren Blick.
„Ich werde dich töten. Dich aufschlitzen und ausweiden. Dir dein Leben nehmen und dich dann achtlos wegwerfen.“
Die Farbe wich aus Jennys Gesicht, als ihr klar wurde, dass der Mann, denn sie mittags noch so attraktiv fand und mit dem

sie sich vorstellen konnte eine Affäre anzufangen, nicht scherzte. Und in dem Moment überschlug sich alles. Ihre Gedanken und die Handlung. Ihr Instinkt sagte ihr „Lauf weg!“, doch ihr Körper war wie gelähmt und das nächste was sie spürte war ein brennender Schmerz, der sich in ihrem Bauch wie ein Lauffeuer ausbreitete.
Noch bevor sie begreifen konnte was passierte, rammte Damian ihr das Messer in den Brustkorb. Alle Luft schien zu entweichen, einen Schrei von sich zu geben war unmöglich. Mit offenem Mund und röchelnd starrte sie den Mann ihr gegenüber an, der ihr lustvoll das Messer zwischen die Rippen stieß. Jenny sah den Hass in seinen Augen und in dem Moment wusste sie, dass es zu spät war. Ihr Verstand rief, nein schrie sie an, sie solle sich bewegen, sich wehren. Aber ihr Kopf war noch immer damit beschäftigt den Schmerz und die Ereignisse zu verarbeiten. Jenny sah an sich hinab. Ihre Hände hatten nach dem Arm des Mannes gegriffen, hielten ihn fest und versuchten ihn aufzuhalten, ihn von sich zu stoßen, aber es war zwecklos, er war zu stark.
Die Luft blieb ihr weg und sie konnte nicht schreien, selbst als sie es versuchte. Aber was hätte es auch gebracht? Sie wusste genau, dass um die Uhrzeit niemand mehr in dem Park sein würde. Ihre Schreie würden für immer ungehört bleiben. Verhallten in einer Welt aus Stille, in die alle Schreie verschwanden, die nie gehört wurden.
Eine Flut von Sinneswahrnehmungen überkam sie. Ein Schmatzen und Reißen, das von dem Messer kam, das in ihr herumwühlte. Und diese Schmerzen, diese unerträglichen Schmerzen, die sich in ihr Innerstes bohrten.

Damian hatte die Lust gepackt und er stach wie von Sinnen weiter auf sie ein. Es war besser als er es sich vorgestellt hatte, besser als er hoffen konnte. Er stellte sich vor, dass nicht Jenny, dieses dumme, dumme Mädchen hier vor ihm am Sterben war, sondern dass es seine Mutter sei. Feminin geschwungene Lippen, die ihm zu hauchten, dass es ihr leidtat, was sie ihm angetan hatte. Aber dafür war es zu spät. Viel zu spät.
Hätte er damals schon die Kraft oder den Mut gehabt, er hätte es damals schon getan. Sich nachts an ihr Bett geschlichen und ihr das Messer in den Bauch gerammt. Wie sie wohl reagiert hätte? So voll gedröhnt wie sie immer war, hätte sie bestimmt nicht einmal gespürt, dass sie gerade am Sterben war. Doch Damian war damals nur ein Kind gewesen, nicht stark genug. Aber jetzt war er mächtig. Erwachsen. Und jetzt konnte ihn keine mehr so verletzten wie seine Mutter es damals getan hatte. Jetzt würde er sich an ihr rächen.
Noch immer stach er auf die Frau ein, auch als sie längst am Boden lag und in ihren Augen kein Glanz mehr war. Er war gefangen in einem Blutrausch und es spritzte in alle Richtungen. Bedeckte seine Kleidung und auch sein Gesicht. Erst als er merkte, dass der Körper der Frau keinen Widerstand mehr gab, hörte er auf und kam langsam wieder zu sich. Schwer keuchend kniete er neben ihr und betrachtete sie voller Abscheu.
Der Mond stand inzwischen voll am Himmel und Damian konnte sein Glitzern in den leblosen Augen von Jenny sehen. Irgendwie hätte man denken können, dass sie einfach nur daliegt und den Mond bewunderte. Sanft, fast zärtlich, streichelte er ihr noch einmal übers Gesicht, bevor er das Messer

ansetzte und ihr vom Ansatz der Schläfe die Wange aufschnitt. So war es besser, viel besser. Zaghaft traten ein paar Tränen aus Blut hervor, liefen ihr Gesicht herab und färbten ihre Lippen dunkelrot. So sah sie wirklich viel besser aus. Dann stand Damian auf und sah sie noch einen Moment an, zufrieden mit sich und der Welt, bevor er selbst an sich herabsah und merkte, dass er voller Blut war. Doch als hätte Jenny auch daran gedacht, befand sich hier im Park ein kleiner See in dem er sich waschen konnte. So konnte er immerhin nicht nach Hause gehen. Auch seine Klamotten konnte er dort waschen und sie zuhause in den Trockner werfen. Und das Messer konnte er bei der Gelegenheit auch gleich im See entsorgen. Das würde die Fingerabdrücke entfernen und wer würde schon auf die Idee kommen auf dem Grund des Sees danach zu suchen? Ach, es war doch toll, wenn alles so gut zusammenpasste.

6. Kapitel

David stand im Riemekepark und betrachtete die Frauenleiche, die neben ihm auf dem Gehweg lag. Müde rieb er sich die Augen. Seine Vorahnung, hielt inzwischen schon fünf Tage an und ließ ihn nicht mehr richtig schlafen oder essen, geschweige denn einen klaren Gedanken fassen. Er hatte den Eindruck, dass sein Gefühl ihn verhöhnen wollte, denn etwas Schlimmes war ja längst eingetroffen und dies nicht nur einmal. Aber irgendwas in ihm sagte ihm auch, dass dies alles, diese zwei Frauenleichen, erst der Anfang von etwas Größerem waren. In diesem Gefühl sollte er immerhin nicht enttäuscht werden.

Als wäre es noch nicht schlimm genug, dass es ein neues Opfer des Rippers gab, wurde diese Leiche auch noch von einer Gruppe Vorschüler gefunden, die mit ihren Betreuerinnen heute einen Ausflug zum Spielplatz in dem Park machen wollten. Mit ein bisschen Glück würden die Kinder schnell vergessen was sie gesehen hatten, denn eine der Betreuerinnen führte die Kinder schnell von der Stelle weg, als ihre Kollegin hysterisch in Tränen ausgebrochen war.

Inzwischen waren die meisten der Kinder von ihren Eltern abgeholt worden, mit der Nummer eines Therapeuten in der Tasche, der sonst die psychologische Betreuung für die Polizisten übernahm. Die beiden Erzieherinnen waren noch immer vor Ort. Die ältere der beiden beantwortete Silas gerade noch ein paar Fragen, während die Jüngere noch immer von einem Sanitäter beruhigt werden musste. Ein Mittel zur Beruhigung hatte sie abgelehnt, was David in diesem Moment mehr als schade fand, denn die junge Frau ging ihm mit ihrem Weinen schon mächtig auf die Nerven. Dies war ein Gedanke, für den er sich sofort schämte, nachdem er ihm durch den Kopf gefahren war. Aber was sollte er machen? Wir alle haben Gedanken, deren wir uns schämen und da war er keine Ausnahme.

Wie am Samstag zuvor hatte es David am Morgen gar nicht erst auf das Revier geschafft, sondern wurde von Paul gleich von zuhause aus in den Park geschickt.

Dabei hatte sein Chef noch angespannter und wütender am Telefon geklungen als das letzte Mal, als er ihm die Nachrichten überbrachte. David wollte nicht in seiner Haut stecken, immerhin würde das in irgendeiner Art und Weise auf ihn zurückfallen. Dabei war es eine einfache Rechenaufgabe gewesen und David war von vorne herein klar, sie würde nicht aufgehen können. Die Stadt Paderborn hatte eine Gesamtfläche von knapp 180 km^2, die Kernstadt, in der die meisten Morde des Rippers geschehen sind, rund 46 km^2, dazu unzählige Parks, kleine Waldstücke und sonstige Freizeitgebiete. Die wenigen Polizisten, die nachts Streife fuhren, konnten unmöglich alles kontrollieren und bewachen. Zumal das Hauptaugenmerk auf den Campus gelegt wurde, da die Opfer immer wieder aus derselben Altersklasse stammten und die Chance jemanden in Uninähe zu finden, der in dieses Altersmuster passte, am Größten war. Das der Ripper nie daran gedachte hatte für seine Opferwahl wieder an die Uni zurück zu kehren, konnte der Polizeichef, der die Streifenpolizisten befehligte, ja nicht wissen.

David wusste nur, dass, wenn der Mörder nicht immer wieder im selben Park zuschlug, es wohl weiterhin kein Problem sein

müsste nachts zu morden. Denn er hatte unverschämter Weise das Glück auf seiner Seite, dass in dem Moment wo er sich im Park aufhielt, keiner der Streifenpolizisten in der Nähe war. Die Polizisten hatten nachts zwar die Ein- und Ausgänge der Parks kontrolliert, aber David hatten schon mit allen gesprochen und niemandem war etwas Merkwürdiges aufgefallen.
David betrachtete die Narbe im bleichen Gesicht der jungen Frau. Blut war von dieser Wunde hinabgelaufen und nun geronnen, was der Frau irgendwie das unwirkliche Aussehen einer Halloween Plastikmaske verlieh. Doch leider wusste er es besser. Jetzt hatte er wohl keine andere Möglichkeit mehr als die Bevölkerung zu informieren. Er konnte sich schon ausmalen was für Paniken es geben würde und wie sehr die Polizei wieder ins Kreuzfeuer der Medien geraten würde, weil sie es damals nicht geschafft hatten ihn zu stoppen, was weiteren zwei Frauen das Leben kostete. Doch wie hätten sie auch ahnen können, dass er nach 21 Jahren wieder auftaucht?
David wollte nun noch weniger in Paul Johanssons Haut stecken, jedoch ebenso wenig in seiner eigenen. Die letzten vier Tage hatte er damit verbracht mit Silas die Akten zu wälzen, die damals angelegt wurden.
Doch leider hatte sich bei all ihren Mühen nichts ergeben, was ihnen auch nur im Entferntesten weiterhelfen konnte. Im Prinzip war David das klar gewesen. Aber irgendetwas in ihm hatte gehofft, dass ihm ein Licht aufgehen würde, wenn er die Akten nach so vielen Jahren noch einmal durchging oder das Silas vielleicht etwas auffallen könnte, wenn er die Aufzeichnungen zum ersten Mal las.

Nicht nur die, die für jeden Polizisten zugänglich waren, sondern auch jene, die nur für die am Fall beteiligten Polizisten öffentlich waren.
Jedoch hatte dies nichts gebracht. Das Einzige was in den Akten stand, waren nur Tausende von Aussagen der Studierenden, Lehrkräfte und sonstigen Angestellten der Paderborner Universität, die allesamt nicht weiterhalfen. Niemand hatte etwas gesehen und auch niemand der Befragten hatte sich in irgendeiner Art verdächtig gemacht. Deswegen wurden damals auch keine Fingerabdrücke oder DNS-Proben der männlichen Befragten genommen, denn das erschien bei über 10.000 ein zu großer Aufwand, wenn man bedachte, dass weder Fingerabdrücke noch DNS vom Täter an den Leichen gefunden wurden. Es hätte jeder Mann oder Heranwachsender der Stadt sein können. Oder auch einer von außerhalb, der einfach nur eine Schwäche für Studentinnen hatte.
David wurde schlecht. Früher hatten sie wenigstens noch irgendeine Chance etwas zu tun, um den Täter zu finden, auch wenn es nur Massenbefragungen der Studenten waren. Jetzt standen sie da und hatten nur zwei frische Leichen, sonst nichts.
Joe hatte nach der Obduktion den Todeszeitpunkt des ersten Opfers auf zwischen zwei und drei Uhr morgens festgelegt. Zu der Todesursache hatte er nichts gesagt, was ja auch lächerlich gewesen wäre. Jeder konnte sehen woran sie gestorben war. Alkohol hatte sich nicht im Blut der jungen Frau befunden, genauso wenig wie Joe an ihr irgendwelche DNS finden konnte, die einen Anhaltspunkt zu ihrem Mörder gegeben hätte. David bezweifelte stark, dass sie an dieser neuen Leiche

etwas finden würden. Die Frau mit den braunen, lockigen Haaren trug einen blauen Traingsanzug und Laufschuhe, sie war wohl zum Joggen im Park gewesen. Er fragte sich ob der Mann sie begleitete oder ob er dort auf sie gewartet hatte. War sie geplant oder ein Zufallsopfer? Saß dieser Irrer nachts auf Parkbänken und wartete auf Frauen die seinem Ideal entsprachen oder suchte er sie sich gezielt aus? Davids Kopf begann zu schmerzen bei all diesen Überlegungen.
Wenigstens war die Identität des ersten Opfers geklärt. Doch zu wissen, dass es sich bei dem ersten Opfer vor ein paar Tagen um Lisa Meier handelte, hatte auch nichts gebracht. Ihre Mutter war zwei Tage später nach dem Fund der Leiche betrunken auf der Polizeiwache aufgetaucht und hatte die Identität der Toten bestätigt. Durch das kleine Waldstück würde sie immer nach der Arbeit nach Hause gehen und sie wäre seit zwei Tagen nicht zuhause gewesen. Außerdem hatte sie ihre Mutter Samstag früh nicht wie versprochen bei der Arbeit abgeholt und Lisa war ein sehr verantwortungsvolles Mädchen. Als David die Mutter fragte, warum sie erst nach zwei Tagen zur Polizei gekommen und warum es ihr nicht früher aufgefallen war, dass ihre Tochter weg sei, fragte die übertrieben geschminkte Frau in den späten Vierzigern zickig, ob er denn immer wüsste wo seine Kinder sich aufhielten. Er hatte sich daraufhin die Augen gerieben und den Verhörraum verlassen, ohne darauf einzugehen. Silas war schon lange genug dabei, um der Frau alleine ein paar Fragen zu stellen. Das einzig produktive, was Frau Meier hervor brachte, war der Polizei mitzuteilen wo ihre Tochter sich etwas dazu verdiente und wo sie sich möglicherweise vor ihrem Tod aufgehalten hat.

Denselben Abend war David noch mit seinem jüngeren Kollegen in der schäbigen kleinen Bar gewesen. Sie trug den Namen „Bob's Pub“, doch von einem Pub war sie so weit entfernt wie ein Exorzismus von einem Kindergeburtstag.
„Hier riecht es wie letzte Woche in der Wohnung von dem Junkie, der schon einige Tage tot da drin lag“, sagte Silas als sie den abgedunkelten Raum betraten. Draußen war es zwar noch hell, aber nachdem sich David kurz in dem kleinen Raum umsah, war ihm klar, dass niemand hier bei Tageslicht sitzen wollte. Kalter Rauch hing in der Luft, vermischt mit dem Geruch von Alkohol und Urin. Der kleine untersetzte Mann hinter der Theke betrachtete die beiden argwöhnisch als sie näherkamen.
„Florierendes Geschäft“, sagte David mit einem Kopfnicken zu den beiden einzigen Gästen an der Theke, die den beiden Polizisten ebenfalls misstrauische Blicke zuwarfen. Der Barkeeper, der sich seine wenigen verbliebenen schwarzen Haare quer über seine Glatze gekämmt hatte, zuckte die Schultern. „Wirtschaftskrise.“ Er zog den Rotz in seiner Nase hoch und räusperte sich.
„Was kann ich für die Herren tun? Sie sind wohl kaum hier, um sich einen zu kippen.“ Sein schäbiges kleines Grinsen zeigte seine ungepflegten gelben Zähne. Nervös wanderten seine Augen zwischen den Männern hin und her.
„Wann haben Sie Ihre Nichte Lisa Meier zuletzt gesehen?“ David versuchte den Schweißgeruch, der von dem untersetzten, kleinen Mann ausging, zu ignorieren.
„Ha“, lachte er auf, „die Kleine ist nicht zum Dienst aufgekreuzt, deswegen muss ich jetzt hier stehen. Ihre Mutter hatte

mir versichert, dass sie keinen Ärger macht, aber sie kommt nach meinem Bruder. Gott hab ihn selig.“ Der Mann bekreuzigte sich. Eine absurde Geste in einer absurden Situation, wie David fand.

„Was hat sie ausgefressen? Geht sie jetzt auch auf den Strich wie ihre Mutter?“

„Mister“, David spie das Wort förmlich aus, wobei er das S so sehr betonte wie er konnte. Am liebsten hätte er den Kopf des Mannes auf seinen dreckigen Tresen geschlagen. „Sie ist vor zwei Tagen ermordet worden, nicht weit von hier. Was auch der Grund ist, warum sie nicht zur Arbeit erschienen ist. Wir gehen davon aus, dass sie zuletzt hier gewesen war und hier vielleicht ihrem Mörder begegnet ist.“

Die ungesund aussehende Farbe in seinem faltigen Gesicht wich bei den Worten *Tod* und *Mörder* und hinterließ ein dreckiges Grau. Mit aufgerissenen Augen starrte er David an, bevor sein Blick zu Silas huschte.

„Sind Sie sicher?“

„So ziemlich.“ Silas legte das Bild, was gestern in der Gerichtsmedizin von der Leiche geschossen wurde auf den Tresen. Zu sehen war das blasse, ungeschminkte Gesicht der jungen Frau. Das Blut war ihr von der Wunde, die quer über ihr Gesicht verlief, abgewaschen worden und Silas hatte beim Fotografieren darauf geachtet, dass sie nicht zu sehen war. Den einzigen Hinweis, der ihnen helfen könnte den Mörder zu finden, wollten sie nicht verraten.

Ihr Onkel trat einen Schritt näher und starrte das Foto an.

„Hm...“, seufzte er und schien sich im nächsten Moment wieder gefangen zu haben.

„Traurig. Wie kann ich dabei helfen?“
„Es wird so ablaufen“, sagte David und lehnte sich an den Tresen, um dem Mann genau in die Augen zu sehen. „Als erstes werden Sie uns sagen wo Sie sich in der Nacht von Freitag auf Samstag aufgehalten haben und dann sehen Sie zu, dass Sie uns eine Liste mit den Gästen geben, die an dem besagten Abend hier waren. Und je nachdem wie kooperativ Sie sich verhalten, werden wir uns überlegen ob wir eventuell das Gesundheitsamt hier hin einladen, oder nicht. Haben wir uns verstanden?“
David war der schockierte Gesichtsausdruck des Mannes, mit den weit aufgerissenen Augen, den ganzen Abend nicht mehr aus dem Kopf gegangen. Zuerst war er bestürzt über den Tod seiner Nichte, aber das hatte keine 20 Sekunden angedauert. Trotzdem nahm er nicht an, dass der Onkel etwas mit ihrem Mord zu tun hatte, dafür war die Bestürzung im ersten Moment zu echt. Und die Gleichgültigkeit ließ sich mit der familiären Wärme erklären, die er auch schon mittags bei Lisas Mutter hatte erleben dürfen. Als man der Mutter von Lisa Bilder der Leiche zeigte, brach sie nicht in Tränen aus, wie es damals bei den Eltern die ersten beiden Opfer des Rippers gewesen war. Sie hatte lediglich die Hände vor dem Mund zusammengeschlagen und genickt. David glaubte Wut und Enttäuschung in ihrem Blick gesehen zu haben, als sie das Revier verließ. Wahrscheinlich arbeitete Lisa nicht ganz freiwillig in dieser schäbigen Bar, sondern um ihren Teil zur Miete bei zu tragen. Es hatte ihn unglaublich traurig gemacht die Reaktionen der Familie zu sehen. Niemand würde um die junge Frau trauern, die ihr Leben noch vor sich hatte.

Alleine der Gedanke daran, dass einem seiner Kinder etwas zustoßen könnte, hatte ihn so manche Nacht nicht schlafen lassen. Manchmal fragte er sich, ob es nur ihm so ginge, wenn er so viele schreckliche Dinge bei seiner Arbeit sehen musste und wusste was draußen für kranke Leute herumliefen. Oder ob andere Eltern dieselben Sorgen und Ängste hatten, wenn ihre Kinder abends ausgingen?
Wenn er in solch einer Lage wäre wie die Mutter von Lisa, dann würde er denjenigen finden der seinen Kindern etwas angetan hat und dann....
„David?“ Silas Stimme riss ihn aus seinen Gedanken. Es dauerte einen Moment bis er wieder aus der Vergangenheit in der Gegenwart angekommen war und ihm klar wurde, dass er in einem Park war. Wie in Trance hatte er auf die Narbe im Gesicht der jungen Frau gestarrt. Er wandte sich zu seinem Partner und zog wieder an seinem Hemdkragen, um sich Luft zu verschaffen. An diesem Morgen im April war es nicht sonderlich warm, aber er hatte sein Hemd unter den Ärmeln bereits durchgeschwitzt.
„Da ist eine Frau, vorne an der Absperrung zum Park mit der du dich mal unterhalten solltest.“ Silas deutete hinter sich und an seinem Gesichtsausdruck sah David, dass er keine weiteren Fragen stellen sollte. Er folge seinem Kollegen zu dem Absperrband, das von einem uniformierten Polizisten bewacht wurde und an dem auch schon wieder einige Aasgeier auf ihn warteten, um gierig jeden Brocken aufzuschnappen, den er ihn hinwerfen würde. Sie hatten sich sogar vermehrt. Samstag waren es nur die wenigen kleinen Sender und Zeitungen gewesen, aber inzwischen hatte sich unter den Medien herum-

gesprochen, dass in Paderborn gerade etwas Größeres begann, was für gute Schlagzeilen sorgen würde. Zwei Morde an jungen Frauen in so kurzer Zeit hatte es zuletzt vor 21 Jahren gegeben. Und selbst der dümmste Reporter von der schlechtesten Zeitung in Deutschland sollen doch inzwischen eine Verbindung zwischen den Fällen gezogen haben.
Silas winkte eine groß gewachsene Frau mit langen blonden Haaren zu sich heran, die elegant unter der Absperrung hindurch schlüpfte. Neugierige Reporterblicke verfolgten die Frau, die mit anmutigen Schritten auf die beiden Polizisten zu ging und David mit einem schwachen Handschlag begrüßte.
„Würden Sie meinem Kollegen bitte erzählen, was Sie mir eben erzählt haben, Frau Roas“, forderte Silas sie auf.
„Meine Mitbewohnerin ist gestern Abend nicht vom Joggen nach Hause gekommen. Sie geht immer hier laufen und sie... sie...“ Ihre Stimme brach ab und Tränen traten ihr in das besorgte Gesicht.
„Entschuldigen sie“, hauchte sie mit gesenktem Kopf. Silas legte ihr die Hand auf die Schulter, um sie zu beruhigen. „Es ist in Ordnung. Sprechen Sie weiter.“
„Ich habe ihr gesagt, sie soll nicht alleine nachts rausgehen. Das habe ich ihr immer gesagt, aber jetzt wo dieser Frau am Wochenende was zugestoßen ist.... Ich habe das in der Zeitung gelesen. Ich habe Jenny gesagt sie soll nicht alleine rausgehen, aber sie meinte, sie würde jedem davonlaufen, der ihr etwas tun will. Und dann hat sie immer gelacht, wenn sie das sagte und ich habe ihr geglaubt, aber sie ist gestern nicht nach Hause gekommen und dann habe ich heute Morgen die Streifenwagen gesehen. Wir wohnen gegenüber.“ Die junge Frau

drehte sich um und deutete die Straße hinunter. „In der Schulstraße. Ich habe Ihrem Kollegen schon ihr Foto gezeigt. Könnten Sie mir bitte sagen, dass es nicht Jenny ist?" Sie war den Tränen nahe und zückte ihr Handy. David nahm es ihr aus der Hand, um sich das Foto genauer anzuschauen. Seit er älter geworden ist, konnte er nicht mehr so gut sehen. Aber er weigerte sich strikt zum Augenarzt zu gehen, weil er befürchtete, dieser würde ihm eine Brille verschreiben was. Das wäre für David der ultimative Beweis dafür, dass er alt wurde oder es bereits war. Und da er sich nicht alt fühlte und auch noch nicht bereit war diesen Gedanken zuzulassen, weigerte er sich weiterhin. Auch wenn er dafür in Kauf nehmen musste die Zeitung etwas weiter weg zu halten, um sie zu lesen.
Auf dem Handybildschirm war das Bild von zwei jungen Frauen in ausgelassener Partystimmung zu sehen. Sie prosteten sich mit einem Sektglas zu und lächelten in die Kamera. Frau Roas war unzweifelhaft zu erkennen und leider kam David auch die andere Frau bekannt vor.
„Frau Roas…." David sah der Frau in das besorgte Gesicht, welches bei seinen Worten immer blasser wurde, bis sie schließlich zusammenbrach und wimmernd zu Boden sank. Das war der Teil, den wohl jeder Polizist am meisten an seinem Job hasste: Angehörigen schlechte Nachrichten zu überbringen. Eigentlich hätte David es der jungen Frau nicht sagen dürfen, bevor sie nicht ihre Familie unterrichtet hatten, aber was hätte er machen sollen? Hätte er gesagt, es wäre nicht Jenny, dann hätte er gelogen und wenn er der jungen Frau gesagt hätte, er dürfe keine Auskunft darüber geben, dann hätte sie sich doch ihren Teil denken können und das Resultat wäre

dasselbe gewesen: Tränen und Schmerz. David war es satt sich an die Vorschriften zu halten. Und aus Erfahrung wusste er, dass es Gold wert sein konnte zu wissen, wer das Opfer war. So konnte man gleich damit beginnen die letzten Stunden ihres Lebens zu rekonstruieren, um zu schauen, wo sie ihrem Mörder begegnet sein könnte. Wenn man erst herausfinden musste wer das Opfer war, verging meist zu viel Zeit. Wenn sie bei Lisa die Liste mit den Namen der Barbesucher früher als Dienstag bekommen hätten, dann wären sie mit ihrer Arbeit bestimmt schon ein Stück weiter gewesen. So dachte er sich das zumindest, aber die vier Zeugenaussagen der Stammgäste, die am vergangenen Freitag in der Bar waren, konnten nicht unterschiedlicher sein und waren dementsprechend keine Hilfe gewesen.
Einer der Gäste behauptete Lisa habe sich den ganzen Abend lang mit ihm unterhalten, wogegen zwei Gäste von einem fremden Mann redeten, den sie noch nie in der Bar gesehen hatten. Gast Nummer Zwei beschrieb den Fremden als großgewachsenen blonden Mann mit Schultern so breit wie ein Ochse auf Steroide und Gast Nummer Drei behauptete, der Fremde war ein kleiner Mann mit schwarzen Haaren, von dem er im ersten Moment gedacht hatte, es sei eine Frau. Das Einzige was an beiden Aussagen übereinstimmte war die Auskunft darüber, dass Jimmy, Gast Nummer Eins, den ganzen Abend mit dem Kopf auf dem Tresen geschlafen hatte und ganz bestimmt kein Gespräch mit Lisa geführt hatte. Zudem konnten nicht mal in den Phantombildern, die David mit Hilfe der Zeugenaussagen anfertigen ließ, irgendeine Gemeinsamkeit gefunden werden. Das eine Bild sah aus wie eins vom

Hulk und das andere ähnelte mehr einem Kindergartenkind als einem erwachsenen Mann.
Und als wäre das noch nicht genug des Guten, konnte sich Gast Nummer Vier gar nicht mehr an den besagten Abend erinnern. Es war immerhin Anfang des Monats gewesen, da gab es Lohn, und da trank man so viel, bis man nicht mehr laufen konnte. Seine noch immer wütende Frau hatte es bestätigt, dass ihr Mann um vier Uhr nachts betrunken vor der Haustür auf der Fußmatte gelegen und geschlafen hatte. „Wenigstens hat er den Weg nach Hause diesmal alleine geschafft und musste nicht von ihren Kollegen gebracht werden“, hatte seine Frau ergänzt, bevor sie David und Silas die Tür vor der Nase zugeschlagen hatte. Zurück auf der Wache, hatte David den Zettel mit den vier Namen wütend zusammengeknüllt, bevor er mit der Faust gegen eine Wand geschlagen hatte. Es brachte ihn unglaublich aus der Fassung, dass sie nichts in der Hand hatten, um diesen Mistkerl auf irgendeine Art zu finden und zu stoppen.
David sah die junge Frau, die immer noch in Silas Armen hing und weinte, mitfühlend an.
„Mein herzlichstes Beileid“, sagte er, bevor er sich umdrehte und ging. Es gab nichts, was er tun konnte. Am liebsten, hätte er wieder irgendwo gegen geschlagen, aber seine Hand schmerzte noch immer von seiner Boxeinlage mit der Wand des Reviers vor einigen Tagen. Er hatte sich zwar nichts gebrochen, aber sie pochte bei jeder Bewegung und war blau angelaufen. Doch der Schmerz war ihm egal, er hatte Wichtigeres zu tun. Er musste sich irgendwie beruhigen, bevor er sich den lauernden Aasgeiern stellte, sonst könnte ihm wieder

etwas herausrutschen, was er bereuen würde.
Der restliche Tag war schleichend langsam vergangen, was David noch mehr aus der Fassung gebracht hätte, wenn er nicht sowieso schon an den Grenzen seiner Nerven gewesen wäre. Nach einem Gespräch mit seinem Chef hatte er den Medien mitgeteilt, dass nachmittags eine Pressekonferenz stattfinden würde zu der er alle Vertreter der Medien einlud. Dieses war zwar überflüssig, da ganz bestimmt niemand fernbleiben würde, immerhin saugen diese schlechte Nachrichten wie ein Schwamm auf. Paul war der Meinung, dass sie sich erst eine Taktik überlegen sollte, bevor sie munter den Medien mitteilen, dass ein irrer Massenmörder die Straßen von Paderborn unsicher machen würde. Insbesondere einer, der die Stadt schon einmal in Angst und Bange versetzt hatte.
Am Ende würde es zwar genau darauf hinauslaufen, aber den Kommentar verkniff sich David bei dem Telefonat. Paul war sowieso schon angespannt und David wollte nicht das Ventil für diese Wut sein. Er hatte selbst genug Wut angestaut und wäre vielleicht dann selbst explodiert.
Als David abends im Bett lag, hatte er den Tag nochmal vor seinem inneren Auge ablaufen lassen.
Er erhoffte sich dadurch, ihm würde vielleicht irgendetwas auffallen, was in der Hektik des Tages untergegangen war. Jedoch war ihm von vorneherein die Unmöglichkeit dieses Unterfangens bewusst. Aber da er nun einmal nicht einschlafen konnte, wusste er nichts Besseres mit sich anzufangen. Normalerweise schlief seine Frau spätestens eine halbe Stunde nachdem sie sich ins Bett gelegt hatte, aber heute Abend schien auch sie Schwierigkeiten mit dem Einschlafen

zu haben. Sie wälzte sich unruhig hin und her und ihr Atmen ging unregelmäßig. Allerdings hatte David kein Verlangen danach mit seiner Frau zu reden. Was hätte er ihr denn sagen sollen, was sie nicht bereits wusste? Sie kannte ihn gut genug und wusste was in ihrem Mann vor sich ging, auch ohne das er es ihr sagte. Außerdem hatte er ihr beim Abendessen, bei dem er kaum einen Bissen herunterbekommen hatte, schon alles über den Fall erzählt. Was schnell gegangen war, denn es gab ja nicht viel was sie wussten. Ihm war zwar bewusst, dass er nichts über eine laufende Ermittlung ausplaudern durfte, aber er hatte das schon immer gebraucht mit seiner Frau darüber zu reden, auch wenn er ihr oft die grausamsten Details verschwieg.

Bei der Erwähnung des Alters der beiden Opfer hatte Elisabeth sich die Hände vor dem Mund zusammengeschlagen und angefangen zu weinen. Seine Frau besaß viel Empathie und konnte sich als Mutter nur zu gut vorstellen, was die Eltern der Mädchen jetzt durchmachen mussten.

David wollte sie beruhigen indem er ihr erzählte, dass Frau Meier wohl keinen Preis als Mutter des Jahres gewinnen würde, aber das hatte Elisabeth nur wütend gemacht und sie hatte mit den Worten „Unbegreiflich“ und „Verachtungswürdig“ den Kopf geschüttelt.

Den Eltern von Jenny Voigt hatte er nicht erreichen können. Sie waren auf einer Kreuzfahrt in der Karibik unterwegs. David hatte eine Nachricht auf ihrem Anrufbeantworter hinterlassen, dass sie sich melden sollten, sobald sie diese Nachricht hören würden. Allerdings könnte das noch eine Weile dauern. Laut den Erzählungen der Mitbewohnerin von Jenny waren sie erst seit einer Woche unterwegs und ihre Reise sollte sechs Wochen dauern. Per Handy waren sie ebenfalls nicht zu erreichen, aber er hinterließ auch dort eine Nachricht auf der Mailbox. Vielleicht würden sie die in den nächsten Tagen abhören und sich melden.

„Ein schöner Urlaub“, hatte Silas ironisch gesagt, als sie sich vor einigen Stunden noch an ihren Schreibtischen gegenüber gesessen hatten.

Eigentlich hatte David überhaupt nicht nach Hause gehen wollen und hätte Notfalls ein Nickerchen an seinem Schreibtisch oder in seinem Dienstwagen gemacht, aber Paul hatte sowohl ihn als auch Silas dazu gezwungen nach Hause zu gehen. David hatte es in seine Jugendzeit zurückversetzt, wie Paul sich vor ihnen aufgebäumt hatte. Wie ein Direktor vor zwei Schuljungen, die etwas ausgefressen hatten stand er vor ihnen und gedroht, dass ihnen der Fall entzogen werden würde, wenn sie nicht nach Hause gingen. Mit ernster Miene hatte der Polizeidirektor vor ihnen gestanden und die Härte in seiner Stimme hatte dafür gesorgt, dass sie schließlich auf ihn hörten und nach Hause gingen. Es missfiel den beiden zwar, aber ein bisschen Schlaf würde ihnen nicht schaden. Dies zumindest versuchten sie sich einzureden, auch wenn es eher erfolglos war.

Silas war inzwischen genauso besessen davon den Fall zu lösen und den Mörder zu fangen wie sein Partner. Obwohl sich David sicher war, dass er eine andere Motivation hatte.

Abgesehen von der Tatsache, dass es nun mal sein Job war Fälle zu lösen, faszinierte ihn der Fall genauso sehr wie die Vorstellung, dass er den berüchtigten Paderborn Ripper

schnappen könnte. David hielt nicht viel davon sich mit solchen Erfolgen zu brüsten, aber letzten Endes sagte er nichts dazu. Immerhin zogen sie am selben Strang und hatten das gleiche Ziel, da war ihm die Motivation fast egal.
Nachdem sie die Leiche von Jenny gefunden hatten, hatte David in einer ruhigen Minute seine Frau angerufen und ihr erzählt, was passiert war und was er ahnte. Er konnte ihre Bestürzung genau hören, auch wenn sie außer „Mein Gott" nicht viel hervorbrachte. Ob es wegen des Mörders war oder wegen den Erinnerungen, die auch in ihr bei dem Namen unweigerlich hochkommen mussten, konnte er nicht sagen. Doch als er an diesem Abend nach Hause kam, hatte Elisabeth ihn in den Arm genommen und ihn dabei fest gedrückt. David hätte nicht gedacht, dass es irgendetwas geben würde, was ihm ein besseres Gefühl geben konnte. Aber als seine Frau ihm mit überraschend überzeugend klingender Stimme ins Ohr geflüstert hatte, dieses Mal würde es ein gutes Ende nehmen, fühlte er sich schlagartig besser und etwas beruhigter. Allerdings hielt dieses Gefühl nicht lange an, denn jetzt wo er im Bett lag und sich nochmal die Theorien durch den Kopfgehen, die er mit Silas und den anderen Kollegen im Laufe der letzten Tage aufgestellt hatte, fühlte er sich wieder so machtlos wie die Tage zuvor. Zuallererst drängte sich die Frage in den Vordergrund, warum zwischen dem Zweiten und dem Dritten Mord so viele Jahre dazwischen lagen. Das war ebenfalls die erste Frage gewesen, die einer der Reporter gestellt hatte, als sie nach ihren Erklärungen Fragen zugelassen hatten.
„Vielleicht war er wegen anderen Delikten im Gefängnis?", fragte Silas in die Stille hinein, während die beiden mit eini-

gen Kollegen zusammen an die Tafel gestarrt hatten, wo alle Beweisfotos angepinnt waren.
„Was für ein Delikt hätte das denn sein sollen für das er mehr als 20 Jahre in den Knast geht?“, fragte Simon Welker, der mit in der Runde saß, mit einem leicht gehässigen Ton. Eigentlich war er kein streitsüchtiger Mensch, aber er war ebenso wenig wie David davon begeistert wieder nach dem Typen suchen zu müssen.
„Was weiß ich!“, antwortete Silas patzig „Wegen Vergewaltigung, Raubmord oder so etwas. Vielleicht konnten die Morde damals nicht mit dem Delikt in Zusammenhang gebracht werden. Aber es könnte die lange Zeit erklären, die zwischen den Taten lag. Er wollte nicht aufhören, aber er war gezwungen dazu.“
„Das halte ich für sehr unwahrscheinlich. Außerdem, Jungchen, wir sind hier ja nicht von gestern. Alle Verhaftungen damals wurden genauestens geprüft, ob die Täter in unser Profil fielen.“
Silas Augen funkelten auf. Er konnte es nicht leiden, wenn er ständig damit angemacht wurde, dass er jünger war als alle anderen, was für seine Kollegen gleich bedeutend war mit keine Ahnung vom Job haben. Gerade setzte er an, um etwas zu erwidern, da unterbrach David die Diskussion.
„Auf jeden Fall ist das eine Überlegung wert.“ David hatte selber bereits an diese Theorie gedacht, sich allerdings noch nicht dazu geäußert, weil er es eigentlich selbst unglaubwürdig fand. Zwar gab es damals nicht wirklich ein handfestes Profil, mit dem man die Leute hätte abgleichen können, die damals wegen gröberen Verstößen verhaftet wurden, aber

eine gute Einschätzung der Täter war ihnen damals trotzdem gelungen. Und nach monatelanger Recherche in den Akten anderer Verurteilter, kamen sie zu dem Schluss, dass der Ripper womöglich nicht dabei war. Zwar war dies ein gewaltig großer Schlussstrich unter diese Theorie gewesen, aber es wurde ja auch nie in der Öffentlichkeit bekannt gegeben, dass die Polizei die bereits Inhaftierten ausgeschlossen hatte. Es hätte jemanden den Job kosten können, wenn sie es bekannt gemacht hätten. Immerhin bestand auch noch die Möglichkeit, dass der Täter gar nicht aus Paderborn stammte, sondern aus einem anderen Bundesland und da wegen irgendwelcher Vergehen saß.

„Am besten kontrollieren wir noch einmal, welche Straftäter in den Wochen vor dem neuen ersten Opfer entlassen wurden“, sagte David, woraufhin Silas halbwegs zufrieden nickte und seinem Kollegen Welker einen triumphierenden Blick zuwarf.

David hielt es zwar für Zeitverschwendung, aber er wollte jetzt auch keinen Streit in dem sechsköpfigen Team, dass Paul Johansson zusammengestellt hatte. Mit einigen der Kollegen hatte David bereits zusammen gearbeitet, wie mit Simon Welker und seinem Partner Matthias Mertens. Aber Tobias Reim und Martin Tolt kannte er nur durch gelegentlichen Smalltalk am Kaffeeautomaten.

Simon hatte schon damals mit David zusammen an dem Fall gearbeitet. alle andern in dem Team waren erst in den letzten zehn Jahren zu der Polizei von Paderborn gekommen. Johansson hatte sich erhofft, dass der Blickwinkel von ein paar Leuten, die noch nichts mit dem Fall zu tun hatten, etwas bringen

könnte. Dies hatte sich David ja auch bei Silas erhofft. Bis jetzt war das aber leider noch nicht der Fall.
Bei den anderen Fragen tappten sie auch noch im Dunkeln. Dass der Täter mordete, weil er Hass auf eine bestimmte Frau hatte -braune Haare und braune Augen- war nicht schwer zu erraten, dafür musste man kein Ermittler der Kriminalpolizei sein. Aber warum er den Frauen die Schnittwunde im Gesicht zufügte, warf weitere Fragen auf.
Sollte es nur seine typische Signatur sein, um den Leuten zu zeigen, was seine Werke waren oder hatte es einen tieferen Sinn? Sollten sie jetzt alle Frauen in Paderborn nach dieser Narbe absuchen?
David rieb sich die Augen.
Die Befragung der Mitarbeiter des Cafés in dem Jenny arbeitete, hatte auch nicht viel ergeben.
Es war ein kleines beliebtes Lokal in der Innenstadt und ganz täglich war viel zu tun. Niemand konnte sich an jemanden besonderen erinnern mit dem Jenny geredet hatte. Sie war immerhin ein netter und höflicher Mensch gewesen und zu allen Gästen gleichermaßen freundlich, sagten einige ihrer Kollegen aus. Nur eine Kollegin sagte, dass Jenny sich öfters mal an männliche Gäste heran gemacht hatte. Zuletzt hatte sie mit einem großen gutaussehenden Mann geflirtet, der ein paar Mal im Café gewesen war. Wie er genau aussah, konnte sie aber nicht sagen. Nur das er braune Haare hatte und ein markantes Gesicht.
„Was hat er angehabt?“, fragte Silas, aber die Frau Mitte dreißig gab an, dass sie das nicht sagen könne, weil sie genug damit zu tun hatte, die Gäste zu bedienen, während Jenny am

Flirten war und deshalb nicht auch noch Zeit dafür hatte, auf die Flirtpartner ihrer Kollegin zu achten.
Wieder einmal mit dem Gefühl nichts in der Hand zu haben, hatten David und Silas das Café verlassen. Immerhin konnten sie nicht nach jedem Mann mit braunen Haaren in der Stadt Ausschau halten. David hatte der Kellnerin mit dem Namen Henrike seine Visitenkarte gegeben und bat sie ihn anzurufen, wenn sie den Gast ein weiteres Mal sehen würde. Sie versicherte es zwar zu tun, aber steckte die Karte, ohne einmal drauf zu sehen in ihre Hosentasche und verabschiedete die Polizisten. David hatte nicht das Gefühl, dass Henrike der Tod ihrer Kollegin sonderlich nah ging.
Weiterhin beunruhigte es David, dass zwischen dem Dritten und Vierten Opfer nur vier Tage lagen. Bei der letzten Mordserie waren sieben Tage vergangen. Wenn die Abkühlphase weiterhin so kurz bleiben würde, dann könnte das noch viele weitere Frauen das Leben kosten, wenn sie ihn nicht rechtzeitig finden würden.
David musste an die Pressekonferenz denken, die am Nachmittag abgehalten wurde. Der kleine Raum, der dafür vorgesehen und eigentlich ein Büro war, platzte aus allen Nähten. Es kam David unglaublich stickig und heiß vor. Dazu noch die ganzen Reporterhyänen mit ihren Kameras und ihren neugierigen Visagen.
Am liebsten, hätte er auf diese Scharade verzichtet und weiter an dem Fall gearbeitet, aber Paul hatte ihn daran erinnert um was es dabei ging. David selbst sollte zwar nicht die Pressekonferenz leiten, sondern die dafür ausgebildete Pressesprecherin. Aber es würde immerhin einen mehr als schlechten

Eindruck machen, wenn der leitende Ermittler in dem Fall, der die ganze Stadt in Aufruhr versetzten würde, nicht anwesend sei. Das hatte ihm Paul nochmal eindringlich erläutert, als David in seinem Büro war, um ihm seine Meinung darüber zu äußern.

„Du weißt genau, dass es genug Kritik für die Arbeit der Polizei geben wird, also brauchen wir ihnen nicht noch mehr Kanonenfutter zu liefern, über das sie sich das Maul zerreißen können", hatte Paul zu ihm gesagt und daraufhin einen großen Schluck aus seiner Tasse genommen, von der sich David sicher war, dass sich nicht nur Kaffee darin befand.

Seit Pauls Ehe vor einigen Jahren den Bach herunter gegangen war und seine Tochter im letzten Sommer auch noch diesen, nach Pauls Aussage „hirnverbrannten Idioten" geheiratet hatte, hatte David schon öfters gesehen, dass sein Freund sich noch etwas anders in seinen Kaffee schüttete. Er nahm sich vor, mit ihm darüber zu sprechen, sobald sie diesen Mistkerl, der draußen sein Unwesen trieb, geschnappt hatten.

Um Pauls Augen hatten sich in den letzten Tagen tiefe dunkle Ringe gebildet, die seine blauen Augen einen unheilvollen Ausdruck verliehen. David wollte gar nicht darüber nachdenken, wie er selber wohl in dem Moment aussah. Mit seinen 55 Jahren hatte er das Glück, dass nur wenige Zeichen der Zeit an ihm hängen geblieben waren. Abgesehen von den wenigen Falten und den grauen Haaren, die immer lichter wurden. Auch musste er feststellen, dass er früher wenn es um sportliche Betätigungen ging um einiges fitter war als heutzutage. Jetzt begann ihm schon die Seite zu schmerzen, wenn er mehrere Treppen hoch laufen musste. Er konnte auf Anhieb auch

nicht sagen wann er das letzte Mal mit Elisabeth spazieren gewesen war. Vielleicht sollte er das mal wieder tun.
Diese Gedanken waren David gekommen, als er da stand und seinem Freund Paul in die Augen schaute. Einen kurzen Augenblick hatte es ihn abgelenkt, aber seine Wut über die derzeitige Situation kehrte schnell zurück.
So hatte David mit Paul und den anderen Kollegen, die an dem Fall beteiligt waren, in einer Reihe gestanden und so getan, als wenn ihm die Fragen der Presse nicht auf den Sack gingen. Er hatte sich ein frisches Hemd angezogen, das für solche Fälle gebügelt in seinem Spind hing, und sich mit kalten Wasser den Schweiß aus dem Gesicht gewischt. Aber in dem kleinen überfüllten Raum wünschte er sich nichts sehnlicher als eine kalte Dusche und ein kühles Bier.
Die blonde Reporterin von neulich hatte in der ersten Reihe gestanden und ihr Diktiergerät am weitesten nach oben gestreckt, damit sie jedes Wort von Pia Walt, der Pressesprecherin, aufnehmen konnte.
Ein lautes Raunen ging durch die Reihen, als Pia verkündete, dass die Polizei allen Grund zur Annahme hatte die beiden jungen Frauen seien Opfer des Ripper.
„Wieso sind Sie sich da so sicher, dass es sich um den Ripper handelt?“, rief die Blonde in das angeregte Flüstern ihrer Kollegen. David war sich nicht sicher, aber er hätte schwören können, dass sie kein bisschen überrascht über die Worte von Miss Walt war. Er nahm sich vor, die Reporterin später einmal kontrollieren zu lassen.
Augenblicklich kehrte wieder Ruhe ein, als Pia anfing die Fragen der Presse zu beantworten.

„Auf Grund von Indizien, die die Polizei bei den Morden vor 21 Jahren, auf dem Campus der Paderborner Universität zurück gehalten hat. Zu diesen Indizien wird die Polizei von Paderborn sich allerdings nicht weiter äußern."
Es folgten ein paar unangenehme Fragen, bei denen David öfter einmal die Zähne zusammen beißen musste, um den Reportern nicht an die Gurgel zu springen. Er bewunderte die Gelassenheit und die Ruhe, mit der Pia alle aufkommenden Fragen beantwortete.
Als die Zeit, die man der Presse für Fragen zugestanden hatte, abgelaufen war, verließ David als erster den Raum und ging direkt durch den Hintereingang auf den Innenhof der Polizeistation. Hätte er nicht vor Jahren aufgehört und seiner Frau versprochen nicht mehr anzufangen, hätte er sich als erstes eine Zigarette angezündet. So blieb ihm nichts anders übrig, als zu versuchen, mit den Atemübungen, die Milena ihm gezeigt hatte, herunter zu kommen.
Jetzt, wo er Stunden nach der Pressekonferenz in seinem Bett lag und daran zurück dachte, spürte er die Wut wieder in sich aufkochen. Am liebsten wäre er aus dem Bett aufgestanden und in den Garten gegangen, um ein bisschen Holz zu hacken, um die Anspannung irgendwie los zu werden. Aber es war bereits drei Uhr nachts, was ihm die Leuchtziffern seines Weckers auf dem Nachttisch verrieten.
So konnte er nur still da liegen, an die Decke starren und versuchen nicht darüber nachzudenken, dass dieser Irre womöglich in diesem Moment da draußen unterwegs war, um sich ein neues Opfer zu suchen.

7. Kapitel

„Die Polizei war bislang vorsichtig mit ihren Äußerungen, aber inzwischen haben sie uns unsere Vermutung bestätigt: Es sieht so aus, als wäre der Ripper zurück.“ Ein besorgter Blick von der blonden Reporterin richtete sich an ihre Zuschauer vor den Bildschirmen. Im Hintergrund sah man das graue Gebäude der Polizei von Paderborn. Die riesigen Buchstaben, die die Worte „Polizei“ bildeten überzogen den ganzen oberen Bildschirm.
„Beim Paderborner Ripper handelt es sich mutmaßlich um einen Mann, der vor 21 Jahren hier in der Gegend schon einmal sein Unwesen getrieben hat. Damals hatte er zwei junge Frauen auf dieselbe brutale Art getötet wie die zwei jüngsten Opfer. Der Opfertyp ist derselbe, weswegen die Polizei auch vom selben Täter ausgeht. Junge Frauen, mit braunen Haaren und braunen Augen. Die Polizei hat nun alle Frauen mit diesen Merkmalen dazu aufgerufen...“
Hendrik saß am Küchentisch und schaute die Acht-Uhr-Nachrichten. Für gewöhnlich wurde über Vorfälle in der Gegend selten in den großen Medien berichtet, sondern nur in den lokalen und den örtlichen Tageszeitungen. Auch der versuchte Ausbruch aus dem Gefängnis vor einigen Tagen war nur auf Seite drei der örtlichen Zeitung gewesen und hatte die landesweiten Medien gar nicht erst erreicht.
Aber durch den Fund einer weiteren Leiche, hatte es der Fall nun auf die Titelseite sämtlicher Zeitungen geschafft und lief auch in den Nachrichten eines überregionalen Senders. Und das ließ in Hendrik ein unwohles Gefühl aufsteigen. Gerade erst war er aus dem Büro nach Hause gekommen, hatte sich

ein kaltes Bier aus dem Kühlschrank genommen und sich an den Tresen gesetzt. Seine Frau war mit Hannah und Lia noch unterwegs zum Einkaufen und Clara war noch bei Annette, weswegen er den Fernseher laut stellte und nun besorgt den Bericht in den Nachrichten verfolgte.
Der Ripper. Eine mehr als schlechte Anlehnung an Jack the Ripper, den berüchtigten Serienmörder, der im Jahre 1988 in London sein Unwesen getrieben hat und mindestens fünf Frauen das Leben nahm. Hendrik erinnerte sich noch genau daran als der Name der Paderborner Ripper das erste Mal gefallen war. Er hatte ihn schon damals mehr als klischeehaft empfunden und als eine Verharmlosung was dort in der Kleinstadt gerade passierte, aber irgendwie hatte er auch gepasst oder nicht?
Hendrik begann sein Studium an der Universität in Paderborn zum damaligen Zeitpunkt erst. Er war noch im ersten Semester, erst 20 Jahre alt, als die Morde bei ihm auf dem Campus geschahen. Es war schrecklich und versetzte alle Studierenden in Angst und Panik. Nie hätte man gedacht, dass so etwas bestialisches hier passieren konnte.
Früher wie heute war die Universität Paderborn, die im Jahre 1972 gegründet wurde und somit 1992, in dem Jahr in dem die Morde geschahen, gerade in 20igstes Jubiläum feierte, noch überschaubar gewesen. Hendrik hatte dort immer das Gefühl gehabt, dass man jeden kennt und er hat sich dort bereits an seinem ersten Tag wie zuhause gefühlt. Und die Vorstellung, dass jemand den man kennt dazu im Stande war, Frauen wahllos umzubringen, war einfach abschreckend und beängstigend.

Und das war auch das Schlagwort der Zeit, Angst. Es gab niemanden, den die Vorfälle nicht verängstigt hatten.
Hendrik hatte das erste Opfer des Rippers gekannt. Nicht gut, aber flüchtig aus einem seiner Wirtschaftskurse. Melissa. Sie war ein nettes zurückhaltendes Mädchen. Äußerst intelligent. Er hatte einmal mit ein paar Kommilitonen und ihr eine Hausarbeit über die Auswirkung des Börsencrashs 1987, welcher auch als schwarzer Montag bezeichnet wurde, auf die Wirtschaft verfasst. Deswegen hatte er sich einige Male mit ihr getroffen. Sie war äußerst attraktiv, aber Hendrik war trotzdem nie auf diese Art an ihr interessiert. Jedoch hatte er sie und ihre Meinung zu schätzen gewusst.
Tagelang nachdem man Melissas Leiche auf der Liegewiese zwischen der Bibliothek und den Studentenwohnheimen gefunden hatte, konnte Hendrik noch immer nicht richtig schlafen. Noch nie zuvor war so etwas Schreckliches, so nah an seinem Leben geschehen und dann noch mit jemanden den er kannte. An dem Morgen, wo man die Leiche gefunden hatte, bekam er erst nichts mit von der Aufregung, die auf dem Campus herrschte.
Er war den Abend zuvor mit ein paar Freunden um die Häuser gezogen, hatte viel zu viel getrunken, und seine erste Vorlesung morgens ausfallen lassen, um länger zu schlafen. Zum späten Vormittag hin wurde er aber durch seinen Mitbewohner geweckt, der in sein Zimmer gestürmt kam und ihn fragte wie er denn nur schlafen könne bei dem Polizeiaufgebot, das draußen vor der Tür herrschte.
Die Reinigungskraft, die morgens früh auf dem Weg zur Bücherei war, hatte die blutüberströmte Leiche gefunden. Ihre

panischen Hilfeschreie hatten schließlich den ganzen Campus geweckt, außer Hendrik, der einen dicken Schädel von zu viel Wodka hatte.
Das zweite Opfer Emilie, das eine Woche nach Melissa folgte, kannte Hendrik nicht, aber es erschütterte den Campus erneut, weil allen dadurch klar wurde, dass Melissa nicht nur ein einmaliger Fall war, sondern der Anfang von etwas Größerem.
Die Universität reagierte damals schnell und stellte mit der Polizei zusammen einige Notfallpsychologen, die auf die Arbeit in Krisen spezialisiert waren und den traumatisierten Studierenden eine Stelle bieten sollten, wo sie mit ihren Ängsten hingehen konnten. Aber Hendrik war nie bei ihnen gewesen. Er hatte nicht gewusst, wie er die richtigen Worte finden sollte, um zu beschreiben, was in ihm vor sich ging. Stattdessen telefonierte er damals viel mit seiner Mutter. Sie konnte ihn noch immer am besten verstehen, auch wenn er sie einfach nur anrief, um dann doch zu schweigen.
Seine Mutter hatte damals große Angst um ihren Sohn und es beruhigte sie auch nicht, dass bisher nur Frauen getötet wurden. Hendrik konnte sie ein wenig beruhigen und versprach ihr auf sich Acht zu geben. Am Anfang wollte sie ihn noch nach Hause holen, aber irgendwann nahm auch ihre Angst ab, als nach Emilie kein weiteres Opfer folgte. Und irgendwann rief sie ihn nur noch zwei Mal am Tag an, um zu fragen, ob es ihm gut ginge anstatt der fünf Male, wie in den Wochen zuvor.
In den Befragungen der Polizei, an der jeder teilnehmen musste der auf dem Campus studierte oder arbeitete, hatte

Hendrik schon alles gesagt was er wusste und das war, wie bei so vielen anderen auch, gar nichts. Er konnte nur immer wieder sagen, dass er es nicht fassen konnte und das Melissa ein vernünftiges Mädchen war.
Einer der kleineren Hörsäle hatte damals für dic Gespräche herhalten müssen. Die Studierenden wurden aufgefordert sich, den Montag nach dem zweiten Mord, der Befragungen der Polizei zu stellen und sich ab neun Uhr morgens vor dem Gebäude einzufinden. Den ganzen Tag über fielen alle Vorlesungen aus und es hatte sich vor dem Hörsaal eine lange Schlange gebildet, noch länger als die Schlangen die sonst vor den Ticketschaltern waren, wenn mal wieder eine der begehrten Unipartys bevorstand.
Hendrik hatte seine Matrikelnummer und seinen Personalausweis vorzeigen müssen und dann hatte ihm einer der Polizisten ein paar Fragen dazu gestellt, wo er die beiden Nächte gewesen war, als die Morde passierten. Er hatte die Fragen wahrheitsgemäß beantwortet, aber sein Alibi wurde auch nicht überprüft, also hätte er ihnen auch sonst was erzählen können. Was Hendrik damals ziemlich stutzig gemacht hatte. Gehörte es nicht zur Polizeiarbeit so etwas zu kontrollieren? Doch bei einem der vielen Gespräche, die Hendrik zu der Zeit mit seinen Mitbewohnern geführt hatte, sagte ihm dieser, dass die Polizei nicht allem nachgehen konnte, wenn man beachtete, wie viele Menschen an der Universität studierten und arbeiteten, ganz zu schweigen von den vielen Bewohnern aus Paderborn und Umgebung, die ebenfalls potenzielle Täter sein konnten.
Die wenigen Hinweise, die damals an die Polizei gingen, hat-

ten sich alle als Sackgasse herausgestellt und sie tappten damals im Dunkeln.
Die brutale Vorgehensweise, wie der Mörder seine Opfer tötete, brachte ihm damals seinen Namen ein. Denn der Mann, der dafür verantwortlich war, hatte seine Opfer fast gänzlich aufgeschnitten. *Overkill* hatten es die Medien damals genannt und die Klatschpresse hatte öfters die Worte „Abschlachten“ und „Ausweiden“ verwendet. Hendrik musste sich schütteln bei dem Gedanken daran. Der Campus war die Wochen nach den Morden überfüllt mit Schaulustigen und sensationsgeilen Medienleuten, die auf einen neuen Mord hofften, damit die Verkaufszahlen wieder anstiegen. Doch nach Emilie sollte keine mehr folgen.
Einige Tage nach dem Mord an Melissa hatte Hendrik Laura auf einer Demonstration für mehr Sicherheit auf dem Campus kennen gelernt. Sie hatte ein Schild in der Hand mit der Aufschrift „Wir sind kein Schlachtvieh!“ gehalten und die Parolen der Demonstration mit am lautesten gerufen. Hendrik hatte sich sofort in sie verliebt. Sie hatten ihr erstes Date einige Tage nach dem ersten Mord und die weiteren erst nach dem zweiten Mord. Doch sie hatten niemals wirklich über die Vorkommnisse geredet. Warum wusste Hendrik nicht, aber das Thema kam einfach nie auf. Er wusste wie unglaubwürdig das klang, das zwei Studierende, an deren Uni gerade so etwas passierte, nicht darüber sprachen, aber mit Laura war einfach alles anders. Zuerst war sie zurückhaltend, fast ein wenig bedrückt, angeschlagen von dem was passiert war, immerhin nahm sie an einigen Demonstrationen und Aktionen teil, um gegen den wenigen Schutz zu protestieren, den die Polizei

stellte, aber mit der Zeit taute sie immer weiter auf. Anfangs hatte er furchtbare Angst davor, dass ihr so etwas Schreckliches wie Melissa oder Emilie passieren konnte, was ihm weitere schlaflose Nächte einbrachte. Doch die beiden sollten wohl die einzigen Opfer bleiben und umso mehr Zeit verging umso entspannter wurde die Lage unter den Studenten wieder. Und als Gras über die Geschehnisse gewachsen war, war Laura der aufgeschlossen und fröhliche Mensch, den Hendrik später heiraten sollte.
Nach Wochen kehrte langsam bei allen wieder der Alltag ein und auch die Presse verschwand nach und nach, als nichts mehr passierte. Sogar die Polizei brach ihre Zelte ab. Irgendwann erinnerten nur noch die Gedenkplätze, wo die beiden Opfer gefunden wurden, an die Angst die einige Wochen das Leben aller beherrschte. Kleine Kreuze markierten die Stellen, an denen die beiden jungen Mädchen ihre letzten Atemzüge gemacht hatten und spendeten den Hinterbliebenen einen, wenn auch nur kleinen, Trost. Die aufgestellten Notfallrufsäulen und die Aufstockung des Sicherheitsteams, das nachts auf dem Campus patrouillierte, gab ein gewisses Maß an Sicherheit, doch die Sorge das nochmal etwas passieren konnte ließ alle noch nicht ganz los. Doch es folgten keine weiteren Opfer mehr. 21 Jahre lang.
Wie paralysiert saß Hendrik am Küchentisch und starrte auf das Fernseherbild, aber er hörte der blonden jungen Frau nicht zu, sondern steckte in seinen eigenen Gedanken fest.
Damals hatte es keinen Verdächtigen gegeben, nicht einmal einen Hinweis auf jemanden, dafür waren die Opfer einfach zu verschieden.

Unterschiedliche Kurse, unterschiedliche Bekanntenkreise, unterschiedliche Herkunft, sogar ihre Ansichten hätten nicht verschiedener sein können. Während Emilie protestantisch war und eher locker in den Tag lebte, war Melissa streng katholisch erzogen worden und auf Leistung getrimmt. Außer ihrem Aussehen hatten die beiden also nichts gemeinsam gehabt. Braune Haare und braune Augen, war das einzige was sie verband. Nicht einmal durch die kleinste Spur konnte man jemanden mit den Morden in Verbindung bringen. Man wusste nur, dass der Täter keinesfalls eine Frau sein konnte. Dafür waren die Überfalle auf die jungen Frauen zu brutal und eine Frau konnte unmöglich solch eine Kraft aufbringen, um jemanden so zu zerfleischen.
Hendrik legte die Hand auf die kühle Marmorfläche des Tisches. Die Kühle der Fläche hatte etwas merkwürdig beruhigendes. Schon seit Tagen, eigentlich genau seit er von dem ersten Opfer des Rippers nach 21 Jahren gehört hatte, machte er sich Sorgen, auch wenn ihm das noch nicht so bewusst war. Vor wenigen Tagen hatte er noch nicht geahnt, dass er wieder da war, aber bereits seit den ersten Nachrichten über die tote Frau, hatte er ein ungutes Gefühl in der Magengegend. Was wenn seiner Familie etwas zustoßen würde? Die Frage ließ ihn seit Tagen nicht mehr richtig schlafen und immer wenn etwas Neues in den Nachrichten über den Mörder bekannt gemacht wurde, dann verfolgte er den Bericht aufmerksam. Doch wie auch vor 21 Jahren gab es keine Spur, keinen Hinweis, nichts. Im Prinzip war jeder Bericht der im Fernsehen lief nur eine Wiederaufwälzung der wenigen bekannten Fakten, vermischt mit ein paar weit hergeholten Vermutungen,

wie Hendrik fand. Und jetzt würden wohl auch wieder Berichte über die beiden ersten Opfer des Mörders kommen. Irgendwie faszinierte die Menschen solche Mordserien. Zumindest solange, bis sie nicht auch zu Opfern oder Angehörigen wurden.

Doch der neue Mord und die Erkenntnis, dass es sich wohl um denselben Täter wie damals handelte, gab Hendrik neuen Grund zur Überlegung.

In den Medien sprach man von einem Opfertyp, und zu dem passten weder seine Töchter noch seine Frau. Müde rieb er sich die Augen. Was für eine absurde Überlegung das war. Er fühle sich unbehaglich bei dem Gedanken daran, ob jemand den er liebte zu einem Typen passt, der von einem Mörder bevorzugt wurde. Wie bei einer Pralinenschachtel suchte sich der Mörder auch hier nur das aus, was er am liebsten mochte. Eine widerliche, kranke und verdrehte Pralinenschachtel.

Doch auf eine komische Art und Weise war er aber irgendwie beruhigt, dass seine Familie nicht diesem Typen entsprach. Zumindest nicht seine Frau und seine ältesten Töchter. Hannah und Lia kamen nach ihrer Mutter und sahen mit ihren blonden Haaren und den blauen Augen aus wie Kopien von Laura in jüngeren Jahren. Nur Clara kam nach ihm. Sie hatte braune Haare und kleine braune Knopfaugen. Genau wie Hendrik. Aber Clara war erst ein Jahr alt, also brauchte er über so etwas nicht nachzudenken. Aber auch wenn Lia und Hannah wohl nicht in Gefahr waren, wollte er etwas unternehmen. Immerhin bestand immer die Möglichkeit, dass etwas Schlimmes geschehen könnte. Er beschloss Pfefferspray zu besorgen und mit seinen Töchtern ein ernstes Gespräch zu führen.

Er wurde das Gefühl nicht los, dass dieses Monster ihn verfolgte. Zwar war er selber kein Mensch, der solche Mordserien beobachtete, aber trotzdem ließ es ihn nicht los, weil ihn das Gefühl verfolgte persönlich betroffen zu sein. Nicht nur weil es in seiner Stadt passierte, sondern auch, weil der Ripper ihn zu begleiten schien, zumindest bildete er sich das ein. Hendrik wusste, wie idiotisch sich das anhörte. Er war in einem kleinen Vorort von Paderborn aufgewachsen, auf die Paderborner Universität gegangen und arbeitete, lebte und erzog seine Töchter nun hier. Er war also schon sein ganzen Leben hier gewesen, wie tausende andere Menschen auch. Er wurde also keineswegs verfolgt, aber trotzdem konnte er den miesen Beigeschmack, den die Meldungen verbreiteten nicht abschütteln.

„Hendrik, alles in Ordnung?“ Lauras besorgte Stimme riss ihn aus seinen Gedanken. Er hatte es gar nicht gehört, wie seine Frau und die Kinder zurück gekommen waren. Schnell stellte er den Fernseher leiser. Von allen Seiten wurden die Menschen heutzutage mit schlechten Nachrichten bombardiert. Wenn er es vermeiden konnte, wollte er dies seinen Töchtern zuhause vorenthalten. Dies war immerhin der einzige Ort, an dem man sich noch sicher fühlen konnte.

Laura stand im Türbogen und schaute ihren Mann nachdenklich an. Sie hatte Clara auf dem Arm, die mit ihren kleinen Händen in den Haaren ihrer Mutter spielte.

„Ja, nur...“ Hendrik nickte in Richtung Fernseher. Er nahm Laura seine Tochter aus dem Arm und setzte sie in ihren Kinderstuhl. Laura stand wie gelähmt vor dem Küchentisch und starrte auf den kleinen Fernseher in dem die Schlagzeilen auf

und ab liefen. Sie brauchte gar keinen Ton, um zu verstehen was geschehen war.
Hendrik konnte die Bestürzung in ihrem Blick sehen. Die Sache war damals schon schrecklich genug gewesen und auch bei Laura mussten die Nachrichten jetzt wieder alte Bilder heraufbeschwören. Hendrik musste auf einmal daran denken, wie er Laura bei der Demo, bei der sie mit einigen Kommilitoninnen nach dem ersten Mord an alle Frauen auf dem Campus Trillerpfeifen verteilt hatte, um im Notfall Hilfe rufen zu können, kennen gelernt hatte. Ein edler Gedanke war ihre Aktion gewesen, nur leider brachte es nichts. Bei dem zweiten Opfer fand man eine der Pfeifen. Der Mörder hatte sie ihr aus der Hand geschlagen, bevor sie sie auch nur einmal benutzen konnte.
Die Nachrichten zeigten gerade noch einmal die Bilder der bisherigen Opfer. Laura schlug die Hände vor dem Mund zusammen.
„So etwas Grausames. Wie kann ein Mensch nur so etwas tun?" Ihre Stimme zitterte. Hendrik legte die Arme um seine Frau, auch sie zitterte am ganzen Körper.
„Ich weiß es nicht." Fest drückte er seine Frau an sich und schweigend verfolgten sie die Nachrichtensendung. Vom Polizeirevier hatte man nun in den Riemekepark geschaltet. Gelbes Absperrband, das den Tatort markierte, wehte im Hintergrund der Reporterin, während ihre Lippen stumm von der neusten Schreckenstat erzählten.
„Mama, Papa?" Hannah stand im Türrahmen und sah ihre Eltern besorgt an. Ihre langen blonden Haare trug sie in einem lockeren Zopf, der über ihre Schulter lag. Das blaue Kleid,

das sie an hatte, hing ihr locker um den Körper und in ihrem schmalen Gesicht blitzten ihre blauen Augen auf, als sie die sorgenvollen Mienen ihrer Eltern sah.
„Was ist los, Schatz?“ Laura sah ihre Tochter abwartend an. Hannah wusste nicht, ob sie fragen sollte was los sei, aber sie entschied sich dagegen, als ihre Mutter sie anlächelte. Das Lächeln wirkte irgendwie schief und war nicht aufrichtig, aber Hannah spürte, dass ihre Mutter ihr eh nicht die Wahrheit sagen würde wenn sie danach fragte. Kinder wussten so was, also redete sie normal weiter.
„Oma und Opa sind da“, versuchte sie mit einem Lächeln zu sagen, was ebenfalls nicht aufrichtig ausgesehen haben muss, aber ihre Eltern gingen darauf ein.
„Oh, so früh schon?“ Laura löste sich von ihrem Mann und folgte ihrer Tochter zur Haustür. Hendrik schaltete schnell den Fernseher aus, bevor er noch einen großen Schluck von seinem Bier nahm und dann ging, um seine Eltern zu begrüßen.

Die Sonne begann gerade hinter die Bäume zu sinken, als Hendrik pappsatt sein Besteck auf den Teller legte und zufrieden seinen Bauch massierte.
Die Luft war noch angenehm mild und sie würden bestimmt noch eine Weile auf der Terrasse sitzen bleiben können, bevor es zu kalt werden würde und sie ihren Abend nach drinnen verlegen müssten.
„Das war sehr lecker, mein Sohn“, sagte Hendriks Vater Andreas und wischte sich den Mund mit einer der roten Stoffservietten ab.

„Du meinst wohl: Laura und Susanne, das war toll“, stichelte seine Frau, denn sie hatten gekocht.
„Aber natürlich“, zwinkerte Andreas seiner Frau Susanne zu.
Laura und Hannah begannen den Tisch abzuräumen, während Hendrik noch eine Flasche Bier für sich und seinen Vater öffnete.
Lia saß neben ihrem Vater und war in eine dicke Decke eingewickelt. Zwar ging es ihr schon bedeutend besser, aber Laura hatte darauf bestanden, damit die leichte Grippe sich nicht umentschied und zurück kommen würde. Die Einzige, die es richtig erwischt hatte war Clara. Die letzten Tage hatte sie Fieber gehabt und vom Arzt auch etwas verschrieben bekommen, damit es bald wieder besser werden würde. Sie lag bereits im Bett, aber Laura hatte das Babyphone mit nach draußen genommen, damit sie es sofort hörte, wenn mit ihr etwas sein sollte.
„Wie geht es dir mein Sohn, du warst heute so still beim Essen?“, fragte Susanne ihren Jungen und lächelte ihn sanft an.
Ihre früher langen blonden Haare waren es schon lange nicht mehr. Vor einigen Jahren hatte sie noch blonde Haare, die von einigen grauen Strähnen durchzogen wurden, aber im Laufe der Zeit hatte es sich geändert und das Verhältnis hatte sich umgekehrt. Lachfalten umgaben ihre Augen und ihren Mund, doch man hätte nie erahnen können, dass sie bereits 65 Jahre alt war. Hendrik erinnerte sich noch genau an die Bilder, die ihn damals von jeder Wand in seinem Elternhaus angeschaut hatten. Es handelte sich um Aufnahmen seiner Mutter von einem ihrer zahlreichen Fotoshootings von überall auf der Welt.
Sein Lieblingsbild war, wo seine Mutter am Strand saß und

verträumt auf das Meer hinaus blickte. Sie trug ein langes weißes Kleid, das der Wind aufwirbelte und versuchte hinaus auf die Weiten des Meeres zu tragen. Das Bild hing im Flur im Eingangsbereich ihres Hauses und war das Erste, was einem auffiel, wenn man das Haus betrat. Hendrik hatte gerne davor gestanden, es betrachtet und sich gewünscht auch am Strand zu sitzen. Als er das seinen Eltern gesagt hatte, waren sie zwei Wochen später nach Hawaii geflogen und hatten dort ihren Sommerurlaub verbracht. Es war das erste Mal, dass Hendrik am Strand war und diesen Urlaub würde er nie vergessen. Er durfte sogar einmal mit Delfinen schwimmen. Als er das seinen Freunden in der Schule erzählt hatte, waren sie grün vor Neid geworden.
Hendrik hatte es immer cool gefunden, dass seine Mutter ein Model war. Doch er konnte sich kaum an die Zeit erinnern, als sie ständig unterwegs war. Als er neun Jahre alt wurde hatte sie ihren Job an den Nagel gehängt und war nur noch für ihren Sohn da. Warum sie das damals gemacht hatte, konnte er gar nicht sagen, vielleicht sollte er seine Mutter mal danach fragen warum sie aufgehört hatte zu Modeln, immerhin war sie mit ihren vierundzwanzig Jahren damals gerade auf der Spitze ihrer Karriere gewesen.
Wegen Geld konnte es nicht gewesen sein, das hatten sie immer genug gehabt, alleine schon dadurch, dass sein Vater als Arzt gut verdient hatte. Sie hatte einmal dazu gesagt, dass sie sich immer ein Kind gewünscht hatte und Mutter sein wollte und sie diesen Ruhm nicht für ihr Glück brauchte. Das Einzige was sie dazu benötigte war Hendrik. Oft genug hatte sie es als Wunder bezeichnet, dass sie ihn hatten.

Wenn man nicht gewusst hätte, dass sie einmal als Model gearbeitet hat, dann hätte man es aber dennoch erahnen können. Susanne war noch immer so schlank, wie sie es mit Mitte 20 war und das Alter hatte ihr in der Hinsicht nichts anhaben können. „Ich habe gute Gene“, sagte sie immer lachend, wenn man sie danach fragte. Und auch als sie jünger war hatte man sie immer ungläubig angesehen, wenn sie erzählt hatte, dass sie ein Kind habe, denn das hatte man ihr nicht angesehen.
Als Hendrik klein war hatte sie ihm immer zum Einschlafen Geschichten über ihre Reisen erzählt und was sie in der Zeit so erlebt hatte. Doch die liebsten Geschichten waren ihm immer die, in denen sie Bilder mit Tieren hat machen lassen. Das Bild, wo sie auf einem Elefanten posierte, hing jahrelang bei ihnen in der Küche. Aber irgendwann waren die Bilder seiner Mutter allmählich Familienportraits und Bilder von Hendrik gewichen. Warum aber auch das erst mit der Zeit passierte wusste Hendrik nicht. Jedenfalls hatte es ihn auch nie interessiert, denn es war einfach so gewesen. Immerhin war er ein Junge kurz vor der Pubertät, da hatte er andere Dinge im Kopf.
„Ich bin heute in Gedanken bei der Arbeit. Eine große Fusion mit einem japanischen Unternehmen steht einem unserer Klienten bevor und wir haben viel mit den Verträgen zu tun.“ Das war immerhin nur halbwegs gelogen. Hendrik nahm einen Schluck aus seiner Flasche und strich dabei seine Krawatte gerade. Nach der Arbeit war er so in Gedanken gewesen bei den Nachrichten und hatte es nicht mehr geschafft sich umzuziehen. Aber auch sein Vater trug einen Anzug. Es gehörte zu einer seiner Marotten immer einen Anzug zu tragen.

Auch nach so vielen Jahren im Ruhestand trug Andreas noch immer jeden Tag einen. „Wenn man von den Leuten respektiert werden möchte gehört, das dazu“, hatte er seinem Sohn immer wieder gesagt, als dieser noch klein war. Und abgesehen von den einigen Malen wo er seinen Vater auf Arbeit besucht hatte, wo er lediglich das Jackett gegen einen weißen Kittel tauschte, hatte er ihn nie in etwas anderem gesehen als in einem seiner schwarzen Anzüge.
Hendrik hatte das von seinem Vater übernommen. Und er glaubte, dass wenn er nicht beruflich dazu veranlasst wäre Anzüge zu tragen, dann würde er es trotzdem tun.
Sowieso hatte er viel von seinen Eltern. Wenn schon nicht das Aussehen, denn mit seinen braunen Augen und Haaren schlug er vollkommen aus der Reihe, dann immerhin das Verhalten und ihre Werte.
„Wer will denn schon werden wie seine Eltern?“, hatte sein Mitbewohner vom College einmal gehöhnt. Aber Hendrik war immer stolz darauf gewesen, dass er so war wie sie.
„Überarbeite dich nicht mein Junge. Laura sieht etwas gestresst aus und könnte deine Hilfe bestimmt gut gebrauchen“, sagte sein Vater mit seinem „Du weißt das ich Recht habe“-Blick.
„Das liegt daran, dass Clara krank ist. Sie weint wirklich den ganzen Tag und die halbe Nacht.“, mischte sich Lia ein und schnäuzte danach geräuschvoll in ein Taschentuch. Unterdessen kamen Laura und Hannah mit einem Tablett, auf dem sich eine Kaffeekanne und einige Tassen befanden, wieder auf die Terrasse.
„Sag mal Oma, war Papa auch so wenn er als Baby krank

war?“, fragte Lia neugierig. Hendrik fing an zu lachen und auch seine Frau musste grinsen bei der Frage ihrer Tochter. Schnell warf Susanne ihrem Mann einen flüchtigen Blick zu, der ihn erwiderte. Laura goss gerade ihrer Schwiegermutter eine Tasse Kaffee ein und bemerkte den Blick. Sie konnte nicht sagen warum, aber sie schien Anspannung darin zu erkennen.
„Hendrik war selten krank als Kind. Und wenn, dann hat er genauso viel geweint wie Clara“, sagte Susanne schnell und wechselte dann das Thema.
„Bei unserem Ferienhaus auf Mallorca haben wir jetzt neue Nachbarn, ein reizendes kinderloses Ehepaar aus München. Sie haben einen Labradorwelpen, ich glaube er ist... Andreas was haben sie gesagt wie alt er ist?“ Susanne tätschelte den Arm ihres Mannes.
„14 Wochen“, ergänzte er den Gedanken seiner Frau.
„Jaja, genau. Auf jeden Fall ist er noch überhaupt nicht erzogen und bellt die halbe Nacht. Genau wie Balu früher. Erinnerst du dich noch an ihn?“, wandte sie sich an ihren Sohn.
Hendrik grinste. „Aber natürlich. Wie alt war ich gewesen als ich ihn bekommen habe? Sieben?“
„Nein, neun“, sagte seine Mutter, ohne zu zögern und lächelte dann irgendwie entschuldigend, weil die Antwort so schnell kam. Laura schien wieder die einzige zu sein, der das auffiel. Sie sah Susanne mit einem fragenden Blick an. Doch diese lächelte nur und nahm einen Schluck aus ihrer Tasse.
„Bekommen wir auch einen Hund, Dad?“, fragte Lia plötzlich total begeistert. „Oh ja“, stimmte Hannah mit ein, die bisher eher schweigend den Gesprächen gelauscht hatte.

Laura warf ihrem Mann einen vielsagenden Blick zu und wandte sich dann Susanne zu.
„Na da hast du ihnen ja einen Floh ins Ohr gesetzt", fing sie an zu lachen und ihre Schwiegereltern und ihr Mann stimmten in das Lachen ein, während ihre Töchter auf eine Antwort warteten.

8. Kapitel

Das Licht einer Straßenlaterne leuchtete schwach durch das Fenster und ließ das Muster der Gardine an der Decke erscheinen. Jeder Windstoß, der durch das geöffnete Fenster hinein wehte, ließ die Schatten der kleinen Blumen an der Decke tanzen. Laura starrte hinauf und verfolgte das Schauspiel. Sie liebte diese Gardinen. Damals, als sie das Haus hatten bauen lassen, war sie wochenlang auf der Suche nach den passenden Vorhängen für alle Zimmer im Haus gewesen.
Laura hatte schon seit sie mit Hendrik in ihrer damaligen Drei-Zimmer-Wohnung über den Bauplänen für das Haus saßen, genaue Vorstellungen welche Gardinen und Vorhänge und welche Farbe und Muster sie in welchem Raum haben wollte. Blaue Satin-Schlaufengardinen für die Badezimmer, doch nicht nur ein Blauton, sondern eine ganze Farbpalette, die wie in einem Meer aus Farben ineinander fließen sollten. Schwere schwarze Samtvorhänge für das Wohn- und Esszimmer. Ihre Mutter hatte mit den Augen gerollt, als sie ihr das erzählt hatte und gefragt, ob sie in einer Grotte wohnen wollte. Aber Laura liebte die Vorstellung von schwarzen Gardinen auf weißen Wänden, mit riesigen Schleifen drapiert. Sie sollten die schwarzen Akzente an den Möbeln widerspiegeln und das Design des Raumes so mehr abrunden. Schlicht und klassisch in Schwarz und Weiß, so hatte sie es sich vorgestellt und auch bekommen. Letzten Endes hatte auch ihre Mutter bei ihrem ersten Besuch im neuen Heim ihrer Tochter eingelenkt und zugegeben, dass der Stil von Laura doch sehr elegant aussah. Wie die Mädchen ihre Zimmer haben wollten konnten sie sich selbst aussuchen. Und so sehr sich ihre Ältesten auch

manchmal in den Haaren hatten und zankten, in dieser Hinsicht waren sie sich doch sehr ähnlich: Rosa und lila Töne dominierten ihre Reiche. Von rosafarbener Tapete bis hin zu hellroten Flokatiteppichen. Lia und Hannah waren Mädchen durch und durch.

Claras Zimmer hingegen war nicht so eine rosa Höhle geworden wie die ihrer Schwestern. Laura und Hendrik wollten bis zur Geburt warten, um zu erfahren, ob es ein Mädchen oder ein Junge wird. Deswegen hatten sie Claras späteres Zimmer in hellen Blau- und Gelbtönen gestrichen. Als sie dann vor gut einem Jahr den ersten Schrei ihres kleinen Mädchen hörten, wussten sie, dass, sobald die Kleine sprechen konnte, wohl auch alles in rosa gewünscht werden würde.

Die Planung der Kinderzimmer war mit einem nervenaufreibenden Nachmittag in einem riesigen Möbelhaus erledigt, gefolgt von tagelangem renovieren, bei dem Laura mehr als einmal den Pinsel in die Ecke geworfen hatte, weil ihr klar wurde, dass sie zum Handwerker nicht geboren war.

Nach einigen kleineren Wutattacken, die in Tränen endeten, hatte Laura dann doch auf die guten Zusprüchen ihres Mannes gehört und eine Malerfirma mit der Renovierung beauftragt.

Im Nachhinein war sie froh über die Entscheidung gewesen, denn sie selbst hätte es nie so schön hinbekommen, wie es jetzt nun mal war.

Nur die Gardinen die sich Laura für das Schlafzimmer gewünscht hatte, die hatte sie nicht in dem Möbelhaus gefunden. Und auch in keinem anderen Einrichtungshaus, Luxusdesigner, Bestellkatalog oder irgendeiner Internetseite. Sie wollte etwas filigranes, aber dennoch nicht übertriebenes. Weiblich,

aber auch nicht kitschig. Mit bunten Blumen darauf, aber auch nicht zu voll oder zu bunt. Die Verkäufer hatten sie erst immer argwöhnisch angesehen, als sie beschrieb was sie wollte und einige Exemplare gezeigt, die für Laura aber in eine völlig andere Richtung gingen und schließlich hatten die Verkäufer resigniert mit einem Kopfschütteln verneint.
Fast hatte sie es schon aufgegeben danach zu suchen und wollte schon fast irgendwelche Gardinen in irgendeinem Möbelhaus kaufen, da lief sie auf dem Weg zum Zahnarzt durch die Innenstadt an einem kleinen Secondhandshop vorbei. Sie konnte ihr Glück kaum fassen, als sie dort in der hintersten Ecke in einer Wühlkiste genau die Vorhänge fand, nach denen sie schon so lange gesucht hatte. Ihrem Mann hatte sie erzählt, dass sie sie online bestellte hatte. Hendrik hielt nicht viel von Secondhand-Klamotten. Die beiden verdienten immerhin viel, warum sollte man sich dann mit Sachen abgeben, die schon wer anderes benutzt hatte.
Das alles fiel Laura wieder ein, als sie im Bett lag und nicht schlafen konnte.
Fröhlich führten die Muster der Gardinen einen Balletttanz an der Decke auf. Lauras Blick folgte ihnen noch immer. Doch die Gardinen waren nicht der Grund warum sie nicht schlafen konnte. Sie hatte Angst.
Angst zu schlafen, weil dann ihre Träume wieder kommen würden. Alpträume, so grausam und schmerzhaft, wie es sich keiner vorstellen konnte.
Den Auslöser kannte sie genau: Der Ripper. Wie paralysiert hatte sie heute die Nachrichten verfolgt. Dabei hatte ihr Hendrik sanft über den Rücken gestreichelt und ihr beruhigend

zugeredet, aber darauf hatte sie nicht reagiert. Und auch das entspannte Abendessen mit ihren Schwiegereltern konnte sie nicht genießen. Schreckliche Bilder und Gedanken gingen ihr durch den Kopf. Die Bilder von damals, nachdem Emilie umgebracht worden war.
Emilie war ihre engste Freundin an der Universität. Sie hatten sich im ersten Studienjahr in amerikanischer Literatur kennengelernt, weil sie die einzigen waren, die in dem überfüllten Hörsaal über den mehr als schlechten Witz ihres Professors lauthals gelacht hatten. Mit roten Wangen vor Scham, weil der ganze Hörsaal sie anstarrte, hatten sich ihre Blicke getroffen und seitdem waren sie unzertrennlich gewesen. Emilie war der erste Mensch, bei dem sie sich von Anfang an richtig wohl gefühlt hatte, abgesehen von Hendrik, aber den hatte sie erst später kennengelernt. Ein Jahr später, um genau zu sein, aber wenn man jung und unbekümmert ist, kommt einem ein Jahr wie eine Ewigkeit vor. Emilie hatte ihr einfach das Gefühl gegeben angekommen zu sein. Sie hatte dasselbe Weltbild wie Laura, dieselbe Vorstellung über ihre Zukunft und dieselben Träume. Laura hatte damals gedacht, dass es sich so anfühlen musste, wenn man eine Schwester hatte. Sie war als Einzelkind nie in den Genuss gekommen was es heißt, Geschwister zu haben, aber Emilie hatte ihr das Gefühl gegeben es zu wissen. Zuhause bei ihr als sie aufwuchs war die Atmosphäre immer irgendwie kalt gewesen. Ihre Eltern hatten sie geliebt, das wusste sie, aber sie konnten es ihr nie richtig zeigen. Emilie war so anders in dieser Hinsicht. Sie war so herzlich und warm und hatte ihr jeden Tag das Gefühl gegeben, gemocht zu werden und gewollt zu sein. Und Laura wusste,

dass sie allen Schrecken der Zukunft mit ihr an ihrer Seite entgegen treten konnte. Sie war wie eine Schwester und alles schien perfekt, bis zu dem schrecklichen Tag, als Emilie nicht nach Hause kam.
Für einen Moment blieb Lauras Welt stehen, als das Telefon klingelte und die Polizei sie ins Leichenschauhaus bat. Es war nur ein schlechter Scherz, redete sie sich immer wieder auf dem Weg zum Krankenhaus ein, in dem sich auch die Pathologie befand.
Emilie war klug und sie hatte ihr doch, bevor sie abends zu ihrem Date ging, versprochen ein Taxi zu nehmen. Sie wäre doch nie auf die Idee gekommen alleine nachts über den Campus zu laufen. Gerade jetzt, wo vor wenigen Tagen jemand erst eine junge Frau auf dem Universitätsgelände ermordet hatte. Laura war sich sicher, dass Emilie nicht so dumm gewesen wäre. Sie war zwar taff und hatte an einigen Selbstverteidigungskursen teilgenommen, zudem trug sie immer ihre Pfeife und ein Pfefferspray bei sich. Aber sie war ganz sicher nicht so dämlich gewesen. Immer wieder versuchte sich Laura das einzureden, doch etwas in ihr glaubte es nicht ganz.
Sie hoffte, nein betete, dass eine andere Frau jetzt auf der Bare in der Leichenhalle liegen würde. Versuchte das unwohle Gefühl zu unterdrücken, weil Emilie nicht ans Handy ging, einfach nicht an ihr verdammtes Telefon ging. Aber sie hatten doch erst gestern Abend telefoniert, es war noch keine acht Stunden her. Bestimmt lag sie noch im Bett und hatte ihr Handy auf lautlos. Das war schon mal so gewesen und da hatte sie sich schließlich auch Sorgen gemacht, warum sollte es jetzt nicht auch so sein?

Wenn Laura jetzt einfach zu ihr in ihr Wohnheim gegangen wäre und mit ihrem Ersatzschlüssel die Tür öffnen würde, dann läge Emilie im Bett und würde vor sich hin schnarchen. Oder sie würde wieder laut Musik hören und dabei nur in Unterwäsche und einem T-Shirt durchs Zimmer tanzen, wie sie es so oft tat.
Es konnte nichts passiert sein, das konnte einfach nicht sein. Gestern Abend hatten sie doch noch geredet. Kurz nach ihrem Date hatte sie Laura angerufen und ihr erzählt, was für ein Idiot der Typ war und sich gefragt, was sie an dem nur toll gefunden hatte.
„Ja, ja, ich nehme ein Taxi", hörte sie noch die Worte ihrer Freundin in ihrem Kopf widerhallen.
Aber etwas in ihr ließ sie nicht zu der Wohnung ihrer Freundin gehen. Etwas in ihr weißte ihr den Weg zum Krankenhaus. Vielleicht war es das Wissen, dass Emilie in ihrem Portemonnaie eine Karte mit ihren Notfall-Kontakten trug und sie wusste, dass sie auf dieser Karte stand. Aus welchem anderen Grund hätte die Polizei sie sonst angerufen und gebeten zum Krankenhaus zu kommen? Bestimmt gab es noch eine andere ebenso logische Erklärung, doch es wollte ihr kein anderer Grund einfallen.
Als sie das große weiße Gebäude betrat, hatte sie schon das Gefühl, dass die Leute sie mitleidig ansahen. Wahrscheinlich bildete sie sich dies nur ein, aber ihr kam es so vor. Beim Empfang erkundigte sie sich wo es zur Pathologie ging und die farbige Frau in den Fünfzigern hinter dem Empfangstresen fragte nach ihrem Namen. Beim Überprüfen ihrer Liste rutschte ihr die winzige Brille fast von der Nase. Scheinbar

wusste sie warum die junge Frau von der Polizei zur Leichenhalle gebeten wurde. Mit einem mitfühlenden Blick erklärte sie ihr den Weg in den Keller und tätschelte ihr die Hand als wollte sie ihr sagen, dass alles gut werden würde. Am liebsten hätte Laura ihr in diesem Moment die blöde Brille von der Nase geschlagen und ihr ins Gesicht gebrüllt, dass es nicht Emilie sein konnte. Sie durfte es einfach nicht sein.

Vor den Türen der Pathologie warteten zwei junge Männer in Polizeiuniform und ließen sie erst passieren, nachdem sie ihren Ausweis vorzeigte. Als sie die Schwingtüren aufschob, schlug ihr der beißende Geruch von Desinfektionsmitteln entgegen. Ein weiterer Polizist stand neben dem Obduktionstisch in der Mitte des Raumes, neben ihm ein Mann im weißem Kittel. Beim Anblick des Tisches, auf dem unschwer zu erkennen jemand lag, mit einem weißen Lacken bedeckt, stockte Laura der Atmen und sie blieb wie angewurzelt stehen.

„Mein Name ist David Neumann. Danke, dass sie hier sind.“. Der Polizist, kam auf sie zu und streckte ihr die Hand entgegen. Entkräftet schüttelte Laura sie. Sie kannte den Mann vom Campus, wo er nach dem Mord von dieser Melissa die Studenten befragt hatte. Auch sie hatte er noch vor einigen Tagen befragt. Ob er sich wohl an sie erinnerte? Wohl nicht. Er hatte bestimmt tausende von Studierenden befragt. Um seinen Mund und auf seiner Stirn hatten sich ernste Sorgenfalten gebildet.

„Ich weiß, dass es nicht einfach für sie ist hier zu sein. Aber die junge Frau, die heute Morgen tot aufgefunden wurde, hatte ihren Namen als Notfallkontakt angegeben.“ Während der Mann mit dem markanten Gesicht weiter sprach, rasten die Gedanken in Lauras Kopf und sie überlegte krampfhaft wer außer Emilie noch ihren Namen als Notfallkontakt hätte angeben können. Wer stand ihr noch so nahe? Wer von ihren anderen Freundinnen könnte da jetzt auf der Bare liegen, bedeckt von dem weißen Tuch, wer anderes als Emilie? Ihr traten Tränen in die Augen als ihr niemand anderes einfiel, der es hätte sein können.

„Würden Sie bitte die Frau identifizieren?“

Mit glasigen Augen schaute sie den Mann an, obwohl sie mehr durch ihn hindurchsah. Angespannt nickte sie, unfähig zu sprechen. Sie kann sich bis heute nicht daran erinnern wie sie zu dem Tisch in der Mitte des Raum gegangen war, auch nicht daran, wie der Pathologe das Tuch von der Leiche zog und das Gesicht zum Vorschein kam. Sie wusste nicht mehr, dass der Polizist gefragt hatte ob das Emilie Warren ist. Sie kann sich nur noch daran erinnern, wie ihr die Beine weg geklappt sind, als sie das Gesicht ihrer besten Freundin blass und kalt auf dem Tisch der Gerichtsmedizin liegen sah, mit dem riesigen blauen Flecken, der sich über ihre linke Gesichtshälfte zog, der die Stelle markierte, wo ihr Mörder sie niedergeschlagen hatte.

Und von dem Tag an, war sie wie gelähmt. Die Zeit lief einfach an ihr vorbei und sie fühlte sich, als wenn sie in einer Blase gefangen sei und die Außenwelt sie nicht erreichen konnte. All die Beileidsbekundungen und die tröstenden Worte prallten an ihr ab.

Als wäre das alles noch nicht genug waren da noch diese Alpträume. Diese immer wiederkehrenden schrecklichen Bilder von ihrer Freundin, die kalt und blass auf dem Tisch lag. Das Blut war abgewaschen worden und die Wunden verdeckt, aber trotzdem hatte sie für Laura wie eine Leiche aus einem Horrorfilm ausgesehen. Wie eine von denen, die wieder auferstanden waren und den Hauptcharakter in einer verregneten und stürmischen Nacht über den Parkplatz eines Supermarktes jagt.

Die Nachrichten, die Reporter, die sensationsgeil auf dem Campus herum lungerten, und dann noch die Polizei strapazierten ihre Nerven gewaltig. Die meiste Zeit hatte sie sich nur noch in ihrem Zimmer eingeschlossen und war auch nicht zu ihren Vorlesungen gegangen. Zu groß war der Schmerz überall an ihre Freundin erinnert zu werden.

Oft saß sie an ihrem Grab und schwieg. Sie wollte ihrer Freundin erzählen wie sie sich fühlte, was in ihr vor sich ging, doch sie kam sich lächerlich vor dort zu sitzen und mit sich selbst zu reden. Also saß sie nur dort und schwieg.

Und dann irgendwann hatte dieser Mann sie erneut gefragt, ob sie mit ihm ausgehen wollte. Sie hatte diesen Hendrik einige Tage vor dem Mord an Emilie kennengelernt und war einmal mit ihm essen gewesen.

„Wie war es?“, hörte sie noch Emilies Stimme irgendwo in ihrem Kopf. Sie hatte sie gleich nach dem Date angerufen, so wie sie es eigentlich immer taten, wenn eine von ihnen eine Verabredung gehabt hatte. Eine Träne löste sich von ihrem Augenwinkel und lief ihr, bei der Erinnerung daran, die Wange hinab und tropfte auf die Bettdecke, die sie sich jetzt, viele Jahre später, mit eben diesem Mann teilte, um den es in dem Gespräch gegangen war.

„Ganz in Ordnung, er ist nett und charmant und, Gott, sieht er gut aus.“ Laura hatte sich auf die Lippe gebissen, als sie daran denken musste wie unglaublich attraktiv sie Hendrik fand, als er ihr im Restaurant gegenüber saß und sie anlächelte.
„Das klingt so nach einem Aber?“, forschte ihre Freundin nach und Laura musste lächeln. Sie kannte sie einfach viel zu gut.
„Weißt du“, hatte sie geantwortet „in manchen Momenten hatte ich das Gefühl, dass er sozusagen weg getreten war. Das klingt komisch, ich weiß, aber irgendwie kam es mir manchmal so vor, als wenn er durch mich durch gesehen hat.“
Emilie beruhigte sie: „Er war bestimmt nur nervös. Du bist eine Wahnsinnsfrau und er hatte wahrscheinlich nur Angst irgendetwas blödes zu sagen. Gib ihm noch eine Chance.“
An das Gespräch musste Laura denken, als sie in ihrer Einzimmerwohnung stand und auf die SMS schaute, die Hendrik ihr geschickt hatte.
„Meinst du wirklich?“, fragte sie in die Leere des Raumes hinein und war sich schmerzlich bewusst, dass sie nie wieder eine Antwort von ihrer Freundin bekommen würde. Jedoch sagte sie ihr zuliebe zu und traf sich an dem Abend noch mit Hendrik, was sich als die beste Entscheidung ihres Lebens herausstellte. An diesem Abend kam er ihr nicht komisch oder abweisend vor. Er war einfach er selbst, der Mensch, den sie lieben lernte.
Laura blickte zu Hendrik, der leise neben ihr schnarchte.
Sie hatte ihm nie von Emilie erzählt, aber sie hatte darüber auch nicht reden wollen, mit niemandem. Die Gespräche mit der Polizei waren schon schmerzhaft genug und jedes weitere

Wort, egal mit wem, fühlte sich an, als wenn man ihr Herz aufs neue brach. Es war zu schmerzhaft, schlichtweg zu schmerzhaft. Jedes Mal wenn der Name ihrer Freundin fiel, jedes Mal wenn sie darauf angesprochen wurde und auch jedes Mal wenn dieses eine Lied lief, ihr Lied, das sie beide so geliebt hatten und zu dem sie schon so manche Nacht durch getanzt hatten. Dann jedes Mal war es, als wenn man ihr ein Messer zwischen die Rippen rammte. Als wäre sie es, die in einer Lache aus Schmerzen verenden würde, gleichwohl ihrer Freundin. Im Prinzip war Laura doch auch ein Opfer des Rippers. Er hatte doch auch ihr das Leben genommen, zwar auf eine andere Art und Weise, aber genauso fühlte es sich an. Das was zurück blieb, war eine leere Hülle, die sich erst langsam wieder mit Leben füllte. Hendrik half ihr, aber ganz lange war sie leer. Ihre Gedanken für sich zu behalten und zu versuchen alleine mit dem Tod ihrer Freundin zurecht zu kommen, erschien ihr einfacher. Und auch jetzt nach 18 Ehejahren hatte sie ihm es immer noch nicht erzählt, wie nahe sie und Emilie sich gestanden hatte. Aber warum hätte sie es auch tun sollen? Das Gespräch zwischen den beiden war nie wieder auf den Ripper gefallen. Irgendwie hatten sie eine stille Übereinkunft getroffen, dass Thema ruhen zu lassen. Und jetzt nach so vielen Jahren hätte es doch auch nichts mehr geändert, wenn sie es ihm gesagt hätte. Über dem vielen Schmerz lag inzwischen eine dicke Staubschicht und sie musste sich auch eingestehen, dass sie schon viele Jahre nicht mehr an ihre alte Freundin gedacht hatte. Nicht, weil sie sie vergessen hatte, sondern weil es auch jetzt noch nach der langen Zeit unbeschreiblich schmerzte.

Laura hatte es damals so sehr gefehlt sich mit ihrer Freundin auszutauschen, ihr von Hendrik zu erzählen, der ihre Schmerzen ein bisschen erträglicher machte. Bei ihrer Hochzeit in dieser kleinen Kirche, hatte sie sich nichts sehnlicher gewünscht als Emilie neben sich am Altar, wenn sie dem Mann ihrer Träume das Ja-Wort gibt. Diese elegante und wunderschöne Frau, die ihr Leben so bereichert hatte, aber nicht da sein konnte. So hatte Lauras Mutter neben ihr gestanden als sie Hendrik ewige Treue schwor. Was auch schön gewesen war, aber es hatte doch anders sein sollen. Und dieses nagende Gefühl hatte sie stets begleitet.
Plötzlich fiel Laura der Tag ein, an dem die Eltern von Emilie zum Campus kamen, um das Zimmer, das ihre einzige Tochter bewohnt hatte, leer zu räumen. Emilies ganze Habseligkeiten zusammen zu raffen und in Kartons zu verstauen, die in einer Ecke im Kleiderschrank ihres alten Jugendzimmers verschwinden würden und die niemals wieder geöffnet werden würden. Zu schmerzhaft war die Erinnerung. Und wer konnte es besser verstehen als Laura, die die gleichen Schmerzen litt. Zwar war es vermessen zu denken, dass sie genauso fühlte wie die Warrens, die ihr Kind zu Grabe getragen hatten, aber für Laura war es, als wenn auch einen Teil ihrer Familie verloren hatte.
Einen Tag, bevor Emilies Eltern anreisen sollten, war Laura selbst noch einmal in dem Zimmer gewesen, das schon bald an einen neuen Studenten vermietet werden würde, um ihm während seiner Studienzeit Unterkunft zu bieten. Wenn Laura gekonnt hätte, dann hätte sie gut und gerne darauf verzichten können dieses Zimmer noch einmal zu betreten, aber sie war

gekommen um die Sachen zu holen und ebenfalls in einen Karton zu packen, von denen sie wusste, dass sie Emilies Eltern Kummer bereitet hätten und das wollte sie ihrer toten Freundin nicht antun. Nie vor ihrem Tod hatte sie Laura darum gebeten, denn sie hatten nie über den Tod geredet, aber Laura wusste einfach das sie es so gewollt hätte.
Bereits das Öffnen der Tür war Laura so unglaublich schwer gefallen, weil sie wusste was sie hinter der hölzernen Pforte erwartete: Ihre persönliche Hölle.
Das erste was ihr auffiel, als sie die Tür zu dem leeren Raum betrat, war der Geruch. Es war Emilies Geruch, der Laura entgegenschlug und der sie gleich noch auf der Türschwelle in die Knie zwang. Krampfhaft hatte sich ihr Magen zusammen gezogen, was sich anfühlte, als hätte sie jemand getreten. Schnell schob sie sich in das Zimmer und schlug die Tür lauter als beabsichtigt zu. Sie konnte auf die neugierigen Blicke der anderen Studierenden, die in dem Gebäude wohnten, gut verzichten. Mitleid hatte sie in der letzten Zeit genug bekommen, das für ihr ganzes Leben lang ausreichte.
Es dauerte eine Weile, bis sich ihr Atem beruhigt hatte und sie sich wieder aufrichten konnte. Laura ließ ihren Blick durch den Raum gleiten und merkte nicht, wie ihr die Tränen lautlos die Wangen hinabliefen und auf dem hellen grauen Boden fielen.
Es sah immer in dem kleinen Raum aus. Als wenn sie Emilie besuchen würde und diese gleich mit einer Flasche Wein und zwei Gläsern aus der kleinen Nische zwischen dem winzigen Balkon und ihrem Wohnzimmer kommen würde, in der ihr Kühlschrank stand, und sie mit ihrem typischen und immer

fröhlichen Lächeln ansehen würde. Doch es kam niemand. Es würde nie wieder jemand kommen.
Wie ein Roboter auf Autopilot bewegte Laura sich durch das Zimmer und ihr Blick wanderte. Wanderte von der kleinen Kommode, auf der Emilies Schmuck fein säuberlich sortiert lag (alle Ringe in einem kleinen Glas, die Ketten ordentlich nach der Länge aufgereiht), über das Regal auf dem ihre Sammlung kleiner Glastiere stand, bis hin zu dem penibel gemachten Bett mit der rosa Blümchenbettwäsche. All das würden ihre Eltern morgen mitnehmen, darum brauchte sie sich nicht kümmern. Sie wusste genau warum sie hier war.
Laura ging auf die Knie und zog unter dem niedrigen Bett einen kleinen Karton hervor, in dem sich Emilies Gras befand. An warmen Sommertagen hatten sich die beiden öfters einen Joint damit gebaut, auf einer der Wiesen des Campus geraucht und über Gott und die Welt geredet. Natürlich hatten sie ihn immer heimlich geraucht, so, dass es niemand sehen konnte. Dafür hatten sie sich immer hinter einem der Gebäude versteckt. Laura wurde schlecht dabei, als ihr bewusst wurde, dass sie sich genau dort versteckt hatten, wo ihre Freundin später den Tod gefunden hatte. Schnell warf sie das Tütchen mit dem Gras und die Paper in den Schuhkarton, den sie mitgebracht hatte.
Als nächstes war Emilies Tagebuch dran. Laura wusste, dass sie es immer unter ihre Matratze geschoben hatte und auch wusste sie, was für Sachen darin standen, was sie zum nächsten Punkt auf ihrer Liste führte: Emilies Kleiderschrank.
In einer der Schubladen fand Laura schnell wonach sie gesucht hatte. Sie packte die komplette Spitzenunterwäsche, von

der sie genau wusste, dass sie Emilies gläubige Familie aus der Fassung gebracht hätte, in den Karton. Für Tina und Daniel war ihre Tochter noch immer ein braver Engel, der auf den richtigen Mann zum Heiraten wartete und diese Illusion hätte sie ihnen nicht nehmen wollen. Emilie war kein leichtes Mädchen oder etwas vergleichbares gewesen, aber sie war auch nicht abgeneigt mal auszugehen und sich einen fremden Mann mitzunehmen, den sie, nach dem sie Spaß miteinander hatten, nie wieder sehen würde. Deswegen packte Laura auch noch die Packung Kondome und das Gleitgel ein, das in dem kleinen Nachtisch neben dem Bett lag.
Als sie alles in dem Karton verstaut hatte, stand sie noch einen Moment in der Mitte des Raumes und schaute sich um. Es fühlte sich an, als wenn der Moment gekommen wäre, in dem sie Abschied nehmen musste, obwohl sie wusste, dass die Beerdigung, die in der darauf folgenden Woche sein würde, noch viel schlimmer schmerzen würde. Deswegen schloss sie nur kurz die Augen und sagte ihrer toten Freundin, dass sie sie liebte und vermisste, bevor sie sich umdrehte und das Zimmer für immer verließ.
Es war alles schon so lange her. Es fühlte sich an, als wenn es in einem anderen Leben gewesen wäre. Und das war es doch irgendwie auch. Es war ein anderes Leben. Oder nicht?
Sie seufzte. Die Vorstellung, dass dieser Irre wieder unterwegs war und unschuldige Frauen umbrachte, ließ ihr einen Schauer über den Rücken laufen und riss alte Narben auf, von denen sie dachte, dass sie für immer verschlossen bleiben.
Laura wusste genau, dass sie sich keine Sorgen, um ihre Töchter oder sich selbst zu machen brauchte, aber sie unterrichtete

so viele junge Frauen in ihren Kursen, die ins Profil passten. Junge, wundervolle Frauen, die so voller Leben steckten und einer glänzenden Zukunft entgegen blickten. Der Gedanke daran, dass jemand ihnen das Leben nehmen könnte, machte sie fast wahnsinnig. Laura rieb sich die schmerzenden Augen. Vielleicht sollte sie eine ihrer Vorlesungen dafür verwenden die jungen Frau vor dem Monster zu warnen und sie zu ermahnen besser auf sich aufzupassen. Zwar taten das die Medien bereits genug, aber sie war beliebt bei ihrer Studierende, das wusste sie. Womöglich würden sie eher auf ihre Professorin hören als auf die Warnungen, die von allen Seiten auf sie zu fluteten und die man nur allzu leicht überhören konnte. Sie wusste immerhin genau wie schnell man bei solchen Sachen weg hörte, weil man der Meinung war, dass einem selbst so etwas nie passieren könnte. Emilie hatte das immerhin auch gedacht. Laura erhoffte sich, wenn sie den Studentinnen erzählen würde, dass sie zu der Zeit, als die ersten Morde geschahen selbst Studentin war, und eines des Opfer kannte, würden sie sich die Worte eher zu Herzen nehmen. Möglicherweise konnte sie dadurch jemanden vor demselben Schicksal bewahren, welches ihrer Freundin wiederfahren ist.
Laura drehte sich zur Seite und betrachtete das friedlich aussehende Gesicht ihres Mannes. Inzwischen waren zwar viele Jahre vergangen, aber er war noch immer so attraktiv wie am ersten Tag als sie ihn kennen lernte.
Vielleicht würde sie ihm in den nächsten Tagen von Emilie erzählen, aber sie war sich nicht sicher. Sicher war sie sich nur, dass sie morgen, wenn sie mit Clara und Lia zu ihrem Termin bei Dr. Bensen geht, darum bitten würde, ihr etwas

zum Schlafen zu verschreiben. Solange da draußen ein Wahnsinniger herum läuft, würde sie kein Auge mehr zu bekommen. Und ihr Leben war schon anstrengend genug, auch mit Schlaf. Zwei kranke Kinder, dann eine Tochter in der Pubertät, mit der sie die letzten Tage viele Gespräche über Jungs und Verhütung gehabt hatte. Dann noch Hendrik, der in den letzten Tagen auch ein wenig in sich gekehrt war und die Krönung von allem ihre Mutter, die in den letzten Wochen durch ihre Menopause wie ein gereizter Tiger war, den man in eine Ecke drängte und mit einem Stock pisackte. Laura nahm sich vor am Wochenende mal einen Abend mit ihrem Mann auszugehen. Sie wollte schon lange Mal dieses italienische Restaurant, das in der Innenstadt neu eröffnet hatte ausprobieren und dieser neue Film mit Jennifer Aniston hatte auch so viele gute Kritiken bekommen. Ein romantisches Essen und danach vielleicht noch einen Film, nur sie zwei. Ohne kranke Kinder und ohne nervige Mütter. Womöglich würde sich auch Hendrik dann wieder ein bisschen entspannen.
Laura lächelte und war plötzlich wieder so aufgeregt wie ein Teenager vor dem ersten Date. Vielleicht würde sie jetzt schlafen können. Sie drehte sich zur Seite, legte den Arm um ihren Mann und atmete seinen Duft ein. Es war eine Mischung aus seinem markantem Eigengeruch und von dem Parfum, das er trug. Laura liebte seinen Geruch, denn er gab ihr schon immer das Gefühl in Sicherheit zu sein und sich geborgen zu fühlen und sie wusste das Hendrik sie vor allem beschützen würde, was dort draußen lauerte. Besonders vor dem Irren, der nachts umherlief und Frauen umbrachte. Laura atmete tief ein, schloss die Augen und versuchte zu schlafen

9. Kapitel

Sie war leicht zu finden, sehr leicht. Fast so, als wenn sie nach dem Tod schreien würde. Welche Frau, die noch bei klarem Verstand war, ging nachts um diese Uhrzeit durch einen dunklen Park spazieren, wenn in den vergangenen Tagen zwei Frauen ermordet wurden, ebenfalls nachts in Parks und die auch noch genauso aussahen wie sie? Entweder hatte die Frau keinen Fernseher, kein Radio und las keine Zeitung und war auch sonst nach außen hin jeglicher Kommunikation mit anderen Menschen abtrünnig, oder sie war einfach nur saudumm und legte nicht sonderlich viel Wert auf ihr Leben. Damian war es egal was für Gründe sie für ein so törichtes Verhalten hatte. Sie war da, er suchte eine Neue und sie kam ihm wie auf dem Präsentierteller entgegen.

Ihr einziger Begleiter war ein erbärmlich aussehender Jack-Russell-Terrier. *Der wird dir auch nicht viel helfen können*, dachte sich Damian, als er das kleine gescheckte Vieh musterte, welches ihm nicht einmal zum Knie reichte. Wahrscheinlich würde er kläffen, wenn er sein Frauchen anfasst, aber da würde Damian sich schon zu helfen wissen.

Eigentlich hatte er nichts gegen Hunde und er sah sich auch nicht als Unmensch. Er würde dem Tier schon nichts tun, solange es ihm nicht im Weg war und selbst dann würde er ihm nur ein bisschen Angst machen und es zu schweigen bringen. Aber ernsthaft verletzten würde er das Tier nicht. Warum auch? Hunde hatten ihm nie etwas getan und er ihnen nicht. Allerdings konnte er es nicht riskieren, dass Polizisten auf ihn aufmerksam werden würden, die in regelmäßigen Abständen die Eingänge der Parks kontrollierten. Und darauf, dass die

Bullen seine Party sprengten, hatte er nun wirklich keine Lust. Er wollte nur das erledigen weswegen er hier war und dann wieder, befriedigt und glücklich, nach Hause gehen.
Damian wusste nicht wann genau die Streifenwagen der Polizei ihre Runden um den Park drehen würden, aber solange er ihr weit genug ins Innere der Grünflächen, die von hohen Bäumen und vollen Büschen umrandet wurden, folgte, dann würde niemand mitbekommen was er hier mit ihr vorhatte.
Die erhöhte Polizeipräsenz störte ihn kein bisschen, ganz im Gegenteil, es machte die Sache noch spannender. Irgendwie prickelnd. Und solange er noch immer welche fand, die seinen Drang befriedigen konnten, und die Bullen ihm nicht zu nahe kamen, war alles gut. Zwar musste er sich ein bisschen genauer umsehen wenn er seine nächtlichen Spielplätze verließ, aber wenn das der einzige Preis war, denn er dafür zahlen musste, dann sollte es eben so sein.
Seit Damian heute wach war, hatte er wieder diese lähmenden Kopfschmerzen, die seinen Verstand benebelten. Er konnte sich kaum noch an seine Letzte erinnern, was in ihm eine rasende Wut auslöste und das Verlangen, das in ihm brannte, nur noch mehr anfachte. Dieses Vergessen hatte er schon öfters gehabt, besonders schlimm war es gewesen, als er noch ein Kind war. Aber irgendwann hatte es einfach aufgehört und so würde es auch dieses Mal wieder sein, deswegen machte er sich keine großen Sorgen darum. Wahrscheinlich kam es eh vom vielen Whisky, den er in sich rein schüttete, und sobald er wieder neuen drauf kippte, würde es wieder besser werden. Die Stunden seit er wach war, war er damit beschäftigt, das Haus seines alten Unifreundes zu beobachten und

sich seine nächsten Schritte auszumalen. Es wäre doch gelacht, wenn er seiner Schlampe von Frau nicht ein paar Manieren beibringen könnte und sie dafür büßen zu lassen was sie ihm damals angetan hatte. Zwar hatte er noch keine genauen Vorstellungen davon wie diese Rache aussehen könnte, aber das würde ihm schon noch einfallen. Wenn es sein musste, dann improvisierte er einfach, das konnte er eh am besten.

Eine Weile lang hatte er in dem Wagen gesessen, den er vor dem Haus auf der Straße geparkt hatte und einfach nur dieses widerwärtig große Haus angestarrt. *Wie wäre es wohl gekommen, wenn er mich nicht abgestoßen hätte wegen diesem Miststück*?, diese Frage geisterte ihm immer wieder durch den Kopf während er seine Fingernägel immer weiter in das weiche Kunststoff des Lenkrades grub.

Er hatte sie durch die großen Fenster des Wohnzimmers beobachtet, wie sie dort auf und ab stolzierte mit dem Telefonhörer am Ohr. Wahrscheinlich redete sie mit einer ihrer Freundinnen, um ihr zu sagen was für ein toller Mensch sie doch war und das ihr keiner was anhaben konnte. *Aber keine Sorge, Schätzchen, das treibe ich dir schon noch aus,* hatte er sich gedacht und dabei dämonisch gegrinst. Wenn die eingebildete Schlampe nicht zu sehr mit sich selbst beschäftigt gewesen wäre und nur einmal aus dem Fenster gesehen hätte, dann wäre es ihr wahrscheinlich aufgefallen, dass dort ein Mann in einem Auto sitzt, die Scheibe der Fahrertür ein Spalt herunter gelassen und sie beobachtete. Wie ein hungriges Raubtier, das auf seine nächste Beute wartet, lag er auf der Lauer. In dem Moment hatte er noch nicht vor gehabt ihr etwas anzutun, aber

wenn sie es wagen sollte herauszukommen und ihn anzusprechen, dann hätte er für nichts garantieren können. Schließlich war Damian aber eingenickt und von da an fehlte ihm ein Teil seiner Erinnerung. Sie war erst Stunden später wieder gekommen, als er im Dunkeln des Abends unterwegs war. Um die blonde Schlampe würde er sich ein anderes Mal kümmern, jetzt wusste er genau was er brauchte: Eine Neue.
Die Letzte war gut, befriedigend, daran konnte er sich noch dumpf erinnern. Doch nur für diesen einen Moment, direkt nachdem er mit ihr fertig war. Aber es reichte nicht mehr. Die Erinnerung an das wohlige Gefühl war weg. Er konnte nicht ruhig zu Hause oder in einer Kneipe sitzen und sich zulaufen lassen, wenn er wieder dieses Verlangen hatte, das in seinem Inneren kribbelte, und er genau wusste das noch so viele von diesen Miststücken draußen herumliefen, die es einfach nicht verdient hatten zu leben.
Und dann lief sie ihm über den Weg. Gerade als er auf dem Weg zu einem Club war, um dort zu suchen, lief sie vor ihm über die Straße, mit diesem hässlichen kleinen Hund an der Leine, der sie Richtung Park zog. Es kam ihm wie ein Sechser im Lotto vor. Dann musste er sich nicht erst wieder stundenlang die Scheiße von irgendeiner besoffenen Tussi anhören, wie von dieser Lisa, und so tun, als wenn ihn ihr sinnloses Gequatsche auch nur im entferntesten interessiert. Er müsste keine soweit abfüllen, bis sie allen Verstand weg gesoffen hatte, um mit einem wildfremden Mann mit nach Hause zu gehen. So war es viel einfacher, praktischer. So konnte es öfters sein. Und als sie an ihm vorbei ging, grüßte sie ihn sogar noch mit einem kurzen Nicken, sodass er ihr in die braunen

Augen sehen konnte. *Wenn das kein Zeichen ist,* durchflutete der Gedanke seinen Kopf und alle Haare an seinem Körper stellten sich auf, durch die Erregung, die ihn durchströmte. Kurz sah er sich um ob noch irgendwer in der Gegend war der sie beobachtete, doch sie waren alleine auf der Straße.

Heute waren keine Sterne zu sehen und auch der Mond versteckte sich hinter dichten Wolken. Die Luft war klar und erfrischend und roch leicht nach frisch gemähtem Gras. Es war kühl, aber nicht so kalt, dass man noch eine dicke Jacke brauchen würde.

Ein herrlicher Tag zum Sterben, dachte Damian und verfolgte die Frau in den Park. Dabei streichelte er über das Messer, das er in der Tasche seiner Jacke hatte. Kühl fühlte sich der Stahl an, wunderbar kühl. Aber nicht mehr lange, dann würde er wieder in warmen Blut baden können. Der Gedanke erregte Damian und seine Kopfschmerzen ließen ein wenig nach.

Er überquerte die Straße und ging auf den Eingang des Parks markierte. Der Kies auf dem Weg knirschte unter Damians Schritten, während er 20 Meter hinter ihr in den Park einbog. Der Weg war spärlich beleuchtet, alle paar Meter spendete eine Straßenlaterne fahles Licht, die der Atmosphäre eine düstere Stimmung verlieh. Eine wundervolle Kulisse für das was er vor hatte.

Obwohl es heute Nacht frisch war, war sie nicht sonderlich warm angezogen. Ein schwarzer Rock, der ihr knapp übers Knie ging und eine leichte Jeansjacke. Ihre braunen Haare wehten mit jedem Schritt hinter ihr her. Wie ein brauner Fluss schlug es Wellen und glitt in der Nacht dahin. Ihr hässlicher Köter schnüffelte an irgendwelchen Büschen, als sie sich zu ihm runter beugte und ihn von der Leine los machte. Sofort lief er schwanzwedelnd über die Wiese davon. Damian sah ihm hinterher, während er über sein Messer streichelte. Es war doch immer wieder verblüffend, wie einfach manche Geschöpfe zufrieden zu stellen sind.

Er ging schneller und jetzt lagen nur noch 15 Meter zwischen ihm und seinem nächsten Opfer, als der Hund auf einmal seine Witterung aufnahm und zu ihm gerannt kam. Bellend, aber immer noch schwanzwedelnd, als wenn er einen Freund begrüßen würde. Damian blieb wie angewurzelt stehen als er dem kleinen Fellbündel gegenüber stand, das ihn ankläffte.

Plötzlich, und ohne das er sich dagegen wehren konnte, flutete eine Welle von Bildern seinen Kopf. Er sah seine Mutter vor sich stehen und blickte zu ihr auf.

Sie war übertrieben geschminkt und hatte nur einen Hauch von Kleidung am Leib. Daran erinnerte er sich zuerst, daran würde er sich immer zuerst erinnern. Und an ihren Geruch. Diese eigenartige Mischung aus Kippen, Schnaps und literweise billigem Parfum. Sofort stellten sich ihm die Nackenhaare auf. Sie schrie ihn an, aber nicht wie sonst, sondern lauter. Sie war wütend, wütender als sonst. Und das sollte schon etwas heißen.

„Du elendes Drecksstück!“, spuckte sie ihm entgegen als er die Tür zu ihrer kleinen Wohnung hinter sich schloss. Im Arm hielt er ein kleines Fellknäuel, das noch um einiges winziger war als das was ihn gerade anbellte.

„Was schleppst du da an?“, fauchte sie böse.

„Können wir ihn behalten, bitte? Ich kümmere mich auch um ihn. Oh, bitte, Mama.“ Er erinnerte sich genau daran wie er

gebettelt hatte. Noch nie wollte er etwas so sehr haben wie diesen Hund.
Er war damals gerade sechs Jahre alt gewesen und die halbe Nacht um die Häuser gezogen, weil seine Mutter betrunken mit zwei Männern nach Hause gekommen war und mit ihnen in ihr Schlafzimmer verschwunden war. Schnell hatte er die Wohnung verlassen, noch bevor die Schreie wieder beginnen sollten, die ihn in seinen Träumen heimsuchten. Gedankenverloren war er durch die schmale Gasse geschlendert, wo der Hintereingang des kleines Supermarktes war, bei dem er manchmal ein paar Sachen zu Essen geschenkt bekam, wenn er nur erbärmlich genug aussah, was ihm nie schwer gefallen war. Jedoch an diesem Tag hatte er kein Glück gehabt, denn die Tür war verschlossen. Doch weil ihn sein Hunger quälte, wollte er gerade in deren Mülltonne schauen, als er das Fiepen hörte. Damian ließ den dreckigen Rand der großen grauen Tonne los, an dem er sich gerade hochziehen wollte, um in dem stinkenden Inneren nach etwas zu suchen, was das Knurren seines Magens beenden konnte, und schaute dahinter. Erst erkannte er nichts in der siffigen und nach Urin riechenden Ecke und wollte sich gerade wieder umdrehen, als er das Wimmern erneut hörte. Er kniete sich hin und seine Hose sog sich augenblicklich mit dem braunen dreckigen Wasser einer Pfütze voll, doch das bemerkte er in dem Moment nicht. Er hatte gefunden wonach er suchte.
Unter der Mülltonne sah er sie in ein schmutziges Handtuch eingewickelt: Sechs winzige Hundebabys. Vorsichtig streckte Damian seinen Arm unter die Tonne und zog die kleinen Lebewesen nach vorne zu sich. Sie waren gerade einmal so groß

wie seine Handfläche und er quietschte vor Entzücken. Doch es dauerte nicht lange bis ihm klar wurde, das nur noch eins der kleinen Fellhäufchen sich bewegte. Der Welpe streckte ihm die noch blinden, geschlossenen Augen entgegen, auf der Suche nach Wärme und wimmerte dabei herzzerreißend.
Das war der Moment gewesen in dem Damian schlagartig bewusst wurde, dass er alleine war. Tief in sich hatte er es immer gewusst, aber er spürte es erst jetzt, als er das wimmernde schwarz-weiße Hundebaby zwischen seinen toten Geschwistern liegen sah. Dieser Augenblick machte ihm deutlich, wie er sich all die Jahre lang gefühlt hatte. Als er dieses kleine unterkühlte Bündel, dieses kleine bisschen Leben, in dieser nach Fäkalien stinkenden Gasse fand, da fühlte er erst die Einsamkeit aus seinem Herzen fließen. Er nahm das Wesen, das achtlos weggeworfen wurde und nun genauso einsam und alleine wie er war, an sich. Damian erinnerte sich noch genau an diesen Moment in dem er den Welpen an sein Herz drückte, ihn wärmte und ihn die Gewissheit durchströmte, dass er von jetzt an nicht mehr alleine war. Die ganze Nacht über hatte er vor seinem Haus gesessen und darauf gewartet, dass die Männer wieder gingen. In der Zeit drückte er den Welpen an sich und sein Hunger und die Kälte, die langsam in seine Glieder gekrochen war, waren vergessen. Er war einfach glücklich. Wer auch immer die Welpen in die Gasse geworfen hatte damit sie dort starben, hatte ihm das größte Geschenk gemacht, das man einem Jungen machen konnte.
Doch als er sich am Morgen in die Wohnung schlich stand sie schon dort, wartend, lauernd und begann gleich herum zu schreien.

„Spinnst du?“ Damian sah die Wut in ihren Augen aufkochen während sie zu ihm rüber torkelte. Es war noch nicht mal 10 Uhr morgens.
„Ich habe ja wohl schon genug Arbeit mit dir und dann schleppst du mir so ein verlaustes Vieh ins Haus.“ Wankend blieb sie vor ihm stehen, in einer Hand eine Flasche Wodka, einen Joint in der anderen, dessen süßer Geruch Damian durch seine Kindheit begleitet hatte.
Er kannte diesen Anblick inzwischen schon gut genug. Gegen Mittag würde er sie wieder auf dem Sofa zudecken wenn sie zu besoffen war, um noch ins Bett zu finden. Und das waren noch die guten Tage. Schlimm war es für Damian immer wenn seine Mutter auf dem Boden zusammengebrochen war und in ihrer eigenen Kotze lag. Meistens schloss er sich dann in seinem Zimmer ein und weinte, weil er den Anblick und den widerwärtigen Geruch, der dann von ihr ausging, nicht ertragen konnte.
„Bitte Mama. Ich kümmere mich auch um ihn.“ Er drückte den Hund an sich, doch sie riss ihm das kleine Bündel Fell aus dem Arm und hielt es angewidert hoch. Der Welpe fing vor Schmerzen an zu fiepen, während ihn seine Mutter, am Nacken gepackt, hin und her schüttelte.
„Nein, bitte gib ihn mir zurück!“ Flehend sprang er an ihr hoch und versuchte ihr das Tier aus der Hand zu nehmen. Er wollte ihn doch beschützen. Er versuchte es so sehr. Doch seine Mutter war stärker als er selbst.
Plötzlich holte sein Mutter aus und schlug ihm mit der Wodkaflasche so heftig ins Gesicht, dass er zu Boden ging und die Welt um ihn herum in Schwarz versank.

„Hallo, ist alles in Ordnung?“ Die weiche Stimme der hübschen Frau riss Damian aus seinen Gedanken. Wie angewurzelt stand er da, als er aus der Vergangenheit wieder auftauchte und starrte den kleinen Hund an, der ihn immer noch anbellte. Sie war ins Licht der Straßenlaterne getreten, in dem Damian bereits stand. Er konnte ihr Parfum riechen. Vanille. Sein Atem wurde schwerer.
Er sah sie an und spürte wie das Blut in ihm aufkochte als er in ihre braunen Augen sah. Es waren IHRE Augen, dieselben Augen wie von dieser Hure. Damian biss die Zähne zusammen und knirschte mit ihnen.
„Normalerweise bellt er nicht bei Fremden. Jack sei ruhig!“, befahl sie ihrem Begleiter. Doch der Hund kläffte weiter. Ein schrilles grelles Bellen. Damians Kopfschmerzen wurden wieder stärker und einen kurzen Moment zuckte sein Augenlid.
„Entschuldigen Sie. Vielleicht machen Sie ihm Angst. Jack!“ Sie lächelte ihn an und wartete darauf, dass er in ihr Lächeln einstimmte. Aber Damian starrte noch immer in ihre Augen. Der Hund beruhigte sich ein wenig und nur noch ein leises Knurren drang aus dem Inneren seiner Kehle. Wut funkelte in Damians Augen auf und vermischte sich mit purem Hass.
„Da hat er wohl recht. Sie sollten vielleicht auch Angst haben.“
Plötzlich mischte sich Nervosität in ihren Blick und ihre weichen Züge spannten sich an. Sie war sich nicht sicher ob er scherzte oder ob er es ernst meinte.
„Wer sind Sie denn?“, fragte sie, fast schon ein bisschen schnippisch. Zu schnippisch, fand der hoch gewachsene

Mann, der in seiner Tasche sein Messer streichelte. Sie sagte es wie jemand, der sich sicher war, mit allem fertig zu werden, was ihm in den Weg kam. Eine selbstbewusste, junge Frau, die mit beiden Beinen fest im Leben steht.
Das wollen wir doch mal sehen, dachte Damian. In seinem Kopf pochte es.
„Ich? Wer ich bin?“ Damian zog eine Augenbraue hoch und sah die junge Frau ungläubig an.
„Ich bin Damian Navarro.“
Verwirrt sah sie ihn an. „Entschuldigung, aber müsste ich Sie kennen?“ Ihre Gesichtszüge entspannten sich wieder ein wenig und jetzt betrachtete sie ihn aus neugierigen Augen, als wenn er ein Filmstar oder sonst eine Berühmtheit sein könnte und das dies hier der Anfang einer wundervollen und lustigen Geschichte war, die sie morgen Abend beim Cocktail trinken ihren Freundinnen erzählen würde.
Ihr Grinsen widerte ihn an. So hatte seine Mutter auch gegrinst, als er wieder zu sich gekommen war und er panisch zum offenen Fenster stürzte. Dann, als er schockiert und heulend hinunter auf die Straße geschrien hatte, als er das kleine Fellbündel in einer Lache aus Blut auf der Straße liegen sah, aufgeplatzt wie eine reife Frucht, hatte sie angefangen hysterisch zu lachen. In dem Moment konnte Damian schwören, hörte er wie sein Herz brach, so wie die Knochen des kleinen Hundes zuvor.
Wütend funkelte er die Frau an. Er würde sie dafür büßen lassen.
„Ich bin der Typ aus den Schlagzeilen auf der ersten Seite, in so ziemlich jeder Zeitung.“ Hämisch grinste er sie an.

Damian liebte diesen Moment. Wenn dem Opfer klar wurde, dass es ein Opfer ist. Er konnte genau sehen wie ihr Gehirn arbeitete. Wie sie in ihrem Kopf nach den Schlagzeilen der letzten Tage suchte und dann erstarb das süße Lächeln auf ihrem Gesicht.
Plötzlich fiel es ihr ein. Sie wusste genau was auf der ersten Seite stand, sie hatte sie heute Morgen erst noch bei ihrem Kaffee gelesen. „Ripper schlägt wieder zu. Junge Frau bestialisch getötet. Noch immer keine Spur von dem Mörder."
„Damian...", hauchte sie und all die Farbe, die sie vorher hatte, verschwand plötzlich aus ihrem Gesicht.
„...Navarro", vollendete er ihren Satz. „Keine Sorge, meinen Namen wirst du nie wieder vergessen." Er zog das Messer aus seinem Mantel, kein allzu großes, aber es war scharf und sollte seinen Zweck erfüllen. Panisch blickte die Frau nun auf seine linke Hand, in der er zart den Griff des Messers liebkoste. Das wenige Licht der Straßenlaterne spiegelte sich in seiner Klinge wieder und blitzte gefährlich. Er genoss die Panik in ihrem Blick, als sie die Augen weit aufriss und ihr Atem zu rasen begann.
„Bitte nicht." Jack fing wieder an zu bellen, als er die Angst in der Stimme seines Frauchens hörte. Damian dachte nach und fand es irgendwie passend. Soll er doch bellen. In dieser Gegend kümmert es doch eh niemanden wenn nachts ein Hund bellt, außerdem waren sie zu weit im Inneren des Parks, als das es irgendwer hätte hören können. Und machte es das Bellen nicht noch perfekter?
Hektisch sah sie sich um, aber sie waren alleine. Alle anderen Menschen hatten sich von den Nachrichten im Fernsehen

warnen lassen und saßen mit ihrem Arsch zuhause. Wie sehr sie sich dies in diesem Moment auch wünschte.
„Ich habe Familie“, hauchte sie und ging einen Schritt nach hinten, weg von der Gefahr. „Ich habe einen Sohn. Er ist drei Monate alt. Sein Name ist Jonas. Er ist am Schlafen, ich wollte doch nur eben den Hund raus lassen. Bitte tun Sie mir nichts. Ich werde auch niemandem Ihren Namen sagen, nur bitte lassen Sie mich gehen.“ Damians Augen blitzten bei ihren Worten gefährlich auf. Ihre Stimme war brüchig geworden. Sie stöhnte die Worte mehr als das sie sie sagte. Ihr Blick war noch immer starr auf das Messer gerichtet. Sie wich einen weiteren Schritt nach hinten.
Fehler, dachte sich Damian und packte die junge Frau am Handgelenk und riss sie zu sich. Dann rammte er ihr das Messer in den Unterleib. Wie durch einen Braten schnitt es durch ihre Kleidung, Haut und Organe.
Mit offenem Mund und schwerem Atem sah sie wie ihr Blut aus ihrem Inneren floss, sie verließ und sich über seine Hand verteilte, wie ein kleiner roter Wasserfall.
Jack sprang aufgeregt bellend um sie herum. Und Damian war seltsam froh darüber, dass Jack ein so schlechter Wachhund war und zu denken schien, allein durch sein Bellen könnte er etwas bewirken.
Sie schaute auf, sah ihrem Mörder in die Augen, sah die Gier in seinem Blick, die pure Wut und den Hass, der aus ihm heraus geiferte und in dem Moment wusste sie plötzlich genau, was passieren würde und dass es zu spät war.
Damian riss das Messer aus ihrem Leib, spürte das warme Blut, das über seine Hand lief. Der süße metallische Duft

strömte in seine Nase und vermischte sich mit dem Geruch von Vanille. Es erregte ihn. Er packte ihr an die Kehle und drückte ihr die Luft ab. Ihr elendes Gehechel und Flehen konnte er nicht mehr ertragen. Wie sie bettelte und flehte. Die dumme Schlampe sollte endlich ihr Maul halten.
So fest er konnte presste er ihr den Hals zu, während er weiter auf sie einstach. In ihren Unterleib, ihre Brust, ihre Arme, ihre Schenkel.
Das Messer zerschnitt alles im Körper der jungen Frau. Zerriss ihre Gebärmutter, in der vor einigen Monaten noch ihr Sohn gelebt hatte. Zerfetzte ihre Lunge und ihren Magen, durchstieß sogar ihre Knochen. Mit so einem Hass und solch einer bloßen Wut hackte er auf sie ein.
Ihre Lippen färbten sich rot von dem Blut, das sie spuckte und auch auf ihren Zähnen klebte wie ein schmieriger Film. Damian sah es, als sie ein letztes Mal „Bitte nicht!“ hauchte. Blut rann aus ihrem Mundwinkel wie ein winziger Fluss mit einem schrecklichen Ursprung. Mit jedem weiteren Stich entwich das Leben immer mehr aus ihrem Körper. Und auch die Panik floss zusammen mit ihrem Lebenssaft aus den unzähligen Wunden auf den Weg aus Kieselsteinen. Der Schmerz wurde weniger, ihr Gesicht immer blasser und das Glitzern verschwand aus ihren Augen. Das war der beste Moment für Damian, wenn aus Leben Tod wurde, aus Erinnerung Vergessen. Und dann von einen auf den anderen Moment war alles Leben aus ihrem Leib verschwunden. Zusammen mit dem Blut, das zu Boden gesickert war und eine seichte Lache auf dem Boden bildete. Damian stieß das Messer noch einmal in ihren Brustkorb und drehte es, als wenn er sicher gehen

wollte, dass sie tot war, wühlte regelrecht in ihrem Herzen. Ein schmatzendes Geräusch drang an seine Ohren und in dem Moment erreichte ihn die Befriedigung.
Als er das Messer herauszog, ließ er seinen würgenden Griff los und der leblose Körper fiel wie ein nasses Handtuch auf den Boden. Ihre zerrissene Kleidung sog das Blut vom Boden gierig auf. Sie sah nicht mehr hübsch aus und auch ihr süßer Duft war weg, in den Boden versunken.
Nun ist das Miststück dort, wo es hingehört, dachte Damian und betrachtete den leblosen Körper der unnatürlich zusammengesunken vor ihm lag. Ihm fiel sein kleiner Welpe wieder ein, wie er da unten auf der Straße gelegen hatte, in seinem Blut, den Kopf merkwürdig verdreht. Und auch wenn seine Augen noch geschlossen waren, schien er zu Damian hoch zu schauen und ihn zu fragen: „Warum hast du mich nicht beschützt?"
Ihm stiegen Tränen in die Augen. Er rümpfte die Nase und erneut packte ihn die Wut. Er trat gegen die tote Frau. Jack heulte schmerzverzerrt auf, als wenn er genau verstand was dort passierte. Damian trat immer und immer wieder gegen ihren Kopf bis er es Knacken hörte. Ein langes, quälendes Knacken, wie trockene Äste, die unter den Füßen zerbrechen, wenn man im Sommer durch den Wald läuft. Vielleicht war ihre Nase oder ihr Kiefer gebrochen. Damian war es egal. Zahlreiche Platzwunden, die den Blick auf ihr rosa Fleisch freigaben und aus denen langsam Blut sickerten, zierten das Gesicht. Ihre Augen, die ihn vorher so klagend angesehen hatten, waren nun nicht mehr zu erkennen, in dem blutigen Brei ihrer Augenlider.

Doch er war noch nicht fertig. Damian setzte das Messer noch einmal an und schnitt ihr durchs Gesicht. Es sollte ihm hinterher keiner vorwerfen, dass er seine Arbeit nicht richtig machte.
Danach drehte er sich zu Jack um und betrachtete ihn. Er hechelte, kläffte und sprang nervös herum. Irgendwie beneidete ihn Damian. Schon morgen würde sein kleines Gehirn vergessen haben was mit seinem Frauchen passiert war. Wenn er selbst doch nur alles so leicht vergessen konnte was er wollte und die tollen Momente wie diese behalten. Er seufzte.
Noch einmal trat er der jungen Frau gegen den Kopf bevor er sich umdrehte und den Park verließ. Ihrem Sohn würde diese Hure nie wieder etwas antun können. *Ich habe ihn beschützt,* dachte Damian und lächelte zufrieden. Der Hund sprang nervös fiepend um sein Frauchen herum und der Kies knirschte mit jedem Schritt unter Damians Füßen, als er den Park verließ.

10. Kapitel

David war gereizt. Und auch wenn er es sich nicht eingestehen wollte, war er es bereits, seit die erste Frauenleiche brutal zerfleischt gefunden wurde. Anfangs hatte er es sich noch erfolgreich einreden können, dass es bloß die Anspannung darüber war, dass der alte Fall wieder aufgerollt werden musste, aber in den letzten Stunden war die Wut und die Aggressivität, die er tief in seinem Inneren schon gespürt hatte, immer weiter angeschwollen und begann nun überzukochen, sich wie Galle in seinem Magen auszubreiten und ihn von innen zu verätzen. Er wusste genau was der Auslöser dafür war, dass er nun nicht mehr am Märchen der Anspannung festhalten konnte, welches ein winziger Teil von ihm nie ganz geglaubt hatte.

Seit Stunden saß David nun vor dem lärmenden Fernseher, dessen Ton er kaum wahrnahm und durch den er hindurch zu starren schien. In seinen verschwitzen Händen knetete er ein feuchtes Taschentuch, mit dem er sich alle paar Minuten über die Stirn wischte, von der die graumelierten Haare sich langsam zurückzogen. Wie Vögel, die im Herbst Richtung Süden flogen, wichen auch Davids Haare aus seinem Gesicht immer weiter nach hinten, mit dem Unterschied, dass sie nicht wieder kommen würden, wenn der Winter sich legte. Vor dem Altwerden hatte David nie Angst gehabt und obwohl andere Männer in seinem Alter eine Midlifecrisis bekamen, war dieser Kelch immer an ihm vorbei gegangen. Wenn er zurück schaute, zurück auf sein Leben, dann konnte er nichts erkennen, was er hätte ändern wollen oder bereute. Er war mit einer wunderschönen und tollen Ehefrau und zwei gesunden und

intelligenten Kindern gesegnet, mit denen er ein gutes Verhältnis hatte und die inzwischen selbstständig ihr eigenes Leben lebten und das war, wie David durch seine Arbeit gelernt hatte, nicht selbstverständlich.
Zwar hat es immer mal wieder Momente in seinem Leben gegeben, wo er nicht weiter wusste und fast verzweifelt wäre, nicht zuletzt des Öfteren wegen seiner Kinder, die er sonst als Geschenk betrachtete. Aber als seine Kinder Marius und Milena jünger waren, testeten sie ihre Grenzen gerne aus. Elisabeth hatte immer wieder versucht ihren Mann zu beruhigen und ihm zu sagen dass es normal sei, dass Kinder nun mal rebellierten.
„Erinnere dich doch daran, wie es war, als du ein Teenager warst. Deine Mutter hatte es bestimmt auch nicht immer einfach mit dir gehabt“, hatte Elisabeth einmal lachend zu ihrem Mann gesagt und ihn beruhigend auf die Stirn geküsst. Aber David wusste nicht wie es war, wenn man rebellierte. Als Kind hatte er viel zu viel Respekt vor seinem Vater dem Polizisten gehabt, als dass er es gewagt hätte auch nur eine Packung Kaugummi zu klauen. Später dann, als er in dem Alter war in dem man betrunken zu spät nach Hause kam und seine ersten Erfahrungen mit Drogen macht, war sein Vater bereits tot und seine Mutter hatte den Verlust ihres Mannes nie richtig überwunden, sodass er ihr nicht noch mehr Kummer bereiten wollte. Also war er immer pünktlich zu Hause zu den Zeiten, die seine Mutter ihm vorgab, meistens sogar noch zu früh. Er betrank sich nicht sinnlos und prügelte sich nicht. Der Preis dafür war allerdings gewesen, dass er des Öfteren in der Schule von den anderen Mitschülern aufgezogen wurde, aber

das war ihm gleichgültig. Diese anderen Jungs, die ihn damals uncool fanden, die manchmal morgens verkatert in der letzten Reihe im Unterricht saßen und eine Schnapsfahne hatten, die selbst der Lehrer in der ersten Reihe hatte riechen müssen, diesen Jungs wollte er nie nacheifern. Deswegen ignorierte er sie und versuchte seinem eigenen Weg treu zu bleiben, was er letzten Endes auch immer erfolgreich geschafft hatte. Wenn er hätte lange ausgehen wollen, dann hätte seine Mutter ihn vermutlich gelassen, weil sie ihm vertraute, aber er hatte es auch nie wirklich gewollt. Darum konnte er eben nicht verstehen wie es war, wenn man gegen seine Eltern rebellierte. Doch darüber wollte er mit seiner Frau nicht reden. Sie hatte ihre Ansicht und David nun mal seine.
Er war ein strenger Vater gewesen, aber in seinen Augen auch gerecht. Durch seine Arbeit hatte er oft genug miterlebt was schlechte Erziehung aus einem Menschen machen konnte und er wollte lieber der Böse sein, als das er sein eigen Fleisch und Blut mal irgendwann zugedröhnt in einer Gasse in ihrer eigenen Pisse liegend aufgreifen müsste, so wie er es bei so vielen Kindern anderer Eltern hatte tun müssen.
David erinnerte sich noch genau an die Machtkämpfe mit Marius, als dieser mit 17 über Nacht weg geblieben war, niemand wusste wo er war und er einfach nicht einsehen wollte, dass er sich melden sollte, wenn er die Nacht bei einem Freund schlief. Oder an die Diskussionen mit seiner fünfzehnjährigen Tochter, als sie mit gleich drei Piercings im Gesicht nach Hause kam. Er hatte so oft mit seinen Kindern gestritten. Viele hitzige Diskussionen hatte es gegeben, viel Hausarrest und ab und zu, wenn er gar nicht mehr weiter wusste, dann

wurde er lauter als er es eigentlich beabsichtigt hatte. Die Antwort seiner Teenager war ebenfalls Geschrei und regelmäßig sagten sie ihren Eltern auch, dass sie sie hassen würden. Das waren immer die Momente in denen es David ein Stich ins Herz versetzte. Und auch wenn er es niemals zugeben würde, lag er öfters nach Streitereien dieses Kalibers die ganze Nacht wach.

Die Haare von David fingen an ihre Farbe zu verlieren, als seine Kinder noch zu Hause lebten.

Als Milena noch in der Pubertät war, hatte er sich des Öfteren Sorgen darum gemacht, dass sie die Kurve nicht bekommen würde und auf die schiefe Bahn geraten könnte, aber letzten Endes war alles gut gegangen. Zu der Zeit hatte David das erste Mal im Spiegel graue Haare entdeckt. Der Rest kam, als sich Marius geoutet hatte. Elisabeth und David hatten das zwar schon vorausgeahnt, aber es war doch irgendwie ein Schlag für David gewesen. Mehr als er sich zugestehen wollte.

Er liebte seinen Sohn über alles und wollte dass er glücklich ist, aber es kostete ihn im ersten Moment schon einige Kraft mit der Nachricht umzugehen. Inzwischen war es kein Thema mehr. Marius hatte einen wundervollen Mann gefunden, der zufällig auch Paul hieß, und sie hatten einen großartigen kleinen Jungen adoptiert. Davids erstes Enkelkind. Solchen Momenten hatte David seine grauen Haare zu verdanken, das wusste er genau, aber er hatte seine einst dunkelbraunen Haare gerne dafür geopfert, dass seine Kinder zu vernünftigen Menschen herangewachsen waren. Und das waren sie, dies konnte er mit Stolz sagen und er dankte Gott jeden Tag aufs

Neue, dass er mit solch wundervollem Nachwuchs gesegnet war.
Elisabeth war damals viel entspannter an die Kindererziehung herangegangen als ihr Mann und David konnte nie verstehen, wie sie das Hinbekommen hatte. Aber sie war der geduldigste Mensch, den er jemals kennen gelernt hatte. Er hatte erst zweimal in ihrer gemeinsamen Zeit erlebt, wie sie die Beherrschung verloren hatte. Das erste Mal war, als Milena mit fünf Jahren Designerin gespielt hatte und mit der Küchenschere in den Kleiderschrank ihrer Mutter gegangen war. Elisabeth hatte so laut geschrien, als sie ihre Tochter zwischen den Überresten ihrer Kleider sitzen sah, dass David unten im Wohnzimmer seine Tasse Kaffee aus der Hand geglitten war, die auf dem Boden zerbrach und den Teppich braun färbte. Panisch war er die Treppe nach oben in den ersten Stock gerannt. Im Schlafzimmer atmete er dann erleichtert auf, als er seine Frau sah, die weinend mit einem Servietten großen Stück in der Hand, das einmal ihr Hochzeitskleid war, dort stand. Milena saß vor ihr auf dem Boden, die große silberne Schere noch immer in der Hand und betrachtete mehr überrascht als schockiert ihre Mutter, die sie zwischen den Heulkrämpfen zitternd anschrie. Doch nachdem sich Elisabeth wieder beruhigt hatte, tat es ihr so sehr leid, dass sie ihre Tochter angefaucht hatte, dass ihr Kummer über ihre ruinierte Garderobe vergessen war. Dies war das erste Mal gewesen und das zweite Mal, war heute Morgen gewesen.
Jedoch war es heute Morgen anders gewesen und David konnte die Reaktion seiner Frau, wenn er ehrlich zu sich war, war auch ein wenig nachvollziehen. Er hatte sich nicht nur

gestern Abend bereits stundenlang über den Fall und Paul aufgeregt und immer wieder die Fakten wiederholt, mehr zu sich selbst als zu seiner Frau, sondern auch seit er heute Morgen wach war. Aufgebracht war er seiner Frau den ganzen Morgen hinterher gelaufen, war ihr wie ein Schatten gefolgt, während sie die Hausarbeit erledigte, Wäsche wusch und die Küche aufräumte, und hatte ihr immer wieder dasselbe erzählt. Von den Beweisen und Hinweisen, die sehr spärlich ausfielen, bis hin zu den zahllosen Vermutungen, die in den letzten Tagen in seinem Kopf angeschwollen waren. Elisabeth kannte ihren Mann inzwischen gut genug, um zu wissen, dass er keine Antwort von ihr erwartete, sondern nur einen geduldigen Zuhörer. Also schwieg sie und hörte sich immer wieder, ab und zu nickend und zustimmend summend, seine ständig wiederholenden Schimpftiraden an, bis ihr irgendwann doch die Hutschnur platzte und sie ihm die Worte von Paul, die sie inzwischen schon geschätzte hundertmal gehört hatte, in einem ruhigen, aber lauten und bestimmten Ton an den Kopf warf. David hatte das wütende Funkeln in den Augen seiner Frau gesehen und gespürt, dass sie es ernst meinte und schließlich nachgegeben und es seien gelassen darüber zu reden.

Doch darüber nachzudenken konnten sie ihm nicht verbieten und so hatte er sich vor den Fernseher gesetzt, wie seine Frau es ihm befohlen hatte, und starrte nun seit Stunden auf die Flimmerkiste, ohne wirklich wahrzunehmen, was dort in den Weiten der TV-Landschaft vor sich ging.

Anfangs hatte er noch herumgezappt, so als suche er ein bestimmtes Programm, aber schließlich war er bei irgendeiner

Talkshow hängen geblieben, die sich wahrscheinlich sonst nur gelangweilte Hausfrauen und Arbeitslose ansahen.
Gestern, bevor er spät abends das Büro verließ, hatte ihn Paul nochmal zu sich gerufen. Irgendwie hatte David in dem Moment, in dem er Pauls Stimme durch den leeren Raum des Polizeireviers hallen hörte, bereits gespürt, dass ihm diese Unterhaltung keine Freude bereiten und kein gutes Ende nehmen würde. Das hörte er an der Stimme seines Freundes.
Dieser hatte an seinem Schreibtisch gesessen und sein Gesicht in seinen Händen vergraben. Neben ihm stand ein leeres Glas, von dem David genau wusste, was einmal sein Inhalt gewesen war. Paul blickte auf als er ihn hereinkommen hörte und David erschrak einen kurzen Moment, als er sah wie alt sein Freund in den letzten Tagen geworden war.
Plötzlich hatte David daran denken müssen wie er Paul damals kennen gelernt hatte. Es war vor 33 Jahren gewesen als sie ihren ersten Tag in der Polizeischule hatten. David war damals über eine Stunde zu früh vor dem großen grauen Gebäude, in dem sie sich an ihrem ersten Tag melden sollten, erschienen und war nervös auf- und abgelaufen und hatte sich eine Zigarette nach der anderen angezündet.
Seit sein Vater vor neun Jahren im Dienst getötet wurde, hatte er sich auf diesen Tag vorbereitet und regelrecht daraufhin gefiebert, aber jetzt wo er gekommen war, machte er sich fast in die Hose vor Aufregung.
Gerade als er seine vierte Zigarette unter seinen schwarzen Lederschuhen zertrat, kam Paul auf ihn zu und fragte ihn, ob er ihm Feuer geben konnte. Er trug eine schwarze Lederjacke und eine verwaschene dunkle Jeans und auf einmal fühlte sich

David Overdressed in seinem Mantel und der Anzugshose, die er sich extra für diesen Tag gekauft hatte.
David reichte ihm sein Feuerzeug und Paul zündete sich seine Zigarette an, die er gerade aus der neuen Schachtel gezogen hatte, nachdem er das Zellophan abgerissen hatte und in die Hosentasche seiner Jeans stopfte. Paul nahm einen Zug und fing dann fürchterlich an zu husten. Argwöhnisch hatte David ihn damals betrachtet, das wusste er heute noch genau, und sich gefragt was das für ein komischer Kauz war.
„Ich rauche eigentlich nicht", sagte Paul, auf eine entschuldigende Art und Weise, zwischen zwei Hustenkrämpfen, als er den Blick von David bemerkte. „Aber scheiße, ich bin so nervös heute, da dachte ich vielleicht beruhigt es mich." Er nahm noch einen Zug, schüttelte sich erneut vor Husten und kleine Rauchwolken kamen aus seiner Nase und schwebten dem aschgrauen, verhangenen Himmel entgegen. David musste grinsen als Paul die Zigarette auf den Boden warf und sie austrat. „Nach der Zweiten wird es besser", sagte David und trat seine Kippe ebenfalls aus.
„Ich glaube ich belasse es bei der Ersten", lachte Paul los und streckte David die Hand entgegen.
„Ich heiße Paul Johansson und heute ist mein erster Tag als Polizist." David schüttelte die schwitzige Hand. „Mein Name ist David Neumann. Ist auch mein erster Tag"
Seit dem Tag waren die beiden nicht nur Arbeitskollegen gewesen, sondern auch Freunde.
Als Marius vor 32 Jahren geboren wurde, wartete Paul mit ihm vor dem Kreißsaal auf die ersten Schreie seines Patenkindes und als Paul vor 25 Jahren heiratete, stand David neben

ihm vor dem Altar, um mit ihm auf Pauls jetzige Exfrau Theresa zu warten. Und auch bei Pauls Scheidung hatte er neben seinem Freund gesessen, als dieser die Scheidungspapiere unterschrieb. Zusammen mit einer Flasche 20 Jahre altem Whisky, den sie danach gemeinsam tranken. Selbst die Beförderung von Paul zum Polizeidirektor vor sieben Jahren, hatte ihrer Freundschaft keinen Abbruch getan. Und obwohl die beiden so gute Freunde waren, musste sich David manchmal doch zurückhalten, wenn er mit Paul redete und sich selbst daran erinnern, dass er eben nicht nur sein Freund sondern auch sein Chef war. Und dieses Gespräch würde zweifelsohne so ein Moment sein, wo er sich daran erinnern musste.
„Was gibt's?", fragte er in die Stille des stickigen Büros hinein. Draußen war es schon seit langem Dunkel und das einzige Licht im Raum ging von einer kleinen Schreibtischlampe aus, dessen Kopf soweit auf die Arbeitsplatte hinunter gedrückt war, sodass ihr Licht fast in den Augen biss, wenn man direkt hinein sah.
„Bitte sag mir, dass ihr irgendetwas habt. Einen Verdächtigen, eine Spur oder auch nur ein beschissener Fingerabdruck, würde mir reichen."
David sah Paul einen Augenblick lang schweigend an, bevor er den Kopf schüttelte. Dabei spürte er bereits, wie die Galle in ihm zu kochen begann. Ihn selbst regte es genauso sehr auf, dass sie noch nichts in der Hand hatten, wenn nicht sogar mehr. Es schien fast unmöglich, dass sie bis jetzt noch nichts an den Leichen hatten finden können. Bis auf einen halben Fingerabdruck, den man am Hals des zweiten Opfers gefunden hatte, der allerdings unverwertbar war, hatten sie nichts.

Keine Haare, keine Fingerabdrücke, ja nicht einmal eine Hautschuppe des Täters. Der Typ war wohl nicht nur brutal widerlich, sondern auch verdammt clever und wusste genau wie er vorgehen musste. Was sich für David anfühlte, wie ein weiterer Tritt in seine Eier. Der Bastard verhöhnte die Polizei nicht nur, er spielte mit ihnen. An die andere Variante, dass dieser Typ einfach nur unverschämtes Glück hatte, wollte David gar nicht erst denken. Denn das würde seine Arbeit und die seiner Kollegen noch mehr in ein schlechtes Licht rücken, wenn sie nicht mal in der Lagen waren einen Kerl zu fangen, der sich nicht mal die Mühe gab Beweise zu verwischen und nur aufs gerate Wohl durch die Gegend lief und Frauen abschlachtete.

Auf einmal fühlte David sich, so wie er jetzt hier in dem Büro vor dem großen Massivholzschreibtisch stand, als wenn er zum Direktor gerufen wurde und er sich dafür rechtfertigen musste, warum er ein anderes Kind auf dem Schulhof geschubst hatte. In diesem Moment wünschte er sich nichts sehnlicher als eine Zigarette.

„Ich habe auch nichts anders erwartet. David, so langsam wird die Luft dünn für mich. Wir müssen bald etwas finden was uns weiter bringt, sonst bin ich meinen Job los. Die sitzen mir im Nacken und warten nur darauf mit ihren gierigen Fangzähnen zu zuschnappen, wenn euch ein Fehler unterläuft“ Paul öffnete seine Schreibtischschublade und zog eine Flasche Bourbon heraus. David runzelte die Stirn.

„Du brauchst mich nicht mit diesem Blick anzusehen Du kannst dir nicht vorstellen was das für ein Druck ist.“ Er schenkte sich großzügig ein, bevor er die Flasche wieder ver-

schwinden ließ und sich die müden Augen rieb. David verkniff sich den Kommentar, dass es nicht nur für ihn viel Druck war.
„Ich werde meinen Vorgesetzten anrufen und um Hilfe bei dem Fall bitten.“ Es waren nur wenige Worte, aber es fühlte sich an, als wenn Paul ihm mit einem Stock die Beine weg geschlagen hätte. David hatte zwar immer gewusst, dass dies der nächste logische Schritt war, aber er hatte es dennoch nicht wahrhaben wollen. Jetzt, wo er die Worte aus Pauls Mund hörte, war der Moment gekommen, in dem David die Wut in sich aufkochen spürte. Keine Tablette der Welt hätte gegen das helfen können, was sich jetzt gerade in seiner Magengegend zusammenbraute und nur darauf wartete irgendwem ins Gesicht geschleudert zu werden. Er wollte gerade ansetzen und etwas erwidern, da unterbrach ihn Paul.
„Ich weiß wie das schmeckt, glaub mir, mir gefällt das auch nicht, und es tut mir leid. Du weißt, ich vertraue dir und deinem Team, aber wir können nicht noch mehr Tote gebrauchen. Wir benötigen Verstärkung, immerhin ist der Typ ein Serienmörder und muss endlich geschnappt werden, bevor er weiterzieht und neue Opfer findet. Ich werde Montag früh die Akten weiterleiten. Wenn wir Glück haben ist bis Mitte nächster Woche Unterstützung hier und helfen dir und deinen Leute bei der Arbeit.“
Paul nahm einen großen Schluck aus seinem Glas und betrachtete danach seinen Freund, der im Türrahmen stand und mit den Zähnen knirschte. Es passierte selten, aber David war sprachlos. Obwohl das nicht ganz stimmte. Es gab vieles was er Paul, seinem Freund, hätte sagen wollen, aber nichts, was

er Polizeidirektor Johansson hätte sagen können. Deswegen nickte er nur stur und biss sich auf die Zunge, damit nicht doch ein paar Worte heraus kamen, die ihn in Schwierigkeiten bringen würden.
David war noch nie für irgendein Verhalten abgemahnt worden, dafür war er zu gewissenhaft in seinem Job, aber er konnte seinen Freund, den er in der letzten Woche kaum wiedererkannte, kaum einschätzen. Wenn er jetzt etwas sagen würde, dann könnte er im schlimmsten Fall von der Ermittlung abgezogen werden und das wollte er auf keinen Fall riskieren. Deswegen drehte er sich einfach um und wollte das Büro verlassen.
„Ach und David, ich will dich hier morgen auf keinen Fall sehen. Es ist Sonntag. Mach was mit Elisabeth, sie sieht dich in letzter Zeit kaum noch. Versuch ein bisschen Abstand zu bekommen und Montag gehst du ausgeruht wieder an die Arbeit. Das wird dir gut tun."
Abrupt hatte sich David umgedreht und seinen Chef wütend angestarrt. Beinahe wäre ihm ein „Fick dich" herausgerutscht, aber als er den mahnenden Blick, mit dem Funkeln in den Augen seines Freundes sah, drehte er sich wortlos um und ging. Anstatt die Wut an seinem Freund herauszulassen schlug er stattdessen, als er in seinem Auto saß, solange auf das Lenkrad ein, bis seine Hände schmerzten. David hatte genau gewusst wie die Situation sonst ausgegangen wäre. Das Funkeln in den Augen von Paul hatte er erst einmal gesehen und das war gewesen, kurz bevor dieser ihm das erste und einzige Mal in ihrer Freundschaft eine verpasst hatte. Paul war damals ähnlich angespannt gewesen, weil er gerade heraus gefunden

hatte, dass Theresa ihn betrog. David hatte ihm gesagt, dass er das Flittchen verlassen sollte und daraufhin hatte Paul ihm eine reingehauen. Zugegeben, es war eine Menge Alkohol beiderseits im Spiel gewesen, aber er zweifelte nicht daran, dass sein Freund heute ähnlich reagieren könnte, zumal Pauls Seite nur noch mit Alkohol zu spielen schien. David konnte Anspannung verstehen, weil sich die Schlinge um Pauls Hals scheinbar immer enger zog, aber er konnte seine Entscheidung keinesfalls unterstützen oder gutheißen. Zumal er ihm nicht einmal die Chance ließ, weiter zu ermitteln, bevor er die Akten wegschickte um Hilfe anzufordern. Er konnte die Ohnmacht, der Paul gegenüberstand gut nachvollziehen, da er ihr selber ebenfalls gegenüberstand, aber er verurteilte seine Maßnahmen.

Aufgebracht war er dann nach Hause gefahren und hatte seiner Frau wutentbrannt von dem Gespräch erzählt, die ihm still schweigend zugehört hatte. David wollte auch nicht, dass sie etwas dazu sagte, denn er wusste genau, dass Elisabeth auf Pauls Seite sein würde, deswegen war er umso dankbarer dafür dass sie schwieg.

Doch all das Reden und Beschweren hatte ihm nicht die erhoffte Erleichterung gebracht, ganz im Gegenteil. Er hatte sich dadurch in Rage gebracht und war nur umso wütender geworden. Hätte Elisabeth ihn nicht ermahnt er solle es gut sein lassen, würde er ihr wahrscheinlich noch immer hinterher laufen und meckern.

Allerdings saß er nun hier, in dem kleinen gemütlichen Wohnzimmer seines Hauses, während seine Frau draußen im Garten die Beete auf den Sommer vorbereitete. Auch wenn

Paul ihm verboten hatte ins Büro zu kommen, konnte er ihn nicht davon abhalten weiter über den Fall nachzudenken und daran zu arbeiten, immerhin hatte er die Akten des Falls im Auto in den letzten Tagen immer dabei gehabt und so konnte er nun mit ihnen weiterarbeiten, auch wenn er deren Inhalt inzwischen so gut wie auswendig aufsagen konnte. Diese Akten lagen nun aufgeschlagen neben ihm auf dem kleinen Couchtisch, überall mit Post'its versehen, während eine hysterische Frau im Fernsehen einen Mann ankeifte, begleitet vom Beifall des Talkshow-Publikums, was für David aber eher ein Hintergrundgeräusch war.

Viel eher hingen seine Gedanken noch am gestrigen Tag fest, als es eine weitere Pressekonferenz gegeben hatte.

Der Anlass war kein geringerer gewesen, als der Fund einer weiteren schlimm zugerichteten Frau gewesen, Opfer Nummer Drei in einem kurzen Zeitraum. Er presste die Lippen zusammen und knüllte das Taschentuch noch fester in seinen Händen. Beim Fund der dritten Leiche, war das Schicksal etwas gnädiger gewesen, denn die verstümmelten Überreste wurden von einem Streifenpolizisten entdeckt.

Der Mann des Opfers Marie Tiller, hatte in der Nacht zuvor besorgt bei der Polizei angerufen, als seine Frau nicht von dem Spaziergang mit ihrem Hund zurück kam. Als den Beamten klar wurde, dass seine Frau in das Opferschema passte, wurde die Suche auf die anliegenden Parks ausgeweitet, wo man dann schließlich um fünf Uhr morgens die Leiche der jungen Frau fand.

David hatte in seinen 33 Jahren als Polizist schon so manche Befragung geführt, sei es mit Kriminellen, Verdächtigen oder

Angehörigen. Dabei musste er zugeben, dass ihm die mit den Kriminellen und Verdächtigen die Liebsten waren, auch wenn es absurd klang. Aber jeder der Dreck am Stecken hatte war schließlich mit Handschellen wieder aus dem Verhörraum herausgeführt worden. Die Verhöre liefen in der Regel immer gleich ab und früher oder später hatte jeder gestanden. Einem langen Tanz der Anschuldigungen beiderseits, Abweisungen einerseits, und dem Vorbringen von Beweisen war nach einiger Zeit immer ein Geständnis gefolgt. Und diese Geständnisse waren teilweise so erschreckend und widerwärtig gewesen, das David es sich gut vorstellen konnte wie die letzten Stunden der Opfer ausgesehen hatten.
Aber wenn man Angehörigen befragte, dann hatte das seine ganz eigene Dynamik. Und David war immer froh wenn diese Gespräche vorbei waren oder er sie an einen seiner Kollegen abgeben konnte. Ihm war klar, dass dies für Außenstehende gefühllos klingen musste, aber er konnte mit den sehr emotionalen Angehörigen nicht gut umgehen und ein unwohles Gefühl kochte in seiner Magengegend auf, wenn jemand anfing zu weinen oder sich selbst die Schuld für etwas gab, wofür er nun absolut nichts konnte. Aber so was wollten Angehörige in diesen Momenten nicht hören. In der Regel wollten sie nur irgendwem oder irgendwas die Schuld an dem Verlust eines geliebten Menschen geben, um dieses lähmende Gefühl der Trauer irgendwie zu verbannen, auch wenn es nur für einen kurzen Moment war. Und sich selbst für etwas die Schuld zu geben erschien den meisten am sinnvollsten. Und so war es auch in dem Fall mit Marie Tillers Mann Christoph gewesen. Als David gestern Morgen nach der Tatortbesichtigung ins

Revier kam, wartete dort schon ein verheulter junger Mann mit einem kleinen Baby, in eine Decke eingerollt, auf seinem Schoß vor Davids Büro. David schätzte den Mann auf keine 25 Jahre, auch wenn er durch die tiefen Augenringe, die sich unter den verheulten grünen Augen gebildet hatten, deutlich älter aussah. Was Trauer einem Menschen zufügen konnte, hatte er selbst oft genug mit angesehen.
Zuerst fiel David allerdings das falsch zugeknöpfte blau-karierte Hemd auf, das einen großen getrockneten Spuckfleck auf der linken Schulter hatte, welchen der Mann aber scheinbar nicht bemerkte. Seine Haare standen in alle Richtungen und er sah aus, als wenn er seit Tagen nicht geschlafen hätte. Doch all das konnte man in solch einer Situation noch verstehen, ebenfalls, dass der junge Vater wohl nichts für sein Baby dabei hatte außer die grüne Decke, in der das Kind eingewickelt war. Als er ihn dort sitzen sah durchflutete David eine solch gewaltige Flut von Mitleid, dass er sich am liebsten wieder umgedreht hätte und gegangen wäre. Doch dann dachte er an die starr zum Himmel blickenden Augen der Frau des jungen Mannes und riss sich zusammen.
Christophs Handschlag war schwach gewesen und er sprach leise, weil er sein schlafendes Kind nicht wecken wollte. Wenigstens hatte man dem Mann bereits die schlechte Nachricht mitgeteilt, dachte David sich und fühlte sich gleich danach schäbig wegen so einem Gedanken.
David wurde schlecht, als er den schlafenden Säugling sah, der so winzig war, als könnte er jeden Moment zerbrechen. Seine eigenen Kinder waren schon solange erwachsen, dass er ganz vergessen hatte, wie klein Babys sein konnten. Vor

zwei Jahren hatten Marius und sein Lebensgefährte ein Kind adoptiert, aber der kleine Junge war bereits ein Jahr alt gewesen, als er in sein neues Zuhause kam und damit deutlich größer als das kleine rosa Bündel in dem Arm des jungen Mann. *Als wenn die ganze Sache nicht schon tragisch genug ist*, dachte David, als er den Säugling betrachtete, und bat dann den Mann in sein Büro. David ließ sich in seinen Schreibtischstuhl fallen und versuchte so leise wie möglich zu reden.
„Erzählen Sie mir von gestern Abend, Herr Tiller“, bat er den Mann, nachdem er ihm etwas zu trinken angeboten hatte, das dieser mit einem Kopfschütteln ablehnte.
Müde nahm der Mann vor ihm Platz und schaukelte dabei das kleine Bündel Mensch in seinem Arm hin und her.
„Bitte nennen sie mich Christoph“, er lächelte traurig. „Ich kam um eins nach Hause, wissen sie, ich bin Barkeeper. Und Lisa wollte noch eine Runde mit dem Hund spazieren gehen. Eigentlich wollte ich sie nicht alleine gehen lassen, aber irgendwer musste doch bei dem Kleinen bleiben.“ Tränen stiegen ihm in die Augen, als wenn ihm in dem Moment abermals klar wurde, dass er nun alleine mit dem Kind sein würde.
„Lisa wollte aber noch unbedingt frische Luft schnappen, weil sie doch den ganzen Tag mit dem Baby alleine war und ein bisschen Bewegung brauchte. Sie sagte, dass Jack, das ist unser Hund, bei ihr sei, um sie zu beschützen. Und dann habe ich sie gehen lassen. Oh Gott, warum habe ich sie gehen lassen?“ Versteinert sah David den Mann an und wusste nicht so recht was er tun sollte. Zwar konnte er ganz gut mitfühlen, was er gerade durchmachte, immerhin hatte er schon viele Familien bei ihrer Trauerarbeit begleitet, aber auf der anderen

Seite war er auch schrecklich wütend auf den Mann. Wie konnte er seine Frau nur um die Uhrzeit alleine in einem dunklen Park herumlaufen lassen, wenn überall davor gewarnt wurde? Zumal Silas ihm bereits berichtet hatte, dass es sich bei dem besagten Jack um einen Jack Russell Terrier handelte. Der winzige Hund hatte, als die Leiche entdeckt wurde, neben seinem Frauchen gesessen und ihr das bereits gerinnende Blut vom Gesicht geleckt. Ein Detail, welches David aber lieber für sich behielt. Wie konnte der Mann nur glauben, dass so ein Hund seine Frau beschützen konnte? Jedoch schluckte er die Wut und die blinde Verständnislosigkeit hinunter, denn es hätte keinem in dem Moment genutzt. Der Mann fühlte sich bereits schuldig genug und würde es vermutlich auch noch für den Rest seines Lebens tun, auch ohne dass ein Polizist ihm unter die Nase rieb, wie sagenhaft dumm er sich verhalten hatte und dass die Mutter seines Kindes noch leben könnte, wenn er auch nur einen Moment lang nachgedacht hätte. Und weil David befangen war und nicht wusste was er tun sollte, machte er sich Notizen, auf die Rückseite einer Speisekarte die auf seinem Schreibtisch lag, und wartete, bis Christoph mit dem Weinkrampf fertig war. In seinem ganzen Arbeitsleben hatte David sich noch keine Notizen machen müssen. Denn noch nie hatte er irgendein Detail eines Falles vergessen, auch wenn es noch so klein war. Jedoch hätte er in diesem Moment alles getan, um dem Angehörigen des neusten Opfers nicht beim Weinen zu zusehen.

Als der junge Vater sich wieder ein bisschen beruhigt hatte, sah David von seinen Kritzeleien auf und strich sich über die lichterwerdenden Haare.

„Warum haben sie erst so spät bei der Polizei angerufen? Ihr Anruf ging immerhin erst um 3:58 Uhr bei der Zentrale ein.“ Einen kurzen Moment lang bereute er seine Frage, denn er sah in Christophs Augen neue Tränen hochkommen. Doch schnell presste dieser seinen Sohn an seine Brust und sprach mit zitternder Stimme weiter.

„Ich bin auf dem Sofa eingeschlafen.“ Eine lautlose Träne lief ihm die Wange hinunter.

„Der Kleine ist erst drei Monate alt und er schläft noch nicht durch und dann war er auch noch krank die letzte Woche und ich war so müde. Ich habe nur kurz die Augen zu machen wollen. Als Jonas dann anfing zu schreien wurde ich wach und merkte wie spät es ist und das Lisa nicht nach Hause gekommen war.“ Er verschluckte sich fast bei den Worten und sagte sie mit einem schuldbewussten Ton, als wenn er sich vor David rechtfertigen musste. „Ich war total panisch und wusste nicht was ich tun sollte.“ Ungebremst liefen ihm weitere Tränen über die Wangen.

Dann hatte es an der Tür geklopft und David war noch nie in seinem Leben so froh darüber gewesen, das Silas die Bürotür öffnete und seinen Kollegen hinaus bat, wie in dem Moment. Der Anlass war zwar die bevorstehende Pressekonferenz, aber selbst dafür war David dankbar. Silas kümmerte sich derweilen um den jungen Familienvater, dessen Partnerin im Leichenschauhaus lag. Es war auch besser so, dass Silas diese Aufgabe übernahm, David hatte die Kraft zum Trösten schon vor langer Zeit verloren.

Das Treffen mit den Medien fand nicht mehr in einem der Konferenzräume statt, denn es gab keinen Raum im Gebäude,

der dafür groß genug gewesen wäre. Die Nachricht über eine weitere Leiche zog die Presse an wie ein Hundehaufen Schmeißfliegen. Und so hatte man vor den Türen der Polizeistation ein Rednerpult aufgestellt, hinter dem sich ein Reihe Uniformierter gebildet hatte, die sich den gnadenlosen Fragen der Traube aus Reportern stellten.
Wie es seien könnte, dass die Polizei die Frauen von Paderborn nicht beschützen konnte, hatte einer der Reporter gefragt und David wäre ihm am liebsten an die Gurgel gesprungen und hätte ihm die Frage in seinen Hals zurück gesteckt. Die Pressesprecherin Pia hatte ihm aber mit einer Gelassenheit in der Stimme geantwortet, die David nicht für möglich gehalten hätte.
„Die Polizeistreifen wurden bereits verdoppelt und auch eine systematische Überwachung sämtlicher Parks in Paderborn ist eingeleitet. Aber all das, und damit richte ich mich an die Bürger von Paderborn, bringt nichts, wenn Sie uns nicht unterstützen. Sobald Sie etwas Verdächtiges beobachten, dann wenden Sie sich an die dafür eingerichteten Notfallhotlines der Polizei, egal wie unwichtig es Ihnen vorkommt. Und an dieser Stelle möchte ich mich noch einmal an alle Frauen wenden, die in das Schema des Täters passen, bitte befolgen Sie die Warnungen der Polizei und der Medien unbedingt und ohne Ausnahme und halten Sie sich nicht nach Sonnenuntergang alleine in einem Park oder in abgeschiedenen Teilen von Paderborn auf. Die letzten Frauen, die dem Täter zum Opfer fielen, hatten sich nicht an diese Warnungen gehalten und waren spät abends alleine in Parks unterwegs. Bitte denken Sie daran was Sie in den Medien hören und bleiben Sie zu Hause

oder seien Sie nur in Begleitung unterwegs. Tun Sie sich selbst und Ihrer Familie diesen Gefallen. Es geht schließlich um Ihre Sicherheit.“ Irgendwie schaffte ihre Pressesprecherin es immer wieder eine Anschuldigung oder einen Vorwurf seitens der Medien so abzuwenden, dass man glaubte, die Polizei habe alles im Griff.

David hatte sich die Rede von Pia heute Morgen noch einmal in den Nachrichten angesehen und er musste sagen, dass sie das ausgezeichnet gemacht hatte und wie er froh war, dass die Polizei ein so souveränes Erscheinungsbild nach Außen hatte. Immerhin das konnte man ihnen zugutehalten. Wenn auch nicht, dass sie in dem Fall Fortschritte machten. Wie hungrige Pitbulls, die man seit Tagen hatte hungern lassen, warteten die Medien auf ein Bröckchen Fleisch, in Form von Details, welches man ihnen hinwerfen würde und um das sie sich zähnefletschend streiten konnten, solange, bis der Stärkste gewinnt. Denn bis jetzt hatte man den Medien nicht sonderlich viel verraten, was aber mehr an der Tatsache lag, dass es nichts gab, was man ihnen hätte vor die Füße werfen können. Jedoch wäre es äußerst töricht gewesen, wenn man den Reportern genau das gesagt hätte, nämlich, wie die Polizei im Dunkeln tappte und verzweifelt darauf wartete, bis jemand etwas Auffälliges melden würde oder der Täter, der sein Unwesen trieb, einen Fehler macht. Es wäre nicht auszumalen gewesen, was dann passieren würde.

Also war es besser die Leute in dem Glauben zu lassen, dass man eine Spur hatte und aktiv um ihre Mithilfe zu bitten. So gab man der Bevölkerung das Gefühl, selbst etwas tun zu können und sich nicht der Ohnmacht bewusst zu sein, dass sie

eben gar nichts tun konnten, außer mit ihrem Arsch zu Hause zu bleiben. David war gespannt, wie lange man das noch aufrecht erhalten konnte, denn sobald die Medien erfuhren, dass eine Sonderermittlungskommission unterwegs war um die Polizei zu unterstützen, könnte es schwer werden. Denn welche Behörde rief schon freiwillig eine höher gestellte zur Hilfe, wenn man mit der Situation zurechtkam?
„Mein Kollege der Ermittler Herr Neumann wird Ihnen nun das Profil des Täters bekannt geben, damit Sie wissen, worauf Sie besonders achten müssen.“ David hörte noch immer die Worte der zierlichen Frau in seinen Ohren widerhallen und spürte noch den Ekel, der ihm dabei über die Haut glitt. Wenn er doch nur gekonnt hätte, dann hätte er gerne auf diesen Moment verzichtet, dachte er sich als er an das Rednerpult trat und die Kameras auf ihn gerichtet waren. Ab und zu leuchtete noch das ein oder andere Blitzlicht der Reporterkameras auf, welches dann in den hellen Strahlen der Mittagssonne verendete. David hatte mit schwitzigen Händen den kleinen Zettel aufgefaltet, den Silas ihn in die Tasche geschoben hatte, bevor er über die langen Flure der Polizeistation zur Pressekonferenz gegangen war. Nichts was auf diesem Zettel stand, hatte er nicht selbst gewusst, aber irgendwie beruhigte es ihn auf das winzige Blatt, kaum größer als ein Einkaufszettel, schauen zu können anstatt in die leeren und gleichzeitig gierigen Augen der Reporter. Er war sich sicher, wenn er den Blick auf sie richten würde, dann könnte er an ihren Mündern Speichelfäden herabtropfen sehen. Gieriger Sabber, der sich bildete, bei der Vorfreude auf ein neues Stück Fleisch, welches man ihnen in den Rachen warf.

David presste die Lippen zusammen. Er spürte die unzähligen Augenpaare, die nicht nur hier vor den Toren der Paderborner Polizeiwache auf ihm ruhten, sondern auch die, die zu Hause vor dem Fernseher warteten und an seinen Lippen klebten.
Wie ein Wahrsager, kam er sich vor, der auf einem billigen kleinen Straßenfest den Leuten das Geld aus der Tasche zog, indem er willkürliche Fakten in die Menge warf. Er hielt nichts vom Profiling, weder von dem was sie in ihrer kleinen Polizeistation betrieben noch davon, was die Leute vom der Sonderkommission praktizieren würden, sobald sie hier ankamen. Worauf man sich immer verlassen konnte, das waren Fakten, Beweise. Fingerabdrücke, DNS oder sonstige Spuren, die einen zu dem Täter führten, seien es auch nur Tipps von Informanten. Aber Profiling hielt er für pures Raten. Manchmal hatte man Glück und manchmal eben nicht.
Und um zu wissen, dass der Täter um die vierzig war, brauchte man nicht besonders klug sein. Durch die Narbe, die der Täter seinen Opfern im Gesicht zufügte und durch die Tatsache, dass dieses Detail nie nach außen gedrungen war, wusste man, dass es dieselbe Täter war. Zudem hatte er die beiden Frauen vor zwanzig Jahren bereits auf dieselbe grausame Art und Weise umgebracht, die nun einmal viel Kraft kostete, deswegen konnte man davon ausgehen, dass der Täter damals kein Kind war. Also musste der Killer jetzt mindestens 38 sein. Plus, Minus ein paar Jahre, wozu man sagen konnte, dass Plus wahrscheinlicher war. Diese Tatsache, die sich in Davids Augen nur schwer abstreiten ließ, war etwas auf das man auch kommen konnte, wenn man keine Uniform oder einen schicken Anzug, wie die der Sonderkommission

trug. Deswegen widerstrebte es ihm, jetzt hier vor der Meute Menschen zu stehen und sogenannte „Fakten“ in die Menge zu werfen, die doch alle nur auf Raten und Vermuten basierten. Jedoch hatte er die Diskussion mit Paul verloren, der wollte das ein Polizist das Profil verkündete. David überlegte kurz einen Moment, ob es ihm lieber war hier an dem Rednerpult zu stehen oder bei dem trauernden Ehemann in seinem Büro zu sitzen, jedoch fand er keine Antwort darauf, also beugte er sich seinem Schicksal und las die Liste laut vor.

„Wir gehen von einem Mann zwischen Ende dreißig bis Mitte fünfzig aus. Eindeutig lässt sich sagen, dass er eine Wut auf Frauen hegt, die einem bestimmten Typen entsprechen. Jung, ungefähr Mitte zwanzig, braune Haare und Augen. Zumeist sind sie dünn, aber nicht zwingend durchtrainiert. Wir gehen davon aus, dass die Frauen nur stellvertretend für jemanden sind, wie für eine Freundin oder eine Verwandte, die den Täter verschmäht oder ihm sonstiges Unrecht getan hat.“ Und dann machte er den Fehler und sah auf. Sah in die leeren Augen, die er erwartet hatte und die jedes Wort gierig schluckten und plötzlich wurde ihm schlecht, bei dem Gedanken daran, dass dieser Irre unter ihnen sein könnte. Er könnte einer der Reporter sein und ihm bei seiner Rede zuhören. Oder er könnte auch zuhause sitzen und jedes Mal nicken, wenn etwas gesagt wurde, was zustimmte und dieser Gedanke machte David so wütend, dass ihm die Galle hochkochte. Er musste weg hier.

Das Wichtigste seiner Liste hatte er bereits gesagt, also hauchte er noch ein Danke hinaus, was man kaum verstand, dann drehte er sich um und verschwand durch die große Tür

wieder ins Innere der Polizeistation. Hinter sich hörte er noch das Blitzen der Kameras, die Rufe der Journalisten und die beruhigend auf sie einredende Stimme von Pia.
„Wie alle hier bei der Polizei von Paderborn nimmt auch den Polizisten Herr Neumann der Fall sehr mit, deswegen entschuldigen Sie ihn bitte. Wenn sie Fragen haben, dann bitte ich Sie, sie mir jetzt zu stellen.“ Das Pia mit diesen Worten die Medien zu besänftigen versuchte, hatte David nicht mehr gehört, er war bereits auf der Toilette und erbrach sein spärliches Frühstück, was aus einem Kaffee und einem Laugenbrezel bestanden hat, wieder aus. Er hatte den Rest der Pressekonferenz erst vorhin im Fernsehen gesehen und musste zugeben was für ein klägliches Bild er dabei abgegeben hatte. Abgeschlagen und fertig hatte er auf das Pult gestarrt. Von dem Zettel, den er in Händen gehalten hatte konnte man nichts sehen, deswegen wirkte es, als wenn er zu schüchtern gewesen war, um sein Publikum anzusehen. Dann als er sich umdrehte und förmlich weg rannte, konnte er sehen wie ihm die Übelkeit bereits aufstieg. Und auch wenn er versuchte den Gedanken beiseite zu schieben, war er schockiert über die riesige kahle Stelle, die sich auf seinem Hinterkopf gebildet hatte. Wenn er sie mit der Hand ertastete, dann wirkte sie gar nicht so groß, dachte er sich, als er unbewusst danach griff. Doch David hatte Wichtigeres zu tun und schob seinen Stolz beiseite. Immerhin hatte man ihm gestern Mittag angesehen wie elend es ihm ging, deswegen hatte Paul ihm auch auf die Schulter geklopft und ein „Gut gemacht!“ heraus gewürgt. Auch wenn er genau wusste, dass er es nicht ernst meinte, war er trotzdem dankbar für die Geste.

David konnte zwar die Gedanken an seine Haare beiseiteschieben, aber was er nicht verdrängen konnte, war sein Ego und sein Stolz. Es machte ihn verrückt, dass er nicht weiter kam in dem Fall. Inzwischen ging es um viel mehr als nur darum den Täter zu schnappen. Er wollte sich selbst etwas beweisen, immerhin war er doch nicht schlecht in seinem Job, das war er wirklich nicht. Doch dies hier war irgendwie eine ganz andere Größenordnung und scheinbar überstieg es seine Fähigkeiten. David presste bei dem Gedanken die Lippen zusammen.

„So darfst du nicht denken!", ermahnte er sich mit fester Stimme in dem sonst leeren Raum und ballte die Fäuste. „Ich habe schon andere Fälle gelöst und diesen hier wirst du auch lösen!", sprach er sich selbst Mut zu und war fast von seinen Worten überzeugt. So einfach würde er nicht das Feld räumen und den Fall abgeben.

Vielleicht hatte Paul recht damit, dass er nur ein bisschen Abstand brauchte. Manchmal sah man ja den Wald vor lauter Bäumen nicht, redete er sich weiter gut zu und musste schmunzeln bei dem Gedanken daran. Er würde sich jetzt gleich ein Bier aus dem Kühlschrank holen und dann schauen, ob seine Frau Hilfe im Garten brauchte und morgen würde er ausgeruht und frisch ans Werk gehen. Und wer weiß, vielleicht würde ihm ein Detail auffallen, das er ganz übersah? Man konnte ja nie wissen.

Zufrieden mit sich selbst grinste er und sein Blick fiel wieder auf den Fernseher, in dem gerade der Anfang einer dieser weiteren sinnlosen Sendungen begann, die dazu beitrugen, dass die Bevölkerung immer weiter verblödete.

„Bleiben Sie jetzt bei uns, wir werden das Geheimnis des Paderborner Rippers lüften!“, trällerte eine viel zu dünne und viel zu stark bemalte junge Frau auf dem Bild und erntete dafür tosenden Applaus.
Sofort verfinsterte sich Davids Laune wieder und er schaltete den Fernseher angewidert aus.
Noch eine Weile blieb er vor dem schwarzen Bildschirm sitzen und hing seinen Gedanken nach, bevor er aufstand, sich ein Bier holte und zu seiner Frau in den Garten ging.

11. Kapitel

Zur selben Zeit in der David seiner Frau half Blumentöpfe aus dem Schuppen zu tragen, stand Hendrik in seiner hellen Küche und war damit beschäftigt Gemüse für das Grillfest zu schneiden, das er abends ausrichtete.

Seit Jahren war es bereits Tradition, dass an jedem zweiten Sonntag im Monat alle Nachbarn, die in der Straße wohnten, zusammen kamen und gemeinsam grillten, um den Zusammenhalt zu stärken. Diesen Sonntag war Hendrik mit seiner Familie an der Reihe alle Nachbarn einzuladen.

Am Anfang war es Hendrik noch ein bisschen fremd vorgekommen so engen Kontakt mit seinen Nachbarn zu haben. Als er noch bei seinen Eltern gewohnt hatte, in dem riesigen Haus mit dem noch größeren Garten, waren die Nachbarn viel zu weit entfernt, als das man sie auch nur hätte erahnen können, wenn sie auf ihren Terrassen saßen. Damals war das normal für Hendrik. Aber als er sich erst mal an die Tradition in der Straße gewöhnt hatte, merkte er erst, wie einsam sie damals lebten. Natürlich hatten sie ihre Putzfrauen und das Kindermädchen, das auf Hendrik aufpasste wenn seine Eltern unterwegs waren und so hatte er immer jemanden bei sich, aber es war schon etwas Anderes. Niemals war er mit den Nachbarskindern um die Häuser gezogen, er hatte nicht einmal gewusst, ob die Nachbarn Kinder hatten. Sein Kindermädchen hatte ihn meistens zu seinen Freunden gefahren, die am anderen Ende der Stadt wohnten oder sie waren zu ihm gekommen. Doch es waren nun mal Schulfreunde, die er alle nur von der Privatschule kannte, auf die er ging. Und die kamen wie er alle aus finanziell besser gestellten Kreisen. So hatte er mit den Jungs meistens vor irgendeiner Konsole gesessen oder am Pool rumgehangen. Nie hatten sie einen Staudamm gebaut oder im Dreck gewühlt, nie selbst im Wald ein Baumhaus gebaut. Das schickte sich für reiche Kinder nun mal nicht. Doch auch das war Hendrik alles erst bewusst geworden, als sie in diese Straße in Paderborn gezogen waren. Es war eine Gegend für Bessergestellte, aber hier spielten die Kinder auf der Straße fangen und kamen mit schlammbeklebten Klamotten oder aufgeschürften Knien nach Hause. Und wenn man mit jemandem reden wollte, musste man nur abends in seinen Garten gehen, denn irgendein Nachbar war immer am Rasensprengen oder Hecke schneiden und hatte Zeit für ein Gespräch.

Doch die monatlichen Grillfeste waren noch immer sein Highlight. Er liebte diese ruhigen Sonntage, an denen man sich bei einer Flasche Bier und einem Stück Fleisch mit seinen Nachbarn austauschen konnte. Inzwischen wohnten sie bereits so lange in dieser Straße und hatten so viele Grillfeste zusammen gefeiert, dass Hendrik einige der Menschen, die Tür an Tür mit ihm wohnten bereits als Freunde betrachtete und nicht mehr nur als Leute, die sich dieselbe Straße teilten. Da war beispielsweise Christian Raupert, der mit seiner Frau Victoria und seinem Teenager Sohn Liam, im Haus gegenüber wohnte.

Als er ihn kennen lernte, hatte Hendrik Christian für einen eingebildeten Möchtegern gehalten, der gerne große Reden schwang. Aber als sie vor ein paar Jahren bei der Gartenparty von Hans und Angelika, einem reizenden älteren Ehepaar das am anderen Ende der Straße wohnte, plötzlich alleine am Grill

standen, fing Christian ein belangloses Gespräch über Sport an, um die Zeit zu vertreiben, bis wieder jemand dazu kam, den sie beide mochten. Hendrik sollte nämlich viel später herausfinden, dass Christian genau dieselben Vorurteile Hendrik gegenüber hatte, wie dieser ihm.
Doch noch am Ende dieses lauen Sommerabends vor vier Jahren war beiden klar geworden, dass ihre Vorurteile falsch waren und dass sie mit dem anderen bestens zurecht kamen. Seit dem trafen sie sich ab und an zum Mittagessen in der Stadt, denn Christian arbeitete für ein renommiertes Architektenbüro, keine fünf Gehminuten von Hendriks Büro entfernt.
Heute Abend freute Hendrik sich besonders auf die Abwechslung vom Alltag. In der letzten Zeit empfand er nicht nur die Arbeit und den damit einhergehenden Trott als anstrengend, sondern auch die Nachrichten, die ihn in letzter Zeit von allen Seiten zu beschallen schienen, strengten ihn auf seltsame Weise an. Diese Morde hatten eine komische Anziehungskraft auf ihn und beschäftigten ihn mehr als er zugeben wollte. Irgendwie hatte er das Gefühl, dass er tief in sich mehr über den Mörder wusste. Vielleicht war es jemand, den er von der Universität her kannte? Im Kopf war er bereits die letzten Tage über seine alten Studienfreunde durchgegangen und hatte überlegt, was diese jetzt machten.
Arthur Müller war nach seinem Abschluss von einer großen Brauerei in München abgeworben worden, wo er seitdem lebte. Zwar hatte Hendrik keinen Kontakt mehr mit ihm, aber Arthur schickte ihm jedes Jahr noch zu Weihnachten eine Postkarte, auf der er mit seiner blonden Frau und zwei noch blonderen Jungs in die Kamera grinste und ihm ein Frohes

Fest wünschte. Und selbstverständlich schickte Hendrik ihm jedes Mal eine Karte von ihm und seiner Familie zurück.
Victor Trenne war nach Kalifornien gezogen, einer seiner Jugendträume, um sich dort mit seinem eigenen Marketingbüro selbstständig zu machen. Hendrik hatte erst vor einem Monat mit ihm telefoniert und seine Firma lief gut dort. „Gerade erst haben wir den Etat für eine neue Werbekampagne für Sonnenschutzprodukte bekommen“, sagte Vic und lachte schon über seine eigenen Worte. „Und, scheiße eh, wir sind hier in Kalifornien. Die Sonne brutzelt einem hier den ganzen Tag den Arsch. Wir werden reich.“
Dennis Pieger hatte ein Jahr nach ihrem Abschluss einen Autounfall und lag daraufhin sieben Jahre im Komma, bevor man sich entschieden hatte die Maschinen, die ihn am Leben hielten, abzuschalten und er schließlich erstickte.
Carlo Marcs, weggezogen. Wohin wusste Hendrik nicht, ebenso wie Marwin Brisch. Irgendwann auf dem Weg zum Erwachsenwerden hatten sich ihre Wege getrennt. Und mit den anderen hatte er nicht genug zu tun gehabt, als das man nach der Uni noch Kontakt hatte. Aber der Gedanke, dass einer seiner Unifreunde, mit denen er nächtelang in Bibliotheken Bücher gewälzt oder in Kneipen gefeiert hatte, zu so etwas im Stande war, erschütterte ihn zutiefst. Er hätte mit Laura darüber reden können, entschied sich dann aber doch dagegen, deswegen machte er sich alleine Gedanken über all das. Zu seiner miesen Stimmung kam dann noch hinzu, dass er schlecht schlief und wenn, dann träumte er nichts Gutes. Erst vorletzte Nacht hatte er einen merkwürdigen Traum gehabt, den er nicht richtig zuordnen konnte.

Er hatte davon geträumt, dass er mitten in der Nacht in einem See schwimmen war. Bis dahin war noch alles in Ordnung, morgens während seiner Joggingrunde ging er ja auch öfters in dem kleinen See, den an seiner Laufstrecke lag, eine Runde schwimmen. Doch als er untertauchte, um seinen Kopf abzukühlen und dann wieder hoch kam, hatte sich das Wasser in dem kleinen See in dickflüssiges Blut verwandelt, das zäh wie Karamell an seinem Gesicht hinab lief und ihm die Nasenlöcher verklebte. Gierig versuchte er Luft einzusaugen, seine Lungenflügel mit Sauerstoff zu füllen, doch das Einzige was in seine Luge strömte war Blut. Er schmeckte den widerwärtigen Geschmack und kotzte es wieder aus, während seine Lunge zu platzen drohte. Plötzlich war er schwer keuchend aus seinem Traum aufgeschreckt und hätte schwören können, noch immer den Geschmack von Blut auf seinen Lippen zu haben. Doch das bildete er sich doch nur ein?
Sein Herz raste noch immer, als er sich unter die kalte Dusche stellte und versuchte den Traum von sich abzuwaschen, was ihm nicht ganz gelang. Dann legte er sich wieder ins Bett. Eine Stunde lang lag Hendrik noch wach und wartete eigentlich nur darauf, dass der Wecker klingelte, denn vor dem wieder einschlafen hatte er zu viel Angst.
Gleich nach dem Aufstehen hatte er dann versucht diesen Traum von sich abzuschütteln und sich um die Vorbereitungen für den Abend zu kümmern um sich abzulenken.
Es war viel zu tun, denn die gut dreißig Gäste, die zu diesen Festen kamen, brachten immer ordentlich Hunger und Durst mit. Doch die Erledigungen für den Abend machten Hendrik nichts aus, im Gegenteil, es machte ihm sogar Spaß.

Laura hatte sich noch einmal eine Weile hingelegt, bevor die Nachbarn eintrudelten, denn sie hatte ebenfalls die halbe Nacht nicht schlafen können. Claras anfängliche Schnupfen war zu einer handfesten Erkältung herangewachsen und sie war nun anhänglicher als sonst. Sobald sie in Lauras Arm eingeschlafen war und ihre Mutter sie dann in ihr Bett legte, fing sie wieder an zu schreien und zu quengeln.
Hendrik hatte seine Frau mehrmals gefragt, ob sie das Grillen nicht doch verschieben sollten. Für ein krankes Kind würde schließlich jeder Verständnis haben. Aber Laura freute sich genauso wie ihr Mann auf den Besuch und hatte nur mit dem Kopf geschüttelt.
„Wir sind dran und die Nachbarn haben sich doch schon darauf eingestellt heute zu uns zu kommen. Wenn Clara weint, dann werde ich einfach zu ihr gehen bis sie wieder schläft und in der Zeit kümmerst du dich einfach um unsere Gäste", hatte sie mit einem Zwinkern gesagt, woraufhin Hendrik sie küsste.
Damit seine Frau nicht noch mehr Arbeit hatte, hatte er den Wecker für heute Morgen extra früh gestellt, um mit den Vorbereitungen zu beginnen. Im Garten hatte er kleine rote Lampions aufgehangen und die Heizpilze aus dem Schuppen getragen, für den Fall, dass es später kalt werden würde, immerhin wollte er nicht, dass einer friert.
Inzwischen war das Fleisch eingelegt, die Getränke kalt gestellt, das Brot geschnitten und die Salate angerichtet. Jetzt fehlten nur noch die Spieße mit dem Gemüse, für die Vegetarier unter seinen Gästen. Während er die Paprika in längliche Streifen schnitt, hatte er sich ein Bier aufgemacht und schaute dabei Fernsehen. Gerade war eine Folge der Mittelalterserie

zu Ende die er so gerne sah, als die Nachrichten begannen. Hendrik schaute kurz auf, dann schaltete er den Ton auf stumm. Heute wollte er sich mal nicht mit dem Thema beschäftigen.

Gestern erst hatte er das Gefühl gehabt über nichts anderes nachgedacht zu haben. Beim Frühstück zierte der Ripper die erste Seite der Tageszeitung und auf dem Weg zur Arbeit, wo er ausnahmsweise Samstag hin musste, war es das einzige Thema das im Radio lief und heiß diskutiert wurde. Im Büro hatte er dann ein langes Gespräch mit seiner Sekretärin geführt, die sich immer wieder bekreuzigte und Gott dafür dankte, dass ihre Tochter, ebenfalls braunhaarig und braunäugig, in Dortmund lebte und nicht mehr hier in diesem Sündenfoul.

Mittags als Hendrik wieder zu Hause war lief im Fernseher eine Pressekonferenz der Polizei, die er sich ansah. Und als er dann abends Nachrichten anschaltete, hörte er erneut wie eine blonde Reporterin mit erschreckend bleichem Gesicht, die letzte Tat des Mörders präsentierte.

„Das Opfer war so übel zugerichtet und zur Unkenntlichkeit entstellt, dass erst ein Abgleich mit ihrer DNS Gewissheit darüber gab, dass es sich bei der Toten tatsächlich um die 24 Jährige Maire T. handelte." Das war der Moment gewesen, in dem Hendrik den Fernseher angewidert abgeschaltet hatte. Als er gestern Abend im Bett lag und darauf wartete, bis Clara endlich schlief und seine Frau zu ihm kommt, hat er sich die Pressekonferenz nochmal durch den Kopf gehen lassen. Der Polizist, der schon Tage zuvor im Fernseher über die Morde sprach und der ihm so bekannt vorkam, hatte am Rednerpult

gestanden und das Profil des Täters verkündet, über das Hendrik nur lachen konnte. Es solle ein Mann sein, Ende dreißig bis Mitte fünfzig. Mehr konnte man zum Äußeren nicht sagen. Und nicht mal das war ein guter Hinweis. Ein Mann um die vierzig Jahre. Das traf bestimmt auf 40 Prozent der Einwohner von Paderborn zu. Und da man nicht ausschließen konnte dass der Täter nicht vielleicht doch von wo anders kam und Paderborn nur zum Morden heimsuchte, fand Hendrik es eine ganz schön schwache Leistung der Polizei. Als der Polizist dann auch noch fluchtartig die Konferenz verlassen hatte, fehlten Hendrik die Worte und er schüttelte nur ratlos den Kopf. Bei dem Gedanken daran wurde er schon wieder wütend, deswegen schob er ihn schnell beiseite. Heute wollte er nur einen schönen Abend mit seiner Familie und seinen Nachbarn haben. Dass es ihm aber nicht erspart bleiben würde, konnte er noch nicht ahnen, als er den Fernseher ausschaltete und sich wieder den Gemüsespießen widmete.
Gegen sechs Uhr, gerade als Hendrik damit beschäftigt war die glühende Kohle in dem riesigen Smokergrill zu verteilen, der sein ganzer Stolz war, kamen die ersten Gäste durch das kleine Gartentor, welches eingebettet in die saftige, etwa hüfthohe grüne Hecke lag, die einen Rahmen um das Grundstück zog. Christian ging voraus und hielt seiner Familie das Törchen auf, bevor er es wieder hinter sich schloss.
„Hallo Nachbar“, flötete er vergnügt und begrüßte seinen Freund mit einer herzlichen Umarmung.
Laura kam gerade rechtzeitig aus der Küche, um die Gäste zu begrüßen und Victoria die Platte mit den Muffins abzunehmen, die sie mitbrachte.

„Danke Victoria“, sagte Laura und nahm ihr das Mitbringsel ab, bevor die Frauen sich mit Küssen auf die Wangen begrüßten. Laura und Victoria verstanden sich ebenso gut wie Christian und Hendrik. Hendrik würde sogar behaupten, dass Victoria die einzige Freundin seiner Frau war. Was hart klang, aber bei drei Kindern und einem Vollzeitjob blieb nun mal nicht viel Zeit für Freunde oder Hobbys übrig. Umso mehr freute er sich, wenn die beiden Frauen sich auf einen Kaffee trafen oder miteinander telefonierten.
Hendrik beobachtete Victoria, wie sie in langen Schritten auf ihn zu kam. Sie trug eine eng sitzende Jeans und eine schwarze Bluse und sah eher aus, als wenn sie in ein schickes Restaurant gehen wollte und nicht zum Grillen in den Nachbargarten. Sie war zweifelsohne eine wunderschöne Frau. Ihre langen braunen Haare, die schon leicht ins schwarz gingen, trug sie zu einem Pferdeschwanz, der zwar gewöhnlich war, aber an ihr trotz dessen elegant aussah.
Manchmal wenn Hendrik sich mit ihr unterhielt, dann verlor er sich ihren hellen grünen Augen, die wie eine taufrische Wiese glänzten. Victoria war schlank und durchtrainiert, was womöglich auch von dem wöchentlichen Yogakurs kam, den sie zusammen mit Laura machte. Doch bei ihr schien es viel mehr Wirkung zu haben als bei seiner Frau. Um ihn nicht falsch zu verstehen, Hendrik liebte den schlanken Körper seiner Frau, aber drei Kinder hatten nun mal trotzdem ihre Spuren hinterlassen.
Das Hendrik Victoria so betrachtete hätte er nie jemandem gesagt, denn weder seine Frau noch Christian hätten dafür Verständnis gehabt, dass er heimlich ein wenig von Victoria

schwärmte. Zwar wäre er nie auf den Gedanken gekommen, etwas mit ihr anzufangen oder mit einer anderen Frau, dafür liebte er Laura viel zu sehr und wenn er ehrlich war hatte er auch keinerlei Interesse an so etwas, doch er war nun einmal auch nur ein Mann und Männer achteten auf so etwas.

„Hallo Chefkoch“, begrüßte und umarmte Victoria ihn, nachdem sie kurz an der Schürze zupfte, die Hendrik trug, auf der „Kiss the Cook“ stand. Ihr dezentes Parfum umhüllte sie wie eine nach Meer duftende Wolke und für einen Moment hatte Hendrik wieder das Bild vor Augen, wie Victoria letztes Jahr in dem Urlaub, den beide Familien zusammen verbrachten, in ihrem braunen Bikini am Strand auf Ibiza stand und aufs Meer hinaus blickte. Die Hände in die Hüfte gestützt und die Beine leicht gespreizt. Ihre Haare hatten in einer leichten Brise geweht und sie war ihm noch nie so schön vorgekommen wie in dem Moment.

Kurz drückte er sie an sich, bevor er sich Liam zuwandte. Er war ein gut aussehender Junge und mit seinen 16 Jahren bereits so groß wie Hendrik selbst, auch wenn er noch ein bisschen schlaksig wirkte. Der Junge trug lässige Jeans und ein viel zu weites T-Shirt, was Hendrik aber egal war. Sie hatten in ihrer Jugend auch einen merkwürdigen Kleidungsstil gehabt und sein Vater hatte auch jedes Mal mit den Augen gerollt, wenn Hendrik ihm neue „hippe“ Klamotten präsentierte. Liam hatte die weichen Augen seiner Mutter und das markante Gesicht seines Vaters. Aber was noch viel wichtiger war, war die Tatsache, dass er ein anständig erzogener junger Mann war. Wenn man ihn auf der Straße traf, ging er nie vorbei, ohne nicht wenigstens Hallo gesagt zu haben und sich

nach dem Befinden des anderen zu erkundigen. Und wenn er bei ihnen zu Hause war, was in letzter Zeit öfters vorkam, dann fragte er immer, wenn Laura vom Einkaufen nach Hause kam, ob er ihr beim Tragen oder Auspacken der Lebensmittel helfen könne. Des Öfteren hatte Liam Hendrik auch schon beim Kochen geholfen und sich immer rege mit ihm über Sport unterhalten. Hendrik mochte ihn einfach, was auch für Hannah zutraf. Zwar würde seine Älteste es niemals zugeben, aber sie schwärmte für den Jungen von gegenüber. Und soweit Hendrik das beurteilen konnte, beruhte es auf Gegenseitigkeit, was ihn als Vater sehr glücklich machte.
Seit Hannah anfing sich für das andere Geschlecht zu interessieren, hatte er Angst vor den Exemplaren die seine Tochter anschleppen könnte. Bilder von tätowierten Möchtegern-Bikern, die keine sonderlich blühende Zukunft vor sich hatten, schwirrten in seinem Kopf herum. Er sah seine Tochter schon ohne abgeschlossene Ausbildung mit Zwillingen auf dem Arm in einem Wohnwagen sitzen, während ihr Mann Drogen vertickt, um sich von dem Geld Alkohol zu kaufen. Natürlich war dies ein überspitzes Klischee und so weit entfernt von der Wahrheit, wie sie nur seien konnte. Immerhin war Hannah eine vernünftig und gut erzogene junge Frau. Doch nichts destotrotz war Hendrik dankbar als er merkte, wie oft Liam und Hannah Zeit miteinander verbrachten.
„Hallo, Herr Kamp“, grinste Liam und streckte ihm seine Hand entgegen.
Hendrik kannte das verschmitzte Grinsen genau. Es war keine respektlose Geste, sondern eher eine kumpelmäßige, die Hendrik immer wieder amüsierte.

„Du sollst mich doch Hendrik nennen", sagte er und schlug die Hand des Jungens spielerisch zur Seite, bevor er ihn in seinen Arm nahm und ihm auf den Rücken klopfte. Als Liam sich aus der Umarmung löste, schaute er sich um und versuchte seine Frage beiläufig klingen zu lassen.
„Ist Hannah auch da?", fragte er, aber Hendrik hatte gemerkt, dass er sich schon die ganze Zeit über nach seiner Tochter umgesehen hatte.
„Ich glaube, sie ist im Wohnzimmer. Du kannst ja mal nachschauen", zwinkerte Hendrik ihm zu und wandte sich dann wieder Christoph und dem Grill zu. Laura und Victoria waren bereits in ein Gespräch vertieft und auf dem Weg ins Haus. Christian schaute den beiden Frauen nach und wie als hätte er es gehört was seinem Freund vorhin noch durch den Kopf gegangen war, sagte er: „Laura ist schon eine klasse Frau."
Hendrik musste grinsen, erwiderte aber nichts. Stattdessen reichte er Christoph ein Bier aus der Kühlbox neben dem Grill. Dann rieb er sich die Hände.
„So, dann wollen wir mal ein bisschen Fleisch auf den Grill werfen."

Der Garten der Kamps hatte sich im Laufe der letzten Stunden gut gefüllt. Abgesehen von den Schapers, die das kleine gemütliche Haus am Anfang der Straße bewohnte und letzte Woche zu ihrem Hochzeitstag nach Kuba geflogen waren, waren alle Gäste erschienen.
Hendrik hatte, mit Laura an seiner Seite, eine kurze Rede gehalten und alle aufgefordert zu essen, zu trinken und sich wohl zu fühlen, worauf hin alle geklatscht hatten und dann nach

und nach anfingen an das Buffet zu gehen. Inzwischen hatte die Sonne sich immer weiter in den Westen verzogen und mit ihren letzten Strahlen den Garten in ein sanftes Licht getaucht, bevor sie sich hinter einer Reihe von Bäumen auf den Weg gemacht hatte, um irgendwo anders den Tag einzuläuten. Nun brannten die Lampions und erledigten ihre Aufgabe. Leise Musik mischte sich mit den Unterhaltungen der Nachbarn und dem fröhlichen Lachen der Kinder, die durch den Garten flitzten und fangen spielten. Lia führte gerade die Truppe der Kids an, die Jonathan Fischer um den Pool jagte.
Hendrik stand mit ein paar Nachbarn, Christian, Theodor Fischer, dem Vater von Jonathan und Gert Hellwig in einem Kreis und beobachteten den Nachwuchs beim Spielen. Christian war es, der die friedliche Stimmung mit einem heiklen Thema durchschnitt.
„Habt ihr das von diesem Mann gehört, der diese ganzen Frauen getötet hat?“
Einen Moment lang dachte Hendrik über die Unsinnigkeit dieser Frage nach. Natürlich hatten sie davon gehört, jeder in Paderborn und wahrscheinlich jeder in Nordrheinwestfalen hatte davon gehört, wenn nicht sogar jeder in Deutschland. Wie hätte man bei dem Medienrummel, der um das Thema veranstaltet wurde, auch weg hören können und die Augen verschließen? Jedoch, wie sollte man so ein Gespräch auch anders anfangen als mit solch einer sinnlosen Phrase, deswegen sagte Hendrik nichts dazu sondern stimmte nur in das Nicken der anderen mit ein.
„Üble Sache“, sagte Theodor fast andächtig und starrte auf sein Bier. Er war ein schmal gebauter Mann mit Brille, der die

Schultern immer ein wenig hängen ließ, als würden schwere Gewichte auf ihnen lasten. Hendrik hatte des Öfteren schon gedacht, dass er aussah wie ein Pantoffelheld. Dieser Eindruck wurde dann auch noch dadurch unterstrichen, dass seine Frau, eine 120 Kilo schwere Grazie mit überraschend tiefer Stimme, sehr dominant war. Theodor wirkte neben seiner Frau immer wie ein Kind, das von seiner Mutter in die Schule gebracht wird. Aber Hendrik schätzte und achtete Theodor.

Gert summte zustimmend. „Könnt ihr euch das vorstellen, dass er schon so lange unterwegs ist und noch niemand ihn erwischt hat? Das spricht doch für die Unfähigkeit der Polizei." Er schüttelte ärgerlich den Kopf.

„Er hat einfach nie Spuren hinterlassen, die brauchbar waren, um ihn zu stellen. Die Polizei ist nicht unfähig, er ist nur einfach besser", rutschte es Hendrik raus und schon im nächsten Moment wunderte er sich selbst darüber, dass er den Mörder in Schutz nahm.

Gert und Theo sahen Hendrik schweigend und mit großen Augen an. Christian klopfte Hendrik auf die Schulter und sagte dann entschuldigend zu den anderen gewandt: „Hendrik ging damals auf die Universität hier in Paderborn, wo der Ripper seine ersten Opfer fand. Der Fall begleitet ihn also schon eine Weile."

Ein erneutes Summen von Gert, das klang, als würde er genau verstehen was das bedeutet, doch Hendrik bezweifelte es. Gert war ein hoch gewachsener Mann, Ende 50. Als er noch gearbeitet hatte war er leitender Arzt einer Kinderklinik in Berlin gewesen. Vor fünf Jahren war er aber frühzeitig in

Rente gegangen, weil er, nachdem seine beiden Söhne, 17 und 19, bei einem Autounfall ums Leben kamen, einen Nervenzusammenbruch erlitten hatte.
Vor zwei Jahren war er mit seiner Frau nach Paderborn gezogen, weil er den Lärm der Großstadt nicht mehr ertragen konnte. Anfangs war Gert zurückhaltend und gab nicht viel von sich Preis, aber mit der Zeit taute er immer mehr auf und bei einem Abendessen vor einem halben Jahr zu dem Gert und seine Frau Agatha Laura und Hendrik eingeladen hatten, erzählte er Hendrik die Geschichte über den Verlust seiner Söhne und wie ihn das aus der Bahn geworfen hatte.
„Wie soll das nur weiter gehen wenn sie ihn nicht stellen?", fragte Christian gedankenverloren.
„Irgendwann werden sie ihn finden. Bis jetzt wurden selbst die größten Serienmörder gefangen", erwiderte Gert und stieß ein hohes Lachen aus, womit er versuchte die Situation zu verharmlosen. Theodor räusperte sich. Hendrik kannte diese Geste von ihm genau, er machte es immer, bevor er irgendwen korrigierte.
„Bis auf seinen Namensgeber Jack the Ripper." Verlegen nahm er einen Schluck Bier und schaute in die Runde, in der alle Augen auf ihn gerichtet waren. Ein merkwürdiges Gefühl kroch in Hendrik hoch und er nahm ebenfalls einen großen Schluck aus seiner Flasche. Eine verlegene Stille zwischen den Männern kam auf, in der jeder seinen Gedanken nachhing und über die Worte von Theo nachdachte.
Plötzlich hallte ein Schrei durch den Garten gefolgt von einem Platschen. Schlagartig verstummten die Gespräche und alle Köpfe wandten sich Richtung Pool, in den Lia gerade gefallen

war. Wie eine nasse Ratte kroch sie wieder hinaus und musterte ihre tropfenden Klamotten, die ihr klamm am Körper klebten. Es dauerte einen Moment bis sie merkte, dass alle sie anschauten, dann warf die ihren Kopf in den Nacken und fing laut an zu lachen. Es war ein warmes ungezwungenes Lachen, so eins, wie nur ein Kind es lachen konnte. Leise begannen wieder die ersten Gespräche, als Lia eines der anderen Kinder in den Pool schubste, bevor sie selbst wieder hinterher sprang. Hendrik lächelte und ließ seinen Blick durch den Garten schweifen. Er war froh, dass das unangenehme Gespräch auf diese Art beendet wurde, denn er hatte wenig Lust noch weiter über das Thema zu reden. Er beobachtete Laura wie sie einige Meter weiter in einer kleinen Traube von Frauen stand und genüsslich einen Schluck von ihrem Wein nahm. Ihre langen Haare flossen wie Gold an ihrem Kopf hinunter und ihre Augen funkelten in ihrem schönsten Blau. Eigentlich hätte es nichts schöneres gegeben als seine Frau so zu sehen, aber im Moment drückte irgendetwas in ihm seine Laune nach unten. Deswegen konnte er nicht anders als seine Frau nur stumm anzustarren und sich zu fragen was er dabei fühlen sollte.

Keine fünf Minuten nachdem Hendrik sich völlig erschöpft ins Bett gelegt hatte, waren ihm auch schon die Augen zugefallen und er war in einen tiefen Schlaf geglitten. Vor einer halben Stunde erst hatte er die letzten Gäste verabschiedet, danach hatte er schnell das Gröbste aufgeräumt, das was nicht bis morgen warten konnte, wie die Lebensmittel ins Haus zu bringen und in den Kühlschrank zu stellen. Anschließend hatte er alle Türen abgeschlossen und alle Lichter gelöscht.

Laura war bereits vor über einer Stunde ins Bett gegangen und schnarchte nun leise vor sich hin. Eigentlich schnarchte Laura nur wenn sie krank war, was Hendrik für ein schlechtes Zeichen hielt, dass sie sich bei Clara angesteckt haben könnte.
Der Abend war wie Hendrik erwartet hatte sehr gelungen. Alle Gäste waren satt geworden und hatten sich beim Verabschieden bei Hendrik und Laura für den tollen Abend bedankt. Als Liam gegangen war, wurde er Rot als Hendrik ihn fragte, ob sein Abend auch schön gewesen war, denn er hatte ihn mit seiner Tochter auf der Hollywoodschaukel sitzen und dabei Händchen halten sehen. Hendrik hatte sich nicht mehr freuen können als in diesem Moment und klopfte dem Jungen freundschaftlich auf die Schulter. Zu dem Zeitpunkt hatte Hendrik schon einiges getrunken und erlebte den Abend wie durch einen Schleier, der die Geschehnisse leicht verschwimmen ließ.
Die Zeiger des Weckers auf seinem Nachtisch zeigten 1:37 an, als er das letzte Mal drauf schaute, bevor er in den Schlaf glitt. Doch leider dauerte es ebenfalls keine fünf Minuten bis einer seiner Träume ihn heimsuchte. Er stand draußen mitten auf der Straße vor seinem Haus. Es war Nacht, der Mond stand voll am Himmel und tauchte die Umgebung in ein geisterhaftes bläuliches Licht. Von außen betrachtet wirkte das Haus, das bei Tag in einem satten Weiß erstrahlte, nun gräulich und sah dadurch irgendwie krank aus. Hendrik bekam Angst bei dem Anblick. Alle Lichter im Haus waren erloschen und es wirkte verlassen. Als hätte ein Virus oder sonst irgendeine Krankheit, das sonst so fröhliche Lachen, das stets aus diesen Wänden drang, angesteckt, vernichtet, ausgerottet

und Hendrik hatte es nicht aufhalten können. Er wollte auf sein Heim zugehen, nach seiner Familie suchen, raus finden was passiert war, als er die Schreie hörte. Wie ein Blitz zerrissen diese kränklichen Laute die Stille und Hendrik erkannte sofort, dass sie von Clara kamen. Plötzlich, ohne das er wusste woher es kam, wurde er wütend.

Was fiel seiner Tochter ein ihm solch einen Schrecken einzujagen? Dass es ein Zeichen dafür war, dass sie noch lebte, begriff Hendrik in diesem Wirrwarr aus Traum und Gedanken nicht, die Wut ergriff die Oberhand. Er wollte dass sie aufhört zu schreien, er versuchte zu seinem Haus zu rennen, aber umso schneller seine Schritte wurden umso schneller bewegte sich das Haus von ihm weg, als würde es vor ihm und seiner Wut fliehen.

Es dauerte lange bis Hendriks Verstand langsam aus seinem Tiefschlaf in einen leichteren glitt und schließlich wieder in die Realität zurückgelangte und ihm klar wurde, dass die Schreie aus dem Babyphone neben seinem Bett auf dem Nachtisch dröhnten. Erst war es nur ein leises Wimmern das durch das schnurlose kleine Gerät drang. Aber als keiner ihrer Eltern reagierte wurden Claras Töne lauter, ungehaltener, bis sie mit solch einer Lautstärke schrie, dass Hendrik mit einem Ruck hellwach war. Einen Moment lang wusste er nicht was los war. Es war dunkel um ihn herum und er konnte nichts sehen außer die beiden blinkenden Lichter am Babyphone: Ein gelbes, um zu zeigen dass es in Betrieb war und ein rotes, welches synchron mit Claras Schreien blinkte.

Plötzlich flammte die gleiche unglaubliche Wut in Hendrik auf, die ihn schon in einem Traum begegnet war und tief aus

seinem Inneren zu kommen schien. Laura lag noch immer neben ihm und schnarchte leise weiter, hörte die Schreie des Bälgers nicht. Er hätte auch gerne diesen Luxus gehabt. Wütend sprang Hendrik aus dem Bett. Er wollte einfach nur, dass Clara Ruhe gibt. Ständig schrie sie, nie konnte er schlafen und er brauchte dringend mal wieder richtigen Schlaf.
Und zu allem Übel schien Laura es nicht für nötig zu halten aufzustehen und das Kind zu beruhigen. Den ganzen Tag über kümmerte sie sich schon um die Blagen, da schien sie es jetzt nicht für ihre Aufgabe zu halten. *Ich arbeite ja auch nur den ganzen Tag*, fuhr es ihm rasend durch den Kopf. *Hat sie denn überhaupt keine Ahnung wie anstrengend mein Job ist?*
Hendrik biss die Zähne zusammen und stampfte über den Flur zum Zimmer dieser lärmenden Göre. Woher diese plötzliche Wut auf alle kam wusste er nicht, aber es war ihm jetzt gerade auch egal. Clara sollte einfach still sein. Wie konnten Hannah und Lia nur einfach weiter schlafen bei dem Krach? *Weil sie wie Laura sind*, flüsterte eine Stimme in ihm und er wurde nur noch rasender. Das Gebrüll wurde immer lauter umso näher er dem Kinderzimmer kam und schwoll zum unermesslichen an, als er die Tür aufriss und das Licht der Deckenlampe den Raum durchflutete. Clara stand in ihrem kleinen Kinderbett und hielt sich an den Holzstreben des Gitters fest, um das Gleichgewicht nicht zu verlieren. Aus ihrem von Tränen knallroten Gesicht starrten verquollene Augen ihrem Vater entgehen. Doch das schien sie nicht dazu zu bewegen aufzuhören mit ihrem Geschrei. Wie als hätte der Anblick ihres Vaters ihren Grund zum Weinen noch mehr angestachelt, brüllte sie nun noch lauter. Wic kleine Presslufthämmer wüteten die

Schreie in Hendriks Kopf und die Tatsache, dass er zuvor einen über den Durst getrunken hatte, machte die Sache nicht besser.

Mit einem wütenden Ausdruck im Gesicht packte er seine Tochter unter den Armen und hob sie hoch.

„Halt die Klappe! Halt die Klappe! Halt die Klappe!", schrie er das Baby an, das hilflos in seinen Armen hing. Wie eine schlecht gewordene Tüte Milch hielt er das Kind von sich weg und starrte sie wütend an. Clara verstummte mit einem Mal und ihre Augen weiteten sich. Völlig überrascht von der Reaktion ihres Vaters, blinzelte sie ihn an. Einen Moment lang hing Stille in der Luft, wie ein schwerer purpurner Vorhang schwebte sie zwischen ihnen. Dann brachen bei Clara auch noch die letzten Dämme und sie begann lauter als zuvor zu brüllten und wild mit ihren kleinen schwabbeligen Babyarmen zu rudern. Wut funkelte in Hendriks dunklen Augen auf und er biss die Zähne fest zusammen. Er starrte in die braunen Augen seiner Tochter, er hasste diese Augen plötzlich, sie waren zu sehr wie seine eigenen.

„Was machst du da?"

Hendrik fuhr herum und sah seine Frau in der Tür stehen. Ihr Nachthemd hing ihr locker über den schlanken Körper und ihre Haare waren zerzaust, aber sie war hellwach und hatte die Szene mit Entsetzen beobachtet. Ihr Gesicht war kreidebleich.

Als Clara ihre Mutter hörte, streckte sie ihre Arme zu ihr aus und strampelte noch mehr. Sie wollte weg von ihrem Vater, weg von dem, der sie anschrie. Heiße Tränen brannten auf ihren roten Wangen.

Laura stampfte auf ihren Mann zu und riss ihm das Kind aus den Armen. Entsetzt starrt sie ihn an, als hätte sie ihn noch nie zuvor gesehen und als wäre er ein völlig Fremder, der ihre Tochter im Arm hielt.
„Was ist nur in dich gefahren?" Ratlos sah sie ihn an und plötzlich erkannte sie auch seine aufflammende Ratlosigkeit.
„Ich weiß es nicht", flüsterte er und blickte sprachlos seine zitternden Hände an. Auf einmal war er wieder klar im Kopf und ihm wurde bewusst, was er da getan hatte. Laura begann Clara sanft hin und her zu wiegen. Es dauerte lange, aber sie beruhigte sich allmählich wieder.
Langsam, wie ein getretener Hund, hatte Hendrik das Kinderzimmer verlassen, war in das Schlafzimmer zurück gekrochen und hatte seine Frau, die ihm kalte Blicke zuwarf, mit ihrer gemeinsamen Tochter auf dem Arm stehen lassen. Nun saß er auf dem Bett, starrte durch die Dunkelheit hindurch noch immer seine Hände an und versuchte zu verstehen was da gerade in ihm geschehen war und woher diese Wut kam.
Über eine Stunde saß er im Stillen und die einzigen Geräusche kamen aus Claras Zimmer durch das Babyphone zu ihm. Zuerst wimmerte Clara noch immer und begann dann langsam einzuschlafen, von dem Schlaflied das ihre Mutter ihr sang besäuselt. Hendrik zitterte am ganzen Körper, ergriffen von der sanften und doch starken Stimme seiner Frau, die leise Mockingbird sang.
Als Laura dann ins Schlafzimmer kam, schaltete sie das Licht an und Hendriks Pupillen zogen sich schmerzhaft zusammen. Mit ebenso tränennassen Augen blickte er seine Frau an und wusste nichts zu sagen. Sie erwiderte seinen Blick und wusste

auch nicht was sie tun sollte. Solch eine heftige Reaktion hatte sie noch nie bei ihrem Mann erlebt. Schwere Luft lag zwischen ihnen und machte die Situation noch erdrückender. Laura hatte das Gefühl kaum atmen zu können.

Halt die Klappe, hallte noch immer seine Stimme in ihrem Kopf wider, die zuvor durchs Babyphone drang und sie schließlich geweckt hatte. Sie war wütend auf ihn, hätte ihn am liebsten angeschrien für das, was er getan hat, aber jetzt wo sie ihm in die verlorenen Augen blickte und seine Reue sah, empfand sie Mitleid.

Langsam ging sie auf ihn zu und breitete die Arme aus. Unendlich dankbar fiel Hendrik seiner Frau in die Arme und weinte hemmungslos. Tränen der Scham sickerten in den weichen Stoff ihres Nachthemdes.

Ihre Umarmung war wenig herzlich und am liebsten hätte sie ihn von sich gestoßen, doch sie war seine Frau und hatte geschworen auch in schlechten Zeiten für ihn da zu sein und den Mann den sie da gerade gesehen hatte, war nicht der, den sie geheiratet hatte. Irgendetwas war mit ihm im Moment nicht in Ordnung und sie musste ihm beistehen. Deswegen hielt sie Hendrik, der wie ein krankes Tier in ihren Armen hing und weinte dabei selbst bitterlich.

12. Kapitel

Damian war unruhig. Den ganzen Tag schon kochte dieses Gefühl in ihm hoch und schien ihn von innen zu verbrennen. Es fühlte sich an wie damals, als seine Mutter ihn aus Versehen mit dem heißen Wasser, das sie gemacht hatte um ihrem kranken Sohn einen Tee zu kochen, den Rücken verbrüht hatte. Zumindest hatte sie gesagt, dass es aus Versehen war, doch Damian dachte damals schon, es sollte eher eine Strafe dafür sein, dass er krank war. Er erinnerte sich noch genau an den brennenden Schmerz auf seiner Haut. Genauso fühlte es sich jetzt an, nur dass dieses Mal das Brennen in seinem Inneren wütete.

Er war angespannt und aggressiv und wusste ganz genau woher das kam: Die Letzte war schon zu lange her. Das war ihm in den wenigen wachen Momenten der letzten Tage immer deutlicher geworden. Die Erinnerung daran, wie er sie zerrissen hatte, reichte ihm nicht mehr. Nachdem er mit ihnen fertig war, fühlte er sich doch immer so gut. Als wenn er alles schaffen und niemand ihm etwas anhaben könnte. Aber genauso überwältigend wie das Gefühl in diesen Momenten war, genauso schnell verblasste es wieder und holte ihn zurück auf den Boden der Tatsachen. Dann wurde ihm schmerzlich bewusst, dass es eben nicht genug war und er fühlte sich dann wie ein getretener Hund, auf den man so lange einschlug, bis er keinen Ton mehr von sich gab.

Ihr Blut auf seiner Haut, ihr süßes und warmes Blut, so süß wie es noch bei keiner gewesen war, wie es langsam an seinem Gesicht hinabfloss als er ihr den entscheidenden Stich

versetzt hatte und ihr ganzer Körper leblos in seinen Armen zusammen sackte, war nur noch ein Schatten in seiner Erinnerung. Und auch ihre Winseln waren nur noch ein vages Echo in seinem Kopf. Eigentlich hatte Damian gedacht, dass er es lieber mag, wenn sie keinen Ton, außer das leise Röcheln ihrer letzten Atemzüge, von sich geben. Das war nicht nur äußerst praktisch gewesen, um keine Aufmerksamkeit auf sich zu ziehen, sondern lenkte ihn selbst nicht davon ab was er da gerade tat. Aber dieses Mal hatte es ihm gefallen. Ihr Flehen war eine willkommene Abwechslung gewesen, hatte es irgendwie noch besser gemacht. In dem Moment, wo er sich über sie hermachte, war es ihm egal ob sie jemand hören würde. Solange es nicht die Bullen mit Schusswaffen waren, würde er demjenigen, der so dumm war sich einzumischen, schon zeigen was er davon hatte.
Diesen einen kurzen Moment lang, wenn er gerade erwachte, dann fühlte er sich frei und befriedigt zugleich, aber nur diesen einen Moment. Diesen kleinen, viel zu kurzen Augenblick lang, wenn er darauf warte wieder einzuschlafen, um sie in seinen Träumen erneut zu töten. Nur leider verblassten die Erinnerungen immer mehr, wie die Schatten der Nacht, die langsam verschwanden, wenn die Sonne am Morgen aufging. Sie wurden immer schwächer, bis sie ihn verließen, so wie ihn bis jetzt alles in seinem Leben verlassen hatte. Nun war es nur noch eine entfernte Erinnerung in seinem Kopf, wie die an die guten Tage seiner Kindheit, wovon es weiß Gott nur wenige gab. Es war nicht so wie es mit den schlimmen Tagen war, die sich in sein Gehirn gebrannt hatten, wie mit einem heißen Eisen in das weiche schwabbelige Gewebe verewigt.

Diese Tage waren in ihm immer allgegenwärtig. Sie kamen immer wieder hoch und lösten in ihm eine Welle der unterschiedlichsten Gefühle aus. Von Wut über Selbstekel war alles dabei. Wie eine Farbpalette aus Grautönen lagen die Gefühle vor ihm. Der Trick war es niemals den milchigen Grauton des Selbstekels auszuprobieren, sonst stand man womöglich nie wieder auf. Wut und Hass in ihren stärksten Nuancen war es was er brauchte, wovon man so viel Kosten konnte wie man wollte. Das brachte ihn immer wieder weiter. Doch das beste Gefühl was es gab war das der Überlegenheit, wenn er gerade wieder eine gehabt hatte. Nur hatte er dieses mächtige Gefühl schon viel zu lange nicht mehr. Ganze drei Tage war es her und damit viel zu lang für ihn.
Er brauchte eine Neue. Sonst konnte er keinen klaren Gedanken mehr fassen und sein Ziel verfolgen, welches er sich in den Kopf gesetzt hatte. Irgendwie müsste er der Schlampe langsam mal ein bisschen Angst einjagen, damit er seinen Freund wieder bekommen konnte. Damian hatte so lange überlegt und sich den Kopf darüber zerbrochen, wie er hieß, aber es war ihm partout nicht eingefallen. Auch wenn es kaum möglich war, verabscheute er sich jetzt noch mehr dafür, dass ihm der Name des einzigen Menschen, der ihm je etwas bedeutet hatte, nicht mehr einfiel. Doch Damian konnte sich denken woran das lag. Die wenige Zeit auf der Universität, als er so viel mit ihm zu tun hatte, war auch die Zeit gewesen, wo seine Mutter in den Knast gekommen war und er viel zu viel getrunken hatte. Da konnte man schon mal etwas vergessen. Doch als er sich neulich nachts, an das Haus seines alten Freundes geschlichen hatte, fiel es ihm wie Schuppen von den

Augen. *Hendrik & Laura Kamp*, stand auf dem Klingelschild. Natürlich. Es war so einfach gewesen, warum war es ihm nicht mehr eingefallen? Und diese Schlampe hieß Laura. Was für ein billiger und widerwärtiger Name. Wie hatte Hendrik ihn denn nur jemals gegen dieses blonde Gift eintauschen können? War ihm denn nicht klar, was für eine besondere Beziehung sie miteinander hatten? Sie waren zwar nur einmal zusammen in der Mensa, nach einem ihrer gemeinsamen Kurse, aber Damian hatte es sofort gespürt, wie ähnlich sie sich waren. Hendrik musste das doch auch gespürt haben. Warum war er nur so dumm gewesen und hatte das nicht eingesehen? Stattdessen hatte er sich dieses Luder zur Frau genommen und ihn verdrängt. Aber Hendrik würde schon noch merken, was für ein Riesenfehler er gemacht hatte. Sobald Damian mit Laura fertig war, würde er es schon irgendwie einsehen. Vielleicht müsste er Laura ganz aus dem Weg schaffen. Jedoch war das etwas, was Damian durchaus in Kauf nehmen würde. Hendrik würde die erste Zeit bestimmt leiden, aber dafür hatte man doch schließlich Freunde. Damian konnte ihm durch die schwere Zeit helfen, aber sobald er merken würde, dass es so das Beste für alle wäre, dann kam er schon zur Vernunft. Damian war aufgeregt bei dem Gedanken daran, dass er bald seinen Freund wieder bekam. Aber alles würde erst zu seiner Zeit kommen.

Gut Ding will Weile haben, hatte mal irgendwer zu ihm gesagt, aber er konnte sich nicht mehr daran erinnern wer es gewesen war. Der nächste Schritt war jetzt erst mal das Verlangen in sich zu stillen, dann konnte er weiter denken. Doch woher sollte er eine Neue bekommen?

Die Medien hatten alles so sehr aufgebauscht und übertrieben, dass die Leute nun tatsächlich vorsichtig waren und auf sich aufpassten. Schrecklich. Dabei war er es doch, der die Gesellschaft von ihrem Unrat befreite. Er war ein Befreier. Eine Weile fuhr Damian ziellos durch die Gegend, bis ihm eine Idee kam.

Wie hatte er nur so blind sein und es nicht sehen können? Er lenkte den Wagen auf die B64, die einen Halbkreis um Paderborn beschrieb und zu einem der abgelegenen Stadtvierteln führte. Zwar konnte man diesen Stadtteil nicht mit der Dortmunder Nordstadt, dem Frankfurter Bahnhofsviertel oder gar mit Berlin-Neukölln vergleichen. Alles Gegenden, in die sich niemand, der noch etwas zu verlieren hat, trauen würde. Und wenn man mal dort hindurchmusste, dann verriegelte man die Türen seines Wagens und sah zu, dass man an einer der funktionierenden Ampeln nicht zum Stillstand kam, ansonsten konnte es schon einmal passieren, dass einem die Reifen vom Wagen geklaut wurden. Nein, so schlimm war diese Gegend hier in Paderborn nicht, aber zu bestimmten Tageszeiten würde Damian keiner Frau raten hier alleine unterwegs zu sein. Momentan zwar auch in keinem anderen Teil von Paderborn, aber diese Warnung galt auch für die Zeit in der kein Wahnsinniger durch die Gegend zog und Frauen abstach. Damian grinste bei dem Gedanken daran. Tatsächlich passierte es in diesem Stadtviertel ab und zu, dass ein Mann auf seine Frau losging, auch mal gerne mit einem Messer, also so weit entfernt war der Gedanke gar nicht. Damian kannte sich hier gut aus, immerhin war er hier in dieser Ecke aufgewachsen. Er persönlich hatte keine Angst davor hier zu sein. Wenn man selbst das Schlimmste war, das einem nachts über den Weg laufen konnte, hatte man vor nichts mehr Angst. Er ärgerte sich nur darüber, dass er nicht früher darauf gekommen war hier auf die Jagd zu gehen. In dieser Gegend lebten nur Menschen, die gescheitert waren und die es auch für den Rest ihres Lebens bleiben würden. Und wenn man nicht mehr zu verlieren hatte, dann tat man Dinge, die für andere Menschen unvorstellbar waren.

Zwar versuchte Paderborn nach außen hin immer den Schein einer konservativen und streng gläubigen Stadt zu wahren, ein Ort, an dem die Welt noch in Ordnung war, aber natürlich gab es auch in Kleinstädten immer einen Platz, wohin die Gefallenen zogen. Es war also kein Wunder, dass Damian selbst hier seine Kindheit verbracht hatte.

Das Haus zu dem er nun unterwegs war, lag nur wenige Straßen von dem zerfallenen Gebäude entfernt, in dem er jahrelang mit seiner Mutter gelebt hatte. Er bog um eine Ecke und befand sich dort, wo er hin wollte. Hier war es noch trostloser und trauriger als im Rest des Viertels, wenn das überhaupt möglich war. Auch dieses Haus, zu dem er gewollt hatte, war etwas, was man im streng katholischen Paderborn am liebsten nicht gehabt hätte, doch wo Menschen sind, ist auch Verlangen und irgendwie muss dieses nun einmal gestillt werden ~~können~~. Damals, als Damian noch ein Kind war, hatte seine Mutter dort ebenfalls gearbeitet und durch die vielen in Paderborn stationierten Soldaten gab es für die Mädels dort auch immer genug zu tun. Damian stoppte den Wagen an der Straßenecke, von der aus er das Haus bereits sehen konnte. Würde dieses Etablissement in einer besseren Gegend liegen, dann hätte man es durchaus als Bordell bezeichnen können, doch diese Bezeichnung wäre wohl zu hochtrabend gewesen. Schon als Damian noch hier gelebt hatte, war die Verputzung des Hauses an mehreren Stellen aufgeplatzt und gab den Blick auf das Innere des kalten Backsteingemäuers frei. Bereits früher hatte er stets das Bild einer schimmeligen Tomate vor Augen gehabt, dessen Inhalt durch die Schale quoll, wenn er das Haus betrachtete und auch jetzt war es das erste, was ihm in den Sinn kam. An den Stellen, an denen der Putz noch nicht abgebrochen war, bildeten bunte Graffiti einen starken Gegensatz zu der sonst eher trostlosen Gegend. Hier und da lachten einem auch der Schriftzug irgendeiner Gang an, die von gelangweilten Jugendlichen stammten, die einen ersten Schritt in Richtung Kriminalität wagten.

In den Fenstern des Gebäudes ließen kleine neonfarbene Frauen ihre Titten und Ärsche wackeln, um die wenigen Besucher anzulocken, die um diese Uhrzeit noch unterwegs waren. Allerdings wusste Damian, dass die Nacht für die Damen bald zu Ende war. Ab irgendeiner Uhrzeit kam einfach niemand mehr zum Vögeln und damit für ihn genau die richtige Zeit um eine aufzugreifen. Er lehnte sich zurück, bestimmt sollte es nicht lange dauern, bis eine der Nutten ihre Schicht beendete und dann nach Hause gehen würde und Damian sollte nicht enttäuscht werden. Es dauerte nicht lange und die Tür des Gebäude öffnete sich und eine Frau kam heraus. Damian begann zu grinsen. Sie war nicht die Richtige, das sah er in dem Augenblick in dem die Frau auf sein Auto zukam und er ihre langen blonden Haare sehen konnte. Aber es zeigte ihm, dass er hier bestimmt noch fündig werden konnte.

Die Frau näherte sich seinem Wagen. Zwar war ihre Schicht schon vorbei, aber hey, gegen ein paar Extrascheinchen war nichts einzuwenden. Und aus Erfahrung wusste sie, dass wenn die Typen im Wagen saßen und sie sich nicht reintrauten, meistens nur einen geblasen haben wollten und das ging in den meisten Fällen recht schnell. Sie trug ein enges rotes Kleid, was ihr viel zu klein für ihre massige Gestalt war. Es sah aus, als wenn sie es in der Abteilung für Kinder gekauft und dann versucht hatte ihren übergewichtigen Körper hinein zu quetschen. Oben quollen ihre Brüste raus, was an sich ja nichts schlechtes war, aber der Fetzen Stoff, den sie am Leib trug, bedeckte nicht einmal ihre Arschbacken, was kein schöner Anblick war. Auch ihr Gesicht machte die Sache nicht besser. Das Make-up hatte sie viel zu dick aufgetragen, als wenn sie glaubte, damit einen ihrer zahlreichen Pickel verdecken zu können, zudem war es eindeutig nicht ihr Hautton. Ihr billiger pinker Lippenstift klebte ihr auf den Zähnen und bildete einen ekeligen Kontrast zu deren gelblicher Farbe.

Damian ließ das Fenster herunter. Sie bückte sich und lehnte sich gegen das Auto. Ihr Kleid rutschte hoch, sodass man von hinten sehen konnte, was man bereits erahnte, nämlich dass sie keine Unterwäsche trug.

„Na mein Hübscher, womit kann ich dich denn glücklich machen?“, sie rollte das R auf eine bestimmte Art, dass es ihn an seinen Sportlehrer aus der Grundschule erinnerte. Der Typ war Russe gewesen und roch permanent nach Wodka und rohem Fleisch. Er war ein absolutes Arschloch und Damian konnte sich auch daran erinnern, wie gerne er den Kindern beim Turnen Hilfestellung gegeben hatte.

„Du bist nicht gut genug“, entgegnete er ihr und äffte dabei ihren markanten Akzent nach. Einen Moment lang flackerte Ratlosigkeit in ihren blauen Augen auf. Sie hatte bestimmt schon viel gehört in ihrem wertlosen Leben, aber so etwas bestimmt noch nicht.

„Wichser!“ fluchte sie als sie begriff, und schlug auf sein Autodach, bevor sie mit ihrem riesigen Arsch davon wackelte.

Damian musste grinsen. Sie war zwar nicht die Richtige, aber so jemanden wie sie, solch einen Untermenschen, abzuwerten tat ihm schon gut. Es war wie ein Vorspiel. *Im Prinzip rette ich dir gerade das Leben, du fette Kuh,* dachte er während er die Fensterscheibe wieder schloss.

Noch gut 20 Minuten wartete er an der Straßenecke und sah noch einige weitere Frauen aus dem Gebäude kommen, die aber alle ebenfalls nicht genug waren. Dann plötzlich sah er sie. Sie war perfekt. Das sah er bereits, als sie von gut 100 Meter entfernt war. Doch sie kam schon auf ihn zu und die Gewissheit gefunden zu haben wonach er suchte, durchströmte ihn und löste ein wohliges, kribbelndes Gefühl in ihm aus. Sie war ein kleines dürres Ding, das einen Rock trug, der kaum breiter als ein Gürtel war, doch anders als bei der blonden Seekuh von eben wollte man bei ihr nicht weg schauen. Über ihren winzigen Brüsten trug sie ein Top, das kaum breiter als ihr Rock war. So gab sie den Blick auf ihren mageren Bauch frei, den ein Tattoo verzierte. Eine bunte Blumenranke aus Lilien, mit einigen Schmetterlingen, die sich darum tummelten, schlängelte sich an ihr hoch. Irgendwie ganz nett, nur wirkte es völlig fehl am Platz in dieser traurigen Kulisse aus gescheiterten Träumen und Leben.

Damian öffnete das Fenstern erneut und auf dünnen Beinen, die kaum mehr als mit Haut überspannte Knochen waren, klackste sie in viel zu hohen Schuhen an sein Auto. Genüsslich zog sie an ihrer Zigarette, bevor sie sie auf den Boden warf, austrat und sich in sein Seitenfenster bückte. Durch den Ausschnitt ihrer Oberteils konnte man ihre winzigen Titten sehen. Ihr Gesicht war recht ansehnlich. Zwar auch viel zu stark geschminkt, aber nicht so übertrieben, wie ihre Kollegin zuvor. Aus toten braunen Augen sah sie ihn an.
Ihre Haut war zwar nicht dunkel genug, aber für seine Zwecke sollte sie trotzdem reichen. Sie war bestimmt nicht mal Mitte Zwanzig, sprach aber, als wenn sie den Beruf schon ewig machen würde.
„Was kann ich dir denn Gutes tun?“ Ihr Lächeln ging über ihre roten, aufgeputschten Lippen.
„Was bekomme ich denn hierfür?“ Damian hielt ein Bündel aus gerollten Scheinen hoch. Es schien sie nicht zu überraschen so viel Geld zu sehen, denn ihre Miene rührte sich nicht. Nur das falsche Lächeln haftete noch auf ihrem Gesicht. Nicht mal ein Glänzen in ihren Augen, bei dem Gedanken daran wie viele Schüsse sie sich davon kaufen konnte. Sie war wohl auch schon innerlich tot.
„Alles was du willst.“ Sie stieg ein. Damian schaute sich kurz um ob ihr Zuhälter irgendwo war oder sich irgendeine von den andern Nutten das Kennzeichen aufschrieb. Allerdings war es auch egal wenn es einer tat, denn das Auto war gestohlen. Immerhin war Damian nicht blöd. Selbst wenn er ein eigenes Auto gehabt hätte, dann hätte er es nie für diese Zwecke genommen. So würde irgendein Idiot morgen bemerken, dass

sein Auto weg war und dann netten Polizeibesuch bekommen, sobald der Wagen gefunden wurde und man ihn mit einem Mord in Verbindung brachte. Doch selbst in diesem Fall würde man nirgendwo einen Hinweis auf Damian finden. Schließlich war er nicht bescheuert und wusste wie man Fingerabdrücke entfernt.

Wie man ein Auto aufbrach und ohne Schlüssel startet, konnte er schon seit er sechs war. Wenn man mehr Zeit auf der Straße verbrachte als zu Hause, lernt man so etwas schnell. Die älteren Kinder hatten es ihm beigebracht. Sie sagten immer seine Hände wären flinker, aber inzwischen wusste Damian dass sie ihm das nur gezeigt hatten, weil er bei der Polizei noch nicht bekannt war und die Fingerabdrücke der älteren Jungs schon aktenkundig waren. Früher nannten sie es einen Freifahrtsschein, wenn jemand noch nicht bei der Polizei bekannt war. Und er hatte seinen Freifahrtschein sehr lange behalten. Damian schüttelte den Kopf bei den Erinnerungen. Jetzt war keine Zeit dafür in der Vergangenheit zu schwelgen.

Den Jeep, denn er jetzt fuhr, hatte er in einer Seitenstraße im Riemekeviertel gefunden. Neustes Model, Businessausstattung. Er schrie förmlich: Stiehl mich!! Der Trick war einzusteigen, als wenn er einem selbst gehörte. Das hatte schon immer geklappt, so wurde niemand aufmerksam.

Damian schloss das Fenster und fuhr an. Adrenalin durchfloss ihn bei dem Gedanken daran, was er alles mit ihr tun würde. Sein Messer lag auf der Rückbank und wartete genauso sehnsüchtig auf seinen Einsatz wie Damian.

„Wie alt bist du?“ Er sah sie aus den Augenwinkeln heraus an.

„Bist du ein Bulle?“ In ihrer Stimme lag eine Mischung aus Hohn und Vorsicht.
„Nein, also wie alt bist du?“
Ein süffisantes Grinsen ging über ihr Gesicht. „Wie alt soll ich denn sein?“, fragte sie und schob Damian ihre Hand in den Schritt. Er sah an sich herab. Mit ihrer sehnigen Hand knetete sie seine Eier.
„Fünfundzwanzig wäre gut. So alt war meine Mutter als ich sie das letzte Mal gesehen habe.“ Damian sah zu ihr rüber. „Du erinnerst mich an sie.“
Kurz hielt das Mädchen inne, auf so was war sie nicht gefasst gewesen, aber nach einem Moment des Überlegens machte ihre Hand dort weiter, wo sie aufgehört hatte.
„Was immer du willst, Baby.“ Damian konnte ahnen was sie dachte: schon wieder so ein Perverser.
Wenn es doch nur das wäre, dann würdest du morgen wenigstens aufwachen, dachte sich Damian und lächelte. Sie nahm es als Aufforderung weiter in seinem Schritt herum zu fummeln.
Damian lenkte den Wagen auf die Schnellstraße, zurück in eine der besseren Gegenden. Ein Mord an einer Nutte in einem miesen Viertel war nicht wirklich eine Überraschung und scherte niemanden, aber er wollte doch schon irgendwie Anerkennung für das was er leistete. Und wenn er sie da tötete, dann würde es ganz bestimmt nicht in den Nachrichten kommen. Man würde sich höchstens darüber freuen, dass man sich um eine weniger kümmern musste. Die Polizei war sowieso nur selten in ihrem Viertel gewesen. Was hätten sie auch dort ausrichten sollen?

Früher war Damian oft mit seinen Jungs unterwegs und sie waren nicht immer nur in den schlechten Gegenden auf Streifzug gewesen, immerhin gab es da nichts zu holen. Und sobald sie einen Streifenwagen, mit oder ohne Blaulicht sahen, dann hieß es verstecken. Reiche Leute beschwerten sich nämlich viel häufiger darüber, wenn ihnen etwas geklaut wurde, auch wenn es nur Kleinigkeiten wie ihre Uhr war.

Damian musste daran denken, wie er damals von der Polizei erwischt wurde. In seinem Rucksack sechs gestohlene Portemonnaies. So waren sie damals auf ihn aufmerksam geworden und so kam es auch, dass der junge Bulle und die Leute ein paar Tage später kamen und sich zu Hause bei ihm umsahen. Wie alt war er da gewesen? Acht Jahre? Oder doch erst sieben? Er konnte sich nicht erinnern, aber es spielte auch eigentlich keine große Rolle.

Nur hatte er sich in den letzten Tagen oft gefragt, wie es wohl gekommen wäre, wenn er nicht diesem jungen Polizisten in die Arme gelaufen und sie dann nicht einige Tage später vorbei gekommen wären. Oder wenn es ein älterer Polizist gewesen wäre, der ihn geschnappt hätte. Der hätte sich wohl weniger für einen kleinen Jungen in dreckigen Klamotten und mit gestohlenen Portemonnaies interessiert. Damian war sich nämlich sicher, dass mit der Arbeitserfahrung von Polizisten auch das Desinteresse wuchs. Denn wenn man jeden Tag aufs Neue merkt, dass es nichts bringt was man tut, warum sollte man sich dann noch anstrengen? Dann hält man doch lieber die Klappe und wartet darauf, dass die monatlichen Rentenzahlungen anfangen einzutrudeln. Doch dieser junge Bulle hatte tatsächlich geglaubt etwas verändern zu können. Für

Damians Bruder hatte das wohl gestimmt, aber nicht für Damian selber. Und schließlich war es nicht mehr sein Bruder gewesen. Sie hatten sich auseinander gelebt, wurden auseinander gerissen. Und sein kleiner Bruder, den er immer beschützt hatte, war für ihn ein Fremder geworden.
Umso näher sie zu den besseren Gegenden kamen, umso schöner und gepflegter wurden die Häuser. Nirgendwo sah man noch verdrecke und heruntergekommene Ecken. Stattdessen dominierten Kindergärten, Schulen und Altenheime das Landschaftsbild, gespickt mit hübschen Einfamilienhäusern. Damian hätte vor Wut kotzen können.
Nach ein paar Minuten durchquerte er eine Straße, durch die er als Kind oft gegangen war, alleine ohne seine Kumpels. Immerhin war er nicht zum Stehlen dort gewesen. Und wenn seine Kollegen gewusst hätten warum er dort hin gegangen war, dann hätten sie ihn eh nur ausgelacht oder verprügelt. Egal bei welchem Wetter war er damals die Straße auf und ab gegangen und hatte durch die Fenster der Häuser die Leute beobachtet, wie sie in ihrem eigenen kleinen Paradies lebten. In dem Paradies, in dem er selber nur zu gerne gewohnt hätte. Er konnte es nie richtig beschreiben was in ihm vor sich ging, fand nie die richten Worte dafür, auch jetzt als erwachsener Mann hatte er sie noch nicht gefunden, aber sobald er diese Gegend betrat, fühlte er sich geborgen und unglaublich wohl. Fast so, als wenn er angekommen wäre. Aber gleichzeitig schämte er sich auch für seine Gedanken, weil er wusste, wenn er jemanden davon erzählen würde, dann würde es nur wieder Prügel und Häme geben. Doch tief in seinem Inneren wollte er immer das haben, was er bei den anderen Leuten

beobachten konnte. Er sah den Leuten dabei zu wie sie ihren Rasen mähten, wie Eltern ihren Kindern vom Eismann, der mit seinem bunten Wagen und der lauten Glocke durch die Straße kam, ein riesiges Hörnchen kauften. Und abends, wenn es bereits dunkel war und die Leute es von drinnen nicht sehen konnten, dass er vor ihrem Fenster stand, beobachtete er sie, wie sie mit ihren Kindern am Esszimmertisch saßen und ein Brettspiel spielten, wie sie lachten und sich freuten. Die Leute wussten nicht, dass der kleine Junge draußen stand und sie beobachtete. Was hätten sie wohl getan, wenn sie es gewusst hätten? In vertrieben? Ihn weg gescheucht wie einen dreckigen, räudigen Köter?

Manchmal hatte er die Augen geschlossen und sich vorgestellt, dass es bei ihm im Leben alles anders war. Dass er auch mit am Tisch saß und Spaß hatte, mit Eltern, die sich für ihn interessierten. Damian wollte nicht daran denken wie es war, wenn er wieder nach Hause kam. Dass seine Mutter ihn schlug oder anschrie oder ihn wieder einmal nur in seiner vollgepissten Unterwäsche auf die Straße schmiss, weil er mal wieder ins Bett gemacht hatte. Plötzlich fühlte er sich zurückversetzt in die Zeit, wo er fünf Jahre alt war. Wut und Hass kochten in ihm hoch, als er daran denken musste. Er schämte sich doch selbst genug dafür, dass er nachts manchmal noch ins Bett machte. Wenn er mitten in der Nacht wach wurde und er in dieser übelriechenden Flüssigkeit lag, seine Klamotten am Leib klebend.

Einige Male konnte er es noch vor ihr verheimlichen; hatte die Bettsachen und einmal auch seinen Lieblingsschlafanzug in die Mülltonne hinter das Haus geworfen, nachts das Bett neu bezogen und sich einen frischen Schlafanzug aus dem Schrank genommen. Duschen wäre zu laut gewesen, deswegen klebten seine Schenkel die ganze Zeit über und der leichte Geruch nach Urin ließ ihn die restliche Nacht nicht schlafen. Zu dem die Angst, sie könnte es doch merken. Das hatte sie meistens nicht, aber das eine Mal als sie es merkte, rastete sie völlig aus. Es war die Zeit um Weihnachten, Damian wusste es noch genau. Es war immer seine liebste Zeit des Jahres, wenn überall Lichter brannten und funkelten. Zwar waren es in der Gegend, in der er aufwuchs, eher kitschige Plastikrentiere und singende Weihnachtsmänner, aber wenn er spazieren ging und in die besseren Viertel kam, wurden die Lichter weicher. Hier schimmerten die Lichter viel mehr und hatten nicht dieses aggressive Blinken.

Damals hatte seine Mutter ihn am Arm gepackt und ihn zum Fenster raus auf die Feuertreppe geschubst. Das Einzige was er an hatte, war seine durchnässte Unterhose und es war schon weit unter 0 Grad. Wie ein Kleinkind hatte er geschrien und an die Fenster gehämmert, sie solle ihn doch wieder rein lassen und er würde es nie wieder tun, das versprach er mit Tränen in den Augen. Aber sie hörte nicht auf ihn. Sie stand drinnen im warmen und lachte über ihn.

Nein, diese Momente, in denen er in den guten Vierteln draußen in der Kälte stand und sich vorstellte, dass er zu den Menschen gehören würde, waren die glücklichsten seiner Kindheit gewesen. Er hatte sich immer gewünscht irgendwann auch einmal in so einem Haus zu wohnen und so ein schönes Leben zu führen. Mit ein, zwei Kindern, die er besser behandeln würde als er selbst behandelt wurde, und einer wundervollen

Frau, die er lieben und ehren konnte. Nicht wie sein Vater das mit seiner Mutter gemacht hatte. Damian war erst vier gewesen, aber er erinnerte sich noch daran wie sein Vater seine Mutter beinahe zu Tode geprügelt hatte und sie dann wie ein Tier hatte liegen lassen, um sich mit dem wenigen Geld, das sie hatten, abzumachen. So hatte er sich das alles nie vorstellt, er wollte es alles besser machen. Aber Damian selbst hatte das nie erreicht. Für ihn war immer nur der Dreck vorherbestimmt, so wie er es von klein auf nicht anders gewohnt war. Auch jetzt noch, nach all den Jahren schämte er sich noch bei dem Gedanken daran, wie er in den Mülltonnen der Familien nach Essen gesucht hatte. Doch es blieb ihm nichts anderes übrig, wenn seine Mutter mal wieder tagelang weg war.
Es war schon ein komischer Zufall, dass sein alter Kumpel von der Uni ausgerechnet in der Parallelstraße zu dieser wohnte. Dann hatte er es gleich nicht weit, wenn er dieser Hure einen Besuch abstatten wollte, um sie ein wenig zu ängstigen. Was er genau vor hatte konnte er noch nicht sagen, aber seine Muse würde ihn schon noch früh genug küssen. Und dann würde er ihr zeigen, dass sie sich nicht alles mit ihm erlauben konnte. Sie würde büßen für das was sie ihm früher angetan hatte und dann würde sein Freund erkennen, dass er sich nie von ihm hätte trennen dürfen.
Damian grub seine Fingernägel in das weiche Leder des Lenkrads und biss die Zähne so fest aufeinander, so dass sein Kiefer zu schmerzen begann.
Am Ende der Straße bog er in einen schmalen Feldweg ab, der eigentlich nicht dafür gedacht war, befahren zu werden. Doch Damian wollte zu dem kleinen See, der an dessen Ende

wartete. An warmen Sommertagen verbrachten viele Leute ihre freie Zeit dort, aber um diese Uhrzeit würde sich dort niemand mehr aufhalten. Die normalen Menschen waren längst schon zu Hause und standen jetzt gerade wohl im Türrahmen ihrer Kinder, schauten ihrem Nachwuchs beim Schlafen zu und freuten sich darüber was für ein verdammt geiles Leben sie doch hatten. Das Knirschen seiner Zähne hallte in seinem Kopf wider.

„Wohin fahren wir?“ Es klang beiläufig und fast hätte Damian es ihr abgekauft, aber die Hand der Nutte wurde langsamer, da merkte er ihre Nervosität. Sein Schwanz pochte.

„An einen ruhigen Ort. Da wo dich niemand schreien hört.“ Er grinste sie an.

Sie erwiderte seinen Blick und lächelte, weil sie es für eine perverse Anspielung hielt.

„Du magst es also wenn ich schreie? Das kannst du haben.“ Langsam glitt ihre Hand an seinen Gürtel und fing an die Schnalle zu lösen.

Damian lenkte den Wagen auf die Wiese vor dem See und das Licht der Scheinwerfer glitzerte auf der still daliegenden Wasseroberfläche. Es wäre der perfekte Ort für ein erstes Date, um seine Angebetete das erste Mal zu vögeln. Aber hierfür war es genauso perfekt. Als er die Drähte, die er unterhalb des Lenkrades aneinander geknotet hatte, auseinander zog, verstummte das Glucksen des Motors. Er war froh, dass sein neustes Opfer nicht gemerkt hatte, dass er keinen Schlüssel für den Wagen hatte. Sonst wäre sie bestimmt ausgerastet und er hätte sie erst unter Kontrolle bringen müssen und darauf hatte er jetzt so gar keine Lust.

„Was machen wir jetzt?“, fragte sie. Inzwischen hatte sie sein steifes Glied aus seiner Hose geholt und wollte sich gerade über seinen Schoss bücken.
„Steig aus. Ich will mir doch den Wagen nicht versauen.“
Damian grinste, als er das Zögern auf ihrem Gesicht sah. Zumindest dachte er, dass es Zögern war. Es könnte auch schon Angst sein, aber was es auch war, es erregte ihn noch mehr. Ohne auf eine Antwort zu warten stieg er aus und nahm vom Rücksitz die Baumwolltasche, in der er das Messer eingewickelt hatte. Am Heck des Autos blieb er stehen und wartete auf die Prostituierte, die in ihren viel zu hohen Schuhen versuchte über das Gras zu laufen. Der Mond schob sich gerade hinter einer der Wolken hervor und nun konnte Damian das Mädchen besser sehen. Sie war vielleicht gerade mal ein Meter sechzig groß, selbst in den hohen Hacken.
„Nettes Plätzchen hier“, sagte sie und versuchte sie nicht mal die Ironie zu verstecken. Für diese Jahreszeit war es zwar bereits schon ungewöhnlich warm, aber sie schlang die Arme um sich, als wenn ihr kalt wäre. Mit ihren toten braunen Augen sah sie ihn abwartend an. Damian hätte ja fast ein bisschen Mitleid gehabt, aber wenn sie nicht frieren wollte, hätte sie vielleicht mehr anziehen sollen als diese Lappen. Außerdem würde sie in ein paar Minuten schon nichts mehr von der Kälte mitbekommen.
„Leg dich hin. Auf den Bauch.“
„Ins Gras? Das ist nass und danach sehe ich aus wie ein Schwein.“
Wenn du wüsstest, dachte Damian und schmunzelte.
„Leg dich hin“, wiederholte er, diesmal weniger geduldig.

„Ok, aber das kostet extra.“ Er nickte ihr zu. *Du wirst gar nichts hierfür bekommen, nur die Erlösung aus deinem erbärmlichen Leben.*

Sie ließ sich auf die Knie nieder und legte sich flach auf den Boden. Nun konnte er ihre mageren Beine im Mondlicht betrachten. Auf ihrer Wade befand sich ein weiteres Tattoo. „Dream a little dream...“ stand in geschwungen Worten darauf und zog sich bis zu ihrem Knöchel hinunter.

Damian kniete sich neben sie und wickelte das Messer aus der Tasche aus. Langsam ließ er es über ihren Rücken gleiten, dann ihre Beine hinunter.

„Was machst du da?“ fragte sie erschrocken, als sie den kalten Stahl auf ihrer Haut spürte.

Und dann plötzlich ging alles ganz schnell. Sie hob den Kopf, um zu schauen was der Mann über ihr tat. Panisch riss sie ihre Augen auf, als sie das Mondlicht auf der Klinge blitzen sah. Damian drückte ihr sein Knie in die Nacken, so das ihr Gesicht in dem weichen Gras versank.

Sie zappelte und versuchte sich zu wehren, zu schreien, aber die Erde verschluckte ihre Schreie. Damian fing an und schnitt ihren Rock und ihr Top auf. Mit einem Ratschen riss der dünne Stoff und nackte, bleiche Haut, durch die sich die Knochen bohrten, kam zum Vorschein. Er genoss es das Messer zwischen ihre Rippen zu schieben. Wie durch einen Braten konnte er ihr Fleisch zerschneiden und auch ihre dünnen Rippen gaben unter dem Druck nach. Das Mädchen strampelte und schrie weiter in das Gras hinein. Oh ja, es gefiel ihm wenn sie schrie. Sie ruderte mit den Armen, versuchte ihn zu packen, sich zu verteidigen, doch es brachte nichts, sie war zu

schwach. Er schnitt und riss ihr Fleisch auseinander. Wenn er fest in ihren Rücken stach, konnte er spüren wie das Messer auf der anderen Seite wieder hinauskam und in den weichen Boden stieß.
Wie von Sinnen hackte er auf sie ein. Immer und immer wieder solange bis sie sich nicht mehr wehrte, dann drehte er sie um und machte sich über ihre Vorderseite her. Auch wenn sie längst tot war, Damian war noch nicht zufrieden. Er hackte weiter. Blut spritzte bei jedem Hieb in alle Richtungen.
Doch seine Gier wurde nicht gestillt. Schwer atmend ließ er das Messer sinken als es ihm klar wurde. Ihr Tattoo, das sich vorher über ihren ganzen Oberkörper geschlängelt hatte, hing nun auf losen Hautfetzen blutverschmiert von ihren Knochen. Weder konnte man erkennen noch erahnen, was es einmal gewesen sein sollte.
Keuchend hockte Damian im Gras neben dem blutverschmierten Stück Fleisch, das vor wenigen Minuten noch voll Leben war. Er starrte es an, mit der gleichen Wut im Bauch wie zuvor. Und mit einer schrecklichen Erkenntnis wurde ihm klar: Sie war es nicht wert gewesen, sie war nicht gut genug. Sie hatte es nicht verdient, dass er ihr die Narbe verpasste. Am liebsten hätte er ihr ins Gesicht gespuckt, dorthin wo dunkle Blutspritzer ihre Wangen bedeckten, aber dann hätten sie seine DNS und das wäre fatal. Stattdessen packte er ihren Kopf, hielt ihn wie ein Geliebter es tun würde und schaute ihr in die Augen, die auch zuvor bereits nicht mehr Leben gezeigt hatten.
Plötzlich war er wütend auf sich selber. Wie hatte er nur jemals denken können, dass so eine es wert war? Am liebsten

hätte er sich geohrfeigt. Er ließ ihren Kopf los und er fiel wie ein Sack Mehl zu Boden. Als er an sich hinab sah, merkte er, dass seine Hose noch offen war. Sein Glied war noch immer steif und auch an ihm klebte Blut.
Er seufzte. Sein vorher noch weißes Hemd war ebenfalls mit Blut beschmiert, das eine dunkle schmutzige Farbe angenommen hatte. Jetzt musste er sich erst darum kümmern, bevor er sich überlegten konnte wie es weiter geht. Immerhin konnte er so nirgendwo hingehen. Damian riss das Hemd auf und einige der Knöpfe sprangen in alle Richtungen ab.
Ein wenig Blut war durchgesickert und hatte einen dunklen Schatten auf seiner Haut hinterlassen.
Elende Schlampe, dachte er sich und trat gegen den leblosen Körper, der regungslos auf dem Boden lag. Ihre braunen Augen blickten starr in den Himmel. Irgendwie sah sie aus, als wenn sie vor sich hinträumen würde. Abgesehen von dem leeren Blick und den Rinnsalen aus Blut, die aus ihrem Bauch und ihrer Brust geflossen war.
Damian knüllte das Hemd zusammen und warf es ins Auto, dann zog er seine Hose und seine Unterwäsche aus. Zuerst musste er das Blut von sich abwaschen, bevor er von hier verschwand. Wenn ihn jemand so sah, dann würde er eine Menge Probleme bekommen und bis jetzt lief doch alles fantastisch. Das wollte er sich doch nicht verderben lassen.
Seine Arme waren bis zu den Ellenbogen rot und auch sein Gesicht war blutgesprenkelt. Plötzlich fühle er sich dreckig und ekelig. Bei den anderen war es anders gewesen. Da hatte er es genossen ihr Blut an sich zu haben und wenn er nicht gemusst hätte, dann hätte er es gar nicht abgewaschen. Er

hätte es stolz getragen wie eine zweite Haut. Doch jetzt wollte er nur noch eines, dieses Gefühl dreckig zu sein loszuwerden. Mit einem weiten Sprung vom Uferrand, tauchte er in das still vor ihm liegende Wasser ein. Erfrischend kühl umschloss es seinen Körper und wusch all das Blut und das schlechte Gefühl von sich.

Damian schwamm ein paar Runden in dem kalten Wasser und versuchte die angenehme Frische zu genießen, aber er konnte es nicht. Die Kopfschmerzen waren noch immer da und auch das Kribbeln seiner Haut hatte nicht nachgelassen.

Als er wieder aus dem Wasser stieg fühlte er sich zwar wieder sauber, aber doch irgendwie unzufrieden, unentspannt, gereizt, fast vorm Platzen.

Er zog sich seine Unterhose und seine Hose wieder an, auf dem schwarzen Stoff sah man das Blut nicht, dann stieg er wieder in den Wagen. Zuallererst musste er sich etwas neues zum Anziehen besorgen, bevor er sich überlegte, was er aus der Nacht noch machen sollte.

Er stieg wieder ins Auto und die Kabel wieder aneinander rieb, heulte der Motor auf. Beim Rückwärtsfahren holperte der schwere Geländewagen über den leblosen Körper der Frau. Zumindest entlockte ihm das noch ein Lächeln. So war sie doch zu irgendwas gut gewesen.

Woher Damian etwas neues zum Anziehen finden sollte, wusste er sofort. Denn immerhin befanden sich überall in der Stadt diese Spendenboxen, in denen Bessergestellte ihre alten Klamotten rein werfen konnten, um sich dann als besserer Mensch zu fühlen und sich einzubilden, dass sie etwas für Bedürftige getan haben.

Damian musste keine zwei Minuten durch die Straßen des Viertels fahren, um eine zu finden. Auf dem Parkplatz eines Supermarktes, der seit Stunden geschlossen war, fand er eine. Das Gute daran, wenn man in den besseren Gegenden unterwegs ist, war, dass um diese Uhrzeit niemand mehr unterwegs war. So würde niemand die Polizei verständigen können, weil Damian seinen Wagen neben der gelben Box, auf der die Worte „Helfen für Selbsthilfe" prangten, parkte und das Schloss untersuchte. Es sollte kein Problem für ihn sein, es zu knacken und die blecherne Tür zu öffnen, da es eins dieser billigen Teile war. Denn wer rechnete schon damit, dass jemand diese Box aufbrechen würde, um die Bedürftigen zu bestehlen?
Früher als er noch ein Kind war hatte seine Mutter ihn öfters, wenn sie unterwegs war, in sein Zimmer eingeschlossen.
„Damit du mir keinen Ärger machst", sagte sie stets, bevor sie ihn durch die Tür schubste. Die erste Zeit war es noch in Ordnung gewesen und er konnte sich mit den wenigen Spielsachen die er hatte ganz gut beschäftigen. Doch irgendwann war es anders. Seine Mutter hatte morgens während er schlief seine Tür abgeschlossen und die Wohnung verlassen. Als er es dann merkte, war er nicht sonderlich überrascht und die ersten Stunden war es für ihn noch normal. Aber irgendwann überkam ihn das ungute Gefühl, dass dieses Mal etwas nicht stimmte. Seine Mutter kam abends nicht zurück und auch nicht am nächsten Tag. Langsam kochte die Panik in ihm auf. Er hatte weder etwas zu trinken noch zu essen bei sich im Zimmer und irgendwann wusste er nicht mehr was er tun sollte und rief dann um Hilfe. Zu Beginn zaghaft, auch aus

Angst davor, dass seine Mutter im Wohnzimmer war und ihm eine Lehre erteilen würde, wenn sie ihn schreien hörte. Aber als sich im Nachbarzimmer nichts regte, wurde er lauter. So laut, bis sein Hals ganz trocken wurde und seine Kehle zu scherzen begann. Doch niemand kam, niemand hörte ihn in seiner sich schnell ausbrechenden Verzweiflung schreien. Und wenn ihn doch jemand hörte, dann hatte es ihn nicht interessiert. Er war auf sich allein gestellt. Und als sein Hunger und sein Durst unerträglich wurden, hörte er auf um Hilfe zu schreien und fummelte stundenlang mit einer Büroklammer am Schloss herum, wie er es einmal in einem seiner Comics gesehen hatte. Irgendwann hatte es Klick gemacht, das alte Schloss seiner Kinderzimmertür hatte nachgegeben. Nach zwei quälend langsam vergangenen Tagen, in denen er eingepfercht war wie ein wildes Tier, konnte er sich wieder befreien. Noch nie war er so froh gewesen seinen Kopf unter den Wasserhahn in der Küche halten zu können und das kalte Wasser zu trinken. Er trank bis ihm fast der Bauch platzte und dann sank er auf dem mit Brandlöchern übersäten Linoleumboden zusammen und weinte. Weinte vor Erleichterung dem üblen Gestank seiner Exkremente entkommen zu sein, der sein Zimmer inzwischen beherrschte, weil er keine andere Möglichkeit gesehen hatte als in einer Ecke seine Notdurft zu verrichten. Und er weinte, weil er dieser Panik und dem einengenden Gefühl entkommen war, das sich langsam in seiner Brust ausgebreitet hatte und ihm einredete, dass die Wände immer näher kamen. Auch wenn er es nie zugegeben hätte, waren einige der Tränen, die er vergoss, Tränen des Selbstmitleids.

Als seine Mutter dann endlich wieder nach Hause kam und ihn auf dem Sofa sitzend vorfand, hatte sie ihn so lange mit einem Gürtel geschlagen, sodass er tagelang weder laufen noch aus seinem Bett aufstehen konnte, ohne dass er vor Schmerzen fast das Bewusstsein verlor. Das Einzige was er machen konnte, war in seinem Bett, in den feuchten und nach seinen Ausscheidungen stinkenden Laken zu liegen, denn natürlich wechselte seine Mutter sie nicht für ihn. Er starrte dabei an die Decke und doch war es, als wenn er durch sie hindurch sehen würde. Sein Innerstes war leer und auch seine Gedanken. Er lag einfach nur da und selbst dabei pochten die Stellen, an denen die Haut aufgeplatzt war, als der Gürtel auf seinen nackten Körper geklatscht war. Damian erinnerte sich jetzt noch genau an das widerliche Geräusch, welches seine weiche Haut gemacht hatte, als sie wie Stoff zerriss, einfach aufplatzte, als wenn sie ein billiges T-Shirt wäre an dem man zerrte. Er hatte nicht gebettelt oder gefleht, wie er es früher gemacht hatte. Nein! Wie ein Mann hatte er sich seiner Strafe gestellt und nur vereinzelte Tränen waren ihm still und leise die Wangen hinabgelaufen, ohne dass ihm bewusst war, dass er weinte. Und sie waren auf den dreckigen Teppich getropft, wo sie sich für immer festgesetzt hatten und eine kleine traurige Geschichte erzählten. Die Narben, die der Gürtel hinterlassen hatte, waren noch immer ein wenig zu sehen, aber auch nur wenn man wusste wonach man suchten musste. Sein Körper hatte in den ersten Jahren seines Lebens so manche Blessur ertragen müssen. Es grenzte nahezu an ein Wunder, dass man das wenigste heutzutage, wo er so viel älter war, nur noch erahnen konnte. Damian hatte es trotz der Prügel nie bereut, dass er sich befreit hatte, denn seine Mutter war nicht nur die zwei Tage weg, sondern noch vier weitere und in der Zeit wäre er bestimmt verdurstet. Oder er wäre verrückt geworden, weil die Wände immer näher gerückt wären und seinen Verstand begraben hätten. In manchen Nächten in denen er nicht schlafen konnte, fragte er sich, ob seine Mutter möglicherweise das damit erreichen wollte. Wollte sie ihn sterben lassen? Oder war sie einfach nur zu zugedröhnt gewesen, um noch an ihren einzigen Sohn zu denken? Diese Fragen hatte er nie beantworten können und vermutlich war es auch besser so, denn er glaubte die Antwort zu kennen und war sich nicht sicher, ob er sie ertragen würde. In manchen stillen Momenten, wenn sein Herz das Einzige war, was den Raum mit einem Geräusch erfüllte, fragte sich Damian, ob es nicht besser gewesen wäre, wenn es seiner Mutter dies geglückt wäre. Und dann in den Momenten in denen er das dachte, dann passierte es, dass sein Herz einen Augenblick aussetzte, um seinen Dienst dann unter entsetzlichen Schmerzen wieder aufzunehmen.

Seit dem ersten Mal wo er ein Schloss geknackt hatte, hatte er weiterhin geübt es zu tun, denn man wusste ja nie, wann man diese Fähigkeit gebrauchen konnte.

Mit wenigen Handgriffen knackte er jetzt das Schloss an der Spendenbox und es gab mit Leichtigkeit nach. Als er die blecherne Tür öffnete, fiel ihm ein Schwall von modrig riechenden Klamotten entgegen, deren Geruch ihn an sein früheres Kinderzimmer erinnerte.

Damian schob die Erinnerung beiseite und fischte ein mintgrünes Hemd aus dem Haufen Kleider, der nun vor ihm auf dem Boden lag. Das Hemd war nichts Besonderes und roch ein bisschen muffig, aber irgendwas hatte es, was Damian gefiel. Zudem passte es wie angegossen. Schnell nahm er sich noch eine hellblaue Joggingjacke mit, die er über das Hemd anzog.

Als er wieder in das Auto stieg- den Haufen Klamotten auf dem dreckigen Parkplatz liegen lassend- fuhr er eine Weile ziellos durch die Gegend. Ganz langsam spürte er, wie der Schmerz in seinem Kopf wieder stärker wurde und das Kribbeln in seiner Hand begann von neuem. Er hasste sich dafür, dass er seine Zeit mit dieser Nutte verschwendet hatte. Denn jetzt war es schon viel zu spät um irgendwo noch eine aufreißen zu können oder eine zu finden, die nachts durch die Straßen lief. Damian verkrampfte die Hände um das Lenkrad.

Diese Gefühle hatte er damals schon gehabt, nach Melissa. Einige Tage lang konnte er es unterdrücken, aber dann musste die nächste her, um den Druck in seinem Inneren wieder herauszulassen. Diese Zweite war genauso einfach zu finden wie Melissa. Das kleine Ding ging nachts alleine über den Campus. Zwar waren auch überall kleine Gruppen von Studierenden unterwegs, die es sich zur Aufgabe gemacht hatten die übrigen Studierenden vor Übergriffen zu beschützen, aber der Campus war nun mal groß und es gab so viele Ecken in denen man sich verstecken konnte. Und sie war so ein zartes Ding gewesen, leicht zu überwältigen. Mit einem Schlag hatte er sie zu Boden gebracht und sie hatte nicht mal die Zeit gehabt in ihre lächerliche kleine Pfeife zu pusten um Hilfe zu rufen. Danach hatte er sie erst hinter eins der Gebäude gezerrt, bevor er sich über sie her machte. Hübsches Teil war sie gewesen.

Damian überlegte, aber er konnte sich nicht mehr daran erinnern warum er nach ihr aufgehört hatte zu Morden. Es hatte ihm doch so viel Spaß gemacht und so viel gebracht, zumindest für eine Weile.
Damian bog von der Hauptstraße in eine kleine Seitenstraße ein. Wo konnte er um die Uhrzeit noch eine finden?
Vielleicht war noch irgendwo eine Tankstelle geöffnet oder ein Kiosk oder so. Und manchmal hatte man ja auch Glück, warum sollte er das nicht auch haben und irgendwo noch eine finden, die um die Zeit unterwegs war, um eine Tüte Milch oder etwas vergleichbares Lächerliches zu kaufen.
Er fuhr ein wenig planlos durch die Gegend, passierte die nächtlich daliegenden Geschäfte und Läden, die darauf warteten in ein paar Stunden wieder aufgeschlossen zu werden, damit Kunden durch sie hindurch stromern konnten. Sein Blick schweifte durch die Gegend und sein Verstand arbeitete, während er immer unruhiger wurde, weil er nirgendwo jemanden sah. Die Straßen waren wie ausgestorben und das einzige Licht was die Nacht erhellte, kam von den wenigen Straßenlaternen und seinen Scheinwerfern, die ebenso unruhig wie er über den Asphalt jagten. Das erhoffte Neonlicht von Reklametafeln an Supermärkten oder Tankstellen blieb ihm versagt.
Und dann, als er nach rechts in eine der Seitenstraßen blickte, stach es ihm ins Auge. Damian trat abrupt auf die Bremse und die Reifen kamen quietschend zum Stehen. Wenn er das morgens oder gar nachmittags im Berufsverkehr auf dieser Straße gemacht hätte, dann hätte er garantiert eine Massenkarambolage ausgelöst, aber um diese Uhrzeit war er das einzige Auto

auf der Straße. Sein Blick war starr auf das große Gebäude mit den bunten Fenstern gerichtet, das sich am Ende der Straße wie ein Palast aufbäumte. Die graue Fassade aus Steinen lag im Dunkeln, man konnte nur erahnen wie groß der Bau war. Bloß das riesige Tor war mit einigen Lampen beleuchtet, als wenn es den Leuten, die um diese Uhrzeit nicht mehr kommen würden, den Weg leuchten wollte. Ein hoher Turm bäumte sich von dem Körper aus Stein auf und darauf thronte ein riesiges Kreuz. Einen winzigen Augenblick zögerte er, ob er hineingehen sollte, dann lenkte er den Wagen auf das Gebäude zu und parkte ihn auf dem angrenzenden Parkplatz hinter einen Baum, damit man ihn von der Straße aus nicht sehen konnte.

13. Kapitel

Damian schob die schwere gusseiserne Tür auf, die dabei in den Angeln dumpf quietschte, und betrat den kühlen Raum. Abgestandene Luft schlug ihm entgegen und nur der sanfte Geruch des brennenden Wachses der unzähligen Kerzen, die den Raum in ein schummriges Licht tauchten, war das Einzige, was nach Leben roch.

Er setzte sich auf eine der harten Bänke, die wie Soldaten in Reih und Glied standen, und atmete tief ein. Die Kerzen, die vor dem Altar standen flackerten und ließen das hölzerne Kreuz, welches an der Wand darüber hing, irgendwie gespenstisch wirken. Die Augen der kleinen Figur, die daran genagelt war, schienen Damian verurteilend anzusehen. Gedankenverloren erwiderte er den Blick von Gottes Sohn eine Weile, bevor er ihn wieder über den Altar und die Kerzen gleiten ließ. Er war alleine in dem Raum, der Platz für bestimmt 200 Menschen bot, doch irgendwie hatte er trotzdem das Gefühl, dass er leise sein müsste, um niemanden zu stören. Eigentlich war Damian nie gläubig gewesen. Warum auch? Nie war ihm irgendetwas Gutes passiert, was ihm Anlass dazu gegeben hätte an eine höhere Macht zu glauben.

Irgendwann hatten sie in der Schule über Gott geredet und die Worte, die der Religionslehrer gesagt hatte, hatten ihn irgendwie fasziniert.

„Alles ist möglich, wenn man nur auf Gott vertraut“, hatte er gesagt und in Damian ein wohliges Gefühl ausgelöst, was er kaum beschreiben konnte.

Das Gefühl würde er sein Leben lang nicht vergessen, wie sich bei den Worten die Haare in seinem Nacken aufstellten

und eine Gänsehaut, wie kleine Blitze, über seine Haut glitt. Es klang so zuversichtlich und optimistisch. Alles Böse könnte ihm genommen werden, wenn er nur an Gott glaubte. Das klang wunderbar einfach und das war es doch, was er so dringend brauchte.
An dem Abend erzählte er seiner Mutter davon, dass er jetzt an Gott glaubt und beten wollte, damit er ihm zur Seite steht. Einen Moment lang hatte in seiner Mutter alles ausgesetzt und sie hatte ihn nur verständnislos angestarrt, bevor sie in höhnisches Gelächter ausgebrochen war.
„Den Mist glaubst du? Gott gibt es nicht! Und er wird dir auch ganz bestimmt nicht helfen. Alles was du willst musst du dir selber beschaffen." Und als er nicht aufhören wollte von dem zu reden was der Lehrer ihnen von der Bibel erzählt hatte, hatte sie ihm solange den Arm auf dem Rücken verdreht, bis er vor Schmerzen schrie und der Knochen in seinem winzigen Arm brach.
Unbewusst rieb sich Damian über die Stelle, während er weiter den Blick über die Kerzen gleiten ließ. Einen kurzen Moment kam es ihm so vor, als wenn er noch immer den Schmerzen spüren konnte, den ihm seine Mutter an jenem Tag zugeführt hatte.
„Wo ist dein Gott jetzt?" hörte er sie noch immer in seiner Erinnerung schreien. Es war das Letzte was er hörte, bevor er vor Schmerzen in Ohnmacht fiel.
Und seine Mutter hatte Recht behalten. Gott würde ihn nicht beschützen. Man muss selbst auf sich aufpassen und alles was man vom Leben wollte, musste man sich selbst beschaffen. Aber das war eine Lektion gewesen, die er erst am eigenen

Leib erfahren musste. Gott hatte ihm damals nicht geholfen, als seine Mutter ihm den Arm brach. Er hatte nichts gemacht, als seine Mutter ihn in die Notaufnahme brachte, weil die Schmerzen nicht aufhören wollten und er hatte auch nur zugesehen, als seine Mutter dem Arzt erzählte, dass ihr Sohn sich den Arm beim Spielen mit seinen Freunden gebrochen hatte. Der alte Mann in dem Kittel hatte sie damals nur skeptisch angesehen, aber als Damian ihm bestätigte, dass es beim Spielen passierte, harkte er nicht weiter nach und versorgte seinen Arm mit einer Schiene. Damian wusste genau was ihm blühte, wenn er jemand anderem die Wahrheit sagten würde, also log er, sonst würde sie ihm womöglich noch den anderen Arm brechen.
Damian hasste es, wenn solche Erinnerungen aufkamen. Er ließ seine Gedanken schweifen und fühlte sich so merkwürdig verloren, wie an dem Tag, an dem er von zu Hause weg kam. Die Erinnerung daran verabscheute er und wollte sie nicht erneut durchleben, aber er konnte sie nicht unterdrücken. Wie eine Flut überkam sie ihn und drängte ihn in eine Ecke. Er hatte das Gefühl, dass ihm alles aus der Hand glitt.
Als die Leute kamen, um ihn mitzunehmen hatten sie so ruhig und langsam mit ihm geredet, als wenn er ein verschrecktes Tier sei, das man wieder beruhigen wollte. Teilnahmslos hatte er ihnen damals zugehört und immer nur genickt, auch wenn er gar nicht wusste, was sie ihm sagten. Damian saß gerade in seinem Zimmer und starrte an die Wand, als jemand an die Haustür klopfte. Zuvor hatte ihn seine Mutter angeschrien, dass, wenn er sich noch einmal bewegen würde, sie ihn windelweich prügeln würde. Dabei hatte er ihr nur gesagt, dass er

Hunger habe. Er konnte seine Mutter nun auf dem Sofa schnarchen hören, als es an der Tür klopfte. Doch er traute sich nicht sich aufzustehen und zu schauen wer es war, als er Stimmen draußen im Flur hörte. Er starrte einfach weiter an den nassen Fleck an der Wand, wo sich der Schimmel langsam ausbreitete und die Tapete mit einem flauschigen grünen Film überzog. Dabei wiegte er sich sanft hin und her, die Arme um den Körper geschlungen.
Beim zweiten Klopfen wurde seine Mutter wach und fing an zu fluchen, während sie schlecht gelaunt zur Tür stapfte. Damian hatte Angst, dass es wieder einer dieser Männer war und er biss sich auf die Zunge, um nicht anzufangen zu weinen. Er wollte nicht mehr flennen wie ein kleines Kind, er war doch jetzt inzwischen schon kein Kind mehr, fast erwachsen und erwachsene Männer weinten immerhin nicht.
„Was?!“ Die hohe Stimme seiner Mutter unterbrach die Gedanken in seinem Kopf.
„Frau Navarro, ich bin vom Jugendamt und wir sind hier, um ihren Sohn mitzunehmen.“
Die Geräusche wurden lauter, gefolgt von Poltern und Schritten und Damian konnte nicht anders, er drehte seinen Kopf und schaute dem Treiben auf dem Flur verwirrt zu. Alles passierte ganz schnell. Zwei Polizisten schoben seine Mutter in die Wohnung, um den Weg für einen Mann und eine Frau in schwarzen Anzügen frei zu machen. Die beiden Männer in Uniform drängten seine Mutter zum Sofa, wo sie sich hinsetzte und ebenso verwirrt dreinblickte wie ihr Sohn. Wie Bodyguards standen die Polizisten neben ihr, aber sie waren nicht da, um sie zu beschützen, sondern ihren Sohn vor ihr.

Die Frau kam in sein Zimmer, schaute ihn mit sanften Augen an und kniete sich neben Damian.
„Hallo, ich bin Liliane. Du brauchst keine Angst haben. Wir bringen dich jetzt weg von hier. Ich werde dir im Auto alles erklären, aber du musst mir jetzt folgen. Machst du das?"
Geistesabwesend griff Damian nach der Hand der Frau und ließ sich von ihr auf die Beine helfen. Irgendetwas an ihr, sei es ihr warmes Gesicht oder ihre ruhige Stimme, lösten ein behagliches Gefühl in ihm aus, deswegen folgte er ihr, ohne es zu hinterfragen. Hätte er gewusst, dass er die Frau heute zum letzten Mal sieht und er morgen schon in dieses schreckliche Heim gebracht wurde, dann wäre er in seinem Elend sitzen geblieben. Aber er war aufgestanden und nun geschah alles in Zeitlupe.
Liliane schob Damian sanft aus seinem Zimmer ins Wohnzimmer. Als seine Mutter ihn sah, sprang sie fauchend wie ein wildes Tier auf, das seine nächste Beute ins Auge gefasst hatte. In dem Moment erkannte Damian den jungen Polizisten wieder, der ihn vor ein paar Tagen auf der Straße mit den geklauten Portemonnaies erwischt hatte. Dieser Polizist stellte sich nun vor seine Mutter und versuchte sie wieder auf das Sofa zu drücken, doch sie schlug nach ihm. Wütend funkelte sie ihren Sohn an und spie ihm Worte entgegen, von denen er nicht geglaubt hätte, dass sie ihn noch verletzten konnten.
„Nehmt ihn doch mit! Ich will ihn eh nicht mehr haben. Er hat mir immer nur Ärger gebracht, diese Missgeburt."
In dem Moment in dem die Männer seine Mutter wieder auf das Sofa drückten und festhielten, schob Liliane ihn aus der Wohnung.

Damian konnte sich noch genau an den Moment erinnern. Irgendwas zerbrach in ihm. Was, das konnte er nicht sagen, aber er fühlte sich noch immer kaputt, bis zum heutigen Tag. Er wusste, dass seine Mutter nicht gut mit ihm umging und ihn schlecht behandelte, auch verfluchte und hasste er sie immer wieder dafür, aber ihre Worte traten trotzdem irgendetwas in ihm los, was zu etwas großem werden sollte.
Sie brachten ihn ins Krankenhaus, wo sie ihm das Hemd auszogen und die blauen Flecken und anderen Verletzungen erst fotografierten und dann das behandelten, was man noch versorgen konnte. All die alten Narben konnten sie nur seufzend und mit einem schwer auszuhalten mitleidigem Blick zur Kenntnis nehmen und mit Bildern dokumentieren. Damian wusste es damals noch nicht, aber die Bilder wurden für ein Gerichtsverfahren gebraucht, das wenige Wochen später gegen seine Mutter eingeleitet wurde.
Die ganze Zeit über war die Frau dabei. Weiterhin sprach sie sanft mit ihm und schenkte ihm immer wieder ein aufmunterndes Lächeln. Doch er starrte nur ruhig zurück und sagte nie etwas. Was hätte er auch sagen sollen? Still und mit leerem Blick hatte er alles über sich ergehen lassen und nur die Wand gegenüber angestarrt, während ihn ein Arzt untersuchte. Hin und wieder hatte er den Kopf geschüttelt wenn der Mann ihn gefragt hatte, ob es ihm weh tun würde als er seinen Bauch abtastete und seine Arme untersuchte. Doch er fühlte schon lange nichts mehr.
Nur einmal zuckte er vor Schmerzen zusammen, als der Arzt das Veilchen an seinem Auge abtastete. Das hatte ihm seine Mutter erst vor einigen Stunden verpasst.

Warum eigentlich? Daran konnte er sich nicht mehr erinnern. „Du warst sehr tapfer", hatte der Mann in weißem Kittel gesagt und ihm die Schulter getätschelt. Da hatte er den Blick zum zweiten Mal gesehen, den ihm auch Liliane die ganze Zeit schon geschenkt hatte: Mitleid! Er musste nicht bemitleidet werden. So schlimm war das alles doch nicht. Mit leeren Augen hatte er den Arzt angesehen, der ihm nur helfen wollte. Und dann war da noch dieser Polizist, der seine Mutter zuvor davon abgehalten hatte auf ihn loszugehen. Im Krankenhaus hatte er vor seiner Tür gestanden und aufgepasst, dass niemand zu ihm rein kommt. Dann, als Liliane ihn weg gebrachte, kniete sich der Mann in der Uniform neben ihn und legte ihm die Hand auf die Schulter.
„Alles wird wieder gut", hatte er gesagt und dabei gelächelt. Damian sah den Mann einen Augenblick lang an und suchte in seinem Blick nach Mitleid. Aber es war kein Mitleid was er fand, sondern Aufrichtigkeit, die aus seinen Augen sprach. Er hatte es ernst gemeint, was er da sagte und dies hatte in Damian Hoffnung aufflammen lassen, sodass er zurück lächelte. Schüchtern, zurückhaltend, aber immerhin lächelte er. Doch er hatte gelogen, sie hatten alle gelogen. Das hatte er schmerzhaft feststellen müssen. Nichts war wieder gut geworden, gar nichts, niemals. Überall wo er hinkam wurde er als Aussätziger betrachtet und behandelt. Dazu noch dieser Blick. Egal wo er hin kam wurde er mit dieser Mischung aus Mitleid und Spott angesehen. Zumindest hielt er es für Spott. Armer kleiner Junge, der so schrecklich misshandelt wurde und von seiner Mutter schon ein paar Mal fast tot geprügelt wurde. Sein Vater? Wahrscheinlich irgendein Zuhälter oder Freier.

Einmal fragte er seine Mutter nach seinem Vater, doch dies war das erste und das letzte Mal gewesen, das hatte sie ihm deutlich klar gemacht. Das Einzige was Damian über seinen Erzeuger wusste war, dass er wohl weiß gewesen war. So musste es sein, sonst hätte er selbst mehr von dem dreckigen Braun in sich, welches die Haut seiner Mutter überzog.
Bei all den Erinnerungen, die wieder in ihm aufkamen, ballte er die Fäuste und seine Fingernägel bohrten sich in seine Handflächen. Doch die Erinnerung an seine Kindheit, die ihn heimsuchte schmerzte noch mehr.
Als sie ihn damals geholt hatten, wollten alle, dass er redet. Dass er erzählt, was bei seiner Mutter passiert war. Sie hatten ihn stundenlang befragt und ihn ermutigt etwas zu sagen. Doch Damian hatte dem Mann in dem weißen Kittel nur gegenüber gesessen und geschwiegen. Er wollte nicht reden. Und was hätte es auch schon gebracht?
Damian vermutete, dass er in einem Kinderheim untergebracht war, aber das hatte ihm niemand je bejaht. Er hatte schon befürchtet, dass er für immer da bleiben müsste. In diesem furchtbaren Raum, mit den andern Kindern, die die ganze Nacht weinten oder schrien und bei diesen Leuten, die ihn alle so mitleidig ansahen. Aber dann hatten sie ihn raus geholt und Damian musste für eine sehr lange Zeit gehen.
Er versuchte die Gedanken daran beiseite zu schieben. Jetzt war er immerhin wieder da und konnte sich für alles rächen. Und er würde sich nicht mehr so schnell vertreiben lassen. Nicht wie damals, als sie ihn holten und auch nicht wie an der Universität wo er auch wieder gehen musste, woran nur diese Laura Schlampe schuld war. Dieses Mal würde er bleiben.

Vielleicht würde alles schon bald vorbei sein und sie würden ihn schnappen, aber bis dahin musste er sein Ziel noch erreichen. Möglicherweise waren sie ihm schon auf den Fersen, denn er hatte die letzten Male nicht so sehr darauf geachtet, ob er Fingerabdrücke hinterlassen hatte. Zwar hatte er sich, außer dem Offensichtlichen, nie etwas zu Schulden kommen lassen, seine Weste war rein, wie man so schön sagte, weswegen er auch in keiner Datenbank zu finden sein würde, aber man konnte ja nie wissen. Aus irgendeiner Trickkiste zogen die Bullen doch immer irgendwas hinterhältiges.
Eine bleierne Schwere überkam ihm wie er dort auf der Bank saß und für einen Moment schloss er die Augen und spürte wie die Stille um ihn herum sich auch ihn ihm selbst ausbreitete. Die Anspannung in ihm ließ locker, rutschte von ihm ab und die Müdigkeit übermannte ihn.
Daran, wann er das letzte Mal so müde war, konnte er sich nicht erinnern und auch nicht, wann er das letzte Mal richtig geschlafen hatte. Langsam driftete er weg in eine Welt aus Alpträumen, in denen er wieder der kleine hilflose Junge war.
„Ist alles in Ordnung?", eine sanfte Stimme ließ ihn aufschrecken. Eine kleine Frau in einer schwarzen Robe stand ihm gegenüber und sah ihn aufmerksam an. Damian setzte sich auf und streckte sich. Er hatte doch nur wenige Sekunden, höchstens Minuten die Augen zugemacht und fühlte sich dennoch, als wenn er Stundenlang auf der unbequemen Bank geschlafen hatte.
„Ja, alles in Ordnung", entgegnete er der Nonne, die er nun genauer ansah. „Ich muss wohl weg genickt sein. Bei mir ist alles gut."

Ein Lächeln huschte über das Gesicht der Frau und Damian erwiderte es, als er erkannte, welche Farbe die Augen der Frau hatten.

„Bei mir ist alles wunderbar", sagte er noch einmal mit Nachdruck, als ihm eine wundervolle Idee kam. Es war das Einzige was in diesem Moment wirklich logisch erschien.

14. Kapitel

Hendrik streckte die schmerzenden Glieder seines Körpers und gähnte dabei laut. Letzte Nacht hatte er furchtbar geschlafen und sein ganzer Körper war so steif, als hätte er auf dem Boden vor seinen Bett geschlafen anstatt darin. Doch das Schlimmste war sein Kopf, der von den Träumen schmerzte, die er seit einigen Tagen hatte und die ihn auch in dieser Nacht heimsuchten hatten. Zwar erinnerte er sich nicht mehr wirklich an diese Träume, wenn er morgens erwachte, aber einige wirre und zusammenhanglose Fetzen schwirrten dann noch in seinem Kopf umher und er wachte mit einem unwohlen Gefühl auf. Das Einzige, woran er sich noch von seinem Ausflug in die Traumwelt von letzter Nacht erinnerte, war ein Schrei. Ein panisch und schmerzerfüllter Schrei. Noch immer spürte Hendrik wie er durch seinen Körper hallte, als wenn er sich in seinem Mark festgebissen hätten und es immer wieder erschüttern würden.

Er wusste genau woher diese Alpträume kamen. So viel wie er in den letzten Wochen von dem Mörder in seiner Stadt in den Medien gehört und gesehen hatte war es kein Wunder, dass sich sein Unterbewusstsein damit beschäftigte, oder? Wahrscheinlich hatte seine Frau Recht damit, dass er aufhören sollte, jeden Zeitungsartikel und Polizeibericht zu lesen und jede Pressemitteilung sowie alle Nachrichten anzuschauen. Es wurde höchste Zeit, dass dieser Irre, der sein Unwesen trieb, endlich gefasst würde, damit der Schrecken ein Ende hat.

Hendrik entschloss sich, dass er vor dem Schlafen gehen nicht mehr so viel darüber nachdenken würde, dann würden sein

Unterbewusstsein bestimmt aufhören solche Bilder in seinen Träumen zu projizieren.
Mit jemandem darüber reden, wollte er nicht. Was hätte das auch gebracht? Seine Mutter hätte er damit nur unnötig aufgewühlt und er wusste ja, wie leicht sie sich um alles Mögliche Sorgen machte. Natürlich hätte er mit seiner Frau darüber reden können, aber er wusste genau, wie dies dann Enden würde. Sie würde ihm nur wieder sagen, dass er aufhören sollte jeden Schnipsel in den Nachrichten aufzusaugen, der auch nur im entferntesten mit dem Wahnsinnigen zu tun hatte, der dort draußen herum wütete. Vermutlich hatte sie ja recht damit und seine Albträume rührten daher, aber wenn er ehrlich war, dann wollte er auch gar nicht aufhören das Thema zu verfolgen. Irgendetwas faszinierte ihn daran. Doch das hätte niemand verstanden, wenn er sich jemandem anvertraut hätte. Auch wenn ihn im gleichen Moment eine Woge der Angst durchflutete, wenn er selbst merkte, wie interessiert er daran war. Aus diesem Grund versuchte er sich einzureden, dass sein Gefühl eher eine Mischung aus Furcht und Respekt sein musste. Respekt davor, auch einem seiner Liebsten könne etwas passieren. Sicher war er sich nur in einem: sobald dieser Irre von der Bildfläche verschwand, dann würde er sich wieder besser fühlen und auch beruhigter schlafen. Und er hatte die Hoffnung, dass auch seine Anspannung damit verschwand. Das Gefühl das er hatte, dass er sich diesem Mörder irgendwie nahe fühlte, weil er ihn bereits auf der Universität begleitete, jagte ihm Angst ein. Er wusste genau wie seltsam das für andere geklungen hätte, wenn er es irgendjemandem erzählt hätte, deswegen sagte er auch dazu zu keinem etwas.

„Alles in Ordnung, Schatz?“ Laura hatte sich zu ihm gedreht und beobachtete Hendrik während er an die Decke starrte und nachdachte.
„Ja, alles in Ordnung. Ich habe nur schlecht geschlafen.“ Er sah ihr in ihre blauen Augen, doch sie erwiderte den Blick besorgt. Ihre langen blonden Haare standen ihr in wirren Strähnen vom Kopf ab und das rote Nachthemd, welches sie trug, war ihr halb über die Brust gerutscht, sodass nun eine ihrer Brustwarzen frei lag. An jedem anderen Morgen hätte Hendrik nach ihr gegriffen und sie sanft liebkost, um zu schauen ob seine Frau möglicherweise Lust auf eine Runde morgendlichen Sex hatte, aber in diesem Augenblick war Hendrik überhaupt nicht daran interessiert, seine Frau zu vögeln. Irgendwie verspürte er den Drang aufzustehen und zu gehen. Ins Badezimmer oder sonst wohin, egal wohin, nur weg, um nicht mehr bei Laura sein zu müssen. Ihre fragenden Augen machten ihn nervös und er spürte Wut in sich aufkochen.
„Ich wurde heute Nacht wach, weil Clara geschrien hat.“ Sie machte eine kurze Pause und sah ihren Mann an, als wenn sie erwartete, dass er darauf was erwidern würde. Als er das nicht tat und sie nur weiterhin mit leerem Blick ansah, fuhr sie fort. „Du lagst weder im Bett noch warst du irgendwo im Haus.“ Aufmerksam sah sie ihm in die braunen Augen und wartete auf eine Antwort und eine Regung in seinem Blick, der ihr verriet, ob er bei seiner Antwort log oder nicht. Hendrik biss die Zähne zusammen. „Ich konnte nicht schlafen und bin noch eine Runde spazieren gewesen. Ich bin bis zum Rewe an der Ecke gegangen und dann zurück.“

„Okay", erwiderte Laura in einem matten Tonfall, der deutlich zeigte, dass sie ihm nicht glaubte.
Hendrik küsste seine Frau steif auf ihre weichen Lippen, damit sie nicht noch weiter fragen konnte und stand dann auf, um zu duschen.
„Wolltest du heute Morgen gar nicht joggen gehen?", fragte sie ihn weiter und Hendrik blieb stehen und drehte sich um. Einen Moment lang stand er einfach nur da und sah die Mutter seiner Kinder stumm an. Es machte ihn wütend, dass sie ihn ständig irgendetwas fragte und er sich immerzu rechtfertigen musste. Nie konnte sie einfach mal ruhig sein.
„Ist mir heute nicht nach gewesen", sagte er knapp.
„Okay", gab sich Laura zufrieden und drehte sich auf den Rücken, um jetzt ebenfalls an die Decke zu starren. Irgendwas war mit ihrem Mann los, aber wenn er nicht darüber reden wollte, dann konnte sie ihn nicht drängen, dies wusste sie nach all den Ehejahren genau. Hendrik ging ins Bad und schloss die Tür hinter sich. Er brauchte einen Moment Ruhe, deswegen stellte er das Wasser in der Dusche an, blieb aber am Waschbecken stehen und starrte seinem Spiegelbild in die Augen.
Er wusste nichts mehr von letzter Nacht. Er wurde nicht wach und war auch nicht spazieren, zumindest erinnerte er sich nicht an so etwas. Die letzte Erinnerung an gestern war die, dass er um elf Uhr sein Buch beiseitegelegt hatte und seine Frau, wie jeden Abend eine gute Nacht wünschte und sie küsste. Nachts hatte er einen schrecklichen Alptraum nach dem anderen und dann war die Nacht auch schon vorbei und er fühle sich, als hätte er nicht eine Minute geschlafen. Aber

er war nicht aufgestanden und schon gar nicht herum gelaufen, zumindest nicht bewusst. Aber was hätte er denn zu Laura sagen sollen? Dann wären nur weitere Fragen gekommen, auf die er keine Antwort gewusst und die ihn nur aufgeregt hätten. Deswegen log er sie lieber an, obwohl er das sonst nie tat.
Vielleicht gab es eine einfache Erklärung und er war einfach nur Schlaf gewandelt. Als Kind hatte er das schon öfters gemacht, das hatte ihm seine Mutter einmal erzählt. Er war aufgestanden und im Haus herumgelaufen oder hat im Garten auf der Schaukel gesessen. Seine Mutter hatte ihm erzählt was für Sorgen sie sich gemacht hatte, wenn sie nachts nach ihm sehen wollte und er nicht in seinem Bett lag. Oder wie schwer es ihr fiel wenn sie gesehen hatte wie Hendrik, nur mit einem Pyjama bekleidet, im Regen auf seiner Schaukel im Garten saß und vor sich hin starrte, wie das gruselige Kind in einem Horrorfilm, das verrückt geworden ist, tote Menschen sieht oder sonst irgendetwas abnormal Gruseliges.
Von all dem hatte er nie etwas mitbekommen, er konnte sich nur noch an die Untersuchungen erinnern die seine Eltern mit ihm durchführen ließen. Damals hatte er sich ein bisschen für seine Mutter geschämt, weil sie ihn behandelt hatte, als wenn er sterbenskrank war und ewig mit Ärzten diskutiert hatte, bis sie ihnen endlich glaubte, dass ihr Sohn nicht krank war, weil er ab und zu schlafwandelte. Irgendwann hatte es dann schließlich aufgehört. Wie alt war er da gewesen? Vielleicht neun Jahre alt.
Hendrik hielt das für die beste Erklärung dafür, dass er letzte Nacht nirgends zu finden war, laut seiner Frau. Und hatte er nicht selbst auch letzte Woche vermutet schlafgewandelt zu

sein. Er wurde nachts plötzlich wach und stand auf einmal barfuß bei sich im Garten, völlig bekleidet, als wenn er zur Arbeit gehen wollte und in der Hand hielt er eine von Lauras Perlenketten. Warum er irgendwas davon gemacht hatte wusste er selbst nicht. Er war dann völlig verwirrt wieder ins Haus geschlichen, hatte sich ausgezogen und Lauras Kette in ihre Schmuckschatulle gelegt.
Seiner Frau hatte er nichts davon erzählt, weil er nicht wollte dass sie sich Sorgen macht. Er wusste ja selber nicht woher das plötzlich alles kam. Und bis er es nicht wusste, wollte er niemanden ängstigen. Zumindest würde schlafwandeln sein Verhalten erklären. Vielleicht war es diese Nacht auch so gewesen. Er ist aufgestanden und herumgelaufen und wurde nur dieses Mal nicht wach sondern hat sich wieder ins Bett gelegt. Das erschien Hendrik am wahrscheinlichsten.
Er drehte den Wasserhahn auf und ließ sich kaltes Wasser ins Gesicht laufen. Irgendwas stimmte im Moment nicht mit ihm. Vielleicht sollte er mal zum Arzt gehen und sich durchchecken lassen und sich was zum Schlafen verschreiben lassen.
Hendrik schaute auf und starrte in den Spiegel. Braune Augen starrten zurück, während kleine Wassertropfen an seinen Wangen hinabliefen und sich ihren Weg durch seinen Dreitagebart bahnten. Eigentlich war auch dies nicht seine Art, aber er hatte die letzten Tage einfach keine Lust gehabt sich zu rasieren. Dieser ständige Perfektionismus, den er sein Leben lang pflegte, kotze ihn langsam an.
Plötzlich zuckte Hendrik zusammen. Für einen Moment hatte er das Gefühl, dass er im Spiegel etwas gesehen hatte. Irgendwas in seinen Augen.

Es war nur ein Blitzen, das nur eine Sekunde lang andauerte, dann war es wieder weg. Er ohrfeigte sich, als wenn er versuchen wollte wach zu werden, dann schüttelte er den Kopf und kleine Tropfen aus Wasser flogen in alle Richtungen. Seine Augen fanden seinen Blick wieder und es war verschwunden. Verwirrt rieb sich Hendrik die Augen, bis sie schmerzten und trat vom Spiegel weg. Schnell vertrieb er die Gedanken die in ihm hoch kamen.
Wann hatte er das letzte Mal durch geschlafen ohne einen Alptraum zu haben? Hendrik versuchte sich zu erinnern, aber er konnte sich die Frage selbst nicht beantworten. Das gerade eben bildete er sich nur ein, versuchte er sich einzureden. Er stand in letzter Zeit immer öfters neben sich und war ständig angespannt und überfordert.
Heute Abend nahm er sich vor eine Flasche Wein mit seiner Frau zu trinken. Wein hatte ihm früher immer geholfen, wenn er nicht schlafen konnte. Zwar war Alkohol nicht der richtige Weg, aber er war sich sicher, dass er sich besser fühlen würde, wenn er mal richtig abschalten konnte. Außerdem würde es seiner Beziehung mit Laura auch gut tun, wenn er sich Zeit für sie nahm. Er war im Moment immer öfter gereizt wegen ihr und auch das er Sonntag einen Aussetzer hatte und Clara anschrie, hatte seine Frau unglaublich verletzt. Dass er sich selbst dafür genug Vorwürfe machte und sich schuldig fühlte, machte die Sache auch nicht wieder gut.
Nachdenklich streifte er seinen Schlafanzug ab und stellte sich unter die warme Dusche, von der aus inzwischen kleine Dampfwolken aufstiegen. Als er aus der Dusche kam, wartete er noch einen Moment im Badezimmer bis alle Geräusche aus

dem Schlafzimmer verschwunden waren. Er hatte keine Lust Laura wieder zu begegnen. Er öffnete die Tür und als er sah, dass das Schlafzimmer wirklich leer war, ging er mit langen Schritten über den weichen Teppich, nur mit einem Handtuch um die Hüften geschlungen, in den begehbaren Kleiderschrank. Dies war auch eine der Anschaffungen, die Laura unbedingt haben musste. Er selbst hatte es für unnötig gehalten, ein Zimmer nur für Kleidung und Schuhe zu haben, das so groß war, wie das Kinderzimmer seiner Jüngsten. *Ein einfacher Schrank hätte es auch getan, aber wenn Madame etwas haben will*, durchfuhr es ihn voller Wut und plötzlich erschrak er vor seinen eigenen Gedanken. Erschrocken hielt er in der Bewegung inne und starrte an die Wand. Wieso dachte er nur so etwas? Und warum in Gottes Namen war er nur so angespannt? Wieder rieb sich Hendrik die Augen und versuchte einen klaren Gedanken zu fassen. Es war ihm doch eigentlich egal, wie das Haus eingerichtet ist. Deswegen war Laura es gewesen, die sich mehrmals mit dem Architekten getroffen hatte, um die Baupläne zu besprechen. Ihm selbst war es nur wichtig gewesen einen großen Garten zu haben, wo man einen Pool installieren konnte und wo die Kinder genug Platz zum Toben hatten, und eine geräumige Küche, wo die komplette Familie Platz hatte. Alles andere war ihm nicht so wichtig gewesen. Deswegen hatte er die Bauzeichnung auch nur kurz angesehen und dann zugestimmt, dass es so in Ordnung war.
Er erinnerte sich noch genau an Lauras funkelnde Augen, als sie ihm zeigte, wie ihr zukünftiges Zuhause aussehen würde. In dem Moment wusste er, dass er alles richtig gemacht hatte,

indem er die Zügel bei dem Projekt seiner Frau in die Hand gegeben hatte.
Hendrik wischte sich durch sein Gesicht und versuchte, die bösen Gedanken in sich zu vertreiben. Es gab keinen Grund auf Laura wütend zu sein oder sich über sie aufzuregen. *Mir fehlt nur Schlaf,* redete er sich ein. *Sobald ich eine Nacht durchschlafe, ist alles wieder gut.*
Er sah sich in dem Kleiderschrank um. Regale aus dunklem Mahagoniholz boten genug Platz für die zahlreiche Kleidung, die sie in den letzten Jahren angesammelt hatten. Zwar hatte Laura vor einer Woche angefangen haufenweise Anziehsachen auszusortieren und das, was sie nicht mehr trugen, zu spenden, aber es war noch immer eine Fülle von Kleidung vorhanden. Laura war schon immer ein ordentlicher Mensch gewesen, dachte er sich, als sein Blick über die akkurat aufgehängten Anzüge und Kleider schweiften, die auf langen Alustangen, von einer Seite des Raumes zur anderen hingen. Seine Frau hatte es schon immer geschafft aus den bisherigen Wohnungen, die sie im Laufe ihrer Ehe bewohnt hatten, ein Zuhause zu machen und das vollbrachte sie auch hier. Jetzt ärgerte er sich auf einmal darüber, dass wieder schlechte Gedanken hochkamen, die sich gegen Laura richteten. Sie hatte sein Leben so reich gemacht. Sie hatte ihm drei wundervolle Kinder geschenkt und stand stets hinter ihm. Besonders in der ersten Zeit als Hendrik gerade zum Geschäftsführer in der Firma, in der er seit seinem Universitätsabschluss arbeitete, ernannt wurde, war er nicht sonderlich oft zuhause und Laura saß mit zwei Kindern alleine daheim und versuchte mit allem fertig zu werden. Aber all diese schweren Zeiten hatten sie

gemeinsam bewältigt und auch wenn es jetzt gerade angespannt zwischen ihm und seiner Frau war, würden sie auch das überstehen. Hendrik nahm sich vor, alles ein bisschen positiver zu betrachten und allem ein bisschen mehr Ruhe entgegen zu bringen. Was sich allerdings schwerer gestaltete als er ahnte. Nachdem er das Handtuch hat fallen lassen und begann sich anzuziehen, merkte Hendrik, dass er nur noch eine saubere Krawatte in seinem Schrank hatte, was die Wut wieder aufkommen ließ. In der letzten Woche war seine Frau die ganze Zeit über nicht arbeiten und hatte es wohl nicht einmal geschafft zur Wäscherei zu gehen. Hendrik biss die Zähne zusammen und versuchte sich zu entspannen.
Er griff nach der letzten verbliebenen Krawatte, einem schrecklichen orangen Ding, mit merkwürdigen braunen Streifen, die er eigentlich schon längst hatte wegwerfen wollen. Aber da er sie letztes Jahr von Laura zum Geburtstag bekommen hatte, konnte er das schlecht machen.
Vor sich hin knurrend stieg er die Treppe hinab und ging in die Küche, währenddessen er sich das Monstrum von einer Krawatte band.
Er war froh darüber, dass er das Haus so früh verlassen konnte, denn auf den Lärm und die Streitereien seiner Töchter hatte er heute Morgen absolut keine Lust.
Wahrscheinlich würde er es später an seiner Laune merken, dass er nicht joggen war, aber in dem Moment war ihm das alles egal. Sobald er das Haus verlassen konnte, würde er aufatmen können. Laura hatte bereits Clara aus dem Bett geholt, die nun mit verheulten Augen in ihrem Kinderstuhl saß und sich weigerte etwas von dem Brei zu essen, den ihre Mutter

ihr anbot. Die Erkältung wurde zwar schon besser, aber sie war immer noch anhänglich und weinerlich. Hendrik gab seiner Tochter einen Kuss auf die Stirn, doch das sonst so vergnügte Quietschen blieb aus. Mit großen braunen Augen sah Clara ihren Vater an, als wolle sie fragen, was er von ihr wollte. Er versuchte sich einzureden, es würde daran liegen, dass seine Kleine noch immer krank war und nicht daran, dass er sie vor zwei Tagen angeschrien hatte. Hendrik wusste nicht, warum er so ausgerastet war. Noch nie hatte er eins seiner Kinder angebrüllt, noch dazu wegen nichts und wieder nichts. Er versuchte die Schuldgefühle beiseite zu schieben und lächelte seine Tochter an, doch der leere Blick von ihr blieb.

„Sie ist nicht gut drauf", sagte Laura, als wenn sie erraten hätte was ihr Mann dachte und nach einer Entschuldigung für ihre Tochter suchte.

„Da ist sie nicht alleine", antwortete er mit einem matten Lächeln, das seine Augen nicht erreichte.

„Ich fahre jetzt ins Büro, dann schaffe ich es vielleicht früher zu gehen und noch einmal zu Dr. Bensen zu gehen. Er soll mir was zum Schlafen verschreiben."

„In Ordnung", sagte Laura knapp und für einen Moment glaubte Hendrik Mitleid in ihrem Blick zu erkennen. Sofort wandte er sich ab als er spürte wie die Wut zurückkehrte und goss eilig Kaffee in seinen Thermobecher. Wenn er etwas nicht leiden konnte dann war es Mitleid.

„Bis später", sagte Hendrik als er sich umdrehte und aus der Küche ging, ohne sich von seiner Frau mit einem Kuss zu verabschieden, so wie er es sonst tat. Er hatte keine Lust sich

hinzusetzen und den Kaffee in Ruhe mit seiner Frau zu trinken. Womöglich würde Clara dann noch anfangen zu heulen und das würde seinen Geduldsfaden erst recht zum Reißen bringen und er wollte sich nicht schon wieder vergessen und sie anschreien.
Der erste Stock erwachte gerade zum Leben und Hannah schlich schlaftrunken auf das Bad zu, als Hendrik mit langen Schritten durch den Flur ging und das Haus fluchtartig verlassen wollte.
Plötzlich, in dem Moment als er die Türklinke umfasste, überkam ihn ein lähmendes Gefühl und ein Schauer lief ihm über den Rücken. Hendrik hielt in der Bewegung inne und seine Haut begann zu kribbeln. Es fühlte sich an wie unzählige kleine Käfer, die über ihn krabbelten und ihn mit ihren kleinen, aber scharfen Zähnen bissen und versuchten ihm das Fleisch von den Knochen zu nagen.
„Alles in Ordnung Hendrik?" Laura stand hinter ihm und beobachtete ihren Mann, der fast drei Minuten lang still da stand, mit der Klinke in der Hand, den Kopf gesenkt und die Augen geschlossen, als wenn er in sich gekehrt wäre und nachdachte. Wie ein elektrischer Schlag traf es ihn, als sie ihm ihre Hand auf den Rücken legte und ließ seine Glieder zucken. Geistesabwesend drehte er sich langsam um und sah mit leerem Blick in ihre besorgten blauen Augen. Da ihr Mann sich nicht verabschiedet hatte war Laura ihm hinterher gegangen, um zu fragen ob sie irgendetwas falsch gemacht habe, weil er den ganzen Morgen über schon so abweisend war, aber als sie Hendrik wie eine Salzsäule erstarrt im Flur stehen sah, blieb auch sie stehen und wusste auf einmal nicht mehr was sie tun

sollte. Dreimal hatte sie ihn nun schon gefragt ob alles in Ordnung sei und dreimal hatte er nicht reagiert, was den Ärger in ihr anschwellen ließ. Doch als sie ihn an/tippte, durchfuhr auch sie ein elektrischer Schlag und sie wich ängstlich einen Schritt nach hinten.

Verwirrt schaute er sie einen Moment an, als müsste er erst darüber nachdenken wer sie war oder was sie von ihm wollte.

„Hendrik?", hauchte seine Frau verängstigt und plötzlich wurde sein Blick wieder klar.

„Ja?", fragte er, als wenn nichts gewesen wäre.

„Ist alles in Ordnung?"

Langsam nickte Hendrik. „Ja." Er machte eine Pause, so als müsse er erst noch einmal darüber nachdenken. „Mir fiel nur gerade was ein", log er sie an, denn was gerade in ihm passiert war, verstand er selber nicht. Hendrik schüttelte sich, als wenn er so die schlechten Gefühle einfach vertreiben könnte, so wie ein nasser Hund sich schüttelte, um sein Fell zu trocknen.

„Bis heute Abend, Schatz", sagte er und versuchte dabei zu lächeln, aber es sah mehr wie eine schiefe Grimasse aus, die ein schrecklicher Clown in einem Gruselfilm zeigte, bevor er die Kinder holt, um sie zu fressen. Laura traute sich nicht sich zu rühren und so machte sie den Versuch das Lächeln zu erwidern, was ihr ebenso wenig gelang. Wie zwei Fremde, die ein peinliches erstes und definitiv letztes Date hatten, standen die beiden Eheleute sich gegenüber und die Absurdität des Moments lag schwer in der Luft. Schließlich drehte Hendrik sich um und drückte die Klinke nach unten, um die Tür zu öffnen. Und ab diesem Moment geschah alles in Zeitlupe.

Als erstes schlug Hendrik ein metallener Geruch in die Nase, als er die weiß lackierte Haustür öffnete.
Wie angewurzelt blieb er stehen und starrte auf die Außenseite der Tür. Der Thermobecher glitt ihm aus seiner schwitzigen Hand und schlug auf die Fließen. Der Deckel platzte ab und der heiße Kaffee ergoss sich über den Boden, doch all das bemerkte Hendrik nicht. Weit riss er die Augen auf und Übelkeit breitete sich in ihm aus. Seine Gedanken rannten wie verrückt und sein Herz schien einen Moment lang auszusetzen, als er die Worte anstarrte, die mit Blut an seine Haustür geschrieben worden waren: „Du bist die Nächste, Laura."
Und dann stand Laura plötzlich neben ihm, las den Satz, der an sie gerichtet war und schrille Schreie begannen aus ihrer Kehle zu quellen.

15 Kapitel

In seinem Leben hatte Hendrik schon viele Polizeifilme gesehen, unzählige, aber jetzt wo die Beamten vor ihm standen und ihm Fragen stellten, hatte er das Gefühl, solch eine Szene noch nie gesehen zu haben. Er saß ihn seinem Wohnzimmer mit Laura im Arm. Ihre Tränen, die schließlich doch ihren Weg nach draußen gefunden hatten, waren schon lange versiegt. Doch die Polizisten wuselten noch so aufgeregt durch ihr Haus, wie sie es direkt nach ihrer Ankunft anfingen. Die letzten vier Stunden seit ihrem Eintreffen, vergingen wie im Flug.

Als klar wurde, dass es kein Streich war, der der Familie Kamp gespielt worden war (als ob jemand solch makabre Streiche spielen würde) waren mehr Streifenwagen angerückt als der eine zu Beginn. Nun rannten die uniformierten Männer wie angestochene Hühner durch das Haus und den Garten und suchten nach irgendwelchen Spuren und machten von allem Fotos, insbesondere von der Tür mit der Schreckensbotschaft.

Hendrik war in diesem Moment alles egal. Er saß nur da und hielt den zitternden Körper seiner Frau fest, während ernst drein blickende Polizisten ihnen Fragen stellten. Unzählige Fragen auf die sie keine Antwort hatten.

Nein, sie wüssten nicht wer es getan haben könnte.

Nein, sie können sich auch nicht vorstellen wer Laura etwas antun wollte.

Nein, sie glaubten nicht, dass es ein Scherz sei.

Nein.

Nein!

NEIN!

Schließlich hatten die Polizisten aufgegeben und Hendrik und Laura einfach nur da sitzen lassen, Arm in Arm, und hatten ihren Fokus auf die Spurensicherung gelegt.
Glücklicherweise waren die Mädchen bereits bei Lauras Mutter, sodass sie das alles nicht mitbekommen mussten. Gleich nachdem die Polizei angekommen war und Hendrik an ihren besorgten Blicken sah, dass dieses hier wirklich etwas Ernstes seien konnte und nicht nur ein dummer Streich, hatte Hendrik Annette angerufen. Keine zehn Minuten später war sie atemlos angekommen und hatte ihre Tochter bestimmt zwanzig Minuten im Arm gehalten und mit ihr geweint, bevor sie die völlig verängstigten Mädchen mitgenommen hatte, die überhaupt nicht verstanden, was hier vor sich ging. Denn natürlich hatte man sie nicht zur Vordertür herausgebracht, sondern durch den Garten, damit sie die Haustür gar nicht erst sehen konnten.
„Es wird alles gut", log Hendrik seine ältesten Töchter an, als sie ihre Eltern leise schluchzend zum Abschied umarmt hatten. So etwas sagte man zu seinen Kindern, wenn sie sich fürchteten. Und selbst wenn Hendrik gewusst hätte, dass es nicht wieder gut werden würde, hätte er das zu seinen Kindern gesagt, um sie zu schützen und ihr die Angst zu nehmen. Ein riesiger Stein war ihm vom Herzen gefallen, als seine Töchter mit Annette zusammen im Auto davon fuhren.
Laura saß apathisch auf dem Sofa und hatte immer wieder nur den Kopf geschüttelt, während Hendrik zumindest noch ein „Nein" herausbrachte.
Nachdem die beiden Polizisten endlich aufgegeben hatten, ließ man sie schließlich in Ruhe und sie konnten ihre Kräfte

sammeln. Da sitzen und sich in ihren Sorgen verlieren. Wie in Trance starrte Hendrik vor sich hin und versuchte das Puzzle zusammen zusetzten, das für ihn keinen Sinn ergab, als ihn eine markante Stimme aus seinen Gedanken riss.
„Herr und Frau Kamp?"
Hendrik sah auf und schaute in grüne Augen, die viel zu jung wirkten für das faltige Gesicht, aus dem sie hinaus blickten. Ein Mann, Hendrik schätzte ihn auf Mitte fünfzig, stand vor ihm und sah ihn mit dem gleichen besorgten Blick an, wie die Polizisten zuvor. Seine grauen Haare waren kurz geschnitten und er trug ein dunkelblaues Hemd, das ihm am Körper klebte. Er hatte markante Gesichtszüge, war bestimmt 1,85 groß und durch seine breiten Schultern wirkte er noch bulliger, allerdings zeichnete sich unter seinem Hemd bereits ein wachsender Bierbauch ab. Irgendwas in dem Gesicht des groß gewachsenen Mannes kam ihm bekannt vor. Geistesabwesend schaute Hendrik ihn an und war sich einen Moment lang nicht sicher, ob er gemeint war.
„Ich bin Kommissar Neumann. Aber sie können mich auch David nennen, wenn Ihnen das angenehmer ist", fuhr der Mann weiter fort, als er keine Antwort erhielt. Lange schaute Hendrik ihm in die grünen Augen, die seinem Blick standhielten und darauf warteten, dass er ins Gespräch einstieg.
Plötzlich fiel ihm ein woher er den Mann kannte. Noch vor wenigen Tagen hatte er ihn erst gesehen, bei der Pressekonferenz im Fernsehen. Vor ihm stand nun der Polizist über den er sich so aufgeregt hatte, weil dieser seine Ausführungen abgebrochen hatte und vor der Presse geflüchtet war, als wenn er der Gesuchte wäre und eine Horde bissiger Hunde ihn

jagte. Eine Flutwelle von Panik ergriff ihn, als ihm klar wurde, das der Polizist derjenige war, der die Ermittlung um den Ripper leitete.
„Hallo." Knapp nickte Hendrik ihm zu und vergaß dabei seine Manieren dem Mann ebenfalls das Du anzubieten.
„Es tut mir leid, aber ich muss Ihnen auch noch einige Fragen stellen, auch wenn meine Kollegen dies bereits getan haben", entschuldigend lächelte der Polizist sie an.
„In Ordnung", stimmte Hendrik zu und gebot ihm sich zu setzten, obwohl er selbst wenig Sinn in weiteren Fragen sah, immerhin konnten sie ihm nichts sagen. Wie auch, schließlich wussten sie wirklich nichts.
Dankend nahm der Polizist das Angebot an und ließ sich auf dem Sessel gegenüber des Sofas nieder. Es war Lauras Lieblingssessel, in dem sie immer gesessen und Clara gestillt hatte. Dieser große klobige Mann wirkte für Hendrik völlig falsch an diesem vertrauten Ort.
„Ich kann verstehen, wie verstörend dies alles für Sie sein muss und auch was Ihnen das für eine Angst einjagen muss", sagte David nach einer kurzen Pause.
Stumm nickte Hendrik. Jedoch konnte er sich kaum vorstellen, dass dieser Mann, so viele Fälle er auch schon bearbeitet hatte, im geringsten verstehen konnte, was in diesem Moment in ihnen vorging.
Breitbeinig saß der Mann nun vor ihnen und stützte seine Ellenbogen auf seinen Knien ab. Hendrik fiel die Pistole auf, die David Neumann am Gürtel trug und er fühlte sich auf einmal beruhigt und verunsichert zugleich.
„Können Sie mir bitte erzählen, wie Ihr Morgen aussah?"

Hendrik seufzte. „Wir sind aufgestanden und als ich das Haus verlassen wollte, entdeckte ich das Blut." Ein Zittern ging durch den Körper seiner Frau, als er die Worte aussprach.
„Haben Sie letzte Nacht vielleicht irgendetwas verdä...."
„Arbeiten Sie nicht an dem Ripper Fall?", unterbrach Hendrik ihn plötzlich. Er hatte keine Lust dazu noch weiter um eine heiße Mitte herum zu tanzen, in der die Fragen standen, weshalb ausgerechnet dieser Polizist jetzt bei ihnen war.
David Neumann räusperte sich. Ihn verwunderte es kein bisschen, dass ihm diese Frage gestellt wurde. Immerhin war es leicht diese Schlussfolgerung zu ziehen, dass eine Verbindung zwischen einem Massenmörder, der sein Unwesen trieb, und einer blutbeschmierten Tür bestand.
„Das tue ich in der Tat", sagte er.
„Was machen Sie dann hier? Sie werden ja wohl kaum zwei Fälle gleichzeitig bearbeiten."
Einen Moment lang sah David das Ehepaar vor sich stumm an. Er wusste noch nicht, wie viel er ihnen erzählen wollte.
„In manchen Situationen werden Polizisten zu zwei Fällen hinzugezogen, um zu schauen, ob es eine Verbindung gibt", antwortete er knapp und hoffte, dass dies für den Anfang reichen würde.
„Also denken Sie, dass der Ripper für das verantwortlich ist?", fragte Hendrik nun in einem Ton, der schärfer klang als beabsichtigt und zeigte in Richtung Haustür. Für ihn war die Frage hypothetisch, denn er war sich sicher, dass dies ein Werk des Rippers war. Er spürte es in sich und wusste das er richtig lag. Warum allerdings dieser Mann, der ein so bestimmtes Beuteschema hatte, nun hinter seiner Frau her sein

sollte, verstand er nicht. Laura schluchzte leise vor sich hin, während sie auf eine Antwort warteten.
„Wir gehen davon aus“, bejahte Detektive Neumann schließlich. „Deswegen ist es umso wichtiger, dass Sie mir alles sagen was Sie wissen, auch wenn es Ihnen nicht wichtig erscheint. Wir müssen verstehen, warum er so aus seinem Muster fällt, denn Ihre Frau, entschuldigen Sie meine Ausdrucksweise, passt nicht in sein Opferprofil.“
Laura schluchzte und ein Beben schüttelte ihren Körper erneut. Besorgt sah Hendrik sie an und hätte am liebsten ebenfalls angefangen zu weinen, so sehr tat es ihm weh seine Frau so zu sehen. Doch das würde niemanden weiter bringen. Stattdessen wandte er sich wieder David zu und wiederholte das, was er bereits den Kollegen heute früh gesagt hatte, dass sie nicht wüssten wer es war und dass sie sich auch keinen Reim darauf bilden konnten. Hendrik erzählte davon, dass er und seine Frau damals, als die ersten Morde geschehen waren, ebenfalls an der Universität hier in Paderborn studiert hatten. Lange blickte David Laura an und überlegte, ob er sie etwas fragen sollte, entschied sich aber dagegen, als er ihre verheulten Augen und ihren leeren, teilnahmslosen Blick sah, der zwar an ihm haftete, aber eindeutig durch ihn hindurch ging. Er wendete sich wieder Hendrik zu und sah alles andere als zufrieden aus mit den Ausführungen seines Gegenübers. Erschöpft lehnte er sich zurück.
„Warum denken Sie, dass es der Ripper war, wenn alles gegen meine Frau als typisches Opfer spricht? Wie kommen Sie auf die Vermutung?“, fragte Hendrik auf einmal in die entstandene Stille hinein. David rieb sich die Augen. Eigentlich war

dies nichts, was er den Kamps jetzt schon sagen wollte, aber die Medien würden es sowieso bald erfahren und dann würden sie selbst darauf kommen und das wollte er ihnen nicht antun es aus dem Fernsehen erfahren zu müssen. Sie waren auch jetzt schon angeschlagen genug.
„Leider haben wir nicht nur eine Vermutung“, seufzte David. „Letzte Nacht gab es zwei Tote, die wir dem Täter zuschreiben.“
„Zwei?“, schrie Hendrik fast. Man brauchte kein Genie zu sein, um zu begreifen, dass so eine Steigerung bei einem irren Killer nichts Gutes bedeutete.
„Ja, leider. Eine Frau, ihr Name war Jennifer Bachmann, wurde sogar hier in der Nähe gefunden. An dem kleinen Baggersee, den kleinen Waldweg am Ende der Straße hinauf.“
Ein Moment der Stille entstand, in dem ein Stromschlag Hendrik durchfuhr, so wie zuvor kurz vor dem Öffnen der Haustür. Er spürte wie sich die Fingernägel seiner Frau in sein Bein bohrten und ihm schlecht wurde.
„Wann wurde sie gefunden?“, fragte er schwer atmend. David war verwirrt über die Frage und auch die plötzliche Gefühlsregung der Kamps. In ihm leuchtete eine kleine Lampe auf, dass er vielleicht endlich eine Spur haben könnte.
„So ungefähr vor zwei Stunden.“
Hendriks Magen drehte sich erneut um. Auf einmal hielt er es nicht mehr aus und sprang auf. Laura versuchte ihn fest zuhalten, aber er riss sich los. Nervös ging er im Wohnzimmer auf und ab und rieb seine verschwitzten Hände panisch aneinander.
„Was ist denn los, Herr Kamp?“

David sah die Angst in seinen Augen. Kleine Schweißperlen bildeten sich auf Hendriks Stirn und die Farbe wich aus seinem Gesicht.
„Der kleine Baggersee oben im Wald liegt direkt an der Strecke, die ich jeden Morgen entlangjogge. Jeden Morgen. Um 5:30 stehe ich auf und gehe joggen. Laufe zu dem See hinauf und umrunde ihn einmal. Jeden Morgen, verstehen Sie? Nur heute Morgen bin ich das erste Mal seit Jahren nicht laufen gewesen."
David begriff und man konnte die Bestürzung in seinem Gesicht sehen. Nicht auszumalen wenn Herr Kamp die Frau gefunden hätte und dann nach Hause kam wo solch eine Botschaft wartete.
„Wenn ich laufen gewesen wäre…", Hendriks Stimme versagte und er musste tief Luft holen, „…dann hätte ich die Leiche gefunden?!" Es war eine Frage und gleichzeitig auch die Antwort darauf, deswegen sagte David nichts und nickte nur. Plötzlich konnte Hendrik es nicht mehr halten, es war zu viel für ihn. Er rannte zur Gästetoilette im Erdgeschoss und übergab sich. Doch was kam war nur Galle, die in seiner Speiseröhre brannte und einen üblen Nachgeschmack hinterließ.
Laura sah David wie versteinert an und presste ihre Lippen zu einem schmalen Strich zusammen. Sie wusste nicht, ob sie ihrem Mann hinterher gehen sollte, aber was hätte es auch gebracht? Keinerlei tröstende Worte hätte sie ihm in diesem Moment zusprechen können. Also blieb sie entkräftet sitzen und starrte den Polizisten an, der vor ihr saß. David suchte nach Worten, aber ihm fiel ebenso wenig wie Laura etwas ein, was man hätte sagen können. Schließlich wankte Hendrik wieder

ins Zimmer. Die restliche Farbe in seinem Gesicht hatte sich gänzlich zurückgezogen und hatte nur eine kreidebleiche Fläche zurückgelassen.

„Entschuldigung“, stieß er zwischen zusammengebissenen Zähnen hervor, bevor er sich auf das Sofa fallen ließ. Mit leeren Augen suchte er den Blick seiner Frau. Laura nahm seine Hand und spürte, wie Tränen sich wieder in ihr hoch kämpften, doch sie schluckte sie schnell herunter.

„Und die zweite Frau?“, fragte Laura mit tonloser Stimme. Eigentlich war sie sich nicht sicher, ob sie schon bereit dazu war, noch eine weitere Schreckensbotschaft zu bekommen, aber früher oder später würde sie sie eh erreichen, auf dem einen oder anderen Weg. Zudem würde jede weitere Information hilfreich sein, um zu verstehen, was hier vor sich ging.

David war ebenfalls froh darüber, dass die Stille gebrochen wurde. Er fühlte sich unglaublich unwohl hier. Was sowohl die Tatsache betraf, dass es ihn verrückt machte nicht zu wissen was das alles bedeuten sollte. Das Blut an der Hauswand dieser Leute passte so gar nicht in das Schema rein, was der Ripper sonst an den Tag gelegt hatte. Dazu noch der leichte Geruch von Erbrochenem, der von Hendrik Kamp ausging, machte es ihm nicht leichter da zu sitzen.

„Dabei handelt es sich um Linda Naumann. Sie war 20 Jahre alt und hier in Paderborn Novizin. Heute Morgen wurde sie von dem Pfarrer der Kirche tot aufgefunden.“

Laura schlug die Hand vor den Mund. „Oh mein Gott“, presste sie hervor. David überhörte die blasphemische Äußerung, die in dieser Situation irgendwie ironisch klang. Hendrik hatte seine Stimme wiedergefunden.

„Warum denken sie dann, dass der Ripper das mit unserer Tür war?“ Er hatte es satt nicht zu wissen was hier los war.
Der Polizist seufzte. „Das Blut an ihrer Haustüre, mit der die Drohung geschrieben wurde, stammte von dem zweiten Opfer letzten Nacht, von Linda Naumann. Deswegen wissen wir, dass es der Ripper war.“ David fand, dass es reichte dies zu sagen. Bewusst verschwieg er weitere Einzelheiten, die das Ehepaar in dieser Situation nur noch weiter aufgebracht hatten. Denn der Ripper hatte die Frau nicht nur getötet, er hatte sie quasi geopfert.
Ein junger Mann, ebenfalls in dunklem Hemd bekleidet, betrat das Wohnzimmer. Einen Moment lang wirkte er sehr verloren auf der Türschwelle, wie ein kleiner Junge, der zum ersten Mal bei entfernten Verwandten zu Besuch ist, stand er da und schien die Situation erst einmal für sich einzuordnen.
„Das ist Silas Schmied. Mein Partner.“ Als hätte er durch Davids Worte die Eintrittskarte in diese fremden Räume bekommen, traute sich der Polizist nun vor.
„Freut mich“, sagte der junge Mann und gab erst Hendrik und dann Laura die Hand, die diese schwach drückten. Er schien mit der Situation ein bisschen überfordert zu sein und stellte sich hinter seinen Partner.
„Wie geht das jetzt alles weiter? Ich meine, wir können doch nicht einfach weiter machen, so als wenn nichts gewesen wäre.“ Die Frage brannte schon eine ganze Weile auf Hendriks Seele, doch als er sie nun stellte, klang seine Stimme dünn und zaghaft, als wenn er Angst vor der Antwort hatte.
„Doch, ich halte genau das für die richtige Vorgehensweise.“ Zwei schockierte Augenpaare blickten ihn an, aber als kein

Einwand zu folgen schien, sprach David weiter. „Wir werden natürlich Schutzmaßnahmen treffen, damit Sie sich sicher fühlen. Wenn Sie sich jetzt aber in ein Loch verkriechen oder gar untertauchen, dann vermute ich, werden wir keine Chance haben ihn zu finden. Ich bin ehrlich zu Ihnen, aber wir haben bis jetzt noch nicht sonderlich viel in der Hand was uns zu dem Täter führen könnte, bis jetzt war er zu vorsichtig. Doch jetzt wo wir wissen, dass er Sie beobachtet, haben wir einen großen Vorteil und können ihm zuvor kommen. Wir werden Sie und Ihre Töchter rund um die Uhr bewachen, das verspreche ich Ihnen. Wenn er zurück kommt, werden wir ihn erwarten", er machte eine kurze Pause und atmete schwer ein. „Ich habe gesehen, dass Sie keine Alarmanlage haben, Sie sollten sich eine Anschaffen." Davids Blick wandte sich an Hendrik und der fühlte sich, als wenn er ein Kind wäre, das von seiner Mutter bei etwas erwischt wurde, was er definitiv nicht tun durfte.

„Nein, haben wir nicht", gab Hendrik zu und ärgerte sich sofort über sich selbst, weil er noch nie darüber nachgedacht hatte eine installieren zu lassen. Bis jetzt hatte er einfach nicht daran gedacht, dass seiner Familie irgendetwas schreckliches geschehen könnte. So etwas passierte doch nur anderen Leuten. Jedoch waren sie jetzt zu den anderen geworden.

„Aber ich werde mich sofort darum kümmern."

Ein betretendes Schweigen folgte und David wäre am liebsten gegangen, alles wichtige war für ihn gesagt. Doch weil die Kamps noch immer wie angewurzelt da saßen, blieb auch er in dieser beklemmenden Situation sitzen. Der Raum kam ihm plötzlich stickig und heiß vor, obwohl es nicht seien konnte.

Im Flur nebenan stand die Haustür noch immer offen, an der seine Kollegen gerade nach Fingerabdrücken oder anderen verwertbarem Material suchten, und ein kühler Lufthauch trug eine Brise der Frühlingsluft in das Wohnzimmer. Trotzdem zupfte David an seinem Hemdkragen herum, in der Hoffnung besser atmen zu können.
Hendriks Körper fühlte sich taub an. So als wenn alle Glieder in ihm eingeschlafen wären, doch das ersehnte Kribbeln, das einsetzt, wenn wieder Blut durch seinen Körper fließt und die Gliedmaßen aufweckt, blieb aus. Er wusste nicht, wie er es schaffen sollte einfach weiter zu machen. Er konnte doch nicht wie sonst auch morgens aufstehen und joggen gehen. Nie wieder würde er seine gewohnte Strecke laufen können und auch nie wieder einfach so laufen gehen ohne dieses grausige Gefühl der Angst, dass hinter jeder Ecke etwas schreckliches warten könnte. Neuer Stoff für Alpträume, schoss es ihm sarkastisch durch den Kopf. Sein Magen begann sich wieder umzudrehen. Und arbeiten? Wie sollte er das denn machen? Morgens in einem Meeting sitzen, mit seinen Kollegen Kaffee trinken oder zu Mittag essen oder sich mit Klienten treffen und über deren Vorstellungen von der Zukunft reden. Einfach so. Wie sollte er das alles schaffen mit der Gewissheit, dass irgendwo in dieser gottlosen Stadt ein Irrer sitzt und davon träumt, wie er seine Frau abschlachtet. Hendriks Blick wanderte zu seiner Frau, die wie ein weinerliches Kleinkind in seinem Arm kauerte. Und wie sollte Laura normal weitermachen können? Sie könnte doch nicht seelenruhig in einer Vorlesung vor den jungen Menschen stehen und über die Auswirkungen von Shakespeares Werken auf die Gesellschaft

sprechen, wenn einer der Studierenden der Verrückte sein könnte, der ihr Heim mit Blut beschmiert hatte. Wie sollte sie ihre Töchter von der Schule oder von ihrer Mutter abholen und dann wie so oft mit ihnen einkaufen gehen? Ein Stich durchdrang Hendriks Herz. Seine Töchter. Wie sollte er mit ihnen umgehen? Konnte man ihnen sagen das ein Mörder hinter Mami her war und versuchte sie zu töten? Würden sie das verstehen oder sollte er sie besser belügen?
Doch die Medien würden bald von den neusten Vorfällen Bescheid wissen und ihr Haus belagern. Und was sollte er dann sagen?
Es dauerte einen Moment, bis sich Hendriks Blick wieder scharf stellte und ihm bewusst wurde, dass sie minutenlang still da gesessen hatten ohne dass jemand etwas gesagt hatte. Hendrik suchte die Aufmerksamkeit des Ermittlers.
„Und unsere Töchter? Was sagen wir ihnen?" Er wusste sich in dem Augenblick nicht besser zu helfen als den Mann zu fragen, der eigentlich hier war, um ihm und seiner Frau Fragen zu stellen. Davids Herz wurde schwer. Die gleiche Frage hatte er sich auch schon gestellt, als er das Wohnzimmer der Kamps betrat und das gerahmte Familienfoto auf dem Kaminsims sah. Dass die beiden blonden Mädchen auf dem Bild ihre Töchter waren, war nicht schwer zu erraten, denn sie waren ihrer Mutter wie aus dem Gesicht geschnitten. Nur das Baby, das bei seiner Mutter auf dem Schoß saß, kam nach ihrem Vater.
Zwar war er nie in einer auch nur annähernd vergleichbaren Situation gewesen wie die Kamps jetzt, aber er war nun mal auch ein Vater und wusste was für Gefühle man hatte wenn

man seinem Kind ein Stück Naivität nahm und ihnen eine schreckliche Tatsache des wahren Lebens beibringen musste. Und das würde die bestialischste Wahrheit des Lebens sein, die er seinen Kindern je erzählen würde, dessen war David sich sicher.

„Am besten sagen Sie Ihnen was hier passiert. Die Ältesten werden es verstehen."

Hendriks Augen verdunkelten sich. „Was werden sie verstehen? Ich verstehe es ja selbst nicht", fuhr er den Mann an, der hier war um zu helfen. Silas trat von einem Fuß auf den anderen. Er wurde sichtlich nervös.

David hingegen ließ sich nicht aus der Fassung bringen von den scharfen Worten, die ihm entgegen gespien wurden.

„Sie werden verstehen, dass die nächsten Tage nicht einfach werden", erwiderte er sanft und Hendriks Gesichtszüge wurden weicher und man sah ihm an, dass ihm der Gefühlsausbruch leid tat. Beschämt über seine Reaktion sah er den Polizisten an.

„Entschuldigen Sie", sagte Hendrik zum zweiten Mal in diesem Gespräch. „Es ist nur einfach...." Er zuckte mit den Achseln weil ihm nichts einfiel, wie er den Satz hätte beenden können. Erschöpft sank er in sich zusammen und lehnte sich nach hinten.

Laura hingegen war nicht so ruhig wie ihr Mann. Am liebsten wäre sie aufgesprungen und hätte auf den Polizisten eingeschlagen und ihm sein Gesicht zerkratzt. Es war ihr Mutterinstinkt, der ihr sagte, dass es eine dumme Idee war ihren Töchtern zu erzählen was hier wirklich vor sich ging. Wenn es nach ihr gehen würde, dann hätte sie ihre Töchter schon

lange in Watte eingepackt und weggeschlossen, um sie vor all dem Bösen zu bewahren, was in der Welt auf sie lauerte. Wie würde es jetzt werden wenn sie versuchte ihren Kindern zu sagen dass der Mann, der so viele Frauen getötet hatte, hinter ihrer Mutter her war? Was für eine panische Angst würde das in ihren Mädchen auslösen und was für ein Trauma erst? Sie schluckte hart.
Die Stimme des Polizisten durchschnitt ihre Gedanken.
„Wenn sie möchten werde ich Ihnen einen unserer Therapeuten vorbei schicken, die für Krisensituationen ausgebildet sind. Damit Sie sich an ihn wenden können wenn Sie reden möchten. Natürlich wird er auch bei dem Gespräch mit Ihren Töchtern dabei sein, wenn Sie es wünschen."
Hendrik nickte, als wenn er dankbar für das Angebot war, aber in Wirklichkeit wusste er nicht was er davon halten sollte.
„Wir werden nun wieder auf das Revier fahren.", sagte David weiter und wartete eine Reaktion des Ehepaares ab. Erneutes Nicken von Hendrik signalisierte David, dass alle Fragen geklärt waren. Schwerfällig erhob er sich und steckte sich sein Hemd wieder in die Hose, das ihm herausgerutscht war und locker über seinen Bauch hing.
„Wenn Ihnen noch irgendetwas einfällt oder Sie Fragen haben, dann zögern Sie nicht mich anzurufen." Der groß gewachsene Mann legte eine Visitenkarte vor die beiden auf den Tisch, dann streckte er Hendrik die Hand entgegen. Einen Augenblick verharrte Hendriks Blick auf dem kleinen Stückchen Papier, auf dem das Emblem der Polizei von Paderborn gedruckt war, bevor er aufstand und den beiden Ermittlern die

Hand zum Abschied gab. Laura blieb sitzen und nickte den Männern nur kraftlos zu.
Ihr Blick wanderte wieder zurück zu ihren Händen, die gefaltet in ihrem Schoß lagen.
„Laura?“ Geistesabwesend schaute Laura auf und sah ihren Mann an, der vor ihr stand und sie fragend musterte. Sie war so sehr in ihren Gedanken gefangen, dass sie es gar nicht bemerkte, wie Hendrik die beiden Polizisten zur Tür geleitet hatte.
„Was?“, fragte sie verwirrt. Mit müdem Blick sah Hendrik seine Frau an.
„Ich hab gefragt, ob alles in Ordnung ist.“
Erschöpft ließ er sich neben Laura auf das Sofa fallen und legte seinen Arm um sie.
„In Ordnung?“, wiederholte sie kraftlos und stieß dabei ein verzweifelt höhnisches Lachen aus, das noch lange in Hendriks Kopf nachhallte.

16. Kapitel

Der restliche Tag, so kam es Laura zumindest vor, verging wie in Zeitlupe. Ewig lange noch waren Polizisten in ihrem Haus, stellten Fragen und suchten nach Hinweisen, die nicht da waren. Dann schließlich packten sie ihre Sachen und gingen. Doch keine zwei Minuten später standen bereits die nächsten Uniformierten vor ihrer Tür.

Es waren zwei hünenhaft große Männer, die sich als Kleine und Weidemann vorstellten. Hätte sie nicht verschiedene Namen gehabt, dann hätte Laura schwören können, dass es Brüder seien, so ähnlich sahen sie sich. Groß, breite Schulter, markante Gesichtszüge und schmale Lippen über die bestimmt selten ein Lächeln ging. Dazu trugen sie ihre blonden Haare beide in einem Kurhaarschnitt, von dem Laura geglaubt hatte, dass niemand außerhalb der Bundeswehr sich solch einen Schnitt hätte freiwillig verpassen lassen.

„Wir werden auf sie aufpassen“, hatte der große plumpe Mann mit einer durchdringenden tiefen Stimme gesagt. Laura wusste schon jetzt nicht mehr, wer von beiden wer war. Der andere Mann nickte zustimmend. Doch leider beruhigte Lauras das keinesfalls. Und auch die Waffen, die die beiden am Gürtel trugen, gaben ihr kein besseres Gefühl.

Wenn dieser Irre sie haben wollte, dann würde er bestimmt einen Weg finden. Laura versuchte ihre Ängste nach unten zu schlucken und nickte ebenfalls.

„Zeigen Sie uns bitte die anderen Eingänge zum Haus, damit wir wissen, wo die potenziellen Schwachstellen sind“, bat einer der Hünen und der andere stieß ein zustimmendes Grunzen aus.

Der Eindruck, den die Polizisten auf Laura machten, dass sie nicht sonderlich intelligent waren, bereitete ihr Magenschmerzen. Doch gleich im nächsten Moment schämte sie sich für ihre Gedanken, immerhin waren die Männer hier, um sie zu beschützen.
Hendrik führte die beiden Polizisten durch die Räume, in denen sich zuvor bereits etliche andere Polizisten auf der Suche nach Spuren ausgebreitet hatten. Laura kam es einfach nur sinnlos vor. Der Irre war immerhin nicht in ihrem Haus gewesen. Sie selbst machte jeden Abend einen Rundgang durch das Erdgeschoss und vergewisserte sich, dass alle Türen und Fenster geschlossen waren. Wäre dieser Mann ins Haus eingedrungen, dann wäre das ihnen heute Morgen aufgefallen. Außerdem, wenn er es geschafft hätte hineinzukommen, dann hätte er bestimmt sein Ziel erreicht und sie würde jetzt nicht mehr Leben. Der Gedanke daran, dass er sie alle hätte im Schlaf töten können, erst ihren Mann und dann sie, ängstigte Laura auf eine Art und Weise, die sie nicht für möglich gehalten hätte. *Und du weißt, was dann passiert wäre?*, flüsterte ihr eine bösartige Stimme in ihrem Inneren zu. Sie versuchte nicht auf sie zu hören, aber sie drang so impulsartig durch ihr Mark, dass es ihr nicht gelang sie zu ignorieren.
Dann hätte er deine Kinder umgebracht. Eine nach der anderen hätte er sie aufgeschlitzt. Ganz zum Schluss hätte er das Baby abgestochen.
„Halt die Klappe“, schrie Laura die höhnisch lachende Stimme in sich an. Abrupt blieb sie stehen und ihr ganzer Körper zitterte vor Erregung. Wütend ballte sie ihre Hände zu Fäusten und ihre Fingernägel bohrten sich in das weiche

Fleisch ihrer Handflächen. Ihr Mutterinstinkt war geweckt und stand auf Kämpfen. Sie biss die Zähne zusammen und rieb sie aufeinander, was einen unbeschreiblich widerlich schrillen Ton in ihrem Kopf erzeugte. Aber alles war besser als die Stimme in ihr, von der sie nicht wusste wo sie herkam.
„Alles in Ordnung?“, erneut wurde Laura aus ihren Gedanken gerissen. Verwirrte Augenpaare schauten sie an. Doch es war der Blick ihres Mannes, der ihr einen Schauer über den Rücken laufen ließ. Aus seinen dunklen braunen Augen, die sie immer so geliebt hatte, schaute er tief in ihr Innerstes. Völlig perplex starrte Laura ihn an. Täuschte sie sich oder lag Genugtuung in seinem Blick? Und war da ein leichtes Lächeln auf Hendriks Lippen? Entgeistert nickte sie und winkte ab, konnte aber ihren Blick nicht von dem Gesicht ihres Mannes lassen. Eine panische Angst mischte sich unter die Wut, die sie noch vor wenigen Sekunden empfunden hatte.
„Es ist alles in Ordnung, ich war nur in Gedanken“, sagte Laura so leise, dass es einem Flüstern glich.
„Ok, Frau Kamp“, erwiderte Kleine oder Weidemann. Sie hatten inzwischen ihren Rundgang beendet, denn außer der Eingangstür, den Fenstern und der Tür zum Garten hinaus, gab es keinen andern Weg ins Innere des Hauses.
Wie ein Käfig mit nur zwei Ausgängen, schoss es ihr durch den Kopf.
Einer der Männer wendete sich an Hendrik.
„Am besten besorgen Sie sich eine Alarmanlage. Es ist schon spät.“ Er schaute auf die schwere goldene Uhr, die er an seinem klobigen Handgelenk trug. „Aber wenn Sie jetzt gleich eine Firma anrufen und ihnen Ihre Lage schildern, könnte das

alles bestimmt beschleunigt werden. Herr Kamp?“ Kleine und Weidemann sahen das Ehepaar verwirrt an. Wie als würden sie bei einem Tennisturnier zusehen, wanderten ihre Köpfe von links, da wo Hendrik an der Küchentür stand zu Laura rechts, die am Tresen lehnte.
In Lauras Augen lag Angst, kein Wunder bei den Umständen. Doch in Hendriks Blick lag etwas, was keiner der Polizisten zuordnen konnte. Langsam wandte Hendrik seinen Kopf zu den beiden Männern und es schien, als würde er in diesem Augenblick aus einer Trance erwachen.
„Was sagten Sie?“, fragte er mit ehrlichem Interesse. Seine Gesichtszüge entspannten sich und das höhnische Lächeln wich einem falschen, aber freundlichen, solch einem, was wohl in so einer Situation angebracht war.
„Alarmanlage“, raunzte Kleine, sichtlich verunsichert.
„Ich werde mich gleich darum kümmern“, sagte Hendrik und sein Lächeln wurde breiter.
Zufrieden nickend, drehten sich die Polizisten um und ließen die beiden Eheleute schließlich in dem riesigen Haus alleine.
„Wir werden im Streifenwagen vor ihrem Haus parken. Wenn irgendetwas sein sollte, dann rufen Sie uns einfach“, mit diesen Worten verabschiedeten sich die beiden.
Wie zwei Kinder, die an einem verregneten Tag nichts mit sich anzufangen wussten, standen Hendrik und Laura in dem kühlen Flur und starrten die Tür an, die sich gerade hinter den Polizisten geschlossen hatte.
Angewurzelt stand Laura dort und wusste nicht, was sie tun sollte. Was sollte man auch nach so einer Situation machen? Sollte sie jetzt ganz normal weiter machen, wie sie es getan

hätte, wenn das nicht passiert wäre? Wenn nicht ein Verrückter eine Morddrohung mit Blut einer angehenden Nonne an ihre Tür geschmiert hätte. Sie hätte Clara zu ihrer Mutter gebracht und wäre dann in die Uni gefahren. Doch das war jetzt ausgeschlossen. Selbst der Gedanke daran kam ihr so lächerlich vor, dass sie hätte anfangen können zu lachen.
„Ich werde im Büro anrufen und sagen, dass ich erst mal nicht komme." Hendriks Stimme klang kalt und distanziert. Laura wandte sich ihrem Mann zu und nickte.
„Ich werde meine Mutter anrufen und fragen, wie es den Mädchen geht."
Hendrik nickte. Kraftlos sah er seine Frau an und wusste ebenfalls nicht was er tun sollte. Sie in den Arm nehmen oder es lassen? Aber irgendetwas war eben in der Küche zwischen ihnen passiert, doch konnte er nicht sagen was. Er entschied sich Laura vorerst in Ruhe zu lassen und drehte sich wortlos um, um in der Küche zu telefonieren. Laura sah ihm nach und fühlte sich plötzlich eigenartig erleichtert, als sie alleine im Flur war.
Irgendwie war ihr in seiner Nähe nicht wohl gewesen. Vorhin, als er sie den halben Morgen im Arm gehalten hatte, da hatte es sich nicht so wohlig angefühlt, wie sie es gewohnt war. Sonst fühlte sie sich in seinen Armen und in seiner Nähe immer so geborgen und beschützt, aber heute war es anders. Hendrik war angespannt seine Nähe war irgendwie erdrückend.
Sie war sich dessen bewusst, dass das Ganze für ihren Mann auch nicht einfach war, aber immerhin ging das alles gegen sie. Und sie musste jetzt an sich denken und an ihre Töchter.

Mit Beinen, die sich anfühlten, als seien sie mit Blei befüllt, stieg sie die Treppe hinauf in den ersten Stock, um ihre Mutter anzurufen. Ihr Bauch rumorte, als die durch den Flur zum Schlafzimmer ging. Die Stille fühlte sich nicht richtig an. Selbst wenn die Kinder in der Schule oder bei Freunden waren, kam es ihr nie so still vor. Dieses komplette Fehlen von Geräuschen kam ihr falsch vor. Mit hängenden Schultern schleppte sie sich ins Schlafzimmer. Es folgte eine lange Stunde, die ihr schier endlos vorkam und in der Laura nervös durch das Zimmer wanderte. Erst setzte sie sich hin, stand wieder auf, ging zum Fenster und schaute hinaus, bevor sie wieder zum Bett zurückkehrte und sich niederließ nur um sekundenspäter wieder aufzuspringen und ihre rastlose Wanderung fortzusetzen. Draußen schaute sie auf den Polizeiwagen und auf vereinzelte Nachbarn, die mit verstohlenen Blick ihr Haus musterten und sich fragten was bei ihnen vor sich ging. Da drüber, dass noch keiner den Mut gefunden hatte rüber zu kommen und zu fragen was passiert sei, war Laura sehr dankbar. Nach dem ersten Klingeln des Telefons hatte Annette den Hörer schon abgenommen und angespannt gefragt, ob alles in Ordnung sei. Eigentlich hatte Laura sich vorgenommen nicht zu weinen und stark zu sein, aber bei dem Klang der Stimme ihrer Mutter, konnte sie die Tränen nicht mehr halten. Laura erzählte was David Neumann ihnen über die beiden Opfer von letzter Nacht erzählt hatte und von wem das Blut stammte, worauf hin ein langes Schweigen folgte. Auch wenn sie ihre Mutter in dem Augenblick nicht sehen konnte, wusste sie genau, dass Annette kreidebleich sein musste und sich bestimmt an irgendetwas festhielt, um nicht ohnmächtig zu werden.

„Was passiert jetzt?“, fragte sie schließlich nach einer angespannten Pause.
Laura seufzte und sagte, dass sie später vorbei kommen würde und sie sich dann darüber Gedanken machen würden. Jetzt gerade musste sie erst mal selbst alles für sich ordnen. Als Annette den Hörer an Hannah weiter gab, versuchte Laura sich mit letzter verbleibender Kraft zusammen zu reißen, doch vereinzelte Tränen liefen ihr immer noch über die Wangen, während sie versuchte ihr Kind zu beruhigen.
Hannah war schon immer eine hartnäckige Persönlichkeit gewesen und ihre Großmutter so lange bedrängt, bis die ihr letzten Endes gesagt hatte, was passiert war. Laura konnte es ihrer Mutter nicht verdenken. Sie hätte in solch einer Situation wahrscheinlich ebenfalls so gehandelt. Immer wieder fragte Hannah warum das passierte und ob ihre Mutter diesen Mann kannte. Müde erklärte sie ihr, dass was sie schon unzählige Male heute irgendwem erklärt hatte.
„Wenn ich heute Abend da bin, dann versuche ich dir so viel zu erklären wie ich kann, mein Schatz“, das waren schließlich die Worte die Hannah locker lassen ließen. Sie weinte zwar noch immer als sie den Hörer an ihre jüngere Schwester weiter gab, aber Laura hatte das Gefühl sie zumindest etwas beruhigt zu haben, was ihr für einen winzigen Moment ein gutes Gefühl gab.
Als Lia sich allerdings zu Worte meldete, rutschte das wohlige Gefühl in Laura von ihr ab und klatschte zu Boden.
Lias Stimme war ruhig und kalt und während ihres Gespräches schien sie nicht zu weinen. Vielleicht hatte ihre Großmutter ihren Enkelinnen gesagt, dass sie nicht weinen sollen

und Lia hatte es mit ihrer kindlichen Unschuld für voll genommen und zwang sich es nicht zu tun, was ihrer Stimme eine Reife verlieh, die Laura nie für möglich gehalten hätte.
„Passt Papa auf dich auf?“, fragte sie leise, sodass es einem Flüstern glich.
„Ja, das macht er“, antwortete Laura und schluckte den faden Beigeschmack mit runter, der bei den Worten aufkam.
„Und zwei Polizisten sind hier, die auch auf mich Acht geben. Tag und Nacht. Mir wird hier nichts geschehen.“ Das auch ein Streifenwagen vor dem Haus ihrer Mutter parkte, der auf ihre Töchter aufpasste, verschwieg sie. Wenn sie es tun würde, dann könnten ihre Kinder auf die Idee kommen, dass sie selbst in Gefahr waren und dass es nicht nur eine Vorsichtsmaßnahme war. Und solange die Mädchen sich nicht selbst um sich sorgten, wollte Laura ihnen das auch nicht sagen.
„Wird er dir weh tun?“ Lias Stimme klang unsicher, als wenn sie sich nicht sicher war, ob sie so etwas fragen durfte. Ein kalter Schauer lief Laura über den Rücken und da sie die Antwort darauf nicht wusste, log sie.
„Nein, das wird er nicht“, sagte sie mit einer Schwere in der Stimme, die sie selbst verunsicherte.
Als Annette dann wieder am Telefon war, atmete Laura auf. Mit ihren Töchtern über alles zu reden hatte ihr große Angst bereitet, die nun stückchenweise von ihr abfiel.
„Ich komme später vorbei.“ Erschöpft rieb sie sich die Augen.
„In Ordnung mein Kind.“
„Mama?“, fragte Laura und klang plötzlich als wäre sie noch ein Kind und keine gestandene Frau.
„Ja?“

„Ich habe Angst." Sie presste den Telefonhörer so fest ans Ohr, dass alles Blut aus ihnen wich und hielt die Luft an, um nicht hysterisch los zu flennen. Für einen Moment wollte sie auch nur ein Kind sein und den Zuspruch einer Mutter bekommen, die einem das Gefühl gab, dass alles wieder gut werden könnte. Doch Annette war nie solch eine Mutter gewesen, die ihr Kind in den Arm nahm, um es zu trösten. Wäre sie vielleicht selbst liebevoller und verständnisvoller erzogen worden, dann hätte sie es vielleicht auch zu ihrer Tochter sein können, aber so war es nun mal nicht gewesen, deswegen sagte sie das erste, was ihr in den Sinn kam.
„Ich auch."
Eine bedeutsame Stille folgte, in der Laura ihre Mutter schwer durchs Telefon atmen hörte.
„Sei stark!", fügte Annette dann noch hinzu. Laura seufzte. Sie hatte keine Zeit darauf zu warten, dass ihre Mutter ihr das gab was sie in dem Moment brauchte, also musste sie wie immer alleine zurechtkommen.
„Ich versuch's", erwiderte sie und legte dann auf.
Einen Moment lang blieb sie auf dem Bett sitzen und starrte das Smartphone in ihrer Hand an. Ihre Mutter war schon immer die stärkere von ihren Eltern gewesen und hatte auch ihre Tochter zur Stärke erzogen.
„Sei dir stets selbst eine Festung", hatte sie ihr schon so viele Male gesagt, dass es zum Schlachtruf ihrer Kindheit geworden war.
Laura hatte immer versucht diesem Ratschlag zu folgen, aber jetzt gerade wusste sie nicht, wie sie das tun sollte, wenn selbst ihre Mutter so aufgelöst war. Es war immer einfacher

stark zu sein, wenn man jemanden hatte, der hinter einem stand und der einen auffangen konnte, wenn es nötig war. Selbst wenn man es nicht brauchte, die Gewissheit bewirkte manchmal wahre Wunder. Allerdings hatte sie gerade niemanden hinter sich. Sonst hatte sie immer ihren Mann auf den sie sich verlassen konnte. Jedoch stimmte mit ihm im Moment irgendwas ganz und gar nicht, sodass sie ihn eigentlich nicht hinter sich haben wollte. Er verhielt sich so merkwürdig die letzte Zeit. Ständig war er gereizt und angespannt und dann hatte er auch noch aus heiterem Himmel heraus Clara angebrüllt. Ihr kleines süßes unschuldiges Mädchen einfach so angeschrien und das nur, weil sie nachts weinte. Laura hatte den Schock in Hendriks Augen gesehen, als ihm bewusst wurde was er da gerade getan hatte und auch hatte sie die Reue gespürt, die er später empfand, aber das war für sie nicht zu entschuldigen. Sie wusste nicht, wie sie mit dieser Situation umgehen sollte, geschweige denn darauf reagieren. Und als wenn es noch nicht schlimm genug wäre, dass ihr Mann sich so seltsam verhielt, war da noch dieser Verrückte.
Damals an der Uni, nachdem er Emilie getötet hatte, war es ihr egal gewesen, wenn er auch sie noch holen würde. Sie war alleine, hatte nichts im Leben, woran sie hing. Und das Einzige was ihr einen Sinn gab war Emilie und die hatte er ihr genommen. Jetzt allerdings, 21 Jahre später, sah die Sache anders aus. Sie hatte ihre Kinder, ihren Mann und einen Job den sie liebte. Jetzt würde sie nicht mehr wollen, dass er sie holte. Doch es schien so, als wollte er genau das. Als hätte er nur darauf gewartet, bis er ihr weh tun könnte und ihr alles nehmen, woran sie hing.

Laura musste lächeln, aber es war ein bitteres zynisches Lächeln. Es kam ihr vor, als wenn irgendwo jemand saß und dieselbe Platte auflegte wie vor 21 Jahren. Wieder war sie in dieser Schockstarre gefangen und wieder stand ihr David Neumann entgegen. Obwohl sie sich gewünscht hätte, dass es unter anderen Umständen sein würde, sollte sie ihm je wieder begegnen. Sie hatte den großen dunkelhaarigen Mann früher sehr gemocht. Damals kam es ihr so vor, als wenn er der Einzige war, der sie wirklich verstand, auch wenn dieser Gedanke wahrscheinlich völlig abwegig war. Er war es aber gewesen, der sie nach Emilies Beerdigung im Arm gehalten hatte und ihr über den Rücken streichelte, solange bis ihre Tränen versiegt waren und das hatte lange gedauert.
Hatte David sie wohl ebenfalls wieder erkannt? Auch diese Frage schwebte bereits den ganzen Tag als leises Hintergrundgeräusch in ihrem Kopf umher. Es war inzwischen doch schon so viel Zeit vergangen. Sie hatte einen anderen Namen angenommen und auch hatten die Jahre Spuren hinterlassen. Wenn er sie auf früher ansprechen würde, nahm sie sich vor, dann würde sie mit ihm darüber reden, sonst nicht. Ansonsten könnte das Narben aufreißen von denen Laura froh war, dass sie verheilt waren. Wenn auch nur schlecht, aber sie waren zu und sollten es auch bleiben. Ob er sich wohl an das Versprechen erinnert das er ihr gegeben hatte?
„Ich werde ihn finden, das verspreche ich dir." An diesen Worten hatte sie sich so lange aufgezogen, denn der Gedanke, dass dieser Mann, der ihrer Freundin das angetan hatte, dafür bezahlen müsste, war für sie tröstlich gewesen. Doch die Zeit war vergangen, er wurde nicht gefasst, die Worte verloren

ihre tröstende Kraft und waren irgendwann nur noch eine leere Phrase.

Abrupt stand Laura auf, als sie hörte wie die Haustür aufgestoßen wurde. Sie öffnete ~~sie~~ das Fenster und streckte ihren Kopf in die lauwarme Frühlingsluft. Tatsächlich stand die Haustür weit offen. Mit einem bitteren Geschmack im Mund sah Laura ihrem Mann dabei zu, wie er mit gelben Gummihandschuhen, die bis zu seinen Ellenbogen reichten, vor der beschmierten Tür stand und sie bewegungslos anstarrte. Einen Moment lang befürchtete sie, dass er wieder in eine Trance verfallen war wie heute Morgen, bevor er das Blut sah. Dann aber bückte er sich und holte aus dem Eimer, der neben ihm stand, einen blauen Lappen, wrang ihn aus und begann mit kräftigen kurzen Bewegungen das getrocknete Blut weg zu schrubben. Es begann bereits in schmierigen roten Flüssen das Holz hinunter zu fließen, als in Laura eine Mischung aus Erleichterung und Ekel aufstieg. Sie selbst hätte nie die Kraft dazu aufgebracht, die schrecklichen Worte zu entfernen. Sie hätte bestimmt das Bewusstsein oder schlimmer noch den Verstand dabei verloren. Doch dieses unwohle Gefühl, das sie beim Betrachten ihres Mannes begleite, ließ sie nicht los. Angewidert wandte sie sich ab und setzte sich wieder aufs Bett.

Die Luft war warm und stickig im Schlafzimmer. An einem normalen Tag hätte sie schon längst die Fenster aufgerissen und frische Luft in das Zimmer gelassen, aber heute war kein normaler Tag und sie war froh darum, dass sie die Außenwelt für einen Moment aussperren konnte. Hier in ihrem Schlafzimmer fühlte sie sich wohl und behütet und niemand würde ihr hier jemals etwas antun können.

Sie fragte sich, wie wohl die nächsten Stunden und Tage aussehen würden?
Entweder würde dieser Irre geschnappt oder er würde sie schnappen. Diese beiden Varianten waren die Einzigen, die Laura für wahrscheinlich hielt. Sie spürte wie sich ihr Magen zusammen zog. Erschöpft ließ sie sich nach hinten fallen und sank in das weiche Bett. Nur eine Sekunde lang wollte sie die Augen schließen, um nur einen winzigen Augenblick die Last von sich abzuschütteln, aber die Müdigkeit überkam sie schneller als erwartet.
Ihre Lider waren gerade zugefallen, da kam das gleiche schreckliche Gefühl zurück, das sie auch damals schon vor 21 Jahren heimgesucht hatte.
In ihrem Traum war es Nacht und sie ging über die Rasenfläche auf ihr Haus zu. Die Grashalme kitzelten ihre nackten Füße. Kein Mond war am Himmel zu sehen und doch erhellte ein schummriges Licht, das aus dem nichts zu kommen schien, die Straße. In einer anderen Situation hätte Laura die Szene vielleicht als romantisch empfunden, aber sie spürte das Böse, das auf ihr lastete. Es war alles andere als romantisch. Es erschien ihr kalt und grausam. Ihre Nackenhaare stellten sich auf und eine Gänsehaut überzog ihren ganzen Körper. Vor ihrer Haustür stand jemand und auch wenn die Person ihr den Rücken zugedreht hatte, wusste sie genau wer es war. Und dann konnte Laura sehen was das Wesen tat und ihr entwich ein schmerzverzerrtes Stöhnen.
Wie jemand der seine Feder in ein Gefäß mit Tinte tunkt, steckte dieses Wesen seine langen dürren Finger in die offene Wunde, die ihm am Bauch klaffte, was ein widerwärtiges

schmatzendes Geräusch von sich gab. Dann hob sie ihre Hand und schrieb in langsamen Zügen seine Schreckensbotschaft an die weiße Tür, die merkwürdig zu leuchten schien.
Dunkle, fast schwarze Flüssigkeit lief aus dem schwarzen Krater in dem Magen der Kreatur und floss wie ein schrecklicher Bach aus ihr heraus.
Hätte sie gekonnt, dann hätte Laura geschrien, aber sie konnte nicht. Ihr ganzer Körper war wie gelähmt. So sehr sie es auch versuchte, sie konnte sich nicht abwenden. Als würde eine unsichtbare Hand ihren Kopf umklammern und ihn gewaltsam festhalten, damit sie das abstoßende Schauspiel beobachten konnte, was sich ihr bot. Plötzlich wandte das bleiche tote Ding seinen Kopf und starrte seine Freundin aus blutunterlaufenen Augen an. Als hätte es Blut geweint, waren rot braune Tränenflüsse unter ihren Augen. Blasse Haut, die wie weißes Leder aussah, rutschte dem Wesen von den Knochen, welches einmal Emilie gewesen war. Frisches Blut lief an ihrer Stirn hinab und verklebte die wenigen Flusen, die ihr noch von ihren Haaren geblieben waren, zu einem braunen Klumpen.
Einen schrecklich langen Augenblick starrte es Laura an. Ihre damals so schönen braunen Augen waren jetzt komplett weiß, nur noch das Schwarz ihrer Pupillen war geblieben. Fast nachdenklich neigte es den Kopf und ihr Blick schien zu schwimmen.
„Komm zu mir“, brachte eine kratzige Stimme vor. Ein irres Lächeln zog sich über die toten Lippen und der Blick des Wesens wurde wahnsinnig. „Er wird dich holen“, grinste es weiter, „und du kannst nichts dagegen tun. Auch wenn du dich sicher fühlst, du bist es nicht.“ Ein schreckliches Lachen

brach aus der Kehle des Wesens hervor und erfüllte die Luft mit Wahnsinn. Laura war wie eingefroren. Sie konnte sich nicht bewegen oder denken. Ihr Blick war nur auf das Ding gerichtet, das sich nun komplett umdrehte und sich auf staksigen Beinen auf den Weg zu ihr machte.

Gerade in dem Moment als es vor ihr stand, die bleiche knochige Hand bereits ausgestreckt, um sie in seinen Abgrund zu reißen, schrie sie jemand aus der Entfernung an.

„Wach auf!“ Wild schüttelte Hendrik seine Frau und riss sie aus ihrem Alptraum. Besorgte braune Augen starrten in panisch aufgerissene Blaue.

Es dauerte einen Moment lang bis Laura wieder zu sich kam und begriff wo sie war. Noch immer hörte sie das schreckliche Lachen des Dings, das einmal ihre Freundin gewesen war.

Am liebsten hätte sie sich von ihrem Mann losgerissen, aber seine Finger krallten sich so fest in ihre Arme, dass sie sich nicht bewegen konnte.

„Es ist alles gut, du hast nur schlecht geträumt“, sagte er mit fester Stimme und starrte sie an. Sein Gesicht war blass, angstverzerrt und wild.

„Hendrik!“, sagte Laura, aber es war ein Flüstern und Hendrik nahm es nicht war in seiner Erregung.

„Es ist alles gut!“, wiederholte Hendrik und schüttelte seine Frau erneut. Seine Finger bohrten sich in das weiche Fleisch an ihren Armen.

„Du tust mir weh!“, schrie Laura ihn plötzlich an.

Schockiert sah Hendrik sie an und sein Griff wurde lockerer.

„Du hast so geschrien. Ich wollte dich doch nur wecken“, sagte er schließlich entschuldigend und rutschte ein Stück von ihr weg. Sein Gesicht spannte sich voll Schuldgefühlen an. „Es tut mir leid.“ Wie ein kleiner Junge, der von seiner Mutter ausgeschimpft wurde, kauerte er auf dem Bett und wartete darauf das Laura irgendwas sagte. Laura rieb sich die schmerzenden Arme. Auf einmal tat es ihr leid, dass sie ihren Mann so angeschrien hatte. Das Ganze war für Hendrik auch nicht leicht und dann hört er seine Frau panisch schreien. Kein Wunder, dass er ebenfalls panisch reagierte.

„Mir auch“, sagte sie mit fester Stimme und wusste nicht recht, wofür sie sich entschuldigte.

„Es ist alles so...“ Seine Stimme brach ab und er zuckte mit den Schultern, weil er nicht weiter wusste.

„Ich weiß“, antwortete sie und verstand ihn voll und ganz.

Ein Hauch Erleichterung glitt über sein Gesicht und seine Züge entspannten sich. Trotzdem entstand eine unangenehme Stille zwischen den beiden, bis Hendrik aufstand und durchs Zimmer lief, ähnlich wie Laura zuvor.

„Ich habe mit einer Firma telefoniert die auf Sicherheitsanlagen rund ums Haus spezialisiert ist“, er machte eine Pause als erwartete er, dass sie etwas darauf erwidert.

„Christian hat sie mir empfohlen. Sie ist zwar nicht günstig, aber dafür die Besten sagt er. Der Besitzer sagte mir, dass sie erst in drei Wochen Zeit dafür hätten, aber ich habe ihm unsere Situation erklärt. Er wird heute noch jemanden vorbei schicken. Natürlich gegen Aufpreis.“ Hendrik zuckte mit den Schulten.

„Ist in Ordnung“, sagte Laura und war erleichtert, dass es so schnell ging. Sobald das Haus gesichert war, würde sie sich sicherer fühlen. Was es kosten würde war egal.

„Dann habe ich noch mit meinen Eltern telefoniert. Sie konnten es erst nicht glauben was ich ihnen erzählt habe. Meine Mutter war so aufgelöst und hat geweint und auch mein Vater war total neben der Spur.“
Laura hatte keinerlei Lust darüber eine Konversation zu führen, deswegen sah sie ihren Mann nur an und nickte ab und zu.
„Wenn wir irgendwas brauchen sollen wir uns melden und auch wenn sie die Kinder für eine Weile nehmen sollen.“ Ein falsches Lächeln ging über sein Gesicht. „Wie geht es den Mädchen?“ Die Frage klang gequält, so als hätte Hendrik Angst vor der Antwort.
„Es geht. Sie sind stark.“ Laura seufzte, weil sie nicht wusste, ob das stimmte. Sie hatte sie zur Stärke erzogen, aber erst in schwachen Momenten erkannte man die Stärke in sich.
„Ich werde jetzt zu meiner Mutter fahren und nach ihnen sehen.“ Sie stand auf und strich die weiße zerknitterte Bluse glatt, die sie heute Morgen noch frisch gebügelt vom Harken genommen hatte. Ihr Make-up war verschmiert und man sah deutlich, dass sie geweint hatte, doch es interessierte sie nicht.
„Kommst du mit?“, fragte sie nach einer Pause.
„Die Sicherheitsfirma wollte in einer Stunde vorbei kommen und dann sollte ich besser da sein“, sagte Hendrik entschuldigend und Laura war seltsam erleichtert über die Antwort. Sie nickte. Noch einen Moment lang stand sie befangen vor ihm und wusste nicht wie sie sich verabschieden sollte. Dann brachte sie ein müdes Lächeln zustande, sagte „Bis später!“, was er mit einem Nicken beantwortete und ließ ihren Mann alleine in dem großen leeren Haus zurück.

17. Kapitel

David drehte den Wasserhahn auf und wartete darauf, dass der Wasserstrahl kalt wurde, bevor er sich die kühle Flüssigkeit ins Gesicht spritzte. Eine erfrischende Woge breitete sich in ihm aus und er spürte wie sich seine Gedanken neu ordneten.

Er fühlte sich wie ein überhitzter Motor, der, wenn er zu heiß gelaufen war, einfach den Dienst verweigerte und erlosch. Dann musste man warten bis er sich abkühlte, bevor man versuchen konnte ob er wieder ansprang. Die letzten Stunden waren anstrengend gewesen, obwohl er eigentlich nichts getan hatte, außer in dem kleinen stickigen Büro zu sitzen und sich den Kopf zu zerbrechen. Irgendwann hatte er es dann einfach nicht mehr ausgehalten und die Wände in seinem Büro schienen immer näher zu kommen. Dann war er hinausgestürmt und zu den Toiletten gehetzt, wo er jetzt immer noch stand.

Bereits gestern, nachdem zwei neue Leichen gefunden wurden und dieser Irre dann auch noch die Haustür dieses Paares mit Drohungen beschmiert hatte, hatte er mit seinen Kollegen den Tag im Büro verbracht, auf die zwei riesigen Tafeln gestarrt, an der die Beweise und die Tatortfotos von den Opfern hingen, und versucht dieses Puzzle zu lösen, bei dem kein Teil zu dem anderen passte.

Zumindest hatten sie bereits einen Teilerfolg. Bei Jennifer Bachmann, der Prostituierten fand man zwei einigermaßen gut erhaltene Fingerabdrücke am Hals unterhalb des Kinns. Einen Daumen und einen Zeigefinger. So als hätte der Mörder das Gesicht seines Opfers zu sich hoch gewandt, um ihm noch einmal in die Augen blicken zu können. Als David gestern

gehört hatte, dass sie endlich etwas hätten, hätte er vor Freude ausrasten können. Es gab ihm nochmal einen Schub Motivation, einen den er nicht aus seiner Verbitterung bezog und darauf hatte er gehofft.
Doch der Dämpfer ließ nicht lange auf sich warten. Heute Morgen waren die Ergebnisse des Abgleichs der Abdrücke mit der Datenbank der Polizei angekommen und es hatte sich heraus gestellt, dass sie zu keiner Person passten, die dort registriert war. Somit waren sie solange wertlos, bis sie jemanden fanden, zu dem sie passten. Und wer konnte schon sagen wann oder ob das jemals passieren würde.
Daraufhin hatte David veranlasst die Fingerabdrücke mit denen zu vergleichen, die sich auf der Haustür der Kamps befanden und auch die der Familie zu nehmen. Davon erhoffte er sich, dass man wenigstens ausschließen konnte, das ein Trittbrettfahrer am Werk war. Denn wenn die Abdrücke, die auf der Leiche der Prostituierten gefunden wurden, mit irgendwelchen auf der Haustür überein stimmten, dann hätte man zumindest das gewusst.
„Das dauert aber“, kam als Antwort vom Labor auf seine Anfrage. „Die Haustür war ein Sammelsurium von Fingerabdrücken. Schwer zu sagen, ob die des Mörders dabei sind. Erstmal muss ich alle sortieren und zuordnen und dann mit der Datenbank abgleichen.“
„Mach es einfach!“, hatte David daraufhin geknurrt. Er wollte nicht wissen wie viel Arbeit es machte, er wollte Ergebnisse und umso länger er quatschte, umso länger würde es dauern. Seine Kollegen hielten es für unnötig zu überprüfen, ob sich auf der Tür die gleichen Abdrücke befanden, weil David der

Einzige war, der glaubte es sei ein und derselbe Täter. Aber David wusste, dass es derselbe war und er wollte es den anderen endlich beweisen. Die Prostituierte passte einfach zu genau in das Schema des Rippers, ebenso wie die Vorgehensweise. Sein Bauchgefühl sagte ihm einfach, dass es derselbe war, auch wenn das Fehlen der Narbe dagegen sprach.
Das ernüchternde Ergebnis, dass die Abdrücke nicht in der Datenbank waren, hatte allen den Wind aus den Segeln genommen. Auch wenn er noch immer hoffte dass das Blut an der Haustür den entscheidenden Hinweis geben würde. Doch leider war es bis jetzt noch nicht geschehen und er taumelte weiterhin im Dunkeln umher.
Er spritzte sich erneut Wasser ins Gesicht und verfolgte den Weg der winzigen Tropfen im Spiegel, wie sie sein müdes und abgeschlagenes Gesicht hinabliefen und in dem dreckigen Waschbecken landeten, welches schon eine längere Zeit keinen Schwamm mehr gesehen hatte. Doch ihn störte das verdreckte Becken nicht. Er war hier, um den Kopf frei zu bekommen, seinen überhitzten Geist etwas zu beruhigen und dafür reichte das kühle Wasser allemal. Ansonsten, und dessen war er sich sicher, würde er jetzt im Hof stehen und sich eine Zigarette nach der anderen anzünden und das wollte er auf keinen Fall.
Den wenigen Schlaf in der letzten Zeit sah man ihm deutlich an. Bis tief in die Nacht hatte er in seinem Büro gesessen und war vor allen anderen heute Morgen wieder da gewesen.
Kaum drei Stunden hatte er in seinem Bett gelegen und vor sich hin gedöst, denn an Schlafen war nicht zu denken gewesen.

Als David gestern Nacht mit seinem alten Ford in die Einfahrt gebogen war, hatte er bereits das Licht gesehen, das noch im Wohnzimmer brannte. Elisabeth wartete auf ihn. Und auf einmal verspürte er Erleichterung, weil er ein paar beruhigende Worte von seiner Frau dringender als alles andere brauchte.
Jedoch hatte sie keine aufmunternden Worte für ihn. Geduldig hörte sie ihm zu, was es für neue Entwicklungen gab, bevor sie aus dem Nichts heraus anfing zu weinen. Völlig perplex stand David mitten in der Nacht in seinem Wohnzimmer, welches durch das Flackern des Fernsehers erhellt wurde, und wusste nicht was er tun sollte.
Elisabeth sagte ihm mit brüchiger Stimme, die immer wieder durch Tränen erstickt wurde, dass sie sich Sorgen um ihn machte. Der Fall beherrschte inzwischen sein ganzes Leben und sie würde das nicht mehr lange aushalten. Er sei zu einem Zombie geworden, der nichts mehr sah oder hörte was um ihn herum, außerhalb der Arbeit, passierte.
„Charlie läuft jetzt!", brachte sie hervor und es klang wie ein Vorwurf. „Marius hat mich heute angerufen und mir gesagt, dass er mehrmals versucht hatte dich anzurufen, um dir zu sagen dass dein einziger Enkel jetzt läuft, aber du hast ihn einfach nicht zurück gerufen." Neue Tränen erstickten ihre Stimme. Und plötzlich fühlte David sich schuldig. Ein unwohles Gefühl bereitete sich in seiner Brust aus und ließ sie verkrampfen. Sanft nahm er seine Frau in den Arm und gab ihr ein Versprechen, von dem er unmöglich wissen konnte, ob er es halten könnte.
„Es hat bald ein Ende, das verspreche ich dir. Ich spüre es."
Das waren die Worte die ihm die Nacht über immer wieder

durch den Kopf gegeistert waren während er im Bett lag. Genau das hatte er Laura auch schon vor so langer Zeit versprochen und bis jetzt hatte er es noch nicht einlösen können.
Er hoffte, dass es bald ein Ende haben würde, aber ob es wirklich so sein würde, wusste er nicht. Konnte er auch nicht.
Lange bevor der Wecker klingelte hatte er sich dann aus dem Haus geschlichen, um seine Frau nicht zu wecken. Dass sie ebenfalls die Nacht nicht geschlafen hatte, merkte David nicht und auch nichts davon, dass sie sofort wieder zu weinen begann, als er die Schlafzimmertür leise hinter sich schloss.
Sein schlechtes Gewissen begleitete ihn den ganzen Tag über. Er wusste genau, dass er in letzter Zeit neben sich stand und auch dass er für seine Frau nicht da war. Es schwebte schon lange zwischen den beiden, diese gewisse Anspannung. Alleine dadurch, dass seine Frau ihn nicht mehr wie sonst zweimal am Tag anrief, einfach nur um seine Stimme zu hören und ihn nach seinem Tag zu fragen, hatte er gemerkt dass etwas nicht stimmte. Und es bereitete ihm Kopfzerbrechen, aber er versuchte im Moment den Gedanken beiseite zu schieben. Es würde sich schon alles wieder normalisieren, sobald der Mörder gefasst war.
Denn David war fest entschlossen den Fall zu lösen. Das alles passte für ihn nicht zusammen und wenn es doch einen perfiden roten Faden in all dem Mischmasch gab, dann hatte er ihn noch nicht entdeckt. Aber auch jetzt gegen Mittag war er noch keinen Schritt weiter.
Gestern Morgen als er auf dem Weg zur Arbeit war, hatte Paul ihn angerufen und ihn mit den Worten „Das wird hässlich" zu einem neuen Tatort geschickt.

David gefror das Blut in den Adern, als ihm bewusst wurde, dass die riesige Kirche, die sich vor ihm aufbäumte, als er in die Straße einbog, der Tatort war den Paul meinte. Er parkte seinen Wagen zwischen den anderen Polizeifahrzeugen direkt vor der massiven steinernen Treppe, die den Weg zum Eingang bildete. David nickte seinem Kollegen zu, der an der gelben Polizeiabsperrung aufgestellt war, die die Schaulustige abhalten sollte und erklomm die Treppe.

Als er durch den riesigen Rundbogen trat, der den Eingang des Gotteshauses bildete, durchströmte seinen Körper ein Gemisch aus Ehrfurcht und Unwohlsein. Er selbst war nie sonderlich gläubig gewesen, aber Elisabeth war es dagegen schon. Sie hatte damals darauf bestanden kirchlich zu heiraten und auch darauf, dass die Kinder in ihrem Glauben getauft wurden. David hingegen war es ziemlich gleichgültig wo er seine Frau heiratete, Hauptsache er konnte sie heiraten. Zudem hielt er es nicht für verkehrt wenn seine Kinder im christlichen Glauben erzogen wurden, der viele Werte mit sich brachte, die er selbst für wichtig hielt. Jedoch hatte er sich nie wirklich wohl gefühlt in einer Kirche. Elisabeth war es immer, die ihn gebeten hatte mit ihr in den Gottesdienst zu gehen, sei es an Ostern oder an Weihnachten. Er selbst wäre damit zufrieden gewesen an Heiligabend auf dem Sofa sitzen zu bleiben und sich nach einem deftigen Essen ein Bier zu gönnen, aber seiner Frau zuliebe zog er sich seinen Mantel wieder an und begleitete sie.

Diese Kirche, die er jetzt betrat, war aus dem späten 18. Jahrhundert und ihr schlichtes Äußeres lies nicht erahnen, welcher Prunk sich im Inneren befand.

Massive goldene Verzierungen leuchteten von den Wänden und die kunstvoll aus unzähligen kleinen bunten Glassteinen gearbeiteten Fenster zeigten ganze Bibelszenen. Von jeder Wand starrten einen Heilige an und gaben einem das merkwürdige Gefühl beobachtetet zu werden.
David blieb einen Moment stehen und schaute sich ehrfürchtig um. Religion und Glaube hin oder her, solch ein imposantes Bauwerk sah man selten.
Bis sein Blick an dem riesigen Kreuz hängen blieb, welches über dem Altar hing, durchströmte ihn weiterhin die Ehrfurcht. Aber als er zu dem Altar blickte, der wie ein Thron auf einer Anhöhe ruhte, kehrte das Unwohlsein zurück und ein Schauer lief über seinen Rücken. Von weitem sah er bereits Joe, wie er um den Altar herum wuselte und plötzlich wusste David genau was Paul damit meinte als er gesagt hatte, dass es hässlich werden würde.
In langen Schritten, bei denen er sich seelisch darauf vorbereitete was ihn erwarten würde, ging er weiter in die Kirche hinein, vorbei an einem Haufen Sägemehl, das auf den Boden gestreut worden war, wo sich einer seiner Kollegen übergeben hatte.
Silas war wie so oft bereits am Tatort und stand mit bleichem Gesicht, einer Hand vor dem Mund zusammengeschlagen und seinen anderen Arm um den Magen geschlungen, neben dem Pathologen und beobachtete ihn bei seiner Arbeit.
Keine zwei Meter entfernt war David, als er den schwachen Geruch von Blut wahrnahm, der von der zerschundenen Frauenleiche ausging, die auf dem Altar lag, wie Fleisch auf einem Schlachtblock.

Mit jedem Schritt näher an den massiven Altar spannte sich sein Körper noch mehr und er hielt die Luft an, jedoch ohne sich dessen bewusst zu sein. Joe ließ sich nicht von der Arbeit abhalten, als David neben ihn trat und auch Silas hob nicht den Blick von dem verstümmelten Körper.
„Ach du...", brachte er zwischen zusammengebissenen Zähnen hervor und betrachtete die junge Frau in der Novizentracht. Das Bild das sich ihm bot erinnerte ihn an Szenen aus Filmen in denen Tiere geopfert wurden. Der Ripper hatte sie nicht nur getötet, er hatte sie dargeboten. In Strömen war das Blut der Frau aus ihrem Körper gesickert und wie kleine Rinnsale am Altar hinabgeflossen. Das graue Gewand, das sie trug, war vom Hals bis zum Schoß aufgeschnitten und gab den Blick auf ihren Oberkörper frei, der so sehr zerfleischt war, dass nur noch eine breiige blutige Masse vorhanden war, aus der die rote Flüssigkeit gesuppt war. Ihre Arme hingen locker über die marmorne Platte hinab und in der schlaffen leblosen Hand hielt sie noch immer ihr Kruzifix, das an der Gebetskette baumelte.
„Guten Morgen, David", begrüßte Joe ihn, als er ihn bemerkte und David fand, dass seine Stimme viel zu fröhlich klang für das widerliche Bild, was ihnen geboten wurde.
„Morgen", hauchte David, konnte die Augen aber nicht abwenden. Sein Blick glitt immer wieder über den Körper. Er suchte nach etwas, was ihm begreiflich machen konnte, warum der Ripper gerade in einer Nonne seinen Höhepunkt der Verstümmlung fand.
„Nicht schön, oder?", Joes Stimmung schien der Anblick keinen Abbruch zu tun.

„Was kannst du mir sagen?“, ignorierte David die Frage seines Kollegen.
„Also meiner vorzeitigen Einschätzung nach zu glauben ist die junge Dame noch nicht lange tot. Drei Stunden höchstens. Wegen der Platzwunde am Kopf“, er deutete auf eine Stelle am Kopf des Opfers, an dem die Haare in einem blutigen Klumpen an der Kopfhaut klebten, „denke ich, dass er sie erst mit einem stumpfen Gegenstand geschlagen hat. Ich vermute mal mit dem Kreuz, das hier auf dem Altar stand und nun dort hinten liegt.“ Er deutete einige Meter entfernt in Richtung der Kanzel, wo ein goldenes Kreuz lag.
„Ich habe es mir noch nicht genauer angesehen, aber es sieht ganz schön massiv und schwer aus. Das Kreuz könnte ihr auf jeden Fall solch eine blutige Wunde zugefügt haben und ich denke, dass er sie damit auch halb bewusstlos geschlagen hat. Dann hat er sie hier drauf gelegt und ihr seine Signatur verpasst, bevor er sich mit dem Messer über sie her gemacht hat“, zufrieden mit sich klingend, streifte Joe seine Plastikhandschuhe ab und öffnete den Reißverschluss von seinem weißen Overall.
„Du meinst, dass er ihr die Narbe im Gesicht verpasst hat, als sie noch lebte?“, fragte Silas tonlos, noch bevor David es tun konnte.
„Ich schätze schon. Die Menge an Blut, die aus der Wunde ausgetreten ist, lässt darauf schließen. Armes Ding. Habt ihr schon eine Ahnung, warum er so eskaliert ist?“, neugierig wandte sich Joe an David. Dieser trat noch einen Schritt näher und schaute der Frau ins Gesicht. Noch nie hatte David in Augen von einem Opfer so viel Schmerz und Leid gesehen, wie

in denen der jungen Frau, die vorhatte, ihr Leben Gott zu widmen.
„Noch nicht“, antwortete er knapp. „Aber das werden wir bald herausfinden.“
Noch einen winzigen Moment, einen halben Atemzug lang stand David da und schaute in die trüben Augen der Frau, die starr zu Decke blickten, hinauf in den Himmel, dann drehte er sich um und verließ schnellen Schrittes die Kirche, weil er sonst fürchtete sich ebenfalls zu übergeben.
Sie waren gerade ins Büro zurück gekehrt und David wollte sich in der kleinen Kaffeeküche, einen Kaffee holen, da lief ihm Paul entgegen. Mit hochrotem Kopf und gehetztem Blick kam er auf David zu. Seine Stimme war angespannt und David stellte sich innerlich schon mal auf etwas Schlimmes ein, was ihm garantiert erwarten würde, denn er kannte diesen Blick seines Freundes genau.
„Ich werde noch verrückt!“ Paul blieb vor ihm stehen und sah sich hastig um, als wenn es etwas gäbe, was er ihm sagen wollte, was aber niemand anderes hören dürfte. Ohne ihm auch nur die Chance zu geben etwas zu erwidern redete er weiter.
„Es gibt noch eine Leiche.“ Paul rieb sich die müden Augen.
„Wie bitte?“, fragte David fassungslos. „Noch ein Opfer vom Ripper?“
„Herr Gott, ich weiß es doch nicht“, fauchte Paul ein bisschen zu laut und einige Kollegen drehten sich neugierig nach ihnen um.
„Sie wurde vor einer Stunde von ein paar Mitarbeitern der Stadt gefunden. Sie waren dort oben an einem der Baggersees

um irgendwelche Arbeiten zu erledigen. Mertens ist gerade schon dort. Soll wohl übel zugerichtet sein. Es passt alles zusammen, der Overkill, der Typ Frau. Aber..."
„Was aber?", unterbrach David seinen Vorgesetzten. Er hatte keine Lust mehr auf drumherum reden. Er wollte wissen was Sache ist. Paul zog eine Schachtel Tabletten aus seinem zerknitterten Jackett, warf sich ein paar davon in den Mund und zerkaute sie hastig. Ein mehliger Geruch schwebte David von der zerkauten weißen Masse entgegen. Er kannte die Tabletten genau, es war ein Mittel gegen Sodbrennen, das Paul seit Jahren zu sich nahm und inzwischen wie Smarties aß.
„Sie hat die Narbe nicht." Pauls Stimme klang scharf und David fiel alles aus dem Gesicht. Schlimme Befürchtungen kochten in ihm auf. Gab es jetzt auch noch einen Trittbrettfahrer? Das würde die ganze Situation noch mehr verwirren, ganz zu schweigen davon, dass sie dann nach zwei Mördern suchen mussten.
Er schluckte und nickte stumm, als Paul ihn bat hinzufahren, um sich die Sache mal genau anzuschauen, was er schließlich auch tat.
Seine Kollegen waren gerade dabei das obligatorische gelbe Absperrband anzubringen, als David und Silas die kleine Anhöhe zum Ufer des Sees hinauf stiegen. Dort, keine zwei Meter vom Wasser entfernt, lag sie und Paul hatte nicht übertrieben. Das wurde ihnen klar, als sie den Frauenkörper sahen, der achtlos wie ein Müllsack weggeworfen wurde. Der Körper der Frau war so zugerichtet wie sie es von den anderen Opfern des Rippers gewohnt waren, nur hatte er auch noch ihrem Rücken seine Aufmerksamkeit geschenkt. Fast hätte

man meinen können, dass jemand sie in die stabile Seitenlage dort drapiert hatte, so verdreht war ihr Körper.
Einen winzigen Augenblick lang stockte David der Atmen, weil er dachte, dass dort ein kleines Mädchen lag, so winzig und zart kam ihm der Körper vor. Als er aber das Gesicht der jungen Frau sah, atmete er auf und schämte sich zugleich dafür. David kniete sich neben die Leiche, wobei er ein paar Fliegen aufschreckte, die sich bereits an dem Blut labten, das aus ihrem Körper ausgetreten war. Genau mustere er das Gesicht und seufzte, als er wirklich nirgends wo eine Narbe finden konnte. Düster wurde ihm bewusst, dass dies ein schlechtes Zeichen war. Sein Blick wanderte den Körper hinab und er schluckte, als er die Reifenspuren sah, die sich über ihre Beine zogen.
„Das Schwein ist über sie gefahren", sagte er angewidert und stand auf. Er hatte genug gesehen. Ohne noch etwas zu sagen drehte er sich um und setzte sich in Silas' Wagen, während sich dieser mit den Kollegen vor Ort unterhielt. David war das zu viel und er musste erst einmal einen klaren Kopf bekommen. Doch das gelang ihm nicht. Lange saß er einfach nur da, starrte vor sich hin auf das Armaturenbrett und wartete. Auf was wusste er selbst nicht. Irgendwann stieß Silas zu ihm und ließ sich erschöpft mit einem Seufzen in den Sitz sinken. So saßen sie eine Weile schweigend nebeneinander, jeder in seine Gedanken vertieft, bis David die Stille durchbrach.
„Warum eine Prostituierte?", fragte er mit matter Stimme.
Silas wandte sich an seinen Partner und die Verblüffung in seinem Gesicht war echt. „Wie kommst du darauf, dass sie eine Prostituierte war?"

David drehte sich zu ihm und starrte Silas in seine grünen Augen. Die Frage machte ihn wütend.
„Mensch Silas, denk doch mal nach“, fuhr er ihn an. „Hast du nicht gesehen was sie anhat? Warum sollte sie sonst halb nackt, mitten in der Nacht an so einem Ort sein, wenn nicht mit einem Freier?“, müde rieb David sich die Augen und versuchte nachzudenken. Eine betretene Stimmung erfüllte die Luft zwischen den beiden Männern.
Eine Prostituierte passte nicht in das Beuteschema des Rippers, ihr Aussehen hingegen schon. Aber das Fehlen der Narbe würde bedeuten, dass es wirklich einen Nachahmungstäter gibt. Denn dieses Detail hatte man ja nicht an die Öffentlichkeit weitergegeben. Davids Kopf drohte zu platzen, so sehr pochte das Blut in ihm. Er blickte zu Silas der schuldbewusst seine Hände am Lenkrad rieb, sauer über sich selber, dass er nicht besser nachgedacht hatte, bevor er solch eine Frage gestellt hat.
„Tut mir leid, mein Junge“, sagte David versöhnlich. „Das war zu schroff. Ich brauche erst mal einen Kaffee, ich bin völlig fertig. Fahr zur Warburger Straße da gibt es einen Bäcker, der macht die besten Croissants die du jemals gegessen hast. Ich gebe einen aus.“
Und gerade als er in dem kleinen Laden zwei Kaffee und zwei Croissants bestellte, klingelte sein Telefon erneut und er hätte es am liebsten durch das Schaufenster geschleudert als er sah wer ihn anrief.
„Ich habe es noch nie so gehasst, wenn du mich anrufst wie jetzt gerade“, begrüßte er Paul, doch dieser ignorierte die Äußerung.

„Das wird dich interessieren“, sagte sein Vorgesetzter.
Knapp erzählte der ihm was passiert war und nannte ihm die Adresse.
David legte auf ohne sich zu verabschieden, legte 20 Euro auf die Theke, nahm die Tüte mit dem Gebäck, vergaß die Kaffees und stürmte aus dem Laden ohne auf die Rufe der junge Frau zu hören, die hinter der Theke stand und ihm verwirrt nachschaute. Schnell stieg er in den Wagen zu Silas, der vor dem Geschäft stand und auf ihn wartete.
„Fahr los!“, bellte David knapp und warf die Tüte mit dem fettigen Gebäck auf die Rückbank, ohne noch einmal einen Gedanken daran zu verschwenden, denn plötzlich war ihm der Appetit vergangen.
In wenigen Worten berichtete David seinem Kollegen was passiert war und das Gesicht von ihm wurde so blass, wie heute Morgen in der Kirche.
Schweigend fuhren sie zu der Adresse. In Davids Kopf hämmerte ein furchtbarer Schmerz. Zwei Leichen in einer Nacht waren schon etwas, was ihn beunruhigte, aber jetzt das noch? Er wusste nicht, wie er das einordnen sollte und hoffe, dass sich irgendjemand irrte. Doch irgendetwas sagte ihm, dass es nicht so war. Deswegen war er keinesfalls überrascht als sie zu der Gegend fuhren in der auch die zweite Leiche dieser Nacht gefunden wurde. Inzwischen überraschte ihn nichts mehr. Silas bog in eine Sackgasse ein und David überkam ein wohlig schauriges Gefühl. Hübsche Einfamilienhäuser reihten sich hier umgeben von saftigen grünen Wiesen und kleinen weißen Zäunen auf. Doch das idyllische Bild des friedlichen Vororts wurde durch die Streifenwagen verschandelt,

die vor einem der Häuser standen. Vor einem großen Haus mit weißer Fassade, hielten sie an.
Silas parkte neben den Wagen ihrer Kollegen und sie stiegen aus. Schwüle warme Luft schlug David entgegen als er die Beifahrertür aufstieß, was ihn sehr verwunderte. Als er noch vor 20 Minuten beim Bäcker in den Wagen eingestiegen war, war es noch nicht so warm gewesen. Schlagartig fing er an zu schwitzen.
Mit seinem jüngeren Partner im Schlepptau ging er den gepflasterten Weg, der von Rosenbüschen gesäumt war, entlang auf den Eingang des zweistöckigen Gebäude zu. Einige seiner Kollegen wuselten bereits an der Tür herum, unterhielten sich oder machten Fotos.
Sofort erkannte David Simon Welker, der sich mit einem Kollegen unterhielt, dessen Namen er aber nicht kannte.
„Warum wurde ich nicht früher informiert sondern erst als die Ergebnisse vom Blutabgleich da waren?“, echauffierte David sich, als wenn es etwas geändert hätte. Seine Augen funkelten Simon wütend an. Er war zwar nicht wirklich wütend, sondern schlicht weg überfordert, aber das wollte und konnte er niemandem zeigen. Dafür stand ihm sein Stolz zu sehr im Weg.
Er brauchte keine Erklärung darüber was hier vor sich ging. Paul hatte ihm bereits gesagt, wessen Blut es war, das dort an der Tür klebte.
„Sieh dir die Frau an, dann weißt du warum!“, gab Simon ebenso bissig zurück. Er hatte keine Lust sich für etwas zu rechtfertigen, wofür er nichts konnte. Alleine die blutige Botschaft an der Tür ließ ja nicht vermuten, dass es sich um den

Ripper handelte. Erst der Abgleich der DNS der in der Nacht getöteten Frauen hatte klar gemacht, welches Ausmaß die ganze Situation angenommen hatte.
David sah seinem Kollegen in die blauen funkelnden Augen, ehe er ihn stehen ließ und er seinen Weg fortsetzte.
Auch hier musste er feststellen, dass Paul nicht übertrieben hatte, als er das getrocknete Blut an der Haustür der Familie sah, die hier wohnte.
Verschmiertes Blut bildete Worte, die niemand jemals an seiner Tür hätte lesen wollen. Er hörte gerade noch, wie Silas hinter ihn trat und schockiert nach Luft schnappte, als er das kühle Innere des Hauses betrat.
Eine beeindruckende Wendeltreppe schlang sich in dem großen Raum, welches der Flur war, an der Wand hinauf in den ersten Stock. Oben konnte man anhand von bunten Buchstaben, die an den hellen Holztüren klebten erahnen, dass es sich um Kinderzimmer handelte. Die Besitzer des Hauses fand er im Wohnzimmer, wo sie zusammengesunken auf dem Sofa saßen und sich gegenseitig im Arm hielten.
Und der erste Gedanke, der ihn durchfuhr, als er die Frau sah, an die die blutige Botschaft gerichtet war, war: „Das passt nicht zusammen!“ Wie ein Häufchen Elend saß sie auf der Couch. Ihre langen blonden Haare hingen ihr strähnig ins Gesicht und ihr Blick war starr auf ihre Hände gerichtet. Plötzlich durchfuhr ihn eine unheimliche Welle von Gefühlen, als er sie erkannte und ihm klar wurde, wen er dort vor sich sitzen hatte. Die Köpfe des Ehepaares wandten sich zu ihm, als sie ihn bemerkten und David konnte ihre rot unterlaufenen Augen sehen, die vom Weinen herrührten. Und er konnte noch

etwas sehen, nämlich das Aufblitzen in ihren Augen, als auch sie ihn wieder erkannte.
David wusste sofort wer sie war. Niemals hätte er je ihr Gesicht vergessen. Es war zwar bereits zwei Jahrzehnte her, doch obwohl sie gealtert war, erkannte er sie sofort wieder. Diese Frau, die jetzt vor ihm saß, war die Freundin vom zweiten Opfer des Rippers vor 21 Jahren. Die, die die Leiche identifiziert hatte.
Plötzlich fühlte er sich zurück versetzt, an den Tag, als sie die zweite Leiche im Park der Universität gefunden hatten. Beinahe konnte er noch den beißenden Geruch des Formaldehyds riechen, der die Pathologie erfüllt hatte. Und er erinnerte sich noch genau daran wie die junge Frau, kaum zwanzig Jahre alt, in seinen Armen zusammengebrochen war, als ihr klar wurde, dass es wirklich ihre Freundin war, die tot vor ihr auf dem Metalltisch lag.
Ebenfalls wie an dem Tag, als die Beerdigung von Emilie war. Mit hängenden Schultern hatte Laura abseits des frischen Lochs in der Erde gestanden, auf welches nun beständiger Regen fiel. Mit hängenden Schultern hatte David, an dem Tag der Beerdigung von Emilie, Laura beobachtet, die am Ende der Feier, als der Sarg bereits in das Loch gelassen worden war und die anderen Gäste schon gegangen waren, abseits stand und zu dem Sarg hinabstarrte. Und er in diesem Moment hatte genau gewusst wie sie sich fühlte. Verloren, verlassen, einsam, gebrochen. Genauso hatte er sich damals am Grab seines Vaters gefühlt. Eigentlich hatte David ihr nur erneut sein Beileid bekunden wollen, als er zu ihr ging. Aber als sie ihn mit riesigen verheulten Augen angesehen hatte, hatte das

seinen Vaterinstinkt geweckt und er schloss die Frau, die kaum eine war, in seine Arme. Sie ließ sich in seine tröstende Umarmung sinken und weinte. Weinte sich den ganzen Schmerz von der Seele während der Regen weiterhin auf sie niederprasselte und ihre Kleidung durchweichte. Sie wirkte so klein und zerbrechlich in seinen Armen. Ihre nassen Haare klebten ihm im Gesicht, als er den Rücken der jungen Frau streichelte, die nur noch ein Schatten ihrer Selbst war.
Es war der letzte Tag gewesen an dem David Laura gesehen hatte. Doch bis heute quälte ihn das, was er ihr auf dem Friedhof, auf dem es so sehr nach feuchter Erde gerochen hatte, dass ihm schlecht wurde, versprach: „Ich werde ihn finden, das verspreche ich dir“, hatte er mit brüchiger Stimme gesagt und hatte noch nie etwas zuvor in seinem Leben so ernst gemeint. Er spürte wie Hoffnung in den jungen Körper in seinen Armen floss, in dem sonst nur Schmerz war.
David rieb sich die Augen. Er konnte seinen Anblick im Spiegel des Waschraums plötzlich nicht mehr ertragen. Er hatte es dieser jungen Frau doch versprochen und was war passiert? Er hatte sein Versprechen nicht halten können, all die Jahre lang nicht. Aber vielleicht bekam er jetzt die Chance dazu.
Er fragte sich, ob es ein Fehler gewesen war, dass er gestern nicht mit Laura über früher geredet und sie gefragt hatte ob sie sich das irgendwie erklären konnte. Es konnte doch kein Zufall sein, dass der Ripper jetzt wieder in ihrem Leben auftauchte. Aber was hatte es zu bedeuten? David redete sich ein, dass wenn sie etwas darüber wüsste was es bedeuten könnte, es gesagt hätte. Und tatsächlich klappe es und er nahm sich seine Lüge selbst ab. Er war nämlich schlicht weg zu feige

gewesen sie darauf anzusprechen. Immerhin hätte ihm dies sein eigenes Versagen nur wieder allzu deutlich vor Augen geführt. Deswegen hatte er sie nicht gefragt, sondern versucht das Rätsel alleine zu lösen. Doch er fühlte sich, als würde er versuchen einen eckigen Bauklotz durch ein rundes Loch zu zwängen. Er saß fest mit seinen Gedanken und wusste weder vor noch zurück und so konnte es einfach nicht weiter gehen. Abrupt wandte er sich vom Waschbecken ab und verließ den Raum. Zielstrebig, mit langen Schritten, durchquerte er den langen Raum mit den Schreibtischen, an denen Kollegen saßen und telefonierten. Er stürzte in sein Büro und Silas erschrak vor der heftigen unerwarteten Reaktion.

David drehte die riesige weiße Tafel um, an der fein säuberlich die Fotos der Opfer aufhängt waren, und auf die sie die letzten beiden Tage gestarrt hatten.

„Wir müssen noch mal von vorne anfangen." Hektisch begann er in den Akten zu kramen, die auf seinem Schreibtisch verstreut lagen und versuchte sie in eine Reihenfolge zu bringen.

„Wir sind zu verstrickt in all dem. Wenn wir nochmal von vorne anfangen, dann denke ich, sehen wir die Sache klarer."

Er war wild entschlossen von der plötzlichen Idee, die sich in ihm entzündet hatte, noch einmal von Anfang an alles durch zu sprechen. Und dann, war er überzeugt, würden sie etwas sehen, wofür sie die ganze Zeit über blind gewesen waren. Was sie nicht bemerkt hatten, keiner von ihnen. So wie man manchmal den Wald vor lauter Bäumen nicht sah. Wenn sie nur noch einmal von vorne anfangen würden, dann...

„David?"

Er suchte nach der Fallakte von Emilie, hörte seinen Kollegen nicht. Silas stand auf und starrte David an.
„David!“ Scharf durchschnitt seine Stimme den Raum.
„Was?“ Verwirrung mischte sich zu dem entschlossenen Funkeln in seinen Augen.
„Ich habe Sorgen, dass du den Fokus verlierst. Du bist nur so von dem Fall besessen, weil du ihn lösen willst und nicht möchtest, dass sich eine höhere Behörde einschaltet, wenn wir hier nicht bald weiterkommen. Sag mir, dass es hier nicht um dein Ego geht.“
David hielt in der Bewegung inne und starrte Silas an. Noch nie zuvor hatte er solch einen Tonfall bei seinem jüngerem Kollegen gehört. In der Vergangenheit war er sich immer wie der Mentor von Silas vorgekommen, sein Beschützer, der ihm erklärt, wie es in der Welt wirklich ablief, doch die Entschlossenheit und der vorwurfsvolle Klang, der in der Frage des Jungen mitschwang, bereiteten in David das unwohle Gefühl aus, dass sich die Rollen langsam drehen könnten. Die Frage schien aus dem Nichts zu kommen und einen Moment lang musste er darüber nachdenken was ihm dort unterstellt wurde. Mit hängenden Schultern stand er vor seinem Schreibtisch, auf dem ein Berg von braunen Akten lag, die überquollen von Fotos, Informationen und vermeintlichen Hinweisen, die aber alle keine waren, sondern nur heiße Luft.
„Ich glaube“, begann er mit ruhiger Stimme, „dass wir nur alles einmal anders betrachten müssen. Die Antwort liegt hier irgendwo versteckt.“ Seine Hand glitt über seinen Schreibtisch, als könnte er damit etwas beschwören. „Das spüre ich. Wir müssen sie nur finden.“ Er sprach langsam und jedes

Wort bedacht, so als wenn die Art wie er sprach den Wahrheitsgehalt von dem was er sagte, erhöhen würde.
„Ich bete dafür, dass du nie solch einen Fall hast, der dich dein Leben lang verfolgt. Das wünsche ich keinem. Ich will ihn einfach nur finden. So schnell wie möglich.“ Er trat von einem auf den anderen Fuß und sah seinem Partner noch immer in die Augen, auch wenn ihm das schwer fiel. Es kam David vor, als wenn dieser Moment darüber entscheiden sollte ob er noch einen Kämpfer mit an seiner Seite hatte oder ob er sich alleine weiterhin der Aufgabe stellen musste das Monster zu finden. Silas erwiderte den Blick. Er schien zu überlegen ob er das, was sein Kollege ihm gerade gesagt hatte, als Antwort akzeptieren konnte.
„In Ordnung, fangen wir an“, sagte er schließlich mit einer Stimme, die nicht hundertprozentig überzeugt klang, aber David reichte es.
Zufrieden nickte er und drehte sich schnell der Tafel zu, damit Silas sein Gesicht nicht sehen konnte, denn plötzlich wurde er wütend. Wütend auf alles und jeden und am meisten auf sich selbst für seine Lügen. Er wollte den Ripper finden, weiß Gott, noch nie wollte er etwas so sehr wie das hier. Aber es war gelogen, dass es hier nicht auch ein Stück weg um sein Ego ging. Er wollte den Mörder finden, alleine und ohne Hilfe von denen, nach denen er nie gefragt hatte. Er würde es allen beweisen wozu ein David Arthur Neumann in der Lage war. Selbst wenn das bedeutete, dass alle darunter litten, dann war das im Moment halt ebenso.
Es auszuhalten, dass seine Frau ihn nicht mehr zweimal am Tag anrief und auch sonst abweisend war, würde er schon

überstehen, auch wenn es ihm Magenschmerzen bereitete. Doch wenn das nun mal der Preis dafür war, dann würde er ihn eben zahlen. Elisabeth und er hatten schon ganz andere Sachen überstanden, da würden sie das hier auch noch schaffen.

„Fangen wir an", stimmte er fest entschlossen zu und wandte sich seinem Partner wieder zu. „Etwas kommt mir an der ganzen Sache komisch vor und ich glaube, dass sie der Schlüssel ist."

David pinnte ein Bild von Laura Kamp an die Tafel. Es war ein hübsches Foto, aufgenommen vor einigen Jahren, für den Führerschein von ihr. Silas hatte es auf Davids Geheißen hin aus der Datenbank geholt und ausdrucken lassen. Ebenso wie weitere Bilder von Lauras Familie, zumindest die der ältesten Töchter und ihrem Mann, und auch die der neuen Opfer.

Das Foto von Jennifer Bachmann, der Prostituierten, stammte aus der Verbrecherkartei der Polizei, was David nicht sonderlich überraschte. Die junge Frau wurde vor zwei Jahren zu einem halben Jahr Strafvollzug verurteilt, wegen Prostitution und weil sie eine erhebliche Menge Rauschgift bei sich hatte. Mit abgeschlagenem Blick, der zu sagen schien „Ihr könnt mich mal" starrte sie in die Kamera.

Auch wenn David in seiner Laufbahn als Polizist schon vielen Drogensüchtigen und Prostituierten begegnet war, tat es ihm noch immer leid, wenn es sich um solche jungen Menschen handelte wie Jennifer einer war. Sie war gerade erst 20 Jahre alt geworden. Stammte eigentlich aus einem guten Haus und war mit 16 Jahren von zu Hause abgehauen und von Hamburg bis nach Paderborn getrampt. Gestern Mittag hatte David mit

ihren Eltern telefoniert, um ihnen die schreckliche Nachricht mitzuteilen. Herr Bachmann hatte die Beileidsbekundungen recht nüchtern aufgenommen und David erzählt, dass sie schon lange gedacht haben ihre Tochter sei tot. Sie hatte immer in die weite Welt gewollt und nachdem sie mit 16 abgehauen war, hatten sie nichts mehr von ihr gehört. Schließlich hatte David aufgelegt und sich gefragt wie Eltern nur aufhören konnten nach ihrem Kind zu suchen. Wenn eines seiner Kinder von zu Hause ausgerissen wäre, dann hätte er keine Ruhe gegeben bis er es wieder gefunden hätte. Wenn es sein müsste, dann hätte er das ganze Land durchstreift, um sie wieder nach Hause zu holen.
David legte die anderen Fotos zur Seite und betrachtete das von Laura an der Tafel.
„Warum denkst du das?“, fragte Silas überrascht in die Stille von Davids kleinem Büro.
„Sie ist eine Freundin des zweiten Opfers von vor 21 Jahren. Sie war es, die damals die Leiche identifiziert hat.“
Silas fiel alles aus dem Gesicht als er sich zu seinem Partner wandte. Seine Stimme klang ruhig und bestimmt, aber auch ein Hauch Kränkung und Empörung schwang mit. Hätte David seinen Kollegen nicht so gut gekannt, dann wäre es ihm entgangen, aber er kannte ihn nun mal gut.
„Und du hast das bis jetzt nicht für Wichtig genug gehalten mir zu erzählen? Du hättest es gestern schon sagen sollen. Vielleicht wäre irgendwem anderes bereits ein Zusammenhang aufgefallen.“
David drehte sich um und schaute seinen Kollegen mit einem schuldbewussten Blick an.

„Ich weiß ich hätte es schon früher erwähnen sollen und es gibt auch keine Entschuldigung dafür. Ich hatte es nur nicht für wichtig gehalten. Ich weiß, das war dumm“, sagte David und verschwieg dabei, dass er erst selbst darüber nachdenken wollte, was diese Wandlung der Geschichte zu bedeuten hatte, bevor er es den Anderen mitteilte. Doch inzwischen fiel ihm nichts mehr ein wie er das Steuer noch rumreißen konnte, um den Mörder zu finden, deswegen griff er nach dem letzten Strohhalm und gab sein letztes Geheimnis preis. Silas trat neben ihm und schaute das Bild lange an. Ließ seine Augen über das Gesicht der attraktiven Frau gleiten.
„Ich denke schon, dass es wichtig ist. Es kann doch kein Zufall sei, dass der Mörder genau zu einer Freundin eines der Opfer von vor 21 Jahren zurückkehrt. Das muss doch zusammen hängen. Aber wie?“
David summte zustimmend und legte Silas eine Hand auf die Schulter. Zu dieser Schlussfolgerung war er natürlich selbst auch schon gelangt, aber wenn er es gesagt hätte, dann hätte Silas ihn durchschaut, dass er sich doch Gedanken darüber gemacht hatte und gewusst, dass er es mit Absicht verschwiegen hatte.
„Was weißt du über sie?“, fragte Silas an David gewandt.
Dieser seufzte. „Da gibt es nicht viel zu wissen. Sie war damals im selben Semester wie Emilie Warren, ihre beste Freundin. Nichts auffälliges, nichts verdächtiges. Sie war eine nette junge Frau, die einen schrecklichen Verlust erlitten hat. Ich hatte sie damals ein, zweimal getroffen. Aber mehr weiß ich auch nicht über sie. Vielleicht kannte sie die anderen Opfer doch irgendwo her?“,

„Nein“, seufzte nun auch Silas und rieb sich die Augen. „Keine Verbindung, das haben wir gestern schon prüfen lassen. Auch untereinander hatten die Opfer keinerlei Verbindungen. Außer ihrem Aussehen und das sie in derselben Stadt gewohnt haben, hatten alle Opfer nichts gemeinsam. Und jetzt kommt auch noch Laura Kamp dazu und die einzige Gemeinsamkeit bleibt nur noch der Wohnort.“
„Dann muss es einen anderen Grund dafür geben, warum er zu ihr zurück gekehrt ist. Lass ihn uns suchen.“

18. Kapitel

Die Tafel hatte sich im Laufe der Stunde gut gefüllt. Silas und David hatten über jedes neue Foto, das sie der Reihe nach aufhingen, lange diskutiert, solange, bis ihnen nichts mehr einfiel.

Angefangen bei der Kindheit der Opfer bis hin zu ihrem beruflichen Werdegang, waren sie alles durchgegangen und hatten versucht die verrücktesten Verbindungen zwischen den Frauen zu finden, ebenso wie zwischen Laura und den Opfern. Aber all diese Fantasiepfade, die sie gesponnen hatten, waren ins Leere gelaufen. Der Hintergrundcheck aller Frauen hatte bereits gezeigt, dass es keine Verbindung zwischen ihnen gab, nicht einmal eine Überschneidung im Freundeskreis. Und nur weil sie jetzt alles wieder aufwärmten, wurde es nicht besser, was David nun langsam und schmerzlich bewusst wurde.

Zum Schluss hielt David nur noch drei Fotos in der Hand: Lia, Hannah und Hendrik Kamp. Nachdenklich blickte er die lächelnden Menschen auf den Bildern an. Dann reichte er Silas die Bilder der Töchter und starrte den Mann an.

„Hendrik Kamp", er sprach den Namen langsam und bedacht aus, so als suchte man einen Namen für einen Hund und wollte ausprobieren wie er klingt, wenn man ihn laut aussprach. Irgendwo in der hintersten Ecke seines Kopfes klingelte etwas, doch er konnte nicht sagen was. Hatte er diesen Namen nicht schon mal gehört? Bereits gestern als er in das Wohnzimmer der Familie getreten war, hatte er schon das leise Gefühl gehabt. Hendrik Kamp ging ebenfalls auf die Paderborner Universität, deswegen hatte er erst angenommen, dass er den jungen Mann damals wahrscheinlich auch zu den Vorfällen befragt hatte. Aber jetzt drängte sich David die Frage auf, ob das alles war. Vielleicht kannte er ihn noch von woanders her. Doch selbst wenn es so war, dann lag diese Begegnung in weiter Vergangenheit zurück. David stand auf und pinnte das Bild neben das der Frau. Jetzt erst fiel ihm auf, wie unterschiedlich das Paar doch war. Sie: blonde Haare, blaue Augen, helle Haut und ein engelsgleiches Gesicht mit weichen Zügen. Er: braune Haare, braune Augen, markante Gesichtszüge und einen Teint, sodass man meinen könnte, er käme gerade aus dem Sommerurlaub am Strand zurück.

„Wie passt er da rein?“, fragte David und seine Frage schien im Raum zu schweben. Silas blickte von den Akten auf und schaute zu dem neusten Foto an der Tafel.

„Hendrik Kamp ging auf dieselbe Universität wie seine spätere Ehefrau und die ersten beiden Opfer. Vielleicht lernte er den Ripper irgendwo kennen und war sich dessen nicht bewusst. Ich meine, auf der Uni lernt man doch ständig neue Leute auf Partys und in Kursen kennen, ohne etwas über sie zu wissen.“

„Möglich“, räumte Silas ein. „Doch genauso wird Frau Kamp mit dem Ripper schon in Berührung gekommen sein. Er sucht sie sich doch nicht aufs gerate Wohl aus. Oder denkst du, dass er sie nur durch den Mord an Emilie kennt? Von der Beerdigung oder so etwas? Möglicherweise beobachtet er die Angehörigen seiner Opfer um sie leiden zu sehen“, fragte er weiter und sah seinen älteren Kollegen nachdenklich an.

David überlegte eine Weile, dann schüttelte er langsam den Kopf.

„Ich glaube es ist etwas anderes. Wenn es ihm darum gehen würde die Angehörigen leiden zu sehen, dann kommt er damit aber ganz schön spät. Nach so langer Zeit wird der Schmerz schon verblasst sein. Außerdem hätte er dann doch mit Melissas Verwandten angefangen. Sie hatte eine große Familie und war sehr beliebt. Sie hatte viele Freunde. Da hätte es genug potenzielle Opfer gegeben wenn es ihm darum ginge. Und er würde doch nicht nach so vielen Jahren mit der Freundin des zweiten Opfers angefangen. Es muss also etwas anderes sein."
„Vielleicht kannte sie den Mörder auch besser? Man weiß ja nie was in den Köpfen der Leute vor sich geht."
„Auch möglich. Wenn man jemanden kennenlernt geht man ja nicht automatisch davon aus, dass er ein Mörder ist. Aber wie sollen wir das prüfen? Das Ganze liegt schon so lange zurück. Alle möglichen Bekanntschaften von Emilie hatten wir damals schon prüfen lassen. Sie hatte kurz vor ihrem Tod ein Date. Aber der Junge, Jonas Müller, verbrachte den restlichen Abend mit einem Telefonat mit seiner Mutter. Alle sonstigen männlichen Freunde hatten ebenfalls ein wasserdichtes Alibi. Nach Aussage von Laura waren die männlichen Freunde von Emilie auch in ihrem Freundeskreis, somit hätten wir eine Menge schon überprüft, die alle nicht rein passten. Wie sollen wir aber jetzt die restlichen Bekanntschaften von Laura nach so langer Zeit prüfen? Zusätzlich stellt sich dann noch die Frage, warum der Mörder sich damals Emilie ausgesucht hat und nicht Laura. Das alles ist zu verworren gedacht glaube ich. Die Lösung ist bestimmt ganz einfach und wir kommen einfach nicht drauf."

Silas ignorierte das unwohle Gefühl das in ihm aufstieg, weil David Laura Kamp immer wieder beim Vornamen nannte.
„Da hast du wahrscheinlich recht. Wir sollten aber trotzdem heute noch einmal mit ihr reden. Es kann doch sein, dass das Ereignis von gestern irgendwelche Erinnerungen los getreten hat und sie sich jetzt an Details erinnert, die ihr damals entfallen sind. Oder möglicherweise hat sie eine Ahnung wer dahinter stecken könnte?"
David nickte zwar, aber er war sich mehr als sicher, dass wenn die Frau eine Ahnung hätte wer ihre Haustür mit Blut beschmiert hatte, es schon längst der Polizei mitgeteilt hätte. Aber nichts dergleichen war eingetreten, jedoch würde ein weiteres Gespräch nicht schaden, da gab David seinem Kollegen Recht.
„Das sollten wir machen", stimme er schließlich zu und ließ seinen Blick von den beiden Bildern des Ehepaares über die Fotos der Tatorte schweifen, auf denen die verstümmelten Leichen der Frauen ihn mit ihren leblosen Augen anzustarren schienen.
„Warum kommt er nach so langer Zeit wieder und hat noch immer solch eine Wut in sich? Hat vielleicht die Zeit etwas zu bedeuten? Sind die 21 Jahre für ihn von Bedeutung?"
„Womöglich sollten wir mehr über den Auslöser nachdenken. Wir wissen ja eindeutig gegen welchen Typ Frau sich sein Hass richtet. Wir sollten einmal nach Gewaltverbrechen in der Datenbank suchen, die vor 21 Jahren passiert sind, von einer Frau ausgingen und in die ein Mann verwickelt war, der ins Profil passt. Ist zwar sehr vage alles, aber vielleicht findet sich etwas auffälliges?"

„Das werde ich gleich mal machen. Kann ja sein, dass wir Glück haben und wirklich etwas finden. Ein blindes Huhn findet schließlich auch einmal ein Korn.“ Silas schob seine Füße vom Tisch und stand unter Stöhnen auf, als wäre er schon weit über 50 und nicht erst 26.
David nickte zufrieden und wandte sich wieder der Tafel zu. Sein Blick haftete an Laura und Hendrik und er fragte sich gerade erneut warum ihm der Name Hendrik Kamp so bekannt vorkam, als die Tür zu seinem Büro geöffnet wurde.
Timo Denbro, der Leiter des Labors der Polizei, steckte seinen Kopf ins Zimmer. Er war ein großer schlaksiger Mann, mit schmalem Gesicht und bleicher Haut, an dessen Körper der weiße Kittel wie ein Kartoffelsack hinabhing. Mit seinem Handrücken schob er seine viel zu große Brille, die er wohl für hip hielt, wieder auf seine Nase.
David wandte sich zu ihm und auch Silas sah ihn neugierig und überrascht an. Normalerweise ließen sich die Mitarbeiter aus den Labors nicht in den Büros der Polizisten blicken, sondern schickten alle Ergebnisse mit der hauseigenen Post nach oben. Doch sein Erscheinen ließ die beiden nur umso neugieriger werden.
„Hast du die Abgleiche der Fingerabdrücke?“, fragte David den jungen Mann, ohne ihn zu begrüßen.
„Die habe ich in der Tat.“ Wieder schob er seine Brille nach oben. „Deswegen bin ich hier, um es euch gleich mitzuteilen. Die Post hier im Haus ist manchmal so langsam, dass ich dachte ich komme selbst mal eben hoch, um euch die Ergebnisse zu überbringen.“ Grinsend schaute er die Polizisten an, so als erwartete er ein Lob dafür.

Schon immer fand David den Jungen komisch, auch wenn er überaus intelligent war und ein großes Fachwissen vorweisen konnte, fehlte es ihm des Öfteren an gewissen Sozialkompetenzen. David starrte ihn fragend an, doch außer ein immer breiter werdendes Grinsen folgte nichts.
„Timo, die Ergebnisse“, raunzte er ihn schließlich an, um den Vorgang etwas zu beschleunigen.
„Ach ja.“ Timo lachte verlegen. „Darauf wartet ihr bestimmt schon sehnsüchtig. Also die Abdrücke, die wir vom Körper der jungen Frau genommen haben, fanden sich tatsächlich auch auf der Tür wieder.“
Einen Moment lang hatte David das Gefühl, dass sein Herz vor Erleichterung einen Schlag aussetzte, bevor es umso schneller zu schlagen begann. Das Pochen erfüllte seinen ganzen Körper und er glaubte, es würde sich im kompletten Raum ausbreiteten, während er darauf wartete, was Timo noch zu sagen hatte.
„Aber da ist noch etwas anderes und das ist wirklich interessant. Ihr werdet nicht glauben, wessen Fingerabdrücke ich in der blutigen Nachricht gefunden habe.“

19. Kapitel

Zur selben Zeit als David aus seinem Büro stürmte, um in den Toiletten der Polizeistation den Kopf frei zu bekommen, saß Laura am Küchentresen und nahm einen großen Schluck von dem Rotwein, den sie in eine der Tassen gefüllt hatte, die neben der Spüle standen und in der gestern Abend noch Saft gewesen war. Dass dieses nicht sonderlich elegant und sogar ein bisschen eklig war, störte sie keineswegs. Ebenso wenig die Tatsache, dass es erst früher Nachmittag war. Irgendwann hatte sie einmal gehört, ein Glas Rotwein am Tag solle gesund sein.

Ob das wohl auch dann galt, wenn man es um 11 Uhr morgens zu sich nahm?, fragte sie sich und goss sich ein zweites Mal den Becher voll. Eigentlich hatte sie die Flasche Château Latour, die sie von Geschäftspartnern ihres Mannes bekommen hatte, für einen besonderen Moment aufheben wollen, aber sie war ihr gleich ins Auge gesprungen, als sie die Vitrine im Wohnzimmer geöffnet hatte. Dieses war vielleicht kein besonderer Moment, aber immerhin ein außergewöhnlicher.

Nach dem Telefongespräch mit Hendriks Mutter brauchte sie irgendwas, um ein bisschen runter zu kommen. Und auch wenn der Wein irgendwie fade schmeckte, war es ihr egal. Alleine der Gedanke an ein Glas Wein beruhigte sie etwas und das brauchte sie jetzt dringend.

Lange hatte Laura gestern Abend im Bett gelegen und versucht wach zu bleiben, doch irgendwann war sie doch in den Schlaf geglitten. Der Tag hatte sie zu viel Kraft gekostet und fast augenblicklich als sie in die Waagerechte kam, glitt sie in einen unruhigen Schlaf, in dem sie erneut von Emilie verfolgt

wurde. Irgendwann mitten in der Nacht schreckte sie schweißgebadet auf und krallte ihre Finger in die weiche Matratze auf der sie lag, um sich selbst davon zu überzeugen, dass sie in ihrem Ehebett lag und nicht auf einer halb kahl geschlagenen Waldlichtung stand, die schwach von kaltem Mondlicht erleuchtet wurde, ihr gegenüber Emilie, deren Gesicht ihr vom Kopf glitt, wie geschmolzenes Eis.
Laura lag da und sog gierig alles an Luft ein, was sie kriegen konnte bis sich ihr Herzschlag wieder beruhigt hatte. Lange Zeit starrte sie nur an die Decke und war überzeugt davon, dass sie nie wieder einschlafen konnte. Der leichte Windzug der durch das offene Fenster, welches zur Straße führte, hereinwehte kühlte ihre glühenden, feuchten Wagen und sie konnte das Zirpen der Grillen hören. Es war beruhigend, genauso wie das Atmen ihres Mannes. Doch plötzlich viel Laura auf, dass Hendrik viel zu unruhig atmete, dafür das er am Schlafen war. Auf Partys scherzte sie immer, dass sie ihren Mann an seinen Schlafgeräuschen erkennen würde und das stimme. Nun irritierten Laura die Geräusche die Hendrik machte. Sonst sog er die Luft langsam durch den Mund ein und gab sie in kleinen Stößen wieder durch die Nase nach draußen, wobei er ein leises zischendes Geräusch von sich gab. Jetzt aber konnte sie nichts vergleichbares hören. Einen Augenblick lang überlegte sie, ob sie ihn ansprechen sollte, entschied sich aber dagegen. Bis ihr irgendwann klar wurde, dass er wach sein musste. Er lag dort neben ihr und hatte es mitbekommen, wie sie im Schlaf gewimmert hatte und auch schwer atmend aus ihrem Traum aufgeschreckt war. Doch er hatte nichts getan. Er ließ sie mit ihrem Alptraum alleine.

Sonst wenn sie schlecht träumte, weckte er sie und legte dann seinen Arm um sie. Das alleine half schon immer weitere schlimme Träume abzuwehren. Laura spürte wie Wut und Unverständnis in sich aufkamen.
Es gab keine rationale Erklärung dafür, warum ihr Mann, der geschworen hatte sie zu lieben und zu beschützen, sich so verhielt, wie in den letzten Tagen. Natürlich war diese schreckliche Sache ihnen beiden auf den Magen geschlagen, aber so etwas sollte sie doch zusammen schweißen oder nicht? Würde man das nicht erwarten? Warum entfernte er sich also immer mehr von ihr?
Dann hatte Laura auf einmal Angst bekommen. Eine andere Art von Angst als die, die sie befallen hatte als sie die blutigen Worte an ihrer Tür gesehen hatte. Es war Angst um ihre Ehe. Niemals hätte sie gedacht, dass es etwas geben konnte, was sich zwischen ihre Liebe stellen könnte, aber der Zweifel überwiegte, denn scheinbar gab es etwas, auch wenn sie noch nicht wusste was es war. Eine andere Frau? Dieser Gedanke ängstigte sie mehr als alles andere.
Den Rest der Nacht hatte sie völlig verkrampft dort gelegen mit einer Unruhe in den Gliedern, die fast nicht zum Aushalten war. Aber sie traute sich nicht sich zu rühren. Sie lag da und lauschte dem unregelmäßigen Atem ihres Mannes und fragte sich was wohl in ihm vor sich ging.
Hätte sie ihn angesprochen, dann hätte sie gemerkt, dass er tatsächlich wach war und an die Decke starrte, gefangen in seinen eigenen Gedanken und seiner eigenen Welt. Er hatte auch Träume gehabt. Wilde und verworrene Träume, von denen er nicht wusste woher sie kamen. Weil aber keiner seinen

Ehepartner ansprach, lagen sie beide nur da und warteten darauf, dass der Morgen einbrechen würde. Aber irgendwann glitt Laura wieder in einen leichten und diesmal alptraumlosen Schlaf, während Hendrik weiterhin vor sich hin starrte.
Als Laura durch das Piepen ihres Weckers wach wurde, schreckte sie auf und blickte sich schlaftrunken im Raum um. Einen kurzen Moment lang wusste sie nicht wo sie war. Erst langsam kroch die Realität wieder in den Vordergrund und mit ihr zusammen auch die Angst und Verwirrung der letzten Nacht. Das Bett neben ihr war leer, genauso wie das Badezimmer. Eine leichte Panik begann sich in ihr auszubreiten. Schnell zog Laura eine alte Jeans und ein T-Shirt an, das auf dem Boden vor ihrem Bett lag und eigentlich schon längst in die Wäsche gehört hätte. Mit einem Haargummi, das sie um ihr Handgelenk trug, band sie sich die zerzausten Haare zusammen und lief in eiligen Schritten die Treppe hinunter. Noch immer herrschte eine Stille in dem Haus, die ihrem Unbehagen keinen Abbruch tat.
Doch auch im Erdgeschoss war niemand zu finden. Schnell ging sie in die Küche und der Duft von Kaffee stieg ihr in die Nase, aber auch hier war ihr Mann nicht zu finden. Arbeitszimmer: leer. Keller: leer. Esszimmer: leer. Selbst in die Speisekammer schaute sie kurz rein, aber außer Konservendosen, die sie fein säuberlich aufgereiht von den Regalen aus anblickten, war der kleine Raum leer. Sie war alleine, alleine in dem großen Haus. Die anfängliche Sorge fing an sich in ihr immer weiter auszubreiten. Schreckliche Szenen durchfluteten ihren Geist. Szenen, in denen der Ripper ihren Mann erwischt hatte und Hendrik jetzt tot im Garten im Pool trieb oder

er sonst etwas Schreckliches mit ihm getan hatte. Aber als sie im Wohnzimmer stand, blickte sie aus dem Fenster nach draußen und atmete erleichtert auf, als sie Hendrik im Garten neben zwei Polizisten stehen sah, die beide eine Tasse in der Hand hielten.
Vorsichtig öffnete Laura die Haustür und merkte erst wie angespannt sie war als sie sah, das diese Nacht keine Todesbotschaft hinterlassen wurde. Das blasse Rot, welches auf der zuvor strahlend weißen Tür noch deutlich als Schatten zu sehen war, löste ein unbehagliches Gefühl in ihr aus.
Langsam schob sie die Tür auf und trat an die frische warme Luft, der wolkenlose Himmel ließ einen tollen Tag erahnen und die Sonne schien zur Bestätigung zu strahlen. Doch das gute Wetter würde es auch nicht schaffen Lauras angeschlagenes Gemüt zu erhellen, so wie es sonst der Fall war, das spürte sie.
Hendrik schenkte seiner Frau ein Lächeln, das in ihr wieder das Unbehagen auslöste, welches sie gestern schon so oft in seiner Gegenwart verspürt hatte. Die Angst, die sie vorhin noch um ihren Mann gehabt hatte, dass ihm etwas geschehen sein könnte, war mit einem Wimpernschlag wie weggeblasen.
Mit kleinen Schritten trat sie zu den Männern, die ihr abwartend entgegenblickten. Lauras nackte Füße streiften das Gras, das noch immer vom Morgentau feucht war, welcher wie kleine Diamanten in der aufgehenden Sonne glitzerten. Der Geruch des feuchten Grases stieg ihr in die Nase und erweckte Erinnerungen an bessere Tage.
„Guten Morgen." Hendrik war es, der sie als erstes begrüßte und ihr dann einen Kuss auf die Haare drückte.

„Hallo“, hauchte sie zur Antwort und blickte dann die beiden Männer fragend an, die sie nicht kannte.
„Laura, das sind die Polizisten Hochner und Gillen. Sie haben vor wenigen Minuten ihre Kollegen abgelöst“, stellte Hendrik die beiden Polizisten vor.
Freundlich nickten die Männer ihr zu. Sie waren nicht so hünenhaft groß wie Kleine und Weidemann und auch sonst hatten sie, abgesehen von den Uniformen, nicht viel gemeinsam. Einer, Laura vermutete das er Gillen war, hatte unverkennlich irische Wurzeln, welchen er die rotblonden Haare zu verdanken hatte, die ihm wild vom Kopf abstanden. Auf seinem Kinn war der leichte Schatten eines Bartes zu erahnen. Rote Haare und die damit verbundenen Sommersprossen hatte Laura noch nie sonderlich attraktiv gefunden, doch der Polizist hatte sanfte Augen und ein warmes Lächeln, sodass sie sich gleich in seiner Nähe wohlfühlte. Zaghaft erwiderte sie sein freundliches Lächeln.
Der zweite der Männer war jung. Viel zu jung kam er Laura vor für solch eine Aufgabe und für die Waffe, die er am Gürtel trug. Auf seiner Haut konnte man noch Spuren von Akne entdecken und auch seine Augen waren viel zu kindlich. Doch scheinbar ging er ins Fitnessstudio, denn seine breiten Schultern ließen ihn bullenhaft wirken, was von seinem jungenhaften Gesicht ablenkte. Er nickte Laura zu und machte die Andeutung eines Lächelns. Einen Moment lang haftete ihr Blick noch auf seinen pechschwarzen Haaren, die er mit zu viel Gel nach hinten gekämmt hatte. Wie ein schleimiger See wirkte das Zeug, in denen einzelne Haarsträhnen zu ertrinken drohten.

„Die beiden werden heute über Tag hier blieben und später wollte auch Herr Neumann noch einmal vorbei kommen, haben die Heeren mir gerade mitgeteilt.“
Gillen nickte und Hochner wich nicht von seinem verdrießlichen Blick ab, der alles hätte bedeuten können.
Abwesend nickte Laura und fast ein wenig erschrocken merkte sie, dass sie noch immer den jungen Polizisten anstarrte. Verlegen wandte sie den Blick ab und schaute zu Boden. Jetzt erst nahm sie bewusst wahr, dass sie barfuß war. Im Prinzip war es ihr egal wer vor ihrem Haus in dem Streifenwagen parkte, sichtbar für alle Nachbarn, solange nur jemand da war. Zu wissen, dass im Notfall zwei bewaffnete Polizisten direkt vor ihrem Haus waren, beruhigte sie. Auch wenn die beiden ebenfalls der Grund waren warum sich keiner ihrer Nachbarn zu ihr trauten, um zu fragen was passiert sei. Gott sei Dank hatte auch die Presse noch nicht mitbekommen was gestern Nacht bei ihr geschehen war. Sonst würde es hier bestimmt nur so von neugierigen Pressetypen mit Kameras wimmeln und sie könnten nicht so einfach bei sich im Vorgarten stehen und sich unterhalten.
„Wie geht es den Mädchen?“, fragte Laura in die Runde und schämte sich auf einmal, dass sie nicht früher an sie gedacht hatte.
Gillen war es der antwortete. „Alles in bester Ordnung. Nichts auffälliges in der letzten Nacht, genauso wie hier. Gerade erst beim Schichtwechsel vor einer halben Stunde haben sich die Kollegen bei Ihrer Mutter gemeldet, so wie wir jetzt. Ihnen geht es gut.“ Zufrieden nickte er. „Allerdings gibt es noch keine neuen Nachrichten zu dem Verbleib des Täters. Aber

Herr Neumann wird, wie bereits von Ihrem Mann erwähnt, später noch einmal vorbei kommen und Sie auf dem Laufenden halten."
Auf eine merkwürdige Art beunruhigte Laura die Akkuratheit, die der Polizist an den Tag legte. Obwohl es ja sein Job war und es vermutlich nur gut mit seiner Art meinte. Oder waren es die schlechten Nachrichten über den Verbleib des Täters die sie aufregten?
Sie versuchte sich nichts anmerken zu lassen von ihrem flauen Gefühl im Magen und nickte einfach nur zur Antwort.
„Ich werde mal wieder rein gehen. Wird doch ein bisschen kalt an den Füßen", witzelte Laura humorlos und grinste falsch. In Wirklichkeit wollte sie hinein gehen, um ihre Mutter anzurufen. Erst wenn sie selbst von ihren Mädchen hörte, dass alles in Ordnung war, würde sie beruhigt sein können.
„Ich komme gleich nach." Hendrik streichelte seiner Frau über den Arm und grinste sie an. Schnell wandte sich Laura ab und musste sich auf die Zunge beißen, um nicht ihren Frust auf ihren Mann vor den Polizisten auszulassen, denn seine scheinheilige „Alles ist gut!"-Laune ging ihr mächtig auf die Nerven. Weil eben nicht alles in Ordnung war. Es war nicht normal morgens in seinem Vorgarten ein Schwätzchen mit Polizisten zu halten, die da waren, um sie zu beschützen. Am liebsten hätte sie ihm diese Laune in den Hals gestopft.
Mit großen Schritten war sie zurück ins Haus gestampft und hatte die Tür hinter sich so fest zugeschlagen, dass es einen lauten Knall gab.
Egal, dachte sie sich, *ich kann ja immer noch sagen es sei ein Windstoß gewesen*. Denn auch wenn sie wütend auf Hendrik

war, hatte sie keine Lust ihm das zu mitzuteilen. Irgendwas in ihr sagte ihr, dass jetzt nicht der richtige Zeitpunkt dafür war. Erst mal musste sie die nächsten Tage durchstehen, bis sie diesen Irren geschnappt haben, dann konnte sie sich um ihre Eheprobleme kümmern.
Im kühlen Inneren ihres Hauses wurde Laura schlagartig bewusst, wie leer ihr Haus doch war, wenn die Mädchen nicht da waren. Es wirkte wie ein trauriger, verlassener Spielplatz. Sie nahm sich vor heute Mittag zu ihren Töchtern zu fahren. Womöglich würde Hendrik mitfahren wollen, wer weiß. Laura ging in die Küche und nahm den Telefonhörer von der Wandstation. Annette nahm gleich nach dem zweiten Klingeln ab. Und Laura war plötzlich unglaublich erleichtert, als die das unbeschwerte freie Lachen von Lia im Hintergrund hörte.
Ob alles in Ordnung sei, fragte sie ihre Mutter.
Natürlich kam die Antwort von Annette, die fast ein bisschen gekränkt klang über das Misstrauen ihrer Tochter.
Clara habe wunderbar durchgeschlafen und nicht ein bisschen geweint, noch nicht einmal gequengelt, sie sei ja so ein liebes Kind.
Lia und Hannah waren noch ein wenig bedrückt und fragten, wann sie wieder nach Hause zu ihren Eltern konnten. Aber dass sie beide nicht in die Schule mussten, löste bei ihnen ein Hochgefühl aus. Annette hatte dabei gelacht, aber es klang mehr wie ein heiseres Glucksen.
Laura umklammerte den Hörer und merkte, wie sie wieder wütend wurde, als wenn ihre Mutter irgendwas für die gute Laune der Mädchen konnte. Doch zusammen mit ihrer Wut

machten sich auch Schuldgefühle breit. Ihre Mutter meinte es ja auch nur gut, genauso wie der Polizist zuvor mit seiner Akkuratheit. Es war ihr Problem wenn sie nicht mit dem zurechtkam wie die anderen sich verhielten, immerhin meinte es keiner böse. Sie schluckte ihre Wut runter, bedankte sich für alles bei ihrer Mutter und ließ sich dann an die Mädchen weitergeben und zu ihrer Überraschung hatte Annette recht, Lia und Hannah hatten sich beruhigt. Zwar stellten sie noch immer einzelne Fragen wie es weiter gehen würde, aber im Großen und Ganzen hatten sie kaum noch Angst.
Laura fragte sich woran das lag. Hatte ihre Mutter das bewirkt und Lia und Hannah so gut zugeredet? Oder lag es an der kindlichen Leichtgläubigkeit mit der Kinder, wie ein Schwamm, alles aufsaugten und verinnerlichten was ein Erwachsener sagte? Egal wie abwegig es auch erschien? Immerhin waren es ja Erwachsene. In Kinderaugen der Nabel der Welt, Kämpfer gegen die Monster, die unter dem Bett wohnten, und mächtige Wunderheiler bei aufgeschürften Knien. Sie waren es die den Kindern sagten, dass alles wieder gut werden würde, also warum sollten sie es auch nicht glauben? Könnte sie selbst auch so gelassen an die Sache dran gehen und einfach glauben das alles wieder gut werden konnte?
Sauer stieg es in Lauras Magen auf. Sie wusste keine Antwort auf die Fragen, die sie sich selbst stellte. Doch tief in sich wusste Laura natürlich auch, dass sie, bis der Typ geschnappt wurde, keine ruhige Sekunde mehr haben würde. Das Einzige was sie ansatzweise tröstete war, dass sie wusste, dass ihre Kinder in Sicherheit waren. Laura verabschiedete sich bei ihren Töchtern, sagte ihnen, dass sie sie lieb habe und versprach

später vorbei zu kommen. Nachdem sie aufgelegt hatte saß sie einen Moment lang da und überlegte was sie tun sollte.
08:34 Uhr zeigten die Neonröhren in dem Funkwecker über der Spüle an. Der Tag hatte gerade erst begonnen und sie hatte schon jetzt alles an Kraft aufgebraucht, was sie noch in ihren Akkus hatte. Gerade als sie überlegte einen Kaffee zu trinken kam Hendrik in die Küche.
Es war schon lange her, bestimmt schon über ein Jahr, dass sie ihn an einem Werktag um diese Uhrzeit in einer Jeans und einem schlichten weißen Shirt gesehen hatte. War es gewesen als Clara geboren wurde? Bestimmt. Ihre Fruchtblase war gerade in dem Moment geplatzt, als er sich für die Arbeit anziehen wollte. Sie hatte im Schlafzimmer gestanden und schlaftrunken auf die Flüssigkeit gestarrt, die ihr am Bein hinablief und sich in den Teppich saugte, als wüsste sie nicht was es war. Hendrik hatte sie aus ihrer Trance gerissen, sich angezogen und sie schließlich ins Krankenhaus gebracht. Genau, an dem Tag trug er Jeans, dachte Laura, als die Erinnerung in ihr aufflammte.
Hendrik lächelte sie jetzt an und Laura suchte in seinem Blick irgendwas, das nicht wie Unbekümmertheit aussah. Irgendwas, das ihr zeigte, dass es in ihm genauso aussah wie in ihr. Doch sie konnte nichts finden. Ein Lächeln huschte über ihr eigenes Gesicht, doch so recht glaubt sie sich selbst nicht. Hendrik nahm eine Flasche Wasser aus dem Kühlschrank und setzte sich zu seiner Frau an den Tresen. Kurz legte Hendrik seine Hand auf ihre und tätschelte sie leicht, zog sie aber schnell wieder zurück, als wäre sie ein heißes Eisen, an dem er sich verbrennen könnte. Argwöhnisch sah sie ihn an.

„Ich fahre jetzt gleich ins Büro und weise meine Vertretung ein. Damit ich ganz zu Hause sein und auf dich aufpassen kann.“ Wieder dieses Lächeln. Wut kochte in Laura auf. Nicht einmal hatte ihr Mann sie gefragt wie es ihr ginge noch etwas dazu gesagt, dass sie so unruhig geschlafen hatte. Doch anstatt zu sagen was sie dachte, nickte sie nur verhalten und sah ihm in seine braunen Augen.
Hendrik erwiderte den Blick und einen langen Augenblick herrschte Schweigen zwischen ihnen. Hendrik konnte es genauso wie seine Frau spüren, dass irgendwas in der Luft lag, doch auch er sagte nichts. Ruckartig stand er auf, er konnte den Blickkontakt mit seiner Frau nicht mehr aushalten und griff nach seinem Wasser.
„Bis später“, nuschelte er noch und dann war er auch schon durch die Tür verschwunden und ließ Laura mit einer Mischung aus Verwirrung und Wut sitzen.
Erneut legte sich Stille über das Haus, nachdem die Haustür ins Schloss gefallen war. Nur das leise Ticken der großen Standuhr ihm Wohnzimmer drang an Lauras Ohr. Sie fühlte sich wie ein Vogel, eingesperrt in einen Käfig. Zwar war er golden, aber es war und blieb ein Käfig.
Laura blickte sich in der Küche um und fragte sich, wie der Tag wohl ausgesehen hätte, wenn gestern nicht diese schreckliche Botschaft an ihrer Tür gestanden hätte, wenn das alles nicht passiert wäre. Sie würde bestimmt gerade den Tisch vom Frühstück abräumen. Die Mädchen hätten sich gerade auf den Weg in die Schule gemacht und Hendrik wäre schon bei der Arbeit, während Clara noch immer in ihrem Hochstuhl sitzend ihren Bananenbrei an ihr Spielzeug schmieren würde.

Alles wäre normal und wundervoll und... Laura hielt inne. Es wäre nicht normal, denn irgendetwas war im Moment mit ihrem Mann, das sie sich nicht erklären konnte. Seit einer Weile verhielt er sich komisch, doch woran es lag wusste sie nicht. Müde rieb sie sich die Augen und seufzte.
Das Ticken der teuren schweizer Standuhr, die sie vor einigen Jahren in einem Antiquitätengeschäft entdeckt und in die sie sich sofort verliebt hatte, schien immer lauter zu werden. So als wollte sie Laura mit jedem Geräusch daran erinnern, dass die Zeit verstrich und sie nichts machen konnte.
Schließlich griff sie nach dem Telefonhörer, der vor ihr auf dem Tresen lag, und wählte die Nummer ihrer Schwiegereltern. Und so war eins zum andern gekommen. Eigentlich hatte Laura nicht vor gehabt über Hendrik zu reden. Sie wollte nur die Fragen ihrer Schwiegermutter über sich ergehen lassen und dann wieder auflegen. Vielleicht hätte sie sich dann in den Garten auf eine der Liegestühle gelegt und mal wieder ein Buch gelesen, oder es zumindest versucht. Aber als sie die warme und liebevolle Stimme von Susanne am anderen Ende der Leitung hörte, konnte sie nicht anders und es brach aus ihr heraus. Wie ein Staudamm, der die Massen an Wasser nicht mehr halten konnte, so konnte auch Laura ihren Kummer nicht mehr in sich behalten und kotzte ihrer Schwiegermutter ihr ganzes Leid vor die Füße. Sie liebte Susanne und Andreas, doch unter normalen Umständen hätte sie nie mit ihnen darüber geredet, aber diese Umstände waren nun mal alles andere als normal und mit ihrer eigenen Mutter hätte sie auch nicht darüber reden können. Es hätte Annette aufgewühlt und sie würde nur genauso wie ihre Tochter anfangen zu weinen.

Dann hätten es die Mädchen mitbekommen und sich Sorgen gemacht und gebracht hätte es am Ende auch nichts, weil man mit Annette einfach nicht reden konnte.
Susanne erschien ihr in dem Moment einfach richtig. Sie erzählte ihr von ihrer Angst, ihren Alpträumen und Hendriks Verhalten in der letzten Zeit und wie unwohl sie sich dabei fühlte. Dass sie gemerkt hatte, wie er sich in den letzten Tagen immer mehr zurück gezogen hatte und oft nicht bei der Sache war. Und dann erzählte sie mit zitternden Lippen wie Hendrik seine Tochter Clara vor einigen Tagen angeschrien hatte. Susanne stockte der Atmen, Laura konnte es deutlich hören. Nie im Leben hätte der Hendrik, den sie alle kannten, eines seiner Kinder oder seine Frau so angeschrien, zumal noch ohne Grund. Aber selbst wenn er einen Grund gehabt hatte, hätte er es nie getan. Susanne stöhnte „Mein Gott". Leise, aber für Laura hörbar. Tränen liefen ihr über die Wagen und verließen sie genauso wie die Worte ihren Mund.
Wie ein kleines Mädchen hatte Laura geweint und Susanne hatte einfach nur aufmerksam zugehört und mit ihrer Schwiegertochter mitgefühlt. Hendrik war so komisch seit... seit... Ja, seit wann eigentlich? Laura konnte es nicht sagen, aber Susanne konnte. Geduldig wartete sie bis Lauras Redefluss langsam abbrach und sie verstummte, dann atmete sie schwer ein und es klang wie ein Seufzen. Wie jemand, der einem anderen Menschen eine schlechte Nachricht überbrachte.
Panik kochte in Laura auf, ausgelöst alleine durch die Art und Weise wie ihre Schwiegermutter einatmete. Plötzlich hatte sie das Bild einer Frau vor Augen, die im Wartezimmer einer Intensivstation sitzt und auf den Arzt wartet, der ihren Mann

nach einem schweren Unfall operierte. Laura konnte nicht sagen woher dieses Bild auf einmal kam, aber es baute sich in ihrem Inneren auf und war so klar wie ein Fernsehbild. Genauso würde der Arzt atmen, bevor er der Ehefrau sagen würde, dass die Verletzungen zu schwerwiegend waren, dass sie nichts mehr tun konnten und ihr Mann es nicht geschafft hatte. Im Bruchteil einer Sekunde war das Bild erschienen und genauso schnell schob Laura es wieder beiseite. Sie musste sich jetzt zusammenreißen und konzentrieren. Was hätte Susanne ihr denn schon erzählen können was so schlimm war und vor allem was sie noch nicht wusste? Womöglich war Susanne nur irgendetwas eingefallen an das sie selber nicht mehr gedacht hatte, was aber das Verhalten von Hendrik voll und ganz erklären konnte. Ein Hauch von Hoffnung schimmerte in ihr auf.
„Was ist denn?“, fragte Laura in die Stille hinein. Und dann begann die Mutter von Hendrik zu erzählen warum er sich so komisch verhielt. Und was sie ihrer Schwiegertochter erzählte, riss Laura die Beine weg und ließ sie brutal auf den Boden der Tatsachen aufschlagen.
„Warum hat Hendrik das nie erzählt?“, fragte sie Susanne, als diese mit ihren Erzählungen geendet hatte, doch die wusste die Antwort ebenso wenig.
„Er hat es schon immer versucht zu verdrängen“, hatte sie nur genauso ratlos gesagt.
Über zwei Stunden telefonierten und weinten die Frauen miteinander und Susanne erzählte der Frau ihres Sohnes viele Geschichten aus seinem Leben, die sie nie für möglich gehalten hätte. Und plötzlich wurde Laura auch klar, warum ihre

Schwiegereltern so merkwürdig reagiert hatten, als sie bei ihnen zum Abendessen waren. Warum sie diesen bestimmten Fragen zu Hendriks Kindheit ausgewichen waren. Als Laura schließlich entkräftet auflegte, nicht bevor sie ihrer Schwiegermutter versprach später einmal vorbei zu kommen, fühlte sie sich wie von einem Laster angefahren. Ihre Gedanken rasten und sie konnte nicht begreifen was man ihr gerade erzählt hatte. Irgendwie ergab es durch das Wissen, das sie jetzt hatte, alles einen Sinn, warum sich ihr Mann so verhielt. Aber warum in Gottes Namen hatte er ihr nie davon erzählt?
Sie waren jetzt so lange zusammen und hatten immer alles miteinander geteilt, zumindest hatte Laura das bis zu diesem Zeitpunkt geglaubt.
Und dann, als sie in der Stille ihrer Küche wieder alleine mit ihren Gedanken war, die Zeiger der alten Standuhr immer weiter auf den Mittag zu krochen und sie mit ihrem Geticke verrückt machten, hielt Laura es nicht mehr aus und holte die Flasche Wein aus der Vitrine im Wohnzimmer. Sie musste mit Hendrik darüber reden, daran bestand kein Zweifel. Sie musste mit ihm reden und verstehen was in ihm vor sich ging. Doch bis er wieder zurück kam, blieb ihr nichts anderes übrig als dort zu sitzen und zu versuchen ihre Gedanken zu ordnen.
Sie blickte auf die Neonleuchte der Uhr am Kühlschrank.
11:36 Uhr.
11:37 Uhr.
Laura goss sich erneut den Becher voll Wein und nahm einen großen Schluck.

20. Kapitel

Mit pulsierendem Blaulicht jagte der Streifenwagen durch die Straßen und presste David in seinen Sitz. Silas war ein ausgezeichneter Fahrer und selbst in solch einer Situation die Ruhe selbst, während in David das Blut kochte und er sicher war, dass er den Wagen gegen einen Baum gesetzt hätte, wäre er gefahren.
Er krallte seine Hände in den Sitz, sodass seine Fingerknöchel bereits weiß anliefen. Seine Zähne biss er so fest aufeinander, bis ein widerlicher Druck in seinem Kopf entstand, doch er bemerkte beides nicht, denn seine Erinnerungen hielten ihn gefangen. Nachdem Timo in sein Büro gekommen war und die Ergebnisse des Fingerabdruckvergleichs gebracht hatte, war alles ganz schnell gegangen. Wie Schuppen war es ihm plötzlich von den Augen gefallen was all die Jahre vor ihm gelegen hatte und auf was er selbst nie gekommen war. Silas hatte es ihm erst nicht glauben wollen. Wie sollte man so etwas auch glauben? Es war so unwahrscheinlich, so unfassbar unbegreifbar, aber jetzt wo David es wusste, war es für ihn ebenso einleuchtend wie zuvor noch unbegreifbar.
Und nun erreichte ihn eine Flut von Bildern, die schon lange in seinem Inneren geschlummert und sich über die Jahre hinweg immer weiter vergraben hatten.
Es war warm gewesen. Das war das erste was ihm in den Sinn kam. Schwül und drückend, so als könnten jeden Moment die Wolken aufbrechen und ihr Innerstes auf die Erde ergießen, aber sie taten es nicht. Es war, als wenn der Himmel es genoss, es so lange wie möglich hinaus zu zögern und die Menschen in ihrem eigenen Saft braten zu lassen. David spürte

fasst noch sein Hemd, wie es ihm klamm an seinem Körper klebte. Es war sein erster Tag als Polizist und er fühlte sich wie ein Baby, das zum ersten Mal auf wackeligen Beinen stand.
Alles war neu und aufregend. Neue Leute, neue Eindrücke und dann war da noch diese Uniform. Es war der erste Tag, an dem er in voller Montur- Uniform, Mütze, Pistole- arbeiten durfte. Seine Brust wäre an diesem Morgen fast vor Stolz geplatzt, als er sich im Spiegel betrachtet hatte.
Zudem hatte er das Glück mit Paul in seiner ersten Woche arbeiten zu dürfen, was beiden Männern ein gewisses Gefühl der Sicherheit gab, auch wenn sie es niemals zugegeben hätten, denn als Polizist sollte man stets alleine zurechtkommen.
„Seht euch die Gegend an, lauft ein bisschen durch die Straßen." Mit diesen Worten hatte sie ein leicht überforderter und gehetzter Polizeichef Müller, dessen Nachfolge viele Jahre später Paul übernehmen sollte, auf die Straße geschickt.
Wie stolzierende Hähne, die um eine Henne warben, waren sie durch die Stadt gelaufen. Und auch wenn David es selbst nicht aufgefallen war, seine Mutter hätte es gleich bemerkt, dass ihr Sohn schon lange nicht mehr so aufrecht gegangen war. Rücken gerade, Kopf nach oben und die Brust raus gestreckt. Er war stolz, so stolz wie noch nie. Und er war sich sicher, dass auch sein Vater stolz gewesen wäre, hätte er seinen Sohn so gesehen, an seinem ersten Tag, in seiner Uniform. Seinen kleinen Sohn, der stolz darauf war in die Fußstapfen seines Vaters treten zu können.
Überall wo sie hingingen hatte David das Gefühl von den Passanten angeschaut zu werden, als würden sie die beiden jun-

gen Polizisten, die durch die Innenstadt liefen, für etwas Besonderes halten. Wie etwas, was man beim Abendessen seiner Familie erzählen konnte und die es mit staunenden Augen kaum glauben würde. Das zumindest bildeten Paul und David sich ein, denn zwei Polizisten, die durch die Innenstadt liefen, waren in Paderborn weiß Gott nichts Ungewöhnliches. Doch David fühlte sich besonders. Als der Beschützer der Menschen und der Straßen, die er schon als Kind entlang gelaufen war.

Paul und er liefen gerade über den Rathausplatz, als ihnen ein kleiner Junge direkt in die Arme lief. Er bog gerade um die Ecke einer Boutique und hatte die Polizisten nicht gesehen, ansonsten wäre er direkt in die andere Richtung gerannt. Doch es sollte so sein, dass er sich nach potenziellen Verfolgern umschaute und die beiden Uniformierten nicht bemerkte, was alles ins Rollen brachte.

„Pass auf, mein Kleiner“, lachte David als das Kind ihn anrempelte und perplex ansah, verwirrt über das plötzliche Ende seiner Flucht.

Wie versteinert stand er da, reichte David kaum bis zur Brust und starrte panisch auf die Polizeimarke, die an Davids Hemd glänzte, und die Waffe, die er an seinem Gürtel trug.

„Alles ok?“, fragte David, als er den ängstlichen Blick des Kindes bemerkte, welches geistesabwesend nickte, die Augen nicht abgewandt von den Utensilien des Polizisten.

Dann erst sah David, was der Junge in der Hand hielt. Eine lederne Geldbörse, die das Kind versuchte in seinen winzigen Händen zu verbergen. Plötzlich wurde ihm einiges klar, als er den Jungen vor sich musterte. Er war ein kleiner magerer

Halbstarker, die braunen Haare standen ihm wild und ungekämmt vom Kopf ab. Ein graues T-Shirt, welches bestimmt einmal weiß gewesen war und ihm dazu noch viel zu groß. Die blaue Jeans, die er trug, war schmutzig und am Knie zerrissen, seine schwarzen Turnschuhe hatten ebenfalls Löcher an den Seiten, durch die man die nackte Haut seiner Füße sehen konnte.

Die Haut im Gesicht des Kindes war durch ein blaues Auge in bunte Töne gefärbt, die bereits am Verblassen waren, deswegen bemerkte David es erst, als er den Jungen genauer ansah. Sein Blick wanderte weiter zu dem abgewetzten Rucksack, von dem David sich gut vorstellen konnte was dort drin war: noch mehr gestohlene Wertgegenstände.

„Zeig mir mal was du da hast!“, forderte er ihn mit sanfter, aber doch bestimmter Stimme auf.

Die Panik des Kindes, die zuvor leise in ihm geschlummert hatte, wuchs explosionsartig an und alle Glieder in dem kleinen Körper spannten sich an, bereit zur Flucht. Was das Kind aber nicht gemerkt hatte, weil er viel zu sehr von dem Anblick der Waffe an Davids Gürtel gebannt wurde, war, dass Paul hinter ihn getreten war, um ihn den Weg abzuschneiden.

Sobald er sich umdrehte, um weg zu laufen, würde er Paul direkt in die Arme rennen.

Dann ging plötzlich alles ganz schnell. Der Junge ließ das Portemonnaie fallen und wollte zur Seite wegrennen, doch Paul packte ihn am Rucksack und zog ihn zurück. Als dem Kind klar wurde, dass es in der Falle saß, versuchte er sich von seinem Rucksack zu befreien, um davon zu kommen, doch David hatte ihn schon an seinem viel zu mageren Arm gepackt. Wie ein Hund, dem schlagartig klar wird, dass er in die Ecke getrieben wurde, schlug der Junge um sich und versuchte sich von den beiden Polizisten loszureißen, gegen die er nie auch nur den Hauch einer Chance hatte. Er schaffte es gerade so einen Arm aus der Schlaufe seines Rucksacks zu winden, doch Paul reagierte schnell, ließ den Rucksack los und packte den jetzt freien Arm.

Nun stand der Junge da, völlig durcheinander, an jedem Arm einen Polizisten der ihn festhielt und strampelte wild mit dem Oberkörper, doch die Situation war aussichtslos.

Immer wieder redete David auf ihn ein und versuchte ihn zu beruhigen, doch das Einzige was er dachte war, wie dünn der Arm des Kindes doch war und dass er Angst hatte ihn zu zerbrechen. Erst später sah David die vielen blauen Flecken die sich über seinen Arm zogen.

„Lasst mich los!“, schrie der Junge mit einer hohen quietschigen Stimme. Seine Augen waren weit aufgerissen, wie die eines Rehkitzes, das auf der Straße steht und vom Scheinwerfer eines heranrasenden Lastwagens geblendet wird. Nervös tanzten die schwarzen Augen in ihrer Höhle.

„Erst wenn du dich beruhigst“, gab David zur Antwort. Einige Passanten drehten sich bereits zu der Szene um, gingen aber weiter, ohne etwas zu sagen. Das Einzige was sie machten war ihnen verstohlene Blicke zuzuwerfen.

Langsam hörte der Kleine auf sich zu wehren, als ihm klar wurde, dass er mit seinen Bemühungen nicht weiter kam. Doch David spürte noch immer die Anspannung in den Gliedern des Kindes, stets bereit, wieder abzuhauen sobald sich ihm die Gelegenheit bot. Er kniete sich nieder und sah dem

Kind in die schwarzen Augen. Trotzig und voller Hass blicke der Kleine zurück.

„Wo hast du die her?“ David hielt ihm die Briefbörse vor die Nase, die der Junge zuvor hatte fallen lassen.

„Gefunden“, gab er patzig zurück und riss mit einem Mal seinen Arm los. Doch Paul hielt ihn noch immer am anderen fest, deswegen ließ David es geschehen. Er öffnete den schwarzen Rucksack, der aussah, als hätte der Junge ihn selbst schon an einigen Stellen geflickt, und fand darin ein halbes Dutzend weitere Brieftaschen. Er seufzte, weil sich seine Befürchtungen bestätigt hatten.

„Und die? Hast du die auch alle gefunden?“

Das Kind presste die Lippen zusammen und gab keine Antwort. In seinen Augen glänzte noch immer ein Funken des trotzigen Ausdrucks, aber David glaubte auch das sich etwas anderes mit rein mischte. War es Angst? Er konnte es nicht mit Gewissheit sagen.

„Du kommst mit uns.“

Den kleinen Wirbelwind zum Polizeirevier zu bringen war denkbar schwierig. Wenn er gekonnt hätte, wäre er weg gelaufen, dessen waren sich Paul und David einig, auch ohne es aussprechen zu müssen, deswegen hielten sie ihn weiterhin fest, einer links, einer rechts. David trug den Rucksack mit den gestohlenen Brieftaschen und fragte sich, was nun mit dem Jungen passieren würde.

Nachdem sie Müller die Situation erklärt hatten, seufzte dieser als er den kleinen Jungen musterte.

„Traurig, aber das kommt vor“, sagte dieser bedrückt und schickte die beiden Neuen wieder auf die Straße.

„Was passiert jetzt mit dem Kind?“, fragte David, er konnte sich die Frage nicht verkneifen.
Müller rieb sich die müden Augen. „Ich kümmere mich darum. Allerdings wenn er uns nicht seinen Namen sagt, müssen wir das Jugendamt einschalten und das wird meistens hässlich. Die gestohlenen Portemonnaies sind das kleinste Problem was der Junge hat. Sieh ihn dir an Neumann, die blauen Flecken kommen nicht von ungefähr und er ist bestimmt noch keine 10.“ Davids Magen zog sich bei den Worten zusammen. Als er mit Paul das Revier wieder verließ warf er noch mal einen Blick zurück auf das Kind, das auf einer Bank saß, zusammen gesackt wie ein Häufchen Elend, seinen nun leeren Rucksack an sich gepresst. Er versuchte eine Stärke auszustrahlen, die er nicht besaß, was den Anblick nur noch erbärmlicher machte. Die Augen des Jungen wanderten durch die Polizeistation, als würden sie etwas suchen, was sie dort bestimmt nie finden würden.
Dieses Bild, das Bild des Kindes, hatte sich in Davids Gedächtnis gebrannt, doch war es im Laufe der Zeit begraben worden, von schönen, fröhlichen Momenten und Erinnerungen, von allem was besser war als dieser traurige Anblick. Doch jetzt tauchte es vor Davids innerem Auge wieder auf, als wenn es erst gestern gewesen wäre, dass er den kleinen Jungen auf dem Revier hat sitzen sehen. Er fragte sich, wie er das nur jemals vergessen konnte, während sie jetzt durch die Straßen zu dem Haus der Kamps jagten.
Als David damals schließlich zum Feierabend wieder zum Polizeirevier kam und gerade die Treppen zum Eingang des Gebäudes hinaufstieg, öffnete sich die Tür und Müller trat

heraus, um sie für eine adrett gekleidete Frau mit kurzen blonden Haaren und einem schwarzen Kostüm aufzuhalten, die den Jungen aus der Polizeiwache führte. David war sich sicher, dass es sich bei der Frau nicht um die Mutter des heruntergekommenen Kindes handelte. Müller schüttelte der Frau die Hand und verabschiedete sich.
Kühle Augen starrten ihn aus dem kleinen Gesicht an, als der Junge an David vorbei geschoben wurde und ein kalter Schauer lief ihm erneut über den Rücken.
David blieb neben seinem Chef stehen und schaute den beiden hinterher, die über den Parkplatz zu einem der Wagen gingen, in den sie dann einstiegen. Die Nacht war gerade dabei einzubrechen und die ersten Straßenlaternen vertrieben bereits die aufkommende Dunkelheit.
„Was geschieht jetzt mit ihm?“ fragte David und wollte es beiläufig klingen lassen, was ihm allerdings nicht gelang. Müller seufzte.
„Er hat uns seinen Namen nicht verraten. Liliane Turner vom Jugendamt nimmt ihn jetzt erst mal mit und versucht etwas aus ihm herauszubekommen. Irgendwann wird er schon anfangen zu reden.“ Müller wollte sich gerade umdrehen und wieder in das Gebäude gehen, als David weiter fragte.
„Und dann bringt sie ihn wieder nach Hause?“ Es war eine unschuldige und ernst gemeinte Frage. Auch hier sollte David erst viele Jahre später begreifen, wie dumm sie war.
Sein Chef hielt in der Bewegung inne und drehte sich langsam wieder um. Er seufzte laut und schaute David dann lange an. Die ursprüngliche schlechte Laune wich etwas anderem und David erkannte Wehmut in seinem Blick.

„Er wird wieder nach Hause gebracht, aber ob er da bleiben kann, muss erst noch geprüft werden." Müller legte ihm seufzend die Hand auf die Schulter, so wie David es später auch bei Silas tun würde und drückte freundschaftlich zu.
„Ich will mir nicht vorstellen was er schon durchgemacht hat. Wir werden ihn bestimmt bald wieder sehen." Mit diesen Worten ließ er seinen jungen Kollegen stehen und auch damit sollte er recht behalten.
Vier Tage hatte es gedauert bis das Jugendamt entschieden hatte, dass der Junge nicht weiter bei seiner Mutter bleiben konnte. Vier Tage in denen sich David um den Jungen Sorgen machte, denn man hatte ihn wieder zurück zu seiner Mutter gebracht, während man entschied was passieren sollte. Dann war alles ganz schnell gegangen. Müller hatte David und Paul zu dem Treffen bei dem sie den Jungen von seiner Mutter wegholen wollten mitgenommen. Den ganzen Weg über dorthin war ihm bei dem Gedanken daran, was ihn gleich erwarten würde, schlecht.
Schließlich hielten sie vor einem schäbigen Gebäude, vor dem bereits die Frau vom Jugendamt mit einem Kollegen wartete. Sie begrüßte die Polizisten freundlich lächelnd, doch auf ihrem Gesicht lag Anspannung.
„Die Mutter ist nicht einfach. Das wird schwierig den Jungen da raus zu bekommen."
Mit wenigen Worten teilte Müller seinen neuen Kollegen die Vorgehensweise mit, was sie dort drin zu tun hatten, dann betraten sie das schäbige Gebäude, an dem der orangene Putz abbröckelte und die roten Ziegelsteine darunter zu sehen waren.

Das Treppenhaus war ein schlecht gelüfteter und schummriger Schlauch nach oben, in dem es nach einer ekelerregenden Mischung aus Urin und Alkohol roch. David musste sich die Hand vor den Mund halten, als sie an einem Mann vorbei gingen, der im Erdgeschoss neben der Eingangstür auf dem Boden saß. Halb im Schlaf, weggetreten von Alkohol oder Drogen oder beidem, grunzte der Mann als die kleine Kolone an ihm vorbei zog. Als David klar wurde, dass ein Teil des Geruchs in dem Treppenhaus von ihm ausging, wurde ihm noch übler als nicht sowieso schon. Daran das hier Kinder in diesem Gebäude aufwuchsen, wollte er erst gar nicht denken, sonst hätte er vor Wut gegen die Wände schlagen können. Und hier wollte er lieber nichts anfassen.
Sie stiegen die Treppe hoch zur Nummer 3b und sammelten sich vor der Tür, an der bereits die Farbe begann abzublättern. Wie eine Schlange, die sich häutete, bröckelte auch hier die rote Farbe ab.
Müller nickte in Richtung der Wohnung und Paul und David gingen in Position. Sie stellten sich seitlich zur Tür, jeder eine Hand an der Pistole an ihrem Gürtel, bereit auf alles zu reagieren, was hinter dem hölzernen Eingang auf sie warten mochte. David schaute zu Paul, dieser nickte, dann klopfte er laut an die Tür. Das dünne Holz vibrierte unter seinen Schlägen, wie als hätte es Angst.
Sekunden verstrichen die David wie Jahre vorkamen. Angespannt lauschten sie auf Geräusche auf der anderen Seite, aber es regte sich nichts.
„Nochmal!“, forderte sein Chef ihn barsch auf. Poch, Poch, Poch. Dieses Mal war auch das Klopfen von Paul energischer

und es schien etwas zu bewirken, denn erst waren leise Bewegungen wahrzunehmen, dann Poltern, welches von vulgären Flüchen begleitet wurde. Die Nackenhaare von David stellten sich auf. Mit einem Ruck wurde die Tür aufgerissen und David erstarrte bei dem Anblick der Frau, die er sich einerseits total anders vorgestellt hatte, andererseits aber genauso.
Sie war dünn, nein nicht dünn, mager. Aus dunklen braunen wilden Augen starrte ihnen purer Hass entgegen. Keine Spur, nicht ein Fünkchen Angst oder Panik waren in ihrem Blick zu sehen, obwohl David das angenommen hätte, beim Anblick von zwei bewaffneten Polizisten die vor ihrer Tür standen. Doch die Drogen die ihren Blick glasig machten und ihrem Körper jegliche Kraft genommen hatten, schienen auch ihre Vernunft und ihr klares Denken vernebelt zu haben. Maria Navarro stand dort, eine kleine Frau, kaum älter als David oder Paul, in ihrem kurzen roten Kleid, das kaum über ihre Arschbacken reichte und auch ihre winzigen Brüste nicht wirklich bedeckte und hielt sich an dem Türrahmen fest, weil sie zu sehr am wanken war. Sie klammerte sich daran, als wären ihre Beine zu schwach, um ihr Gewicht zu halten.
„Was?!“, bellte die junge Frau und David starrte ihr ins Gesicht. Die Haare standen wild zu allen Seiten ab und ihr Make-up war verschmiert. Sie sah aus, als hätte sie seit Wochen dasselbe Zeug drauf. Er musste schlucken, als er die kraterartigen Narben sah, die sich auf ihrer Stirn bildeten. Die Zeichen des Drogenmissbrauchs. Bis jetzt hatte David so etwas nur in Büchern während der Ausbildung gesehen, noch nie in Wirklichkeit, doch es war unverkennbar und jagte ihm einen eiskalten Schauer über den Rücken.

Und dann passierte alles ganz schnell. Mit überraschend fester Stimme richtete sich Liliane an die Frau, die ihnen die Tür geöffnet hatte. „Maria Navarro, ich bin vom Jugendamt und wir sind hier, um ihren Sohn mitzunehmen.“
David spürte eine Hand auf seiner Schulter, die ihn die Wohnung schob und noch ehe er realisieren konnte was er tat, ging er mit Paul gemeinsam auf die Frau zu, die sie perplex anstarrte. Ihr vernebeltes Gehirn verstand nicht, was hier gerade passierte.
Ein feuchter modriger Geruch, vermischt mit einem süßlichen Duft von billigem Parfüm, schlug den Polizisten entgegen, als sie die winzige Wohnung betraten. David gab sich Mühe die Frau nicht aus den Augen zu lassen, eine Hand noch immer an seiner Waffe, die zweite schützend nach vorne gehalten, um die Frau auf Abstand zu halten. Doch sie war noch zu verwirrt als das sie begreifen konnte was die Worte bedeuteten. Langsam sank sie auf das fleckige rote Sofa nieder und starrte die Polizisten abwechselnd an.
Aus dem Augenwinkel nahm David wahr wie verdreckt es in dem Raum war. Wellige Bahnen Tapete klebten an der feucht wirkenden Wand und waren dabei jeglichen Halt zu verlieren. In einer Ecke des hamsterkäfiggroßen Raumes hatte die Tapete sich bereits gelöst und hing wie eine schlappe, vom Zigarettenqualm gelb gewordene Zunge von der Wand.
Überall auf dem Boden lagen ausgetretene Zigarettenreste und leere Wein- und Bierflaschen dekorierten den Raum auf eine perfide Art und Weise. David spürte wie sich ihm alle Haare am Körper aufstellten. Er biss die Zähne zusammen und musste seinen Zorn beherrschen, wenn er daran dachte,

dass in dieser versifften Junkiebude ein Kind aufwuchs. Wenn die Fenster nicht mit alten Gardinen verhangen gewesen wären, die ein schummriges Licht erzeugten, dann hätte er auch das Drogenbesteck auf dem Wohnzimmertisch sehen können, mit dem sich die Mutter des kleinen Jungen im Nebenzimmer, noch kurz zuvor einen Schuss gesetzt hatte.

Fern, wie aus einer anderen Welt, drang Lilianes sanfte Stimme noch immer an sein Ohr.

Plötzlich, als hätte sie der Blitz getroffen, sprang die zierliche Frau auf und begann zu keifen und zu schreien, als Liliane das Kind aus einem anderen Zimmer ins Wohnzimmer brachte. Müller stand an der Tür zum Kinderzimmer und ließ die aufgebrachte Frau ebenso wenig aus den Augen wie seine jüngeren Kollegen.

„Nehmt ihn doch mit. Ich will ihn eh nicht mehr haben. Er hat mir immer nur Ärger gemacht diese Missgeburt“, brüllte Maria mit hoher quietschiger Stimme, während sie um sich schlug. Nie hätte David gedacht, dass so viel Wut und Kraft in diesem dürren Körper stecken könnten, doch die Frau schlug um sich und versuchte sich an den beiden Polizisten vorbei zu drücken, um zu ihrem Sohn zu gelangen. Nur Gott weiß was sie getan hätte, wenn sie es geschafft hätte. Gemeinsam schafften Paul und David, es die aufgebrachte Frau wieder aufs Sofa zu drücken.

Zu zweit hielten sie die Frau fest, wie Tage zuvor ihren Sohn, und versuchten Herr über die Lage zu werden. Doch sie trat um sich und wehrte sich mit aller Kraft. Ihr sowieso schon kurzes Kleid rutschte hoch als sie nach den Männern trat und David erschrak als er sah, dass sie keine Unterwäsche trug und so den Blick auf den Busch zwischen ihren Beinen freigab. Schnell wandte David den Blick ab und konnte gerade noch das Gesicht des Jungen sehen, bevor Liliane ihn zur Tür hinaus schob. Seine Augen waren starr und David konnte in dem kurzen Augenblick den Schmerz darin erkennen, den das Kind spürte. Der Anblick zerriss ihm fast das Herz.

Es schienen Stunden zu vergehen bis die Frau aufhörte sich zu wehren. Die Erkenntnis, dass sie keine Chance gegen die beiden Polizisten hatte, hielt sie nicht davon ab weiter zu machen. Wahrscheinlich drang langsam zu ihr durch, dass man ihr wirklich ihr Kind weg nahm und das letzte bisschen Mutterinstinkt in dem zerschundenen Körper wollte kämpfen. Aber die zweite Möglichkeit, warum sie so ausrastete, war so erschreckend, dass David gar nicht daran denken wollte, aber es ließ sich nicht mehr verhindern. *Was wenn sie zu Ende bringen wollte, was sie mit ihrer jahrelangen Misshandlung angefangen hatte?,* schoss es ihm durch den Kopf und die geschundenen Arme des Kindes tauchten vor seinem inneren Auge auf.

Müller war inzwischen zu ihnen zurückgekehrt, nachdem er Liliane und den Jungen zu ihrem Auto gebracht hatte. Nun redete er mit monotoner Stimme auf die Frau ein und erklärte ihr was jetzt in den nächsten Wochen passieren würde. Und welche rechtlichen Schritte sie erwarten würden. Wütend funkelte sie den Polizeichef an, während David und Paul sie noch immer festhielten.

„Alles Weitere steht in diesem Brief.“ Mit diesen Worten warf er einen Umschlag auf den siffigen Tisch, auf dem ein gebrauchtes Kondom klebte.

„Haben Sie verstanden was ich Ihnen gesagt habe?“ Die Frage klang eindringlich, wütend, auffordernd.
Maria Navarro nickte und David spürte wie sich ihre Muskeln entspannten und die Spannung in ihrem Körper nachließ.
„Wir gehen“, sagte Müller schließlich und wandte sich der Tür zu. Paul ließ die Frau los und folgte ihm.
Doch er selbst war wie gebannt. Noch immer hielt er die Frau an ihrem dünnen Arm, der kaum dicker war als ein Ast, und starrte sie an. Dann drehte sie den Kopf und erwiderte seinen Blick aus innerlich toten Augen. Irgendwie hatte David Angst sie loszulassen. Immerhin konnte sie jeden Moment wieder auf ihn losgehen sobald er ihr den Rücken zudrehte und er hatte ja gesehen zu was sie fähig war. Und plötzlich tief aus seinem Inneren kam eine Stimme die ihm zuflüsterte: *Vielleicht gibt sie euch einen Grund zum Schießen.*
Erschrocken vor sich selbst, ließ er ihren Arm los. Eine Sekunde lang verharrte er noch, starrte der jungen Frau voller Abscheu, ausgelöst durch ihre Taten, in die Augen, bevor er sich umdrehte und ohne sich noch einmal umzusehen die Wohnung verließ. Dabei hoffte noch immer ein kleiner Teil von ihm, dass sie ihn angriff und er sich wehren müsste.
Gleißendes Licht biss David in die Augen als er aus dem miefigen Treppenhaus hinaus trat. Und erst jetzt, hier draußen an der frischen Luft, wurde ihm bewusst wie furchtbar es in der Wohnung gestunken hatte. Nie glaubte er könnte er den Gestank des billigen Parfüms vergessen, der an der Frau gehaftet hatte, als hätte sie darin geduscht. Angewidert starrte er seine Hände an, auch an ihnen klebte nun dieser süßliche widerwärtige Duft. David sog die frische Luft ein und versuchte den

Zorn auf die Frau zu verdrängen, die ihrem eigenen Kind so etwas angetan hatte. Daran wie viele weitere Kinder in solchen Verhältnissen lebten, wollte er gar nicht erst denken.
„Neumann, ich fahre Sie zu dem Krankenhaus, wo Liliane den Jungen hin gebracht hat. Passen Sie auf, dass niemand an den Jungen ran kommt. Und sorgen sie auch dafür, dass er nicht abhaut."
Während der Junge von verschiedenen Ärzten untersucht wurde, stand David auf einem leeren, nach Desinfektionsmittel riechenden Flur der Frauenklinik Paderborn und starrte an die weiße Wand gegenüber. Nur einmal hatte er sich umgedreht und durch das kleine Fenster auf Augenhöhe in der Tür geschaut und gleich war die Wut wieder von neuem aufgekocht, als er den nackten Rücken des Jungen gesehen hatte, der gerade von dem Arzt begutachtet wurde. Zahlreiche Blessuren zierten den winzigen Körper und David wurde schlecht bei den vielen blauen Flecken und den kleinen Wunden, von denen er erst später begreifen sollte, dass es Brandblasen waren, von ausgedrückten Zigaretten oder von wer weiß was noch. Schnell hatte er sich wieder abgewandt, sonst hätte er vor Zorn auf die Wand neben der Tür, vor der er stand und an der ein winziges Schild mit der Aufschrift „Behandlungsraum 3" hing, eingeschlagen.
David schaute aus dem Fenster des Wagens und sah die Welt an sich vorbeirauschen. Heute Morgen hatte die Sonne noch so vielversprechend warm vom Himmel gestrahlt und die Bürger von Paderborn dazu animiert, einen Grillabend mit Freunden zu planen oder mal wieder ihr Fahrrad aus dem Keller zu holen und eine Runde damit zu drehen.

Doch graue Wolken hatten sich in der letzten halben Stunde vor die Sonne geschoben, fast so als spiegelten sie Davids Stimmung wieder.
Sie fuhren schnell. Schneller als erlaubt, aber was spielte das schon für eine Rolle? Jeder der die Sirene hörte, die auf ihrem Dach lauter schrie als ein kleines Kind das Hunger hatte, würde mit seinem Wagen zur Seite fahren und anhalten, um ihnen Platz zu machen. Und die Menschen, die auf den Fußwegen unterwegs waren oder bei einem der Restaurants oder Bars auf der Terrasse ihr Mittagessen einnahmen, würden schweigend den durch die Straße jagenden Wagen nachschauen, bevor sie sich wieder ihren Gesprächen und ihrem Salat oder Pizza zuwandten.
Silas nahm eine scharfe Kurve und holperte dabei mit dem Hinterrad über den Bordstein. Kräftig humpelte der Wagen und schlug hart auf die Stoßdämpfer, aber es tat ihrer Geschwindigkeit keinen Abbruch.
Irgendwas war im Gange, das spürte David so deutlich wie er den Kloß in seinem Hals spürte, der ihm fast die Luft abschnürte. Er wusste nicht woher dieses Gefühl kam. Wahrscheinlich war es ebenso übernatürlich wie das er an dem Tag vor knapp zwei Wochen wusste, dass der Tag nichts Gutes für ihn bereit hielt.
Sie mussten sich beeilen, um nicht zu spät zu kommen, zu dem was immer auch gerade geschah. David presste die Lippen zusammen und starrte wieder hinaus auf die dahin rasenden Geschäfte, die ineinander zu verlaufen schienen und nur einen bunten Farbbrei zurück ließen. Jetzt konnte er sich wieder so genau an die schwarzen kleinen Augen erinnern, die

aus dem winzigen Gesicht zu ihm aufgeblickt hatten. Noch nie hatte er solch eine Augenfarbe bei einem Menschen gesehen. Damals als Liliane mit dem Arzt und dem Jungen wieder aus dem Behandlungszimmer gekommen war, wollte er ihm irgendwas mit auf den Weg geben. Und das hatte er. David, gerade mal 22 Jahre alt, in seiner ersten Woche als Polizist, bückte sich, legte dem Kind die Hand auf die Schulter und sagte das, woran er in tiefstem Herzen glaubte, dass alles wieder gut werden würde. Wie hätte er das auch nicht annehmen können? Er glaubte wirklich daran, dass für den kleinen Jungen wieder alles gut werden konnte, jetzt wo er von seiner Mutter weg war und man ihm eine echte Chance bieten konnte. Und irgendwie war es ja auch gut geworden oder nicht? Zumindest von außen betrachtet sah es so aus.
David krallte seine Finger in den weichen Sitz und versuchte nicht auf das Fluchen von Silas zu achten, weil er ihre Kollegen, die als Wache aufgestellt waren, nicht erreichte.
War es Schicksal oder Gottes Plan, dass die beiden Polizisten ausgerechnet in diesem Moment, wo man versuchte sie zu erreichen, einen Rundgang ums Haus machten und sich die Nachbarschaft ein bisschen genauer ansahen und dabei ihr Funkgerät im Auto hatten liegen lassen? Wer konnte es schon sagen. Aber am Ende griffen all diese Zahnräder ineinander und beschwören das Unbeschreibliche herauf.
Diese kleinen schwarzen Augen, die ihm damals glauben schenkten. Wie konnte er sie nur je vergessen? Wie konnte er nur je diesen Jungen vergessen? Und diesen Namen? Es war nichts gut geworden. Wie hätte es auch gekonnt? Hätte es doch bei David nur schon Klick gemacht, als er ihren Namen

vor zwei Wochen im Zusammenhang mit dem Gefängnisausbruch wieder hörte. Sie war der Auslöser für all das gewesen. Hätte er das doch nur vorher erkannt.
David schloss seine Augen und betete, dass sie nicht zu spät kommen würden.

21. Kapitel

13:37 Uhr zeigte die Uhr an, als Laura beschloss, dass sie nicht mehr warten konnte. Eigentlich hätte Hendrik doch schon längst wieder da sein sollen, aber er tauchte einfach nicht auf, also beschloss sie, schon mal zu packen, damit sie schneller bei den Mädchen sein konnte, sobald sie mit ihrem Mann gesprochen hatte.

Der dritte Becher Wein war ihr in den Kopf gestiegen, hatte ihre Wangen gerötet und zum Glühen gebracht. Zudem kamen ihr mit jedem Schluck wildere Fantasien darüber in den Kopf, wie sie gleich ihren Mann darauf ansprechen würde, was seine Mutter ihr vorhin erzählt hatte und wie er darauf reagieren könnte. Zwar hatte Laura damit warten wollen die Eheprobleme zu klären, solange dieser Typ draußen darauf wartete sie zu bekommen und wie ein Schwein abzustechen, aber die Dinge hatten sich geändert und sie wollte es jetzt klären. Der Wind hatte sich jetzt gedreht. Der Grund warum sich Hendrik verhielt wie er es nun mal tat war geklärt und das konnte sie nicht stillschweigend schlucken und so tun, als wüsste sie nichts. Doch nur weil sie jetzt wusste warum Hendrik sich so verhielt, linderte das ihre Bestürzung keinesfalls. Sie wollte, nein sie musste, mit ihm darüber reden, fragen was in ihm vor sich ging und warum er ihr niemals von dem wohl wichtigsten Kapitel in seinem Leben erzählt hatte. In all diesen Jahren. Dass er es nicht am Anfang erzählt hatte, als sie sich gerade erst kennen gelernt hatten, verstand sie, aber auch nach der Hochzeit nicht oder nach dem ersten, zweiten oder dritten Kind, hatte er nichts gesagt. Und das machte sie stutzig. Niemals auch nicht mit einer Silbe hatte er es erwähnt,

was Susanne jetzt so einfach in Worte gekleidet hatte. Ihre Stimme halte noch immer in Lauras Kopf wider. Die Worte, die so vieles erklärten, dröhnten in ihrem Inneren wie ein Schlagbohrer.
Laura blickte auf den letzten Schluck rubinrote Flüssigkeit, die in der Tasse wie eine kleine dreckige Pfütze aussah, und fragte sich, welches Gefühl in ihr wohl überwiegen mochte. Die Sorge um ihren Mann, den Mann mit dem sie so viele Jahre das Bett geteilt hatte, dem sie drei Töchter geschenkt hatte, der Mann, der die Wende in seinem Leben scheinbar nicht verkraftete oder die Enttäuschung darüber, dass eben dieser ihr das wohl fundamentalste aus seinem Leben nicht erzählt hatte, das, was ihn zu dem Menschen gemacht hatte der er jetzt war.
Jetzt wo sie es wusste würde sie ihn ansprechen, gleich wenn er nach Hause kam, das nahm sie sich vor. Aber der Zeiger der Uhr war mehrere Male um seine Mitte gewandert, die Sonne hatte bereits ihren höchsten Stand für heute erreicht und Hendrik war immer noch nicht wieder da und so langsam hielt sie es nicht mehr aus in diesem großen leeren Haus zu sitzen und zu warten. Wie ein dunkler Fluch drückte die Einsamkeit auf ihre Seele. Sie wollte nicht mehr hier bleiben. Sie würde zu ihrer Mutter fahren und da bleiben. Dort standen immerhin auch Polizisten vor der Tür und hielten Wache. Und seit dem letzten Herbst, in dem ein Waschbär nachts die Mülltonne beim Haus von Annette umgeworfen hatte und sie mit einem tosenden Krach auf die Einfahrt gerollt war und ihren Inhalt freigegeben hatte, sodass das pelzige Tier sich daran genüsslich tun konnte, hatte ihre Mutter drauf bestanden eine

Alarmanlage zu bekommen. Mitten in der Nacht hatte sie ihre Tochter und ihren Schwiegersohn angerufen, völlig aufgelöst aus Angst vor Einbrechern. Dass sich am Ende raus stellte, dass es nur ein harmloses Tier, kaum größer als ein Hund, war, das es auf Essensreste abgesehen hatte, wollte Annette nicht hören. Sie wollte diese Alarmanlage und sie hatte sie schließlich auch bekommen. Jetzt konnte sie wieder ruhig schlafen ohne Angst haben zu müssen vor Einbrechern, die sie nachts ausrauben und töten wollen, wie sie es selbst so oft sagte.

Laura sah also keinen Grund, warum sie nicht bei ihrer Mutter auf das Ende dieses Alptraums warten konnte. Umgeben von ihren Kindern würde sie sich sicher fühlen. Hendrik würde bestimmt mitkommen. Vielleicht brauchte er noch einen Moment für sich alleine, nachdem Laura mit ihm über das heikle Thema geredet hatte, oder womöglich wollte er auch nochmal zu seinen Eltern fahren und sich dort ein bisschen mit ihnen unterhalten. Immerhin waren sie es, die seinen Schmerz schon einmal gestillt hatten und ihn den Wahnsinn haben vergessen lassen. Aber dann, ganz sicher würde er ihr folgen, da war sie sich sicher. Er konnte ja auch nicht glücklich sein alleine in diesem großen Haus, davon war sie ebenfalls überzeugt. Enthusiastisch stand Laura auf, stürzte den Rest des Weins runter und verzog das Gesicht bei dem sauren Geschmack, den er mit der Zeit angenommen hatte. Der dritte Becher Wein auf nüchternen Magen hatte nicht nur Lauras Verstand vernebelt, sondern auch ihre Beine aufgeweicht. Sie musste sich am Tresen festhalten, um den Weg aus der Küche zu finden, ohne allzu stark zu wanken.

Das stetig wiederkehrende Piepen ihres Handys, das auf der Anrichte neben dem Kühlschrank lag, ignorierte sie gewissenhaft seit Stunden da sie wusste, dass es Victoria war. Sie wollte jetzt nicht mit ihrer Freundin reden, die bestimmt schon alles über die Geschehnisse wusste. Laura war sowieso mehr als überrascht, dass nicht bereits eine Horde von Reportern ihre Zelte vor ihrem Haus aufgeschlagen hatten. Doch womöglich fehlte ihnen der Bezug zu dem Ripper, sodass es sich für die Medienleute nicht lohnte für eine harmlose Schmiererei an einer Tür Reporter abzubestellen.
Sie wünschte sich nichts mehr, als das es sich nur um so etwas handelte, obwohl sie längst wusste, dass dem nicht so war. Dennoch war sie einigermaßen froh darüber, dass sie nicht auch noch Angst davor haben musste bei jedem Schritt aus dem Haus auf die Titelseite eines Klatschmagazins zu kommen. Sie sah vor ihrem geistigen Auge schon die übertriebenen Schlagzeilen, die sie versuchten mit dem Ripper in Verbindung zu bringen. Sie wollte sich gar nicht erst ausmalen, was es für ihren Job und ihre Familie für Konsequenzen haben könnte, wenn sie mit ihm zusammen in einem Atemzug genannt werden würde. Dass sie bereits mit drin steckte, warum auch immer, war schon mehr als sie ertragen konnte.
Ihr Handy piepte erneut. Vielleicht würde sie Victoria heute Abend einmal anrufen, wenn der Sturm in ihr sich ein bisschen gelegt hatte und sie mit ihrem Mann gesprochen hatte. Sie konnte ja nicht ahnen, dass es dazu nicht mehr kommen würde.
Hätte Laura abgenommen und mit ihrer Freundin über alles geredet, ihr ebenfalls wie Susanne zuvor ihr Leid geklagt,

dann wäre der Tag bestimmt anders ausgegangen. Victoria wäre rüber gekommen und Laura wäre nicht alleine in dem Haus gewesen. Alles wäre anders gekommen. Aber ihr ging genug im Kopf herum, das sie erst mal sortieren musste. Da blieb keine Zeit, geschweige denn Kraft, um ständig neue Fragen zu beantworten oder welche, die sie in den letzten zwei Tagen der Polizei oder sich selbst zur Genüge beantwortet oder es zumindest versucht hatte.

Sie hatte sich einen Plan zurecht gelegt: Packen, mit Hendrik reden, zu ihren Mädchen fahren. Das war die Reihenfolge, die sie mit ihrem alkoholgeschwängerten Geist noch aufstellen konnte. Alles danach würde sie dann noch sehen.

Mit David Neumann müsste sie auch noch reden heute, fiel es ihr ein, als sie die Stufen in die erste Etage zu erklommen begann. Sie würde ihn fragen was jetzt mit seinem Versprechen war. Ob er es jetzt halten würde oder ob sie auch erst noch sterben musste, damit er etwas tat. Laura erstarrte plötzlich, am oberen Treppenabsatz angekommen. Mit beiden Händen hielt sie sich am Geländer fest, weil sie wankte und weil sie von sich selbst erschrocken war. Der Alkohol machte sie aggressiv, das war neu. Eigentlich wurde sie nach dem ersten Glas Wein doch immer nur lustig und ausgelassen. Nach dem zweiten begann sie ungehalten wie ein kleines Schulmädchen zu kichern und fand alles lustig und nach dem dritten Glas wurde sie schläfrig. Sie mochte diesen leichten Schwebezustand und ihren ungehaltenen Humor nach dem zweiten Glas, aber diese lähmende Müdigkeit, die sie dann befiel, mochte sie nicht. Das war auch der Grund, warum sie selten mehr als zwei Gläser trank.

Doch die Mischung aus Wein, Wut, Enttäuschung und Angst hatte die Müdigkeit, die sie sonst überfallen hätte, vertrieben und Aggression ausgelöst. Laura rieb sich die Augen und versuchte einen klaren Kopf zu bekommen. Der Polizist David Neumann gab mit Sicherheit sein bestes, dessen war sie sich sicher. Bestimmt war er auch nicht glücklich darüber, dass der Ripper ihn seit so vielen Jahren verhöhnte. Ganz zu schweigen was es wohl für seine Karriere bedeutet.
Laura überlegte ob sie eben schnell in die Küchen gehen sollte, um etwas zu essen, damit es in ihrem Kopf vielleicht aufhörte so schummrig zu sein, entschied sich aber dagegen. Erst wollte sie ihre Tasche packen, danach konnte sie immer noch etwas essen.
Im Schlafzimmer angekommen zog sie ihre Sporttasche unter dem Bett hervor, kippte den Inhalt aufs Bett und begann wahllos Kleidung aus dem Schrank zu ziehen und sie in die Tasche zu schmeißen, als sie hörte, wie die Haustür ins Schloss fiel.
Plötzlich durchflutete sie eine Welle von Panik und sie hielt in der Bewegung inne. Ihr Herz begann zu rasen, ebenfalls ihre Gedanken. Tausend Fragen schossen ihr durch den Kopf, während schwere Schritte durch das Erdgeschoss hallten. Wer auch immer gerade ins Haus gekommen war, er ging in die Küche.
War es Hendrik? Dann würde er doch rufen, dass er wieder zuhause ist oder nicht? Oder war ER es?
Was war mit der Alarmanlage? Laura schluckte. *Sie ist aus*!, durchfuhr es sie eiskalt. Hendrik hatte sie bestimmt nicht scharf gestellt, als er gegangen war und sie auch nicht. Hatte er die Tür wenigstens hinter sich abgeschlossen? Wie konnte

sie nur so dumm sein und das nicht nochmal nachgeprüft haben? *Laura Kamp aufgeschlitzt wie ein Schwein, weil sie zu dumm war, die Tür abzuschließen,* schoss ihr die Schlagzeile einer Zeitschrift durch den Kopf, nachdem man sie als neues Opfer des Rippers bekannt gegeben hat.
Die Polizisten, fiel es ihr siedend heiß ein. Sie würden doch aufpassen das niemand ins Haus gelangt, ohne ihn vorher zu überprüfen. Dafür waren sie schließlich da oder nicht? Doch der Gedanke beruhigte Laura nicht. Dieser Mann, dieser Irre, hatte so viele Frauen überwältigt und getötet, ohne auch nur eine Spur zu hinterlassen. Da würde er doch auch mit zwei Polizisten fertig werden. Und hatte Laura während ihrer Studienzeit nicht ein Buch gelesen, natürlich lange bevor das mit Emilie passiert war, in dem es genau darum ging? Von wem war es noch gleich? Stephen King? Das war noch zu der Zeit in der sie es aushalten konnte Bücher zu lesen in denen Menschen getötet wurden. Da hatte ein irrer Mörder doch auch eine Reihe Polizisten aus dem Weg geräumt, um sein Ziel zu verfolgen. Warum sollte das nur in Büchern oder Filmen funktionieren?
Ihr Herzschlag beschleunigte sich bei all den wirren Gedanken, die ihr wie eine Flutwelle durch den Kopf strömten. Ihr wurde schlecht. Sie musste in den Flur gehen, das war ihr klar. Hier im Schlafzimmer saß sie in der Falle, wenn es nicht ihr Mann war sondern der Ripper. Im Flur konnte sie immerhin noch versuchen zu entkommen. Und wenn sie im Flur war, gab es dort irgendetwas was sie als Waffe verwenden konnte? Eine Schale mit Duftpotpourri stand auf der antiken Anrichte direkt neben der Treppe. Nutzlos ihn mit getrockneten Blüten

zu beschmeißen. Bilder hingen an der Wand, aber so schnell konnte sie bestimmt keins von seinem Haken reißen und nach dem Angreifer schlagen. Und würde so ein einfacher Holzrahmen überhaupt etwas bringen? Er würde bestimmt nur brechen, das Glas splittern und sie sich womöglich noch selbst mehr verletzten als alles andere. Bestimmt würde ihr Angreifer dann noch über ihre Dummheit lachen, bevor er sich über sie hermachen und sie ausweiden würde.

Aber stand da nicht noch dieser gläserne bunte Aschenbecher, den sie von ihrer Großmutter geerbt hatte? Weder sie noch Hendrik rauchten, dafür ihre Großmutter umso mehr, und schließlich war sie auch ihrem Lungenkrebs erlegen. Ein Grund mehr für Laura nicht zu rauchen, auch wenn sich Oma Annabel noch auf ihrem Sterbebett genüsslich eine Zigarette angezündet hatte. Aber der Aschenbecher war einfach zu schön, als dass man ihn hätte wegschmeißen können. Im Flur auf der Anrichte, neben der Schale mit dem Duftpotpourri, sah er aus wie eine weitere kleine Schale und wenn die Sonne auf ihn traf, dann leuchteten die bunten Farben auf und tauchten den Flur in ein herrliches Licht, deswegen hatte sie ihn dahin gestellt. Laura war sich sicher dass er schwer genug sein würde, um den Angreifer damit verletzen zu können, wenn sie nur fest genug zuschlug und ihn richtig traf. Vielleicht würde das Glas dabei zerbrechen, aber wenn es ihr damit gelingen würde zu entkommen, dann würde ihr das ihre Großmutter verzeihen.

Nur musste sie erst einmal dorthin gelangen.

Ihre Beine fühlten sich unglaublich schwer an und sie wurden mit jedem Schritt, den sie langsam auf die Tür zu machte,

schwerer. Sie stand bereits an der Tür als sie die Schritte auf der Holztreppe hörte. Schwere Schritte, die nur von einem Mann stammen konnten, polterten den Weg zu ihr hinauf.
Laura hielt den Atem an und wartete darauf, wer dort hoch kam. Ihre Finger klammerten sich so stark an den Türrahmen, dass das Blut aus ihnen wich. Sie stand da und wartete bange Sekunden ab, in denen sie nicht wahrnahm, wie ungünstig sie stand. Nur ihren Oberkörper hatte sie aus dem Zimmer gestreckt und sobald sie erkennen würde, dass es ein Fremder war, der die Treppe zu ihr hoch stampfte, wäre ihre erste Reaktion Flucht, direkt in das Schlafzimmer, direkt in ihr Verderben.
Ihr Herz schlug so schnell, dass es zu zerspringen drohte. Ein Gemisch aus Galle und Wein stieg ihr sauer die Kehle auf, doch sie schluckte es mit einem Ausdruck von Ekel auf dem Gesicht wieder runter.
Ein braunes Haarbüschel tauchte über der letzten Stufe auf und plötzlich durchflutete sie Erleichterung, als das Gesicht ihres Mannes folgte.
„Was ist?“, fragte er verdutzt als er auf seine Frau zukam und sie argwöhnisch musterte.
Laura zuckte die Schultern und fühlte, wie ein Teil ihrer Anspannung von ihr abfiel und auf den Boden glitt, wie Wasser von einer glatten Oberfläche perlte sie von ihr ab.
„Ich habe nur die Tür gehört. Und... du weißt schon..“ Auf einmal kam sie sich lächerlich vor bei ihren Überlegungen den Aschenbecher ihrer Großmutter als Waffe zu verwenden.
Hendrik grinste hämisch. „Vor der Tür stehen zwei bewaffnete Polizisten. Da brauchst du doch keine Angst zu haben.“

In seiner Stimme lag Belustigung, aber auch noch ein Hauch von etwas anderem, was sie nicht erkannte. Die braunen Augen ihres Mannes glitzerten während er sprach.
Laura zuckte nur erneut mit den Schultern und ging ins Schlafzimmer zurück. So wollte sie nicht mit ihrem Mann reden, wenn er sich über ihre Angst lustig machte. Ein Grund mehr zu ihrer Mutter zu fahren. Da würde keiner über sie lachen.
Das schummrige Gefühl in ihrem Körper, ausgelöst vom Wein, war Ärger gewichen und hatte nur noch einen leichten Schatten hinterlassen. Sie fühlte sich in dem Moment eingeengt in dem Raum, der ihr sonst immer so riesig erschienen war und auch die Luft war jetzt nicht mehr so klar wie noch zuvor. Jetzt war sie irgendwie stickig. Laura versuchte ruhig zu atmen und ihre Gedanken zu beruhigen, als sie wieder ans Bett trat. Hendrik folgte seiner Frau, lehnte sich an den hölzernen Schminktisch neben der Tür und beobachtete sie.
„Was machst du da?", fragte er schließlich als Laura anfing Unterwäsche aus ihrer Kommodenschublade zusammenzusuchen und sie in die Sporttasche steckte. Sie hielt inne und sah ihren Mann an. Irgendwie hatte sie noch immer ein mulmiges Gefühl, von dem sie nicht wusste was es auslöste. Wie ein Stück Kaugummi, auf das man auf dem Gehweg getreten war und das jetzt an der Schuhsohle klebte, haftete nun Sorge an ihr, während sie ihren Mann so ansah, wie er vor ihr stand. Seine Miene war starr wie eine Maske, sie konnte nicht daran ablesen was er dachte.
„Ich möchte zu meiner Mutter und zu den Mädchen fahren und da bleiben. Und ich hoffe, dass du mit mir kommst."

Laura trat von einem Bein auf das andere. „Ich fühle mich hier nicht wohl. Einfach nicht sicher. Ich hoffe du kannst das verstehen, dass ich nicht hier bleiben möchte. Aber ich möchte auch, dass du mit mir kommst", wiederholte sie noch einmal, damit Hendrik nicht das Gefühl bekam, dass sie ihn nicht bei sich haben und ohne ihn gehen wollte.
Stille legte sich über den Raum als sie geendet hatte zu sprechen. Stumm blickte Hendrik sie an und sie konnte hören, wie er die Luft durch die Nase einsog. Sein Brustkorb hob sich beständig und senkte sich wieder ab, während Sauerstoff seine Lungen füllte und von dort aus in seine Blutbahn jagte.
„Du willst abhauen?" Seine Stimme war kühl und sein Blick verfinsterte sich zunehmend.
„Hendrik, ich will doch nicht abhauen. Ich will doch das du mit mir zu den Kindern kommst. Nur hier fühlte ich mich einfach nicht sicher. Weißt du..."
„Die verdammte Polizei bewacht dich doch schon", platzte es aus Hendrik raus. Er spie seiner Frau die Worte entgegen. Laura erschrak vor dem plötzlichen Ausbruch ihres Mannes und zuckte zusammen. Aus dunklen Augen starrte er sie an.
„Und dann habe ich diese verfluchte Alarmanlage gekauft, die mehr als dein Auto gekostet hat und du verpisst dich?" Er spuckte ihr die Worte regelrecht vor die Füße und ging einen Schritt auf sie zu. Laura wich nach hinten. Das schummrige Gefühl in ihrem Kopf war auf einmal weg, schlagartig war sie wieder nüchtern. Fassungslos starrte sie ihn an und konnte nicht begreifen was passierte. Sie versuchte ihre Nerven zu sammeln und setzte erneut an, aber ihre Stimme klang nicht mehr so fest wie noch zuvor.

„Rede nicht so. Ich will doch das du mit mir kommst. Es ist nur so still hier im Haus und ich möchte doch nur bei den Mädchen sein. Sie fehlen mir.“ Laura stiegen Tränen in die Augen, doch sie versuchte sie zurück zu halten. Sie wollte jetzt nicht weinen. Hendriks Züge entspannten sich ein wenig, als er sah, dass seine Frau fast zu weinen begann.
„Laura...“, flüsterte er und ein Teil von ihm hätte sie am liebsten in den Arm genommen, doch er wusste nicht wie.
Eine Stille entstand zwischen ihnen, in der Laura den Mut in sich suchte das anzusprechen, was sie schon den ganzen Vormittag vor hatte. Nach dem Wutanfall ihres Mannes wollte sie es nicht mehr tun, aber ihr war klar, dass sie es jetzt machen musste. Sie wollte nicht weiter in diesem Schwebezustand mit Hendrik sein. Sie wollte ihren liebe- und verständnisvollen Partner wieder, der es verstand dass sie lieber bei ihren Kindern sein wollte. Deswegen gab sie sich selbst einen Schubs, auch wenn sie in sich noch nach Mut suchte.
„Hendrik, ich habe mit deiner Mutter gesprochen.“ Sie ließ die Worte einen Moment in der Luft schweben, bevor sie weiter sprach.
„Du hast dich verändert in den letzten Wochen. Du bist unausgeglichen, schläfst nicht viel, stehst nachts öfters auf und läufst durchs Haus oder durch die Nachbarschaft. Neulich hast du im Auto gesessen und vor dich hin gestarrt, bestimmt eine Stunde lang. Das hat mir Angst gemacht, aber ich dachte du brauchst einfach nur Ruhe und Zeit für dich.“ Nervös trat sie von einen auf den anderen Fuß und merkte nicht, dass sie begann ihre Hände zu kneten als seien sie Teig. Tränen stiegen ihr bei dem nächsten was sie sagte in die Augen.

„Dann hast du Clara angeschrien und gerade mich, so etwas hast du noch nie gemacht. Ich erkenne dich einfach nicht wieder. Ich habe vorhin mit Susanne darüber geredet und sie hat mir gesagt woran es liegt.“ Laura schluckte. Am liebsten hätte sie zu Boden geschaut oder sonst wohin. Sie wollte ihrem Mann ja nicht noch mehr Kummer bereiten, dadurch dass sie das Thema ansprach, worüber er von sich aus nie hätte reden wollen, aber sie musste es einfach wissen was in ihm vor sich ging. Deswegen zwang sie sich weiter zu sprechen und ihm dabei in die Augen zu sehen.
„Sie sagte, es liegt daran, dass deine leibliche Mutter gestorben ist.“ Lauras Stimme klang sanft, obwohl in ihr ein Sturm wütete und alles zum Beben brachte.
„Meine leibliche Mutter?“ Hendrik sah sie an, als wenn sie verrückt geworden wäre und so sprach er auch mit ihr. Wie mit einer Irren.
„Was redest du da für einen Mist?“
Einen Moment lang war Laura verwirrt, aber sie ließ sich nicht vom Kurs abbringen.
„Maria Navarro. Sie haben es in den Nachrichten gezeigt. Die Frau, die im Gefängnis von einem Polizisten getötet worden ist.“
Hendrik hielt inne und starrte seine Frau an. Eines seiner Augenlider begann zu zucken, während sein überfordertes Gehirn versuchte die Worte zu verarbeiten, die er hörte. Geistesabwesend sah er sie aus seinen braunen Augen an und versuchte in seinem Kopf eine Erinnerung zu ihren Worten zu finden, aber da war keine, die er erreichen konnte. Und doch lösten sie irgendetwas in ihm aus.

Laura sah, wie es in ihrem Mann arbeitete und entspannte sich ein wenig. *Wahrscheinlich hatte Hendrik es wieder versucht zu verdrängen, um sich selbst zu schützen,* dachte sie und ging einen Schritt auf den Vater ihrer Kinder zu.
„Susanne hat gesagt, dass du es schon immer nicht wahr haben wolltest, dass du adoptiert bist", redete sie weiter auf ihn ein. Sie wollte Hendrik so viel Zeit geben wie er brauchte, um es zu verarbeiten.
„Halt deine Klappe!" Es war nicht mehr als ein Flüstern auf seinen Lippen.
„Du hast dich erst so verändert seit sie tot ist." Vorsichtig ging sie noch einen Schritt auf ihn zu.
„Halt die Klappe!" Wie ein Wispern klangen die Worte, die aus seinem Inneren kamen, doch Laura konnte sie nicht verstehen. Langsam mischte sich Wut in seine Hilfslosigkeit.
„Aber ich bin immer für dich da. Das weißt du doch." Laura sprach mit ihm, wie sie mit Hannah und Lia gesprochen hatte, als sie noch zu klein waren und noch nicht alles verstanden was sie sagte und wie sie es auch jetzt noch mit Clara tat. Fast war sie bei ihm angekommen. Hätte sie den Arm ausgestreckt, hätte sie ihn berühren können, doch irgendwas in ihr hielt sie davon ab. Sie setzte erneut an: „Ich werde..."
„Halt die Klappe! Halt die Klappe! Halt endlich deine verdammte Klappe!", brüllte etwas in Hendrik und schlug nach ihr. Speichel flog ihm beim Schreien aus dem Mund und klatschte auf den Boden. Seine Augen weiteten sich, sodass man das Weiße sehen konnte. Mit diesem plötzlichen Wutausbruch, als Reaktion auf ihre Worte hatte Laura nicht gerechnet. Sie taumelte nach hinten und sank auf das Bett. Ihr

Gesicht brannte wie Feuer an der Stelle wo er sie mit der flachen Hand getroffen hatte. Die Tränen lösten sich nun doch aus ihren Augen und liefen ihr über die Hand, mit der sie die rote Stelle ihres Gesichtes hielt. Es waren Tränen der Verwirrung und der Enttäuschung, die auf ihrem Weg nach unten brannten. Der metallene Geschmack von Blut vermischte sich mit ihrem Speichel und ihr wurde wieder schlecht. Perplex starrte sie ihren Mann an, unfähig zu begreifen was gerade geschehen war. Hendrik schien es ebenfalls nicht zu verstehen. Aus weit aufgerissenen braunen Augen blickte er sie schwer atmend an.

„Oh mein Gott“, flüsterte er und sank auf die Knie. Ungläubig starrte er seine Hände an, als wenn sie nicht zu seinem Körper gehören würden und sie ihr Eigenleben entwickelt hatten und er nichts für ihr Tun könnte.

„Du machst mir Angst.“ Laura sprach langsam und deutlich. Der Schlag auf ihre Wange pochte weiter, doch der Schmerz in ihr, dass ihr Mann, ihr Seelenverwandter sie geschlagen hatte, schmerzte mehr.

„Ich möchte ja für dich da sein, aber wie kann ich das, wenn du nicht mit mir redest. Wieso hat du mir es nie erzählt, dass du adoptiert bist? Wir waren doch immer ehrlich zueinander.“ Ihr Seufzen klang wie ein Stöhnen.

Langsam hob Hendrik den Kopf, als würde ein Marionettenspieler den richtigen Faden ziehen. Er schaute die Frau vor sich an und sein Blick war schwarz.

„Du redest von Ehrlichkeit?“, höhnte er und mit einem Mal tauchte ein Name auf, den er schon lange vergessen und nach dem er so lang ein seinem Kopf gesucht hatte.

„Warum hast du mir denn nie etwas davon erzählt, dass du Emilie gekannt hast?“ Seine Worte trafen sie wie ein weiterer Schlag. Woher wusste er davon, dass sie mit Emilie befreundet gewesen war? All die Jahre hatte sie ihm nichts davon erzähl. Nicht einmal am Anfang als sie sich kennen gelernt hatten, hatte sie es erwähnt. Woher wusste er es jetzt? Und warum sprach er sie jetzt darauf an? All das hier hatte doch mit Emilie nichts im Geringsten zu tun.
Schleichend kroch ein merkwürdiges Gefühl in Lauras Glieder und sie bekam Angst, markerschütternde Angst.
„Was?“, brachte sie mühsam hervor, doch es war nicht mehr als ein Hauchen.
Schwerfällig kam Hendrik wieder auf die Beine. Irgendetwas in seinem Blick schien sich zu regen. Als wäre tief in seinem Inneren eine Tür geöffnet worden, die etwas furchtbares wegzusperren versucht hatte.
„Du hast mich schon verstanden.“ Seine Stimme klang steif, feindselig. Er ließ sie nicht aus den Augen.
„Ja, ich habe Emilie gekannt, aber hier geht es doch um ganz andere Sachen. Das mit der Adoption hättest du mir doch erzählen müssen.“ Verzweiflung mischte sich zu ihrer Angst als sie den Blick sah, der sie fixierte.
„Sie hat Recht, Hendrik, und das weißt du“, hörte er plötzlich eine Stimme tief in sich, die immer lauter wurde und sich an die Oberfläche grub, bis sie ihm über die Lippen kam. Er hatte sich auf den Weg zu ihm gemacht und ließ sich nicht mehr aufhalten.
„Du hättest das erzählen müssen. Dann hätte es vielleicht irgendwas verändert. Aber jetzt ist es für all die Frauen zu

spät." Ein höhnisches Lachen kam über seine Lippen und seine Augen verzogen sich zu einer Maske des Grauens. Hendrik war sprachlos. Tief in sich spürte er was in sich vor ging, doch konnte er es nicht in Worte fassen, noch nicht.
Verwirrt sah Laura ihren Mann an.
„Hendrik, was ist los?"
Er stand einfach nur da, horchte auf den Herzschlag in sich, der nicht nur ihm galt und versuchte die Oberhand zu gewinnen.
Panisch blickte er seine Frau an. Sein ganzer Körper versteifte sich, jeder Muskel in seinem Inneren schien sich anzuspannen. Er biss die Zähne zusammen. Jedes Wort, das über seine Lippen kam kostete ihn eine immense Kraft. Etwas versuchte ihn unter Wasser zu drücken, etwas, das er nicht kontrollieren konnte.
„Laura, ich weiß nicht was hier gerade passiert!"
Seine Stimme, die ihres Mannes, wimmerte und sie glaubte ihm, als sie ihm in die flehenden braunen Augen schaute. Sie wollte aufstehen, ihn in den Arm nehmen und ihm bei dem Kampf, den er zu führen schien, helfen, doch ihre Beine waren wie am Boden festgenagelt. Sie konnte sich nicht rühren. Nur da sitzen und ihren Mann beobachten, der eine ganze Palette von Emotionen abspielte, wild vermischt, verrückt.
Mit weit aufgerissenen Augen zerrte er an seinem Hemd, als wollte er es zerreißen, Angst und Panik lagen auf seinem Gesicht, vermischt mit Wut, immer wieder unterbrochen von etwas anderem, etwas stärkerem: Wahnsinn. Wahnsinn, der schon lange in ihm schlummerte. Plötzlich erstarrte Hendrik zu einer Eissäule, in dem Moment als ihn die Erkenntnis traf,

hart wie mit einer Brechstange wurde sie ihm in den Kopf geschlagen. Sein Atem bebte und er hatte Angst. Todesangst.
„Du hast sie umgebracht.“ Die Wahrheit kam aus ihm, wie aus dem nichts auf ihn zu gekrochen. Worte, die so viel Einsicht brachten für ihn, Laura aber noch weiter in den Strudel aus Unwissenheit und Zusammenhanglosigkeit drängte.
Hendriks Lippen zitterten, doch Damians Augen funkelten böse.
„All diese unschuldigen Frauen.“
„Und ich habe dich damit gerettet“, meldetet sich Damian zu Wort und seine Gesichtszüge verfinsterten sich. Er machte ein paar Schritte durch das Zimmer, als würde er drohend auf jemanden zugehen, aber derjenige war nur in seinem Kopf, das alles war nur in seinem Kopf.
Laura stockte der Atem.
„Ich habe dich beschützt, schon wieder. So wie ich es schon immer getan habe“, keifte diese tiefe raue Stimme, die nicht Hendrik gehörte, aber doch aus seinem Inneren durch seine Kehle nach außen floss. Wie ein schwarzer Wasserfall floss es aus ihm und brachte Unheil mit sich.
Hätte einer von ihnen in dem Moment aus dem Fenster gesehen, so hätten sie bemerkt, dass sich dunkle Wolken vor die Sonne geschoben hatten. Unheilvoll hatten sie sich aufgetürmt und mit Bösem gefüllt, als würden sie wissen, welches Schauspiel sich im Schlafzimmer der Kamps ereignete und ihren Beitrag zu dieser Szenerie leisten wollten.
„All diese Frauen hätten dich verletzt. Begreifst du das nicht? Sie hätten dich verletzt, wie SIE es damals getan hat. Sie haben genauso viel Leid über diese Welt gebracht wie diese

Hure von Mutter es uns angetan hat. Ich habe dich gerettet. Vor ihr, damals und auch jetzt. Immer hat sie in meinem Kopf gewütet und ich konnte nichts anderes machen. Ich musste handeln, ich musste kämpfen. Ich musste sie töten."
Hendrik griff sich an den Kopf und raufte sich die Haare, so als wollte er irgendwas aus seinem Kopf ziehen, um sie im nächsten Moment wieder hilflos sinken zu lassen. Er drehte sich um und lief durchs Zimmer. Sein Züge entspannten sich, die Wut perlte ab, und verzogen sich dann zu einer gequälten Maske. Laura nahm er schon gar nicht mehr war. Den Kampf, der in seinem Inneren tobte, galt es zu gewinnen. Ihm wurde übel, als ihn eine weitere Erkenntnis traf, wie eine Welle ein Schiff auf hoher See traf und es in seinem Kurs erschüttert.
„Das waren keine Träume in den letzten Tagen", flüsterte er und seine Stimme zitterte. „Ich habe gesehen was du getan hast. Ich war dabei." Hendrik wurde kreidebleich. Hätte er gekonnt, hätte er sich übergeben, direkt auf den teuren Teppich, aber im nächsten Moment riss etwas anderes seinen Körper wieder an sich und er verlor die Kontrolle. Laura saß da und beobachtete den merkwürdigen Tanz, der in ihrem Schlafzimmer vollführt wurde und bei dem immer wieder jemand anders zu führen schien.
Langsam dämmerte ihr was hier direkt vor ihren Augen geschah und die Angst in ihr wurde zu blanker Panik.
Hendrik versuchte zu verstehen, was die Stimme in ihm sagte, doch er konnte nicht. An all das konnte er sich nicht erinnern, doch Damian konnte es und er erinnerte sich für seinen Freund mit, seinen kleinen Bruder, den er schon immer beschützt hatte.

„Diese Frauen...“, seufzte die tiefe Stimme, „...sie haben alle nicht gereicht. Für einen Moment ja. Da haben sie das Verlangen in uns gestillt. Aber jetzt reichen sie nicht mehr. Wir hätten sie gebraucht, um diesen Kampf zu gewinnen, aber sie ist nicht mehr da. Sie hat das Spielfeld verlassen bevor wir sie besiegen konnten. Diese Hure hat sich einfach erschießen lassen. Den leichten Weg gewählt. Oh, ich hätte so viele schöne Ideen gehabt was wir mit ihr hätten machen können. So viel, wie wir es ihr hätten heimzahlen können. Und sie hat einfach den leichten Weg gewählt. Diese Schlampe“, zischte Damian böse.

Plötzlich klang seine Stimme weinerlich, verletzlich, doch es war noch immer die von Damian. „Es hätte besser werden sollen, jetzt wo sie weg ist.“ Er seufzte und fand seinen Hass wieder. „Es hätte einfach aufhören müssen!“

Er wanderte durch das Zimmer, sah einen Moment lang aus dem Fenster bevor er sich wieder umdrehte.

„Es hat lange gedauert bis ich begriffen habe was jetzt das Problem ist.“ Damian wandte sich der Kommode zu und starrte sein Spiegelbild an, starrte in seine schwarzen Augen. Lange und ausgiebig betrachtete er was er sah, die Hände auf das gemusterte Holz gestützt.

„Hendrik, was redest du da?“, hauchte Laura und fürchtete sich vor der Antwort. Er drehte sich um.

„Du weißt, dass sie das Problem ist. Unsere Mutter war vielleicht der Grund warum es begann, aber sie ist der Grund warum es nicht enden kann. Sie ist daran schuld, dass ich vor 21 Jahren gehen musste. Sie ist schuld, dass du mich wieder verband hast. Sie ist das Problem.“

Laura wusste, dass die tiefe Stimme nicht mit ihr sprach, aber als die Gestalt, die die Macht über den Körper ihres Mannes ergriffen hatte, den Arm hob und mit seinem Finger auf sie zeigte, entwich das letzte bisschen Farbe aus ihrem Gesicht. Ihr ganzer Körper schien weich zu werden, als hätten sich alle Knochen in ihrem Leib in einen weichen Brei verwandelt und sie sank in sich zusammen, den Blick starr auf ihren Mann gerichtet.

„Was redest du da? Ich habe nichts getan. Du machst mir Angst. Bitte hör auf, Hendrik.“ Ihre Stimme zitterte und sie wusste nicht wer von beiden ihr gerade zuhörte.

„Sie ist das Problem“, donnerte den einen Moment noch die tiefe Stimme, dann entspannten sich Hendriks Gesichtszüge wieder und Laura konnte sehen, dass auch ihr Mann Angst hatte.

„Sie hat nichts gemacht. Genau wie all die anderen. Das bildest du dir nur ein. Und auch damals, als wir Kinder waren, war es doch nicht so schlimm. Es war doch alles nur...“ Hendriks Stimme brach ab.

„Woher willst du das wissen? Ich habe doch schon immer die Prügel eingesteckt und all die schlimmen Dinge. Ich war es der kam, wenn du zu schwach warst.“ Damian fletschte die Zähne wie ein tollwütiger Hund. Wut sprang förmlich aus seinen schwarzen Augen heraus und erfüllte den ganzen Raum. „Und auch jetzt habe ich wieder die Drecksarbeit erledigt. Wie immer. Du wolltest doch von dem hier nie was wissen. Für dich war es einfacher zu gehen sobald es zu schlimm wurde. Das hast du schon immer so gemacht.“ Die Erinnerung an dunkle Zeiten, Zeiten die Hendrik verdrängt hatte, Zeiten,

die nur Damian erlebt hatte, krochen aus Damians Erinnerung in seine, wurden wieder ein Teil des Ganzen.
Seine Züge wurden schmerzverzerrt.
„Es war nicht so. Es... es tut mir leid... nur lass Laura aus der Sache raus. Bitte... Sie hat doch nichts... Bitte.“ Hendrik flehte, Tränen der Verzweiflung brannten in seinen Augen, doch es brachte nichts. Er war nicht stark genug, um zu kämpfen oder gar zu gewinnen, das war er nie gewesen. Hätte er jemals die Kraft gehabt, wäre Damian nie geboren worden, doch nun griff das Dunkle in ihm nach der Oberhand. Damian hatte recht mit dem was früher war, tief in sich wusste Hendrik es plötzlich. Damian war es immer gewesen, der ihn beschützt hatte. Er wusste es auf einmal mit einer Klarheit, die er nie für möglich gehalten hatte. Sein großer Bruder war immer gekommen, wenn er selbst nicht stark genug war. Und er selbst hatte ihn doch immer gerufen damals als er noch ein Kind war. War es nicht so gewesen? An all dem war er selbst schuld, diese Erkenntnis traf ihn wie ein Schlag. Mit aller Kraft versuchte er sich am Beckenrand seines Bewusstseins festzuhalten, nicht ins Tiefe zu treiben, wieder an die Oberfläche zu kommen. Doch Damian stand draußen, grinste ihn an und trat ihm auf die Hand mit der Hendrik sich festhielt.
„Psst!“ Damian legte seine Finger an den Mund und brachte Hendrik zum Schweigen.
Einen Moment lang konnte man sehen, wie das Braun in seinen Augen gegen das Schwarz, das sich durchbiss, Widerstand leiste. Wie ein Strudel vermischten sich die Farben, bis das Böse das Braun schließlich verschluckte, Hendrik seine Hand vom Beckenrand löste und in sein Bewusstsein, gefüllt

mit Vergessen glitt, tief ins Innere, wo das Böse zuvor so viele Jahre geschlafen hatte.
Damian drehte sich um und schloss die Tür zum Schlafzimmer. Seine Bewegungen waren ruhig, bedacht, kontrolliert. Er war jetzt voll da, hatte die Kontrolle und wusste was zu tun war. Mit einem Seufzen, so als wüsste er was gleich hier geschehen würde, drehte sich der Schlüssel im Schloss und verriegelte die Tür. Damian wandte sich zu Laura um, die inzwischen auf dem Bett kauerte. Sie blickte dem, der ihr Mann gewesen war, in die schwarzen Augen und verstand. Doch das was am meisten in ihr brannte, war die Gewissheit, dass es zu spät war. Kälte kroch in ihren Körper und ihr Herz fing an leiser zu schlagen, als würde es sich schon mal darauf einstellen, was gleich folgen würde.
Damian griff hinter sich und zog aus seiner Hosentasche ein Messer, das er, als er nach Hause kam, aus der Küche geholt hatte, weil der dunkle Teil in ihm wusste was passieren musste.
Laura erkannte das Messer. Wenige Tage zuvor hatte sie es noch benutzt, um Fleisch für das Grillfest zu schneiden. Und auch Hendrik hatte es an diesem Tag in der Hand. Hätte sie doch nur schon damals geahnt was los war.
Laura dachte an ihre Mädchen und Tränen füllten ihre Augen, liefen in kleinen Strömen die Wangen hinab, tropften auf ihre Beine und starben im Stoff ihrer Jeans.
Langsam ging Damian auf sie zu, das Messer locker in der Hand haltend. Sein schwarzer Blick war starr.
„Hendrik, tu das nicht“, flehte Laura, mit der verbleibenden Kraft die sie noch hatte, den Teil in ihrem Mann an, der noch

bei Vernunft war, doch es war zu spät. Der, der vor ihr stand war nicht mehr ihr Mann, den sie an einem verregneten Tag vor 21 Jahren vor dem Gebäude kennen gelernt hatte, bei dem er Tage später ihre Freundin ermorden sollte. Der Mann, der nun langsamen Schrittes auf sie zu kam, ließ sich nicht mehr von seinem Vorhaben abbringen.

„Hendrik ist nicht mehr da!“, sagte Damian mit einem absto-ßendem Grinsen auf den Lippen und ging weiter auf Laura zu, während man im Hintergrund leise entfernt Polizeisirenen hörte.

Ende

Liebe LeserInnen,

bitte erlauben Sie mir einige Anmerkungen zu machen.
Wenn Sie aus Paderborn stammen, dann sind Sie beim Lesen dieser Geschichte bestimmt über das eine oder andere Detail gestolpert, welches Ihnen komisch vorkam. Vielleicht haben Sie sich sogar darüber aufgeregt, wie mein guter Freund Dirk. Er, als geborener Paderborner, der mein Buch korrekturgelesen hat - wofür ich ihm recht herzlich Danken möchte - hat sich an manchen Stellen echauffiert, weil ich mir als Autorin einige Freiheiten genommen habe. Beispielsweise fand der in Paderborn eingeführte Nachrichtensender bei ihm absolut keinen Anklang. Natürlich gibt es einen solchen Sender nicht. Aber Sie werden sehen, dass dieser in der Fortsetzung dieser Geschichte eine wichtige Rolle spielen wird.
Möglichweise sind Sie auch noch über einige andere Dinge gestolpert, die nicht ganz so richtig sind und die für die Geschichte ein wenig hingebogen werden mussten. Ich hoffe, Sie sehen mir dies nach. Immerhin dient diese Geschichte der Unterhaltung, auch wenn sie an einem realen Ort spielt.
Paderborn, die Stadt, die mir sehr ans Herz gewachsen ist, ist ein wunderbarer Ort, auch wenn ich ihn hier ein wenig mit Blut übergießen musste. Ich hoffe, auch das nehmen Sie mir nicht übel.
Ich freue mich schon sehr auf unsere nächste Begegnung. Bis dahin wünsche ich Ihnen alles Gute und bleiben Sie gesund!

Eure *Maggie Jay*

Bereits von Maggie Jay
erschienen:

Maggie Jay
Zwischenhimmel

Der Tag, an dem ich starb...

Ein kurzer Moment der Unachtsamkeit und das Leben der Familie Miller verändert sich für immer.
Bei einem Autounfall kommt die junge Amy ums Leben, ihr Bruder überlebt wie durch ein Wunder mit nur leichten Verletzungen.
Während die Familie sich durch ein Gefühlschaos von Trauer, Schuldgefühlen und Erinnerungen zurück ins Leben zu kämpft versucht, gelangt Amy an einen unbekannten und mysteriösen Ort: den Zwischenhimmel. Hier scheint alles möglich zu sein, was sie sich nur vorstellen kann. Doch es ist nur eine Zwischenstation, ihre Reise ist noch nicht zu Ende. Aber niemand weiß, wie man den Zwischenhimmel wieder verlässt und den letzten Schritt geht.
Wird sie es schaffen in den Himmel zu kommen oder bleibt sie eine Gefangene dieses merkwürdigen Ortes?

ISBN: 9783740749354

Was wäre,
wenn...?
Maggie
Jay

Was wäre, wenn eine unglückliche, gequälte Hausfrau einen Ausweg aus ihrem tristen Dasein finden würde?

Was wäre, wenn der Plan nach hinten los ginge?

Was wäre, wenn alles anders kommen würde als geplant?

ISBN: 9783740762162

IN EINEM KLEINEN DORF
DAS MONSTER AUS WILLINGEN
MAGGIE JAY

Was wäre, wenn
aus einem lustigen Partywochenende ein
Alptraum wird?

Auf den ersten Blick wirkt Willingen wie ein idyllischer, ruhiger Ort in den Bergen, der perfekte Platz für einen entspannten Urlaub. Doch der Schein trügt. An den Wochenenden wird das Dorf von Partygästen überrannt, die feiern was das Zeug hält und scheinbar jede Kontrolle verlieren. Doch es lauert noch etwas viel Gefährlicheres, Dunkleres unter der Oberfläche, was Willingen für immer verändern wird. Und es schwelt dort schon eine ganze Weile und ist nun bereit auszubrechen…

ISBN: 9783740765064

Bald von Maggie Jay:

MAGGIE JAY
PUPPEN
HAUS

Gut versteckt im Wald liegt ein Haus, in dem Dinge passieren, die man sich nicht vorstellen möchte: Das Puppenhaus.
Die junge Studentin Melissa wird dorthin verschleppt und findet sich bald in einem Albtraum wider, ihrem ganz eigenen Alptraum. Schafft sie es diesem Ort zu entkommen, von dem es sonst kein Entrinnen gibt?